JULIE DUBOIS
Trüffelgold

Weitere Titel der Autorin

Kalte Blüten
Lorbeerglanz
Traubenfest

Über die Autorin

Julie Dubois ist eine deutsche Autorin mit französischen Wur-
zeln, die viele Jahre in Berlin zuhause war. Heute lebt sie zwischen
Deutschland und dem Périgord, das sie zu dem stimmungsvollen
Romansetting Saint-André inspiriert hat. *Trüffelgold* ist der erste
Band der erfolgreichen Krimiserie um die deutsch-französische
Kommissarin Marie Mercier.

Julie Dubois

TRÜFFEL GOLD

EIN PÉRIGORD-KRIMI

Lübbe

Die Bastei Lübbe AG verfolgt eine nachhaltige Buchproduktion.
Wir verwenden Papiere aus nachhaltiger Forstwirtschaft und
verzichten darauf, Bücher einzeln in Folie zu verpacken. Wir stellen
unsere Bücher in Deutschland und Europa (EU) her und arbeiten
mit den Druckereien kontinuierlich an einer positiven Ökobilanz.

Vollständige Taschenbuchausgabe
der bei Bastei Lübbe erschienenen Paperbackausgabe

Copyright © 2024 by
Bastei Lübbe AG, Schanzenstraße 6–20, 51063 Köln

Vervielfältigungen dieses Werkes für das Text- und Data-Mining bleiben
vorbehalten.

Umschlaggestaltung: www.buersosued.de
Einband-/Umschlagmotiv: © www.buersosued.de
Satz: Dörlemann Satz, Lemförde
Gesetzt aus der Minion Pro
Druck und Verarbeitung: GGP Media GmbH, Pößneck

Printed in Germany
ISBN 978-3-404-19344-8

2   4   5   3   1

Sie finden uns im Internet unter luebbe.de
Bitte beachten Sie auch: lesejury.de

»La vie, c'est ce qui se passe,
quand tout ce que l'on avait prévu
n'a pas eu lieu.«

Das Leben ist das, was passiert,
wenn alles, was man geplant hat,
nicht stattgefunden hat.

Edouard Baer

Sonntag

Kapitel 1

An diesem Septembermorgen strahlte die Sonne von einem wolkenlosen Himmel und tauchte die Welt rund um Saint-André-du-Périgord in warme Farben. Der Frühnebel hatte sich nahezu vollständig aufgelöst – nur noch ein paar Schwaden waren übrig geblieben, die der sanft hügeligen Landschaft etwas Geheimnisvolles verliehen.

Marie Mercier, Kommissarin bei der Pariser Brigade Criminelle, hatte mit ihrem Mischlingshund César die ersten hundert Höhenmeter erklommen, die zum Wald führten. Nun war sie stehen geblieben und schaute hinunter auf das malerisch in die Landschaft eingebettete Dreihundertseelendorf in der südlichen Dordogne. Zwischen den ockerfarbenen Dächern waren die romanische Kirche mit dem großen Pfarrhaus und links davon der Taubenschlag aus dem 14. Jahrhundert zu erkennen. Maries Blick glitt weiter zu den beiden gigantischen Zedern, die sich am Eingang des Dorfes erhoben. Daneben ragte die Schlossruine auf, die sie als Kind immer wieder erkundet hatte. Sie sah die Vézère gemächlich durch das Tal mäandern und konnte bis hier oben das Rauschen der Pappeln hören, die das Flussufer säumten. Ein unbeschreibliches Glücksgefühl durchströmte sie, während sie die Aussicht in sich aufnahm, und sie schloss die Augen.

Noch immer konnte sie es kaum fassen, dass sie jetzt hier lebte. Sie hatte kurzfristig ein ganzes Jahr Sabbatical beantragt – und tatsächlich bewilligt bekommen. Noch vor einem Monat war sie in Paris gewesen, hatte dort in einer Mordsache festgehangen, die, wie so oft, ihre ganze Zeit und Energie in Anspruch nahm. Gleichzeitig hatte sie immer wieder an ihre Großmutter denken müssen, die im Juni ganz plötzlich gestorben war – eines Morgens war ihre geliebte Mamie einfach nicht mehr aufgewacht.

Marie sah ihr schönes, von unzähligen Fältchen durchzogenes Gesicht vor ihrem geistigen Auge und war dankbar, dass der Tod so gnädig zu ihr gewesen war. Vor gar nicht allzu langer Zeit – irgendwann zu Beginn des Frühlings – hatte sie mit ihr in der Sonne auf der Bank vor dem Bauernhof der Familie gesessen und über Gott und die Welt geredet. Und irgendwann waren sie auch auf den Tod zu sprechen gekommen. Da hatte Mamie ihre Hand genommen und gesagt, dass sie, wenn es so weit wäre, gern im Schlaf in ihrem eigenen Bett in Saint-André sterben würde. Und das war ihr nach einem langen, erfüllten Leben auch vergönnt gewesen.

Marie atmete tief durch und öffnete die Augen wieder. Sie setzte ihren Weg fort, dem fröhlich vorantrottenden César, den sie zusammen mit dem Haus von Mamie geerbt hatte, hinterher. Nach einer Weile schaute sie noch einmal auf das Dorf hinunter und blieb erneut stehen. Ihr Blick fiel auf das prachtvollste Anwesen von Saint-André, das majestätisch in der Morgensonne lag. Die hellockerfarbene Fassade, die mit Rosen bepflanzte Pergola und die Renaissance-Fenster der ersten Etage hatten sie schon als Kind fasziniert. Wie oft hatte sie vor dieser prächtigen Kulisse gespielt? Damals hatte sie sich vorgestellt, dass gleich eine Prinzessin in einem weißen Kleid am Fenster erscheinen würde. Warum habe ich immer gedacht, dass Prinzessinnen weiß gekleidet sein müssen?, fragte sie sich, während sie ihr Sweatshirt auszog und es sich um die Taille band. Die Fenster des gusseisernen Gewächshauses waren geöffnet, und klassische Musik drang zu ihr herauf.

Marie schlang ihre schweren dunklen Locken zu einem lockeren Dutt und ging weiter. Als sie den Waldrand erreicht hatte, blieb sie neben einem Brombeerstrauch stehen. Hier im Halbschatten waren die Beeren vor der großen Hitze der letzten Tage geschützt gewesen und deshalb noch prall und saftig. Sie pflückte ein paar und steckte sie sich in den Mund.

Während sie noch den Geschmack der Beeren auskostete, zog ein Radfahrer in etwa fünfzig Metern Entfernung ihre Aufmerksamkeit auf sich. Breitbeinig stand er neben seinem Mountainbike. Wie hässlich diese bunten Radlermonturen doch sind, dachte sie. Im nächsten Augenblick wurde ihr bewusst, dass sie den Mann kannte: Das war doch Hélènes neuester Verehrer! Erst vor ein paar Tagen hatte ihre Jugendfreundin aus Saint-André ihr den höflichen, seriös wirkenden Versicherungsmakler aus Bordeaux vorgestellt und dabei vor Glück gestrahlt. Auch er schien gerade das eindrucksvolle Anwesen zu bewundern und fotografierte es mit seinem Smartphone. Diese Krankheit, alles Schöne immer gleich fotografieren zu müssen!

Marie beobachtete den großgewachsenen, schlanken Mann, der sich ihr gegenüber ziemlich distanziert verhalten hatte, und fragte sich, was Hélène wohl an diesem bieder wirkenden Typen fand. Aber Hélène und sie hatten, was Männer betraf, seit jeher einen unterschiedlichen Geschmack. Marie stand eher auf Ecken und Kanten – aber okay, das war jetzt nicht das Thema. Wie hieß der Typ noch mal? Franck? Ja ... Franck Girard.

Langsam ging sie auf ihn zu. Als er sie bemerkte, steckte er sein Handy weg und lächelte breit.

»*Salut*, ein schöner Tag, was?«

»*Salut*. Ja, wunderbar.«

»Sie sind Marie, oder?«

»Ja, und Sie sind Franck. Wollten Sie heute nicht zurück nach Bordeaux?«

»Doch, doch. Ich drehe nur noch eine Runde bei diesem herrlichen Wetter, und dann geht's los.«

Marie verabschiedete sich freundlich von dem Mann und bog in einen kleinen, verschlungenen Waldpfad ein. Sie hatte keine

Lust auf Small Talk, außerdem wollte sie Steinpilze sammeln. Ihre Großtante Léonie, Mamies ebenfalls in Saint-André lebende jüngere Schwester, hatte ihr eine besondere Fundstelle empfohlen. Dorthin wollte sie, bevor andere sie entdeckten und plünderten. Beim Pilzesammeln waren Maries Großmutter und Léonie früher ein unschlagbares Team gewesen. Was die eine nicht sah, fiel der anderen auf, und bei aller Gastfreundlichkeit, durch die sich die Bewohner des Périgord auszeichneten, hätten die beiden für nichts auf der Welt eine gute Stelle für Pilze verraten.

Inzwischen war Léonie stolze achtzig Jahre alt. Sie war zwar noch rüstig und aktiv, aber in den Wald wagte sie sich nicht mehr und hatte daher Marie zur Pilzsammlerin der Merciers ernannt. Das war eine Ehre, und Marie wusste, dass sie ihrer pseudostrengen Großtante nur beste Exemplare bringen durfte. Später würde Léonie diese mit ihren stechend blauen Augen inspizieren. Sie besaß die einzigen blauen Augen in der Familie – die der anderen Merciers waren haselnussbraun.

Marie hoffte, auch die kleinen, festen, schwarzköpfigen Steinpilze zu finden, die so zart waren, dass man sie in hauchdünnen Scheiben mit ein bisschen Fleur de Sel roh essen konnte. Voller Vorfreude beschleunigte sie ihre Schritte. So, dachte sie nach einer kleinen Weile, jetzt an der großen Eiche vorbei und dann links.

»Na, wer sagt's denn!«, rief sie strahlend und bückte sich, um mit ihrem Opinel-Messer den ersten Steinpilz sauber abzuschneiden. Das traditionelle Klappmesser mit dem abgenutzten Holzgriff hatte Mamie gehört. Ihre Großmutter, die ein Leben lang Hosen getragen hatte, trug es immer griffbereit in ihrer rechten Hosentasche bei sich. Den Schriftzug der Traditionsmarke konnte man kaum noch lesen, aber die Klinge war scharf. Von klein auf hatte Marie zugesehen, wenn Mamie das Messer behutsam mit einem feuchten Schleifstein schärfte.

Maries Blick fiel auf eine große Ansammlung von Steinpilzen.

Sie hockte sich hin und begann, weitere abzuschneiden. César kam herbeigelaufen und steckte seine dicke Nase genau dahin, wo Marie gerade hantierte.

»Weg da!«

Sie griff nach einem Stöckchen, zeigte es dem Hund und warf es weit weg, um ihn abzulenken. Dann stellte sie ihren großen Korb auf dem weichen, duftenden Moos ab und suchte im glitzernden Halbschatten von Esskastanien nach weiteren Pilzen. Nachdem César das Stöckchen apportiert hatte, lief er schnaufend zwischen den Bäumen hin und her, während Marie zügig ihren Korb mit Steinpilzen füllte. Wieder empfand sie ein tiefes Glücksgefühl: Sie war genau da, wo sie sein wollte. Es war ein perfekter Sonntag!

Plötzlich ertönten zwei Schüsse, kurz hintereinander. Maries Hand schnellte spontan zu der Stelle, wo sie üblicherweise ihre Waffe trug ... die sie natürlich nicht mehr hatte. Im nächsten Moment schüttelte sie über sich selbst den Kopf. Das war sicherlich einer der hiesigen Jäger gewesen – einer von ihren ganz besonderen Freunden. An diesem Tag begann die Jagdsaison, und erst am Vortag hatte sie wieder einmal mit ihrem Jugendfreund Philippe über Sinn und Unsinn der Jagd in heutiger Zeit gestritten. Zwecklos.

Aber gingen die Jäger wirklich schon so früh am Morgen ihrem »Hobby« nach, und das auch noch so nah am Dorf? Seltsam. Marie griff nach ihrem Korb. Es schien ihr ratsam, in den Ort zurückzukehren.

»César, komm, bevor dich noch jemand mit einem Wildschwein verwechselt.«

Sie ließ ihre Gedanken schweifen, während sie über den Weg zurückging. Léonie wollte nachher mit ihr eine Tourte aux cèpes backen, eine gedeckte Steinpilztarte. Eigentlich war dies ein Festmahl für Feiertage, und sie wurde zu solchen Gelegenheiten mit Entenstopfleber gefüllt. Aber heute würden sie sich mit einer bescheidenen Variante begnügen und die Foie gras durch Enten-confit ersetzen.

Seit Marie Paris verlassen und Mamies Haus bezogen hatte, wohnte sie Tür an Tür mit Léonie, und die beiden hatten sich in der ersten Zeit der Trauer gegenseitig getröstet. Nun hatte Léonie sich vorgenommen, ihrer Großnichte die Küche des Périgord nahezubringen. Für Marie war die gemeinsame Zeit mit Léonie ein großes Glück, und es rührte sie zu sehen, wie sehr die energische alte Dame sich über ihre Anwesenheit freute, auch wenn sie dies hin und wieder durch eine gewisse Ruppigkeit kaschierte.

Maries Handy vibrierte, und sie holte es hervor. Eine SMS.

Na, du treulose Tomate?! Ich hoffe, du langweilst dich zu Tode in deinem Kaff!, hatte Pauline geschrieben, Maries Kollegin aus Paris, die mit den Jahren zu ihrer besten Freundin geworden war. Beigefügt war ein Bilderbuchfoto von den Seine-Ufern.

Du kleines Biest, na warte!

Marie machte ein Foto von ihrem mit Steinpilzen gefüllten Korb und schickte es als Antwort. Obgleich sie unwillkürlich schmunzeln musste, hatte ihr Paulines Nachricht einen kleinen Stich versetzt. Sie liebte ihren Beruf, und es war ihr nicht leichtgefallen, eine lange Auszeit zu nehmen und sich von Pauline und ihren übrigen Kollegen zu verabschieden. Die beiden Freundinnen hatten die letzten sechs Jahre eng zusammengearbeitet und waren seelenverwandt. Das hatten sie bald erkannt, denn sie mussten sich nie lange etwas erklären. Sie waren beide toughe Ermittlerinnen, die sich intensiv in jeden Fall hineinknieten. Pauline, die ein paar Jahre jünger war als Marie mit ihren vierunddreißig Jahren, neigte zwar dazu, sich stärker an die Vorschriften zu halten als Marie, aber beide hatten einen ähnlichen Humor, der ihnen im harten Pariser Berufsalltag oft geholfen hatte. Und sie hatten sich mehr als einmal gegenseitig aus brenzligen Situationen gerettet.

Nur Sekunden später folgte die nächste SMS von Pauline.

Sind die echt?

Nee, aus Plastik, die schmecken am besten.

Du fehlst uns gar nicht, du blöde Kuh!

Pauline gehörte zu den Menschen, die Gefühlsregungen immer hinter Grobheiten verstecken mussten – als würden Gefühle dadurch weniger peinlich.

Die beiden Kolleginnen tauschten noch ein paar Emojis aus, dann steckte Marie das Handy wieder in ihre Jeanstasche. Am Abend würden sie bestimmt noch ausführlich telefonieren.

Kurze Zeit später gelangte Marie an einen breiteren Bach, und sie musste Anlauf nehmen, um darüberzuspringen. César folgte ihr mit einem weiten Satz. Ihr kam ein Spruch in den Sinn: *Reculer pour mieux sauter* – um besser springen zu können, muss man einen Schritt zurücktreten. Das passte doch zu ihrer derzeitigen Lebenslage! Dass sie weiter bei der Kripo arbeiten würde, stand außer Frage – aber unter welchen Bedingungen? Und musste es wirklich in Paris sein? Sie hatte den Großteil ihres Lebens dort verbracht, und für sie würde Paris immer die schönste Stadt der Welt sein. Gleichwohl war ihr bewusst, dass die wachsende Not vieler Menschen, die in der Metropole lebten, zu immer abstruseren Verbrechen und mehr Gewalttaten führte.

Mit dem Tod ihrer Großmutter hatte sie einen wesentlichen Halt im Leben verloren und wahrscheinlich deshalb endlich den Mut gefunden, auf die Pause-Taste zu drücken. Das sah ihr gar nicht ähnlich, und ihr Umfeld hatte es zunächst nicht glauben können. Pauline war entsetzt und Léonie sogar kurz sprachlos gewesen. Nun ja, inzwischen hatten sie es akzeptiert. Maries Gedanken kehrten in die Gegenwart zurück. Jetzt stand erst einmal die Renovierung von Mamies Haus an – und dann würde sie eingehend darüber nachdenken, welcher Weg der richtige für sie sein könnte.

Kapitel 2

Die meisten Touristen waren am Ende der Woche aus Saint-André-du-Périgord abgereist. In den pittoresken Gässchen und um die Hauptstraße herum war es nun still und friedlich, und Marie hatte das Gefühl, das Dorf ruhe in sich. Irgendwo krähte ein Hahn, eine Katze saß lauernd auf einer Steinmauer, und ein paar Jugendliche hatten sich um das Denkmal im Ortszentrum versammelt. Am nächsten Morgen stand die *Rentrée* bevor, was für Kinder bedeutete, dass die Schule wieder anfing. In den kommenden zwei Monaten würde in Frankreich traditionsgemäß alles unter diesem Begriff starten: *Rentrée scolaire, politique, économique, littéraire* ... Neuanfang in Schule, Politik, Wirtschaft, Literatur ... Man gewann den Eindruck, als würde sich die Gesellschaft jeden September neu erfinden.

Maries Vater war Deutscher und sie selbst in Frankreich und Deutschland aufgewachsen. Es war ihr stets schwergefallen, diese sehr französische Tradition ihren deutschen Freunden und Verwandten zu erklären. Überhaupt erstaunten Marie immer wieder die feinen Unterschiede zwischen ihren beiden Heimatländern, die so nahe beieinanderlagen, und mitunter amüsierte sie sich auch darüber. Es waren nicht nur kulinarische Details, sondern oft auch der Blick auf Dinge und sprachliche Eigenarten, und all das bot ausreichend Inspiration für ein lustiges Sprachquiz mit ihren Cousins aus Deutschland: Was heißt wohl *poser un lapin* – ein Kaninchen stellen? Jemanden versetzen. Und *être fleur bleue* – eine blaue Blume sein? Sentimental sein. Das ließ sich mit großem Vergnügen in beide Richtungen spielen: Franzosen konnten sich unter einem Bratkartoffelverhältnis – *une relation de pommes de terre sautées* – nämlich auch herzlich wenig vorstellen.

Während Marie lächelnd ihren Gedanken nachhing, kam ihr ein übrig gebliebenes Touristenpaar entgegen, das soeben das Lebensmittelgeschäft an der Hauptstraße verlassen hatte. Die beiden hatten sich in dem Tante-Emma-Laden mit Croissants eingedeckt. Als sie Maries Korb bemerkten, machten sie große Augen. Und wie es der Zufall wollte, unterhielten sie sich auf Deutsch.

»Ach, guck mal, was für schöne Steinpilze!«, rief der Mann.

Auch die Frau war begeistert von Maries Sammelerfolg. »Oh, die sehen aber lecker aus! Meinst du, sie hat die hier gefunden? Dann ist sie auch von hier und kennt sich bestimmt gut aus in der Gegend.«

Marie tat, als würde sie die beiden nicht verstehen, lächelte freundlich und spürte einen kindlichen Stolz, als Einheimische wahrgenommen zu werden.

Nachdem sie das Rathaus hinter sich gelassen hatte, das zugleich auch die örtliche Grundschule beherbergte, bog sie links in eine kleine Straße ab. Sogleich hörte sie die resolute Stimme Léonies, die mit ihrer Nachbarin Rose einen Schwatz hielt. Die beiden alten Damen waren in ihren Gärten und lehnten jeweils an ihrer Seite der Mauer, die ihre Grundstücke voneinander trennte. Die zwei erinnerten ein bisschen an Pat und Patachon: Léonie war klein und drahtig, Rose hingegen groß und kräftig. Auch durch ihr Outfit unterschieden sie sich erheblich, denn Rose trug stets rosafarbene Kleidung, um ihrem Vornamen gerecht zu werden. Die beiden waren schon ein Leben lang Nachbarinnen und standen seit jeher in Konkurrenz, was die Pracht ihrer Bilderbuchgärten anging. Wer hatte die schönsten Blumen, die besten Tomaten, die meisten Beeren …? Natürlich kam diese Rivalität niemals zur Sprache. Die beiden gaben sich des Öfteren sogar Tipps oder schenkten sich Setzlinge. Einzig Roses – natürlich rosafarbene – Klematis gigantischen Ausmaßes galt auch in Léonies Augen als unübertroffen.

»*Bonjour*, Mesdames!«, grüßte Marie, als sie auf die beiden zutrat.

»Ach, du bist schon zurück?«, fragte Léonie verwundert.

»Ja, die blöden Jäger waren überpünktlich und haben rumgeballert.« Marie hob ihren Korb ein wenig nach oben. »Aber schaut mal.«

»Lass die Jäger in Ruhe!«, sagte Léonie in strengem Tonfall. »Auf dem Land wird gejagt, so ist das nun mal.«

Marie schaute zum Himmel, wohl wissend, dass eine Diskussion zu diesem Thema in Saint-André sinnlos war.

Rose streckte den Kopf vor, um über die Mauer hinweg einen Blick in den Korb zu werfen, und nickte dann anerkennend. Marie überreichte ihn Léonie. Diese prüfte die Ausbeute sogleich kritisch. Aber da gab es nichts zu beanstanden.

»*Bien, ma chérie.* Dann mal an die Arbeit.«

»Ich hole nur noch schnell mein Heft, dann bin ich bei dir«, antwortete Marie.

»Bis dann, Rose!«, rief Léonie – was so viel hieß wie: »Bis gleich zum Kaffee.«

Marie eilte zu Mamies Haus, ihrem neuen Heim. Das zweistöckige Sandsteinhaus mit dem kleinen Balkon auf der ersten Etage war das älteste Gebäude des Familienhofs, und es sah noch so aus wie in Maries Kindheit. Die weiße Kletterrose, die den Eingang mit der Glaspergola umrahmte, blühte vom Frühjahr bis zum ersten Frost. Die Sprossenfenster und die blauen Fensterläden brauchten dringend einen neuen Anstrich, und manche Renovierungsarbeit stand an.

Marie trat ein. Drinnen duftete es angenehm nach dem Bienenwachs, mit dem das Parkett schon immer gepflegt worden war. Abermals dachte sie, dass sie sich kein besseres Refugium hätte vorstellen können. Soweit möglich, hatte sie allzu Rustikales entsorgt und überflüssige Möbel, Deko und alles Selbstgehäkelte ausrangiert. Behalten hatte sie nur ausgesuchte Familienstücke, die zur Grundausstattung gehörten: einen großen Tisch, Stühle, Betten, den Lieblingssessel ihrer Großmutter, Schränke, die Küchenlampe aus den Dreißigerjahren. Und natürlich die Kisten mit alten Fotos, die die Geschichte der Merciers wie auch die von Saint-André erzählten. Maries eigene Möbel waren in ihrer Pariser Zweizimmerwohnung geblieben, die sie untervermietet hatte, bis sie wissen würde, wie ihr Leben sich weiterentwickelte.

In der Zwischenzeit wollte sie Mamies Haus weiter verschönern. Am nächsten Morgen hatte sie bereits einen ersten Termin mit einem Handwerker. Sie plante, die Wand zwischen Küche und Esszimmer einreißen zu lassen, um die winzige Küche zu erweitern. Ihre Großmutter hatte nie gekocht, das war immer die Aufgabe ihrer acht Jahre jüngeren Schwester Léonie gewesen – ein Arrangement, das beide zufriedengestellt hatte. Aber Mamie war ja auch mit der Bewirtschaftung des Hofs hinlänglich ausgelastet gewesen.

Aus einer alten Kommode im Wohnzimmer holte Marie das große Heft, in dem sie Léonies Rezepte notierte, und ging hinüber ins Nachbarhaus, das auf dem gleichen Grundstück lag. Offiziell waren es zwei getrennte Grundstücke, da Mamies und Léonies Mutter vor langer Zeit ihr Anwesen mitsamt den Hofgebäuden in zwei Hälften aufgeteilt und ihren Töchtern jeweils eine der beiden vererbt hatte, was notariell beglaubigt worden war. Auf diese Weise hatte sie verhindern wollen, dass es zwischen den beiden Schwestern wegen Erbschaftsfragen zu Streit kam – ein familiäres Unheil, das viele im Dorf ereilte.

*

»Der Blätterteig ist fast fertig, ich muss ihn nur noch zweimal ausrollen«, sagte Léonie. »Du kannst in der Zwischenzeit die Steinpilze putzen. Aber ...«

»Ich weiß, ich weiß.« Marie hielt einen Pinsel hoch. »Bloß kein Wasser!«

Léonie schaute leicht pikiert, doch Marie wusste, wie sehr es ihre Großtante freute, dass sie ihre Ratschläge im Kopf behielt. Das Rezept für Léonies Blätterteig hatte Marie sich schon letzte Woche notiert und gut gemerkt. Zumal die Umsetzung eine Kunst für sich war, die unter anderem die Fähigkeit erforderte, in einer Art Origami-Faltung ein Pfund Butter wie von Zauberhand im Teig verschwinden zu lassen.

Während sie die Steinpilze mit dem speziell dafür vorgesehenen Pinsel putzte, schweiften Maries Gedanken ab. Wie es wohl Olivier in Quebec ging? Ihr langjähriger Lebensgefährte hatte in Kanada eine Stelle in der wissenschaftlichen Forschung angenommen. So würden sie nicht mehr ständig umsonst aufeinander warten, hatte er ihr mit einem müden Lächeln erklärt. Gestritten hatten sie nicht, denn sie wussten beide, dass sie am Ende ihrer Beziehung angelangt waren. Sie hatten sich ihren Jobs so sehr verschrieben, dass sie kaum noch Zeit füreinander gefunden hatten. Die nächsten Wochen wollten sie nutzen, um sich neu zu sortieren, und hatten daher beschlossen, vorerst weder miteinander zu telefonieren noch sich zu schreiben. Marie stand dazu, auch wenn sie zugeben musste, dass sie die vertraute Gegenwart ihres zerstreuten Biologie-Professors in manchen Momenten vermisste. Vermutlich ging es ihm ähnlich, auch wenn er in der nächsten Zeit bestimmt rund um die Uhr mit seinem neuen Forschungsprojekt beschäftigt sein würde, das für seine berufliche Karriere einen großen Schritt nach vorn bedeutete.

»Marie. Hörst du? Marie? Maaaariiiiie?«

»Äh, ja?«

»Wie lange willst du die Pilze noch putzen?« Léonie nahm ihr die Schüssel energisch weg und ging zum Herd. »Kümmere dich um Knoblauch und Petersilie. So verträumt kenne ich dich gar nicht!«

»Ich hab gerade an die Umbauarbeiten für die Küche gedacht.« Das war vielleicht nicht die beste Notlüge, aber Marie hatte keine Lust, mit Léonie über Olivier zu sprechen. Sie wollte sie nicht unnötig beunruhigen. »Glaubst du, Lambert ist ein guter Handwerker?« Marie kannte Lambert auch schon seit ihrer Kindheit. Er war Maurer und hatte Anfang des Jahres das Unternehmen seines Vaters übernommen.

»Der ist vor allem ein guter Charmeur. Pass auf, dass er dir nicht den Kopf verdreht.«

»Keine Sorge, er ist nicht mein Typ. Außerdem schwärmt er für Hélène.«

»Das arme Ding bringt alle Männer um den Verstand. Das nimmt noch mal ein böses Ende.«

»Die Geschichte mit diesem Franck aus Bordeaux scheint aber eine ernste Sache zu sein.«

»Tsss … Das werden wir noch sehen!«

Léonie trocknete sich die Hände an ihrer geblümten Schürze ab, eine Geste, die Marie schon immer fasziniert hatte. Die alte Dame mit den dauergewellten weißen Haaren hatte ein Leben lang hart gearbeitet, und ihre sehnigen Hände mussten immer etwas zu tun haben. Marie wunderte sich wieder einmal, dass es im 21. Jahrhundert noch solche Schürzen zu kaufen gab. Wahrscheinlich gab es viele Tante Léonies – ein Gedanke, den sie irgendwie tröstlich fand.

»Wie fein soll ich die Petersilie hacken?«

»Nicht allzu fein.«

Eine typische Antwort von Léonie, die immer davon ausging, dass andere genau wüssten, was sie meinte. Im Job ließ Marie ihren Kollegen nie eine ungenaue oder unverbindliche Aussage durchgehen, dafür war sie in ihrer Abteilung bekannt, aber hier amüsierte es sie. Sie schnitt »nicht allzu fein« und zeigte Léonie das Ergebnis.

»Also, so grob auch wieder nicht«, kritisierte ihre Großtante.

Alles andere hätte Marie auch gewundert.

*

Léonie legte die Petersilie auf ein Brett und hackte sie kopfschüttelnd ganz fein. Ein bisschen Theater musste sein. Dann mischte sie sie zu der Steinpilz-Entenconfit-Mischung und füllte die Masse in eine tiefe, mit Blätterteig ausgelegte Form.

Von wegen an Umbauarbeiten gedacht! Léonie konnte in Maries Gesicht lesen wie in einem Buch. Ihre Großnichte hatte sich ganz schön was vorgenommen, indem sie ihr Leben so umkrempelte. An Mut fehlte es ihr ja nicht. Bis jetzt hatte sie nur für ihren Beruf gelebt. Kein Wunder, dass ihre Beziehung in die Brüche gegangen war. Auch da war sie ihrer Großmutter sehr ähnlich. Mal sehen, ob sie nach dem Winter immer noch bleiben will, dachte Léonie. Im Winter war es in Saint-André schon sehr ruhig, hier sagten sich Fuchs und Hase gute Nacht. Das würde für die quirlige Großstädterin eine echte Herausforderung werden. Hoffentlich würde Marie dann nicht nach Paris zurückwollen! Sie brachte so viel Leben ins Haus. Vielleicht könnte sie in der Gegend einen netten, handfesten Mann kennenlernen – und nicht wieder so einen verschrobenen Wissenschaftler. Es musste ja nicht gleich einer sein, mit dem sie zusammenziehen würde.

Léonie schob die Gedanken beiseite, zauberte im Nu noch einen dekorativen Blätterteig-Deckel und schob die Tarte in den Ofen. »So, in zwanzig Minuten nehmen wir sie raus und bestreichen sie mit Eigelb. Und dann muss sie noch mal zehn Minuten schön goldbraun werden.«

Marie notierte alles in ihr Heft, auf dessen Umschlag sie mit ihrer energischen Handschrift *Les recettes de Tante Léonie* geschrieben hatte. Léonie blickte zu ihr hinüber und musste sich eingestehen, dass sie sich geehrt fühlte. Marie hatte schon immer eine natürliche Gabe gehabt, sich auf andere einzulassen. Sie war zwar so ungeduldig wie ihre Großmutter, hatte aber wie diese das Herz am rechten Fleck. Während der vergangenen Wochen war das Verhältnis zwischen Marie und Léonie durch ihre gemeinsame Trauer auf eine ganz selbstverständliche Weise enger geworden. Das ist ein Geschenk, dachte Léonie. Siehst du, auch mit achtzig kann sich noch viel Gutes in deinem Leben ereignen!

Léonie schaute durch das Küchenfenster oberhalb der Spüle, das wie die Tür zum Garten weit geöffnet war, hinaus in den Garten mit den alten Apfel- und Birnbäumen. Obwohl sie auf dem Hof geboren war und ihr ganzes Leben hier verbracht hatte, genoss sie die Schönheit um sie herum immer wieder aufs Neue.

»Wir werden die Äpfel bald pflücken müssen, um sie auf dem Speicher einzulagern«, kündigte sie an. Die Obstbäume trugen dieses Jahr so viele Früchte, dass manche Äste gestützt werden mussten.

Marie nickte. »Klar, machen wir.«

Hinter der großen Steinmauer, auf der Léonies getigerter Kater Gaston döste, ragte der obere Teil von Saint-Andrés romanischer Kirche mit dem Dach aus schweren, flachen Steinen empor. Gleich um zwölf Uhr würden die Glocken läuten. Dreimal am Tag waren sie zu hören – um sieben, um zwölf und um neunzehn Uhr. Léonie schaute dann gewohnheitsmäßig auf ihre Armbanduhr.

»Es riecht himmlisch!«, freute sich Marie. »Diese Mischung aus Blätterteig, Knofi und Steinpilzen …« Spontan nahm sie ihre Großtante in den Arm. »Es kommt mir so vor, als wären Paris und die Kripo Lichtjahre entfernt.«

Léonie musste gegen ihre Emotionen ankämpfen. Am liebsten hätte sie die Umarmung erwidert, aber in Gefühlsbekundungen war sie ungeübt.

»Die Mörder sollen auch ruhig bleiben, wo sie sind«, lautete ihre trockene Antwort, mit der sie sich rettete.

Um ihre Fassung wiederzuerlangen, durchquerte Léonie die geräumige, gemütliche Küche mit den sandfarbenen Steinfliesen. Das war ihr Reich! Obwohl sie nie geheiratet und keine Kinder hatte, war dies immer der Treffpunkt der Familie Mercier und deren Freunden gewesen. Das war ihr wichtig gewesen. Sie blickte auf den massiven Eichen-Küchentisch, der für drei gedeckt war: Georges, der ehemalige Hofangestellte, würde wie jeden Sonntag zum Mittagessen kommen. Auch darauf legte sie Wert.

»Wo bleibt denn Georges?« Léonie wartete nicht gern. »Ach ja, der ist bestimmt wieder bei Augustine.«

*

Nur wenige Schritte von Léonies Haus entfernt stand Georges vor dem Schweinestall – direkt neben den inzwischen leeren Stallungen, denn Kühe wurden hier schon lange nicht mehr gehalten. Der große, hagere Mann trug wie immer eine viel zu weite braune Cordhose und ein verwaschenes kariertes Flanellhemd. Der Stummel einer filterlosen Zigarette hing aus seinem linken Mundwinkel und beeinträchtigte ein wenig seine Aussprache.

»Na, meine Ssschöne, ssschau mal, was Georges dir mitgebracht hat.« Er holte einen kleinen Apfel aus einer zerknitterten Papiertüte und hielt ihn Augustine hin. Die Hängebauchsau verschlang ihn und stieß Georges sogleich mit ihrer dicken, runzeligen Nase an, um einen weiteren Apfel zu bekommen. Er gab ihr noch einen und konnte sich dabei ein Lachen nicht verkneifen, das dem Quieken der Sau ähnelte. Sogleich schaute er nach hinten, um sicherzugehen, dass ihn niemand gesehen oder gehört hatte.

»Wusste ich, dass sie dir schmecken würden.«

Augustine, inzwischen knappe hundert Kilo schwer, grunzte und schmatzte laut.

Georges hätte es nie zugegeben, aber er war ganz vernarrt in dieses etwas unförmige Schwein. Auch wenn er fassungslos gewesen war, als Marie ihm das Tier letztes Jahr zum Fünfundsiebzigsten geschenkt hatte. Sie war extra zu seinem Geburtstag aus Paris angereist und hatte ihm auch noch einen Blumenstrauß mitgebracht. Dabei mochte er es gar nicht, wenn man viel Aufhebens um ihn machte, das war er einfach nicht gewohnt. Marie hatte ihm von einem amerikanischen Schauspieler erzählt, der auch George hieß und ein Hängebauchschwein besaß. Als sie dann verkündet hatte, wie sexy er sei, hatte Georges gedacht, sie wolle ihn auf den Arm nehmen. Darüber konnte er sich jetzt noch aufregen. Aber sexy hin oder her, das Ferkel hatte sein Herz im Sturm erobert. Und so hatte er sich der kleinen Sau angenommen und ihr einen Namen gegeben, den er schon immer gemocht hatte, aus welchem Grund auch immer: Augustine.

»Und nach dem Essen gehen wir zwei eine Runde spazieren. Wir müssen ja im Winter fit sein für die Trüffelsuche.« Ein Lächeln breitete sich auf seinem hageren Gesicht aus.

»Georges!«, hörte er plötzlich Marie rufen. Er schaute auf seine uralte Armbanduhr. Wahrscheinlich wurde Léonie wieder ungeduldig. Diese Mercier-Frauen!

»So, ich muss los, sonst wird Léonie ungemütlich. Kennst sie ja«, erklärte er der Sau und tätschelte sie etwas unbeholfen.

Während er langsam auf Léonies Haus zuging und dabei mit den flachen Händen Ordnung in sein schütteres graues Haar brachte, wunderte er sich über die vielen Stimmen im Dorf. Eine Hochzeit oder eine andere Feier war das nicht, denn davon hätte er gewusst. Und das Radrennen fand erst nächste Woche statt. »So langsam hat man hier keine Ruhe mehr«, murmelte er vor sich hin.

Auf einmal hörte er eine weitere weibliche Stimme, die seinen Namen rief, und drehte sich um. Er sah Rose über die Gartenmauer schauen und ihn wild gestikulierend zu sich winken.

Was hatte diese Plappertante denn jetzt wieder zu tratschen? Und wieso war sie so aufgeregt? Um diese Zeit klebte sie doch sonst vor dem Fernseher, um irgendwelche Serien mit viel Herzschmerz anzuschauen. Als Marie nach Saint-André umgezogen war, hatte sie Rose einen großen Karton voller TV-Serien mitgebracht, den Rose wie eine Furie ausgepackt hatte. Dann hatte sie hysterisch etwas von *Golden Girls* gekreischt und einen Packen DVDs an ihre üppigen Brüste gedrückt.

»Tssss …!« Kopfschüttelnd ging Georges auf sie zu.

*

In Paris wäre Marie nie auf den Gedanken gekommen, so früh – oder überhaupt – zu Mittag zu essen. Aber hier knurrte ihr um diese Uhrzeit der Magen, obwohl sie doch gefrühstückt hatte. Anscheinend gewöhnte sie sich allmählich einen anderen Lebensrhythmus an. Die Landluft tat ihr gut und ließ sie noch früher aufstehen. Sie war eine leidenschaftliche, gute Esserin und mal mehr, mal weniger auf der Hut vor überflüssigen Pfunden. Sie fasste sich prüfend links und rechts an die Hüften und zog eine kleine Grimasse. Ein, zwei Kilo hatte sie wohl zugelegt, seitdem sie ins Périgord gezogen war.

Die kriege ich auch wieder weg, dachte sie und sagte: »Ich sterbe vor Hunger! Soll ich eben noch die Vinaigrette für den Salat machen?«

Léonie öffnete den Küchenschrank aus heller Eiche, der nach allen erdenklichen Gewürzen duftete, griff nach einer unscheinbaren Flasche mit einem handbeschrifteten Etikett und reichte sie Marie.

»Hier, unser Nussöl. Viel haben wir nicht mehr. Die Ernte vom letzten Jahr war nach dem späten Frost im Frühjahr eher mager. Und dieses Jahr … die Trockenheit … Die Natur spielt verrückt«, klagte Léonie.

Sie jammerte gern über die Natur, die nicht so wollte wie sie. Marie dachte, dass sie inzwischen leider recht hatte, als Georges kopfschüttelnd reinkam.

»Der Fahrradfahrer, der Girard, der ist tot!«

»Wie? Tot?«, entfuhr es Marie.

»Ein Jagdunfall. Hat mir Rose gerade erzählt.«

Léonie runzelte missbilligend die Stirn. Vielleicht auch, weil sie nicht als Erste informiert worden war.

Marie rief sich das Bild des Radfahrers in Erinnerung, den sie vor ein paar Stunden noch gesehen hatte. Was wäre gewesen, wenn sie sich auf ein längeres Gespräch mit ihm eingelassen hätte? Die Jäger hätten ihre Stimmen gehört, und er würde noch leben. Wie furchtbar! Marie setzte sich hin, dachte an Franck und dann unweigerlich an Hélène.

Sofort schoss sie wieder vom Stuhl hoch. »Ich muss zu Hélène.« Der Appetit war ihr schlagartig vergangen.

»Aber doch nicht jetzt!«, empörte sich Léonie. Sie beugte sich zum Backofen hinunter und holte die goldbraune, perfekt geformte Tarte mit Steinpilzen heraus und rief, während draußen die Kirchenglocken läuteten: »Zu Tisch!«

»Oh, riecht das gut.« Der sonst so zurückhaltende Georges gab ein beinahe lustvolles Stöhnen von sich. Er setzte sich an seinen Stammplatz und entfaltete eine große karierte Stoffserviette.

Marie haderte mit sich. Das kann ich ihr eigentlich nicht antun, dachte sie, als sie Léonies zusammengekniffene Lippen sah. Aber in den letzten Jahren war es ihr in Fleisch und Blut übergegangen, gleich loszueilen, sobald etwas Schlimmes geschah – das hatte ihr Beruf mit sich gebracht. Und sie hatte das Bedürfnis, nach Hélène zu schauen.

»Tut mir leid, Léonie. *Bon appétit!*«

Als sie durch die Tür ging, hörte sie Georges noch murmeln: »Tsss ... Diese Pariser, immer am Rennen.«

Marie lief über den Hof auf das Tor zu.

»Nein, ich kann dich nicht mitnehmen«, beschied sie César, der zu ihr kam und sich offenbar auf einen weiteren Spaziergang freute.

Erst jetzt nahm sie ein ungewöhnliches Stimmengewirr im Dorf wahr und eilte zielstrebig durch die Gassen in Richtung des Café de la Place. Mit jedem Schritt steigerte sich die Geräuschkulisse.

Marie überkam ein Gefühl von Beklemmung.

Kapitel 3

Das Café de la Place war seit drei Generationen das Herzstück des Dorfes. Hier konnte man Zigaretten kaufen, sich gemütlich hinsetzen und einen Kaffee, ein anderes Getränk oder auch die traditionelle Küche der Region genießen. In Maries Kindheit war das Café obendrein noch ein Hotel gewesen, doch die Zimmer im ersten Stock entsprachen längst nicht mehr den gesetzlichen Vorgaben und waren nun verwaist.

Hélène arbeitete hier seit ein paar Jahren als Kellnerin, aus einem Sommerjob war eine Festanstellung geworden. Wegen ihrer natürlichen Ausstrahlung und ihrer Zuverlässigkeit war Hélène bei den Besitzern wie auch bei den Stammkunden hochgeschätzt. Letztere nannten sie *La belle Hélène*. Zu Recht, hatte sie doch mit Anfang zwanzig als Miss Périgord kandidiert und immerhin den zweiten Platz belegt.

Auf der Suche nach ihr stieg Marie die wenigen Stufen hinauf, die zu der quadratischen Terrasse des Cafés führten, wo Vintage-Bistro-Möbel in beige-grünen Tönen unter zwei niedrig geschnittenen Linden standen. Am Abend erleuchtete eine bunte Lichterkette die Terrasse. Es war ein unprätentiöser Ort, der mit seinem authentischen Charme zum Verweilen einlud. Aber dort war Hélène nicht zu sehen.

Vielleicht ist sie ja nach Hause gegangen, überlegte Marie. Die Geschichte mit dem Radler, wie man ihn im Dorf nannte, schien wirklich ernst gewesen zu sein. Letzte Woche noch hatte Hélène Marie besucht und ihr strahlend erzählt, dass sie den richtigen Mann gefunden habe. Endlich. Auch an ein gemeinsames Haus hatten sie schon gedacht. Marie hatte Hélène selten so glücklich und entspannt gesehen. Sie musste jetzt am Boden zerstört sein.

Die Stimmen um sie herum wurden immer lauter und rissen Marie aus ihren Gedanken. Es waren die Jäger, die leidenschaftlich über den Vorfall diskutierten.

»Der lag auf dem Rücken, sage ich dir!«, rief jemand.

»Ich hab aber gehört, dass er auf dem Bauch lag«, widersprach ein anderer.

»Egal, tot ist tot.«

»Ich kann es jedenfalls nicht gewesen sein, ich war auf der anderen Seite vom Hügel positioniert.«

»Wer war denn überhaupt am Südhang vorgesehen?«

»Philippe und Lambert.«

Die Männer hatten die Jagd vorzeitig abgebrochen und sich dann sofort hier eingefunden. Der Schreck steckte ihnen noch in den Gliedern. Die Jagd hatte doch gerade erst angefangen – und dann so was!

Marie grüßte den einen oder anderen mit einem schwachen Lächeln. Die Jäger saßen in ihren hässlichen Camouflage-Monturen da. Manche trugen auch noch die im Departement der Dordogne für die Jagd gesetzlich vorgeschriebenen orangefarbenen Westen mit den fluoreszierenden Streifen. Sie tranken ein Bier oder einen Pastis und redeten laut durcheinander. Jeder hatte eine klare Meinung, die lautstark und mit ausladenden Gesten verkündet wurde.

»Was müssen die Leute auch am Wochenende mit dem Fahrrad durch den Wald fahren!«, empörte sich einer.

»Es gab ja einen Gesetzesvorschlag, der das während einer Jagd verbietet«, wusste ein anderer zu berichten. »Hat sich aber nicht durchsetzen können.«

»Jaja, die Jäger sind immer an allem schuld.«

Und wer am lautesten redet, hat recht, dachte Marie.

Plötzlich entdeckte sie den blonden Haarschopf von Hélène, die ein Tablett mit leeren Gläsern trug, und ging auf sie zu.

Bevor Marie sie erreichte, rief einer der Jäger: »Hallo, *belle Hélène*, bring uns doch auch etwas Wurst und Paté de campagne.«

Die sonst so fröhliche Hélène nickte nur mit versteinerter Miene. Sie trug ein kurzes geblümtes Kleid, das ihre grazile Figur und ihre wohlgeformten, braun gebrannten Beine zur Geltung brachte, und dazu hübsche, farblich passende Sandalen. Gewandt schlängelte sie sich durch die vielen Besucher, um aus der Küche das bestellte Essen zu holen.

Marie war schon immer davon fasziniert gewesen, wie elegant und anmutig zugleich Hélène sich bewegte. Wenn sie ihr dabei zusah, fühlte sie sich oft an die geschmeidigen Bewegungen einer Raubkatze erinnert. Und was hätte sie als Teenager – und, ehrlich gesagt, auch heute noch – für Beine wie die von Hélène gegeben!

Sie folgte ihr in die Küche. Hélène nahm die Gläser von dem Tablett und stellte sie auf die Spüle. Sie schien sie nicht zu bemerken.

Marie trat näher und lächelte sie mitfühlend an. »Das mit Franck tut mir so leid. Warum gehst du nicht nach Hause?«

»Siehst du nicht, was hier los ist?«, erwiderte Hélène gereizt.

»Aber du musst doch nicht die Heldin spielen.«

»Mir ist gerade nicht nach Spielen, wenn du es genau wissen willst.«

»Das meine ich doch nicht.« Marie wollte ihr die Hand auf die Schulter legen, aber sie wandte sich rasch von ihr ab.

Die beiden kannten sich seit ihrer frühen Kindheit. Maries Großmutter und Madame Durand, Hélènes Pflegemutter, hatten sich immer sehr geschätzt und dafür gesorgt, dass die beiden gleichaltrigen Mädchen sich trafen, wenn Marie die Ferien in Saint-André verbrachte. Aber auch wenn Marie und Hélène sich mochten und viel voneinander wussten, waren sie nie richtig enge Freundinnen geworden. Das wurde Marie in diesem Moment einmal mehr bewusst.

Hélène war schon als Kind auffallend hübsch gewesen und nach dem tragischen Tod ihrer Eltern von allen Bewohnern beschützt worden. Hélène hatte bereits in jungen Jahren besonnen gewirkt, während Marie ein *garçon manqué* war, ein Wildfang: Sie lief ständig mit schmutzigen, zerrissenen Klamotten herum, kletterte gern auf Bäume, erkundete Grotten, rettete aus ihren Nestern gefallene Vögel oder half Georges im Stall.

»Hélène …«

»Reichst du mir mal das Glas mit den Cornichons hinter dir?«

Marie tat wie geheißen, und musterte das Gesicht ihrer Freundin. Offensichtlich hatte Hélène heftig geweint, und ihr Schmerz ging Marie nahe. Dunkle Ränder ließen Hélènes blaue Augen größer wirken. Hals und Dekolleté waren hektisch gerötet, das sonst so gepflegte Haar war achtlos zusammengebunden. Hélènes Hände zitterten, während sie die Teller mit Paté und Cornichons anrichtete.

»Weißt du, was passiert ist?«, fragte Marie vorsichtig.

»Ich weiß, dass er tot ist«, erwiderte ihre Freundin mit gepresster Stimme, während sie begann, Brot in dicke Scheiben zu schneiden.

Marie reichte ihr die kleinen Brotkörbe an, die auf einer Anrichte standen.

»Ich kann mir vorstellen, wie es dir geht.«

»Nein, kannst du nicht!« Hélène verließ die Küche mit dem vollen Tablett, ohne Marie weiter zu beachten.

Marie war ratlos. Vor allem aber ärgerte sie sich über sich selbst, weil sie nicht die richtigen Worte gefunden hatte, um Hélène zu trösten.

Als sie auf die Terrasse zurückkehrte, entdeckte sie dort Bruno Dubosc, den Bürgermeister von Saint-André, der mit herrischer Miene auf die Anwesenden starrte. Vielleicht weiß er, was passiert ist, dachte Marie und ging auf ihn zu. Das grau melierte Haar hatte er wie immer sehr kurz geschnitten, und er trug sein obligatorisches Polohemd mit dem Krokodil. Marie konnte sich nicht erinnern, ihn außerhalb der Jagd jemals in anderer Oberbekleidung gesehen zu haben. Im Zivilleben war er Mathematiklehrer an der Mittelschule der nächsten Gemeinde, aber sein Herz schlug für das Amt als Bürgermeister. Bruno Dubosc liebte Saint-André über alles und wollte das Beste für sein Dorf – und das war mehr, als manchem lieb war. Denn er hatte den Tourismus vorangetrieben, sodass in der Ferienzeit immer mehr Urlauber durch die Dorfgassen strömten, und das gefiel nicht allen Bewohnern. Es war in der Tat ein Balanceakt, die Authentizität des Ortes zu bewahren und ihn zugleich für den Tourismus zu öffnen, der immerhin Arbeitsplätze schuf und Leben ins Dorf brachte.

»*Salut*, Bruno. Ein schlimmer Tag, was?«

»Ah, *salut*, Marie. Ja, furchtbar! Und morgen kommt die Kommission für die Vorauswahl des Siegels *Un des plus beaux villages de France*. Ganz schlechtes Timing.«

Empathie war noch nie Brunos Stärke gewesen. Der Gedanke, dass Saint-André das begehrte Prädikat »Eines der schönsten Dörfer Frankreichs« erhalten könnte, ließ ihn alles zwischenmenschliche Mitgefühl vergessen.

»Weißt du, was passiert ist?«

»Warum wir das Prädikat nicht gleich bekommen haben?«

»Nein! Der Unfall!«, entgegnete Marie ein wenig empört. Der Mann war unmöglich.

»Ach so. Ich habe den Tatort sofort abriegeln lassen und die Menschentraube, die sich da schon versammelt hatte, eigenhändig weggescheucht.«

»Und wo lag die Leiche?«

»Am Südhang, direkt am Wegrand. Ein paar Meter von der Quelle entfernt und ...« Er stutzte. »Aber du bist doch nicht im

Dienst, oder? Zumal das hier im Zuständigkeitsbereich des Kommissars aus Périgueux liegt, und der ist schon am Tatort.«

Marie biss sich auf die Innenseite der Wange. Eine schlechte Angewohnheit, wenn sie nicht weiterwusste oder verärgert war. »Natürlich nicht. Aber dieser Unfall geht einem doch an die Nieren. Übrigens, ich war heute Morgen im Wald. Hätte mich genauso erwischen können.«

»Jaja …« Er nickte zerstreut.

Jaja, äffte Marie ihn innerlich nach. Dass ein junger Mensch gestorben war, schien ihn kaum zu berühren.

»Monsieur le Maire, der Kommissar ist gerade angekommen«, unterbrach ein Angestellter des Rathauses das unergiebige Gespräch.

Dubosc ließ Marie kommentarlos stehen, und sie sah ihn auf einen großen, schlanken Mann zugehen. Marie schätzte den Kommissar auf Ende vierzig. Ein echter Provinz-Kommissar. Dieser lange Lulatsch mit seinen beigen Klamotten könnte glatt einem Claude-Chabrol-Film entsprungen sein, dachte sie und beobachtete, wie er in aller Ruhe sein Umfeld taxierte.

»*Bonjour*, Monsieur le Commissaire. Ich bin Bruno Dubosc, der Bürgermeister von Saint-André«, verkündete Dubosc in einem großspurigen Tonfall.

»Michel Leblanc«, erwiderte der Kommissar knapp und deutete auf den rundlichen, jovial wirkenden Mann, der ihn begleitete. »Inspecteur Martin.«

Martin reichte Dubosc die Hand und grüßte freundlich.

»Mein Hund hat die Leiche entdeckt, und ich habe gleich alle nötigen Maßnahmen veranlasst und den Tatort großräumig absperren lassen«, verkündete Dubosc selbstzufrieden.

»Da haben Sie richtig gehandelt«, entgegnete der Kommissar.

»Ja, nicht jeder wäre so geistesgegenwärtig gewesen, aber ich sage ja immer: In Krisen muss man einen kühlen Kopf bewahren.«

Marie musste schmunzeln, als sie in den Augen des Kommissars einen Anflug von Gereiztheit entdeckte. Ja, so ist er – der nervt.

»Wissen Sie, ich lese gern Krimis, da lernt man viel über Ihren Beruf«, fuhr Dubosc fort.

»Verstehe«, antwortete Leblanc. »Wo können wir uns setzen? Ich will gleich mit allen Teilnehmern der Jagd sprechen. Die Kollegen werden die Personalien aufnehmen. Und Sie waren auch bei der Jagd?«, fragte er und blickte auf Duboscs Polohemd.

»Natürlich. Ich habe mich nur rasch umgezogen. Ich bin kein Freund von *Laisser-aller*.«

Marie beobachtete amüsiert, wie Leblanc ihn leicht spöttisch anschaute und nickte.

»Ja, man sollte sich nicht gehen lassen«, sagte der Kommissar.

Dubosc schluckte. »Also dann, am besten setzen wir uns rein. Da ist es etwas ruhiger.«

Die drei Männer nahmen an einem Fenstertisch Platz. Marie folgte ihnen unauffällig und setzte sich an den Tresen. Sie war gespannt darauf, was der Kommissar zu erzählen hatte. Das stand ihr natürlich nicht zu, aber sie konnte der Versuchung nicht widerstehen, ein wenig zu lauschen, und dachte: Dann wollen wir doch mal sehen, wie die Kollegen hier auf dem Land arbeiten.

Sie schaute zur Besitzerin des Café de la Place, die hinter dem Tresen stand, und sagte: »*Bonjour*, Danielle, ein Panaché, bitte.«

Die Wirtin war stark geschminkt, wie Marie auch heute nicht entging, und stellte in ihrem eng sitzenden Kleid mit Leopardenmuster ein üppiges Dekolleté zur Schau. Überall im Café hingen Schwarz-Weiß-Fotos von Schauspielerinnen aus den Sechzigerjahren, und im Laufe der Jahre hatte Danielle sich ihren Idolen modisch angepasst.

»Isst du sonntags nicht bei Léonie?«, fragte sie.

»Doch ... später.«

Danielle hob verwundert die scharf nachgezeichneten Augenbrauen, während sie ihr das Limonade-Bier-Getränk servierte. Im Dorf wusste jeder, dass Léonie feste Gewohnheiten hatte, und dazu zählten pünktliche Mahlzeiten. Aber im Moment war Danielle offenbar zu sehr mit der Anwesenheit der Polizeibeamten in ihrem Lokal beschäftigt, um weiter nachzufragen.

Marie sah, wie Dubosc irritiert Richtung Tresen schaute. Sie tat so, als würde sie sich auf ihr Getränk konzentrieren, und beobachtete Hélène, die sich anscheinend krampfhaft an den Tabletts festhielt, mit denen sie zwischen Küche und Terrasse hin- und hereilte. Die Ärmste schien kurz vor einem Nervenzusammenbruch zu stehen.

Danielle war ihrem Blick gefolgt. »Das arme Ding! Ich habe ihr gesagt, dass sie nach Hause gehen soll. Aber sie will lieber hierbleiben. Zur Ablenkung.« Und während sie die Gläser aus der Spülmaschine räumte, fügte sie hinzu: »Ist mir, ehrlich gesagt, ganz recht bei all dem Trubel hier.«

»Ja, das glaube ich«, murmelte Marie, die nichts von dem verpassen wollte, was am Tisch des Kommissars gesprochen wurde.

»Kanntest du den Radfahrer?«, fragte Danielle.

»Kaum. Hélène hat ihn mir letzte Woche kurz vorgestellt.«

»*C'est terrible!* Als hätte sie nicht genug Kummer mit ihrer Pflegemutter, die langsam den Verstand verliert.«

Kapitel 4

Der Bürgermeister war offensichtlich ganz in seinem Element. Es passierte etwas in seinem Dorf, und er war mittendrin im Geschehen. Wahrscheinlich ist der Mann ja ganz in Ordnung, dachte Michel Leblanc, aber ziemlich anstrengend. Während er mit einem halben Ohr den Ausführungen über die zahlreichen Vorzüge von Saint-André lauschte, schweifte sein Blick über die anwesenden Leute: die aufgeregten, lauten Jäger, die aufgebrezelte Restaurantbesitzerin, die blasse blonde Kellnerin und die attraktive junge Frau am Tresen, die nur ein, zwei Schritte von ihm entfernt saß. Er kannte das Lokal. Hier hatte er einmal ein wunderbares Entenbrustfilet mit Pommes de terre sarladaises gegessen. Vielleicht könnte er sich gleich nach der Befragung ein gutes Mittagessen gönnen. Bei dem Gedanken an Entenbrust mit Bratkartoffeln – womöglich sogar noch mit Steinpilzen – hob sich augenblicklich seine Stimmung.

»Was wissen Sie über diesen Franck Girard?«, unterbrach er schließlich den schwadronierenden Bürgermeister.

»Der ist seit ein paar Monaten jedes Wochenende aus Bordeaux hergekommen«, antwortete Dubosc in besserwisserischem Tonfall. »Soweit ich weiß, wollte er die Gegend mit dem Fahrrad erkunden. Saint-André hatte es ihm verständlicherweise besonders angetan – und sie wohl auch.« Sein Kinn ruckte in Richtung der Kellnerin.

Leblanc fand diese Geste despektierlich. Sie passte aber zu dem Mann. Er sah kurz zu der gestressten jungen Frau hinüber und fuhr dann mit der Befragung fort. »Wo hat er gewohnt?«

»Ich glaube, er hatte ein Zimmer bei den Engländern gemietet. Die haben ein B & B am Dorfausgang. *Cosy Périgord.*«

Leblanc wandte sich Martin zu. »Gehen Sie da mal hin!«

»Jetzt?«

»Ja, jetzt gleich und nicht morgen«, antwortete er grinsend. »Schauen Sie nach einem Laptop, persönlichen Papieren und dergleichen – und suchen Sie nach seinem Handy!«

Der Inspektor stand behäbig auf, lächelte verlegen und trollte sich.

Leblanc schaute ihm nach. Dabei streifte sein Blick abermals die junge Frau, die an der Bar saß und so tat, als würde das Gespräch sie nicht weiter interessieren. Sie trug ein schlichtes weißes T-Shirt, Jeans und Turnschuhe und schien die Wirtin zu kennen, aber irgendwie wirkte sie hier etwas fremd. Bestimmt eine Großstadtpflanze. Vielleicht aus Paris?

»Ein furchtbarer Unfall!«, rief der Bürgermeister in einem theatralischen Ton. »Ganz, ganz furchtbar.«

»Das war kein Unfall«, widersprach der Kommissar und taxierte sein Gegenüber mit nüchternem Blick. »Das Opfer wurde mit zwei Patronen aus unmittelbarer Nähe erschossen.«

Dubosc fiel aus allen Wolken. »Ein Mord in Saint-André! Das hat mir gerade noch gefehlt.«

Leblanc war zunächst fassungslos über die Reaktion des Bürgermeisters, der einen Mord offenbar nur als Imageschaden ansah, mit dem er sich beschäftigen musste. Und so einer kümmert sich um die Belange der Bürgerinnen und Bürger! Da ist man wohl gut beraten, keine Probleme zu haben, dachte er, setzte ein falsches Lächeln auf und erwiderte spöttisch: »Ja, dem Opfer auch.«

Dubosc fand darauf keine Antwort und schaute irritiert.

Leblanc wunderte sich über sich selbst, dass er diese Bombe schon jetzt hatte platzen lassen. Eigentlich hätte er die Information in diesem Stadium der Ermittlungen noch zurückhalten müssen. Er hatte intuitiv gehandelt, und damit war er bisher immer gut gefahren. Bei seinem letzten Fall hatte er auch gleich mit offenen Karten gespielt und auf diese Weise eine komplizierte Intrige gelöst. Der Überraschungseffekt sorgte manchmal für unüberlegte Reaktionen, die wertvoll sein konnten. Außerdem waren Regeln dazu da, dass man sie zwar beherrschte, doch in besonderen Fällen auch überging. Ermittlungsarbeit verlangte einen freien Geist. Wie sollte man sonst begreifen, wie Menschen funktionieren – und was sie zu Mördern machte?

»So, und jetzt will ich alle Jäger mit ihren Jagdscheinen und Waffennummern sehen«, beschied er Dubosc. »Schön einer nach dem anderen. Ich will überhaupt mit jedem sprechen, der sich in dieser Kneipe befindet.« Von diesem eitlen Fatzke an seinem Tisch hatte er allerdings genug. »Ich danke Ihnen, Monsieur le Maire. Ich will Sie jetzt nicht länger aufhalten. Wir sprechen später weiter.«

»Sind Sie sicher, dass Sie zurechtkommen?«

»Jaja, vielen Dank. Und bei Bedarf weiß ich ja, wo ich Sie finde.«

Dubosc erhob sich. »*Au revoir,* Monsieur le Commissaire. *A bientôt.*«

Hoffentlich nicht, dachte Leblanc, während er eine möglichst freundliche Miene aufsetzte. »*Au revoir.*«

Er sah Dubosc nach, der sich mit steifem Gang Richtung Terrasse entfernte. In dem Moment fiel sein Blick erneut auf die Frau auf dem Barhocker. Es störte ihn, dass sie sich so nah zu ihnen gesetzt und wohl das gesamte Gespräch mit dem Bürgermeister gehört hatte, und er sprach sie an, ohne sich höflich vorzustellen.

»Und wer sind Sie?«

»Marie Mercier.«

Ihm fielen sofort ihre wachen Augen auf. Wenn die mal nicht neugierig ist, dachte er. »Und was machen Sie hier?«

Sie zeigte auf ihren Panaché.

»Sind Sie Jägerin?«

»Nein!«

»Wohnen Sie hier?«

»Ja, zwei Straßen weiter.« Sie deutete in die entsprechende Richtung.

»Kannten Sie das Opfer?«

»Flüchtig.«

»Bitte lassen Sie gleich von meinen Kollegen Ihre Personalien aufnehmen.«

»Klar.«

»Wissen Sie, wie die Kellnerin heißt?«

»Hélène Bouet.«

Leblanc ließ den Blick durch den Raum wandern, entdeckte die Gesuchte und rief: »Madame Bouet?«

Die Kellnerin drehte sich um und blieb mit ihrem Tablett stehen, und Leblanc beobachtete, wie sie die Frau am Tresen hilfesuchend anschaute, die daraufhin in seine Richtung nickte. Die beiden kannten sich also gut, das verriet allein der mitfühlende Blick von dieser Marie Mercier.

Mit langsamen Schritten kam die Kellnerin auf ihn zu. Da er sich nicht länger von der neugierigen Frau belauschen lassen wollte, sagte er: »Vielleicht haben Sie noch was zu tun?«

»Jaja.«

Er sah zu, wie sie gemächlich von ihrem Barhocker rutschte, fast ein bisschen trotzig. Ihm fiel auf, dass sie klein war – maximal einen Meter sechzig, schätzte er. Wie alt mochte sie sein? Anfang dreißig? Aber vielleicht ließen das rundliche Gesicht und die Stupsnase sie auch jünger wirken. Sie strahlte eine besondere Energie aus und bewegte sich mit natürlicher Anmut. Eine interessante Frau – und hübsch obendrein. Ihr Getränk hatte sie kaum angerührt. Das sprach für sie; diese Limo-Bier-Mischung war wirklich etwas Abscheuliches.

Unterdessen hatte sich die Kellnerin zu ihm an den Tisch gesetzt. Noch im selben Moment war es um ihre Selbstbeherrschung geschehen. Sie brach in Tränen aus, legte ihren Kopf auf die Arme und schluchzte herzzerreißend. Leblanc schloss kurz die Augen. Bitte nicht! Ratlos schaute er Marie Mercier an, die nach zwei, drei Schritten stehen geblieben war und jetzt zu ihm blickte.

»Ich lasse Sie dann mal arbeiten. *Au revoir*, Monsieur le Commissaire.«

Er vergaß zu antworten und sah ihr hinterher, wie sie zur Terrasse ging. Die Wirtin kam mit einer Rolle Küchentücher an den Tisch geeilt und warf ihm einen vorwurfsvollen Blick zu.

Heute ist ja wirklich mein Glückstag, dachte er. Valérie, wenn du mich sehen könntest, würdest du den Kopf schütteln und sagen: »*Mon pauvre Michel!*« Vor zwei Jahren war seine Ehefrau an einer Herzkrankheit gestorben, doch er führte im Geiste immer noch Gespräche mit ihr.

Nun saß er dieser jungen Frau gegenüber, die im Begriff war, sich in Tränen aufzulösen, während die Cafébesitzerin Hektik verbreitete.

»Sehen Sie nicht, dass die Arme jetzt Ruhe braucht?«, herrschte sie ihn an.

Doch dann raffte sich die Kellnerin plötzlich auf, putzte sich laut die Nase und wandte Leblanc ihr Gesicht zu. Ihre verzweifelte Miene versetzte ihm einen Stich, und er dachte unwillkürlich an seine eigene Trauer nach dem Tod von Valérie.

»Schon gut, Danielle«, sagte sie, ehe sie sich mit dumpfer Stimme an Leblanc wandte. »Wie kann ich Ihnen helfen, Monsieur le Commissaire?«

Leblanc atmete innerlich auf und lächelte sie dankbar an.

»Indem Sie mir ein paar Fragen beantworten, Madame Bouet. Sie kannten das Opfer gut?«

Sie nickte.

»Sehr gut?«

Ihre Augen füllten sich wieder mit Tränen, aber sie beherrschte sich. »Ja. Wir wollten bald zusammenziehen. Also ... Franck wollte zu mir nach Saint-André kommen.«

»Wann haben Sie ihn das letzte Mal gesehen?«

»Heute früh. Er wollte am Morgen eine Radtour machen. Es war ja tolles Wetter angesagt. Und dann wollte er nach Bordeaux zurückfahren. Ich muss heute arbeiten und war schon ab acht Uhr früh hier. Sie sehen ja, was hier am ersten Jagdtag los ist.« Sie senkte den Kopf und flüsterte: »Und dann dieser Unfall.«

»Madame Bouet, ich muss Ihnen leider mitteilen, dass es kein Unfall war.« Er machte eine kleine Pause, und sie schaute verwirrt zu ihm hoch. »Monsieur Girard wurde aus unmittelbarer Nähe erschossen.« Sie starrte ihn ungläubig an, und er ergänzte: »Nicht mit einem, sondern mit zwei Schüssen. Da wollte jemand, sagen wir mal, ganz sichergehen.«

Die junge Frau schüttelte vehement den Kopf. »Das glaube ich nicht. Das kann doch nicht wahr sein.« Sie schaute Leblanc entsetzt an. »Er kannte hier doch kaum jemanden! Wer sollte so etwas tun? Und vor allem – warum?« Sie atmete tief ein, um Fassung bemüht.

»Ist Ihnen gestern Abend etwas aufgefallen? War Monsieur Girard irgendwie anders, vielleicht angespannt? Hat er einen ungewöhnlichen Anruf bekommen?«

Ihr Gesichtsausdruck veränderte sich. Sie schaute ihn nun mit der Arglosigkeit eines kleinen Mädchens an und murmelte gedankenverloren: »Wir hatten ein Haus gefunden. Das Haus der Monteil am Dorfausgang ist zu vermieten.«

Ihre Unterlippe zitterte gefährlich. Doch Leblanc wagte es, noch eine Frage zu stellen. »Monsieur Girard hatte seine Brieftasche in der Satteltasche, aber kein Handy. Ist er immer ohne Handy los?«

»Eigentlich nicht.« Sie schüttelte heftig den Kopf; dicke Tränen liefen ihre blassen Wangen hinunter. Sie griff zu der Küchenrolle, die die Wirtin zurückgelassen hatte.

Leblanc schob ihr eine Visitenkarte zu. Er wollte ihr nicht noch mehr zumuten. »Ruhen Sie sich aus. Glauben Sie mir, das ist wichtig. Und melden Sie sich bitte, falls Ihnen irgendwas einfällt, das uns bei den Ermittlungen weiterhelfen kann. Auf Wiedersehen, Madame Bouet.«

Leblanc wusste nur zu gut, was es bedeutete, von abgrundtiefer Trauer erfüllt zu sein. Er sah der jungen Frau nach, die sich mühsam in die Küche schleppte. Er konnte gut nachvollziehen, wie viel Kraft jeder Schritt ihr abverlangte.

Noch einmal ließ er den Blick durch die Kneipe wandern. Die Einrichtung war schlicht, hatte aber eine gefällige Patina. Der imposante Tresen aus Zinn stammte noch aus alten Zeiten und war tadellos erhalten. Diese alten Modelle sah man nur noch selten. Er ging auf die Restaurantbesitzerin zu – eine bescheidene Kopie von Gina Lollobrigida –, die hinter dem Tresen hin und her wuselte.

Leblanc setzte sich mit der Hälfte seines Gesäßes auf einen Barhocker.

»Kam Monsieur Girard oft ins Café?«, fragte er die Wirtin, die daraufhin unwirsch aufblickte.

»Nur um Hélène nach der Arbeit abzuholen. Getrunken hat er nie etwas. Das war einer, der auf seine Figur geachtet hat. Immer mit dem Fahrrad unterwegs. Kein Alkohol, keine Zigaretten …«, sagte sie eine Spur vorwurfsvoll und betrachtete dabei kritisch ihre perfekt rot lackierten Fingernägel.

»Wer könnte etwas gegen ihn gehabt haben?«

»Woher soll ich das wissen?«

»In so einem kleinen Dorf kriegt man doch viel mit. Wer sich mag und wer nicht …«

»Schon. Da wird viel geredet, wenn der Tag lang ist.«

»Verstehe. Und Sie haben da was gehört, ja?« Na komm, spuck's schon aus!, dachte Leblanc.

Doch sie räumte weiter Flaschen von links nach rechts und schnaufte. Leblanc sah sie unbeirrt an, und das machte sie nervös.

»Na ja, Philippe …«, antwortete sie schließlich. »Der wird ihn nicht in sein Herz geschlossen haben.«

»Aha?«

»Der ist verrückt nach Hélène. Schon immer, der arme Bursche.«

»Aber man muss einen Rivalen ja nicht gleich umbringen.«

»Ich sag ja nur. Weil er die Jagd gleich am Anfang verlassen hat und seitdem nicht mehr gesehen wurde.«

»Interessant. Und wo wohnt dieser Philippe?«

»Hier im Dorf. In der kleinen Gasse hinter dem Brunnen.«

Auf einen Zettel zeichnete sie umständlich den Weg zu Philippes Haus auf, nachdem Leblanc sie darum gebeten hatte.

»Und wie heißt er mit Nachnamen?«

»Lavaud.«

»Eine Frage noch: Madame Bouet hat mir gesagt, dass sie heute um acht Uhr hier war. Können Sie das bestätigen?«

»Ja, sie kommt immer um acht Uhr. Sie ist sehr pünktlich.«

Leblanc bedankte sich und schlenderte hinaus. Vor der Speisekarte blieb er einen Moment lang stehen, und das Herz ging ihm auf.

Omelette aux truffes ou aux cèpes, Trüffel- oder Steinpilzomelett, lecker! Terrine de Foie gras, Entenstopfleberpastete, mmh! Escargots au beurre persillé, Weinbergschnecken in Petersilie-Knoblauch-Butter … auch nicht schlecht!

»Meine Frau meint, dass ich auch leichtere Gerichte anbieten soll, weil Fleisch und Foie gras heutzutage schlechte Presse haben«, sagte ein dickbäuchiger Mann in blauer Küchenschürze – vermutlich der Restaurantbesitzer –, der sich zu ihm gesellt hatte.

»Ich finde Ihre Karte ganz wunderbar.«

»Meine Meinung. Und wem's nicht passt, der kann ja in irgendeinem buddhistischen Restaurant Tofu essen.«

*

Marie war am Rand der Terrasse stehen geblieben, und während sie scheinbar interessiert die Hügellandschaft betrachtete, dachte sie über den Kommissar nach. Sie musste feststellen, dass ihr erster Eindruck nicht gerade positiv war. Warum hatte er gleich am Anfang der Ermittlung verraten, dass es sich um einen Mord handelte? Das war nicht wirklich professionell. Er machte sich auch keine Notizen und wirkte, als würde er nur mit einem Ohr zuhören. Aber er schien einen guten Sinn für Ironie zu haben. Dubosc hatte er wohl gleich durchschaut. Aber hoffentlich würde er Hélène nicht allzu viel zumuten. Ihr fiel ein, dass sie Leblancs Foto im Intranet der Polizei gesehen hatte. Erst kürzlich hatte er irgendeine Auszeichnung für einen gelösten Fall erhalten. Verwunderlich bei diesen Arbeitsmethoden! Sie hatte das gelesen, als sie neulich rein interessehalber geschaut hatte, ob im nahe gelegenen Périgueux, wo sich die Präfektur des Departements Dordogne befand, in absehbarer Zeit ein Posten frei würde. Aufgefallen waren ihr dabei die traurigen Augen des Kommissars, die sie auch jetzt bemerkt hatte. Und seine seltsame Frisur. Ob er sich die Haare selbst schnitt?

Ihr Blick schweifte hinüber zu zwei Polizeibeamten. Sie nahmen die Personalien der Jäger auf und notierten deren jeweiligen Standort, als die Schüsse gefallen waren. Natürlich hatten die wenigsten ihren Ausweis oder ihren Jagdschein dabei, was zu großer Aufregung führte. Die Jäger trockneten sich mit dem Ärmel den Schweiß unter ihren Kappen oder tranken noch ein Glas, um sich zu stärken. Manche griffen zu ihren Handys. Sie riefen ihre Frauen an, schilderten die Situation und baten sie, ihnen die Papiere ins Café zu bringen.

Während Marie die Jäger betrachtete, fiel ihr plötzlich auf, dass Philippe nicht unter ihnen war. Er war ein passionierter Jäger und hätte eigentlich hier sein müssen. Sie verabscheute zwar die Jagd, aber dennoch mochte sie den gleichaltrigen Philippe, den sie wie Hélène seit der Kindheit kannte.

»Weißt du, wo Philippe ist?«, fragte Marie einen der Jäger.

»Ach, der hat sich wieder mit Bruno in die Wolle gekriegt und ist nach fünf Minuten fluchend abgehauen.«

»Was war denn los?«

»Nichts, wie immer. Irgendwas mit den Hunden. Die beiden können sich einfach nicht ausstehen. Tja, wenn Bruno das Mordopfer wäre, bräuchten die Bullen nicht weiter nach dem Täter zu suchen.«

»Er ist aber quicklebendig.«

Marie nickte dem Mann zu und wandte sich ab. Sie wusste, dass Philippe schon als kleiner Junge Hélène angehimmelt und alles getan hatte, was sie sich von ihm wünschte. Früher hatte er ihr Bonbons geschenkt, Himbeeren in fremden Gärten für sie gepflückt oder ihr Fahrrad repariert. Nun reparierte er ihr Auto oder tropfende Wasserhähne und holte ihre zahlreichen Internet-Bestellungen in Montignac ab. Hélène sagte dann oft zu ihm, er sei ein echter Schatz, und wuschelte ihm dabei durchs struppige Haar. Damit konnte sie alles von Philippe bekommen, der jedoch viel mehr von ihr ersehnte. Hélène hing an ihm und hegte so etwas wie einen Besitzanspruch, was ihn betraf. Aber sie liebte ihn nicht.

Gedankenversunken verließ Marie das Café. Doch nach wenigen Augenblicken fiel ihr ein, dass sie ihre Personalien noch gar nicht hinterlassen hatte. Darüber verwundert, dass man sie ungehindert hatte gehen lassen, kehrte sie zur Terrasse zurück. Seltsame Arbeitsmethoden, dachte sie. Niemand achtete darauf, dass man einen Überblick über alle potenziellen Zeugen hatte. Man merkte wirklich, dass man auf dem Land war. Strukturiertes Ermitteln ging anders.

Sie wandte sich an einen der beiden Polizisten, einen großen, sportlichen Mann um die dreißig mit dunklem Haar und warmherzigem Gesichtsausdruck, der gerade ein Gespräch beendet hatte.

»Der Kommissar wollte, dass ich meine Personalien hinterlasse. Ich habe keinen Personalausweis bei mir. Aber ich wohne da vorn.« Sie zeigte auf die Rückmauer des Hofs.

»Bei Léonie?«

»Direkt daneben, im Haus meiner verstorbenen Großmutter Madeleine Mercier.«

»Gott hab sie selig. Eine tolle Frau, die in der Gegend sehr geachtet wurde.« Der Polizist runzelte kurz die Stirn. »Ach, dann sind Sie die Kommissarin aus Paris?«, fragte er mit einem Strahlen.

»Ja, aber derzeit nicht im Dienst.«

»Ich habe schon viel von Ihnen gehört. Ihre Großmutter war sehr stolz auf Sie.«

Hat sie mir das auch mal gesagt?, fragte sich Marie plötzlich. Nein, nicht wortwörtlich. Aber Marie wusste es auch so. An Mamies Liebe hatte es für sie nie einen Zweifel gegeben.

Sie schaute zu, wie der Polizeibeamte sich Notizen machte. Eine klare Handschrift hatte er. Das sah man nicht oft. Die Notizen ihrer Pariser Kollegen konnte sie häufig nicht lesen. Und wenn sie ehrlich war, konnte sie manchmal selbst ihre eigene Handschrift im Nachhinein kaum entziffern.

»Und Sie heißen?«

»Marie Mercier«

»Klar, Mercier. Okay, ist notiert, Madame la Commissaire.«

»Und wie heißen Sie?«

»Visla, Gabriel Visla. *A votre service.*«

»*Au revoir*, Agent Visla.«

Kapitel 5

Marie hatte sich entschlossen, Philippe aufzusuchen, der im historischen Dorfzentrum wohnte, und machte sich auf den Weg. Von ferne sah sie Inspektor Martin gemächlich und fröhlich pfeifend die Hauptstraße entlanggehen. Offensichtlich kehrte er von seinen Erkundungen bei dem B & B zurück, in dem Girard gewohnt hatte. Ob er dort etwas herausgefunden hatte? Wenn ja, war es anscheinend nichts, was ihn aufgewühlt hatte. Den müsste Pauline jetzt sehen! Sie würde durchdrehen bei diesem Zeitlupentempo. Er hatte die Ruhe weg, pflückte einen der Weinpfirsiche, die schwer an einem Ast über einer Gartenmauer hingen, und biss genüsslich hinein. Marie traute ihren Augen nicht. Hallo, wir haben hier einen Mordfall aufzuklären!

Doch dann löste sie ihren Blick. Sie musste Philippe auftreiben und herausfinden, warum er nicht bei der Jagd gewesen und auch danach nicht mehr aufgetaucht war. Da stimmte etwas nicht! Philippe hatte bereits am Tag seines sechzehnten Geburtstags seinen Jagdschein beantragt – das Mindestalter in Frankreich – und seitdem vermutlich keine einzige Jagd hier verpasst.

Am alten Brunnen bog sie in die kleine Gasse ein, die zu seinem Haus im Dorfkern führte. Die Gebäude aus Sandstein waren so dicht aneinandergebaut, dass die Gärten versteckt hinter den Häusern lagen. Vor den niedrigen ockerfarbenen Fassaden mit ihren kleinen Fenstern wuchsen wilde Stockrosen. Marie blieb bei einer dunkelroten Stockrose stehen. Sie pflückte einige Samenkapseln und steckte sie in ihre Jeanstasche. Das Gärtnern musste sie als Städterin zwar erst noch lernen, aber das würde sicherlich mit der Zeit kommen. Sie ging weiter bis zum Ende der Gasse, wo Philippes bescheidenes Häuschen stand, in dem er seit dem Tod seiner Eltern allein lebte. Er war hier geboren so wie auch sein Vater, und soweit Marie wusste, war Philippes Großmutter auch schon hier zur Welt gekommen. Die Eingangstür war nur angelehnt. Marie klopfte dennoch.

»Philippe?«

Keine Antwort.

»Philippe? Ich bin's, Marie. Darf ich reinkommen?«

Als niemand antwortete, drückte sie die Tür auf und trat ein. Sie gelangte direkt in die Wohnstube. Ihr Blick fiel auf den *cantou*, einen fast zwei Meter breiten, mannshohen Kamin aus Stein, in dem traditionsgemäß links und rechts von der Feuerstelle niedrige Holzstühle standen. Marie kannte sie noch von früher. Die schlichte Einrichtung des Raumes hatte sich auch nach dem Tod von Philippes Eltern nicht geändert. Ein löchriger alter Kupferkessel, um Kastanien im Kamin zu rösten, hing seit Jahrzehnten als einziges Schmuckstück an der Wand. Die Tür, die zum Garten führte, stand offen. Marie ging durch sie hinaus und betrat eine Wiese, an deren Ende ein Gartenhäuschen stand, dessen Tür ebenfalls geöffnet war.

Fido, Philippes Jagdhund, döste vor dem Eingang, und als Marie näher kam, wedelte er mit seinem kurzen Schwanz. Sie trat in das spartanische Innere des Gartenhäuschens und erblickte Philippe, der auf einem Hocker saß. Er kam ihr noch schmächtiger vor als sonst. Ohne auf ihr Erscheinen zu reagieren, starrte er auf den geöffneten Schrank, in dem er seine Jägerausrüstung aufbewahrte. Sein Haar war wie immer zerzaust, und er trug ein verwaschenes T-Shirt und formlose Shorts.

»Was machst du?«, fragte Marie.

»Nichts, wie du siehst.«

»Du warst nicht bei der Jagd …«

»Ich war angeln.«

»Stress mit Bruno?«

»Geh mir bloß weg mit dem.«

Der Hund kam herein und legte sich zu ihren Füßen. Marie streichelte sein struppiges Fell. Fido und Philippe sind ein typisches Beispiel dafür, dass sich Hund und Herrchen mit der Zeit immer mehr ähneln, dachte sie.

»Ist Fido ein guter Jagdhund?«

»Der beste.«

»Es hat einen Jagdunfall gegeben.«

»Ich weiß. Der Radler.«

»Kanntest du ihn?«

»Nee. Ich weiß nur, dass er hinter Hélène her war.«

»Würdest du deshalb jemanden umbringen?«

Er lachte müde. »Da hätte ich viel zu tun.«

Er schaute zu ihr auf. »Bist du etwa dienstlich hier? Einmal Bulle, immer Bulle, oder wie?«

Marie schnaubte leicht. »Mensch, geht ihr mir damit alle auf die Nerven! Ich kann mich hier nicht normal mit jemandem unterhalten. Sofort bin ich die Polizistin, die Pariserin, die Deutsche. Ich bin hier, weil ich mir Sorgen um dich gemacht habe.«

»Schon gut. Wie geht es Hélène?«

»Sie ist am Ende. Aber sie bemüht sich um Fassung.«

»Die Arme. Tut mir so leid für sie.«

Marie wusste, wie ernst Philippe es meinte, und das berührte sie. Er liebte Hélène so sehr, dass er sich an erster Stelle ihr Glück wünschte. Wie schön war das!

Draußen auf der Gasse wurden Schritte und Stimmen laut. Fido erhob sich bellend.

»*Couché!*«, befahl Philippe.

Der Hund gehorchte und legte sich sofort wieder hin.

Marie erkannte die sonore Stimme des Kommissars, der sich draußen mit seinen Kollegen unterhielt.

»Wie, Kommissarin der Pariser Brigade Criminelle?«

Großes Gemurmel. Marie konnte die Polizisten nicht genau verstehen.

»Na super, das hat mir noch gefehlt«, sagte Leblanc und rief dann laut: »Monsieur Lavaud?«

Philippe rührte sich nicht.

Schließlich kündigte Leblanc deutlich vernehmbar an, dass er hereinkommen würde. Schritte im Wohnhaus waren zu hören.

Marie schaute sich um. Es gab keinen Fluchtweg. *Merde*, wie komme ich hier raus?

Ihr war klar, dass Leblanc über ihre Anwesenheit irritiert sein würde. Das wäre sie an seiner Stelle auch. Sie würde es in keiner Weise dulden, dass ein anderer Polizist sich in ihren Fall einmischte. Sie befand sich in einer unangenehmen Situation. Kurz entschlossen ging sie zur offenen Tür. Philippe stand auf, folgte ihr wie ein kleiner Junge und blieb hinter ihr stehen. Was war bloß los mit ihm?

Sie steckte die Hände in die Hosentaschen und lehnte sich an den Türrahmen des Gartenhäuschens. Nur einen Moment später sah sie, wie Leblanc und Martin aus dem Haus kamen und in den Garten traten. Nun hielt auch der Kommissar einen angebissenen Weinbergpfirsich in der Hand. Das glaube ich nicht, die essen noch alle Pfirsiche hier weg, empörte sie sich innerlich.

Leblanc, der nicht auf das Gartenhäuschen achtete, blieb stehen und drehte sich zu seinem Kollegen um.

»Köstlich! Sie sollten auch mal einen probieren«, riet er Martin. »Damit mache ich das schönste Sternanis-Pfirsich-Kompott.« Leblanc wischte sich mit einem karierten Stofftaschentuch den Pfirsichsaft vom Kinn.

Martin behielt für sich, dass er die Pfirsiche auch schon gekostet hatte, und antwortete nur: »Sternanis, na, ich weiß nicht. Das schmeckt doch gleich nach Weihnachten …«

»Nichts da«, entgegnete Leblanc strahlend, »das ist die perfekte Mischung.«

Sieh einer an, dachte Marie, der Mann kann lächeln! Zumindest, wenn er übers Essen spricht. Angriff ist bekanntlich die beste Verteidigung, sagte sie sich in Gedanken und rief dem Kommissar zu: »Ein guter Schuss Monbazillac und ein paar ganze Pfefferkörner können auch nicht schaden.«

Leblanc nickte zustimmend und steckte sich den letzten Bissen in den Mund. Erst danach drehte er sich zu ihr um.

»Ah, Madame la Commissaire von der Pariser Brigade Criminelle ist auch schon hier«, stellte er fest und trocknete sich die Hände an seinem Taschentuch ab, während er auf sie zukam. »Warum haben Sie mir nicht gesagt, dass Sie eine Kollegin sind?«

»Sie haben mich nicht gefragt.«

»Sehr witzig.«

Sie sah ein, dass ihre Antwort grenzwertig war.

»Außerdem mache ich ein Sabbatical. Also bin ich nicht im Dienst.«

»Und es würde mich sehr freuen, wenn dies auch so bliebe.«

Sie biss sich auf die Innenseite der Wange und zog es vor, nichts darauf zu erwidern.

»Darf ich fragen, was Sie hier machen?«, fuhr er fort.

»Ich besuche einen Freund.«

Er nickte mit einem leicht süffisanten Gesichtsausdruck, was Marie ärgerte.

»Jetzt möchte *ich* mich gern mit Ihrem Freund unterhalten. Wenn Sie draußen einen Moment bei den Kollegen auf mich warten würden – wir können ja danach ein wenig miteinander plaudern. Was meinen Sie?«

»Okay, ich warte draußen.« Marie legte ihre Hand auf Philippes Schulter, um ihm Mut zu machen. Hoffentlich ließ er sich nicht allzu sehr einschüchtern! Sie wusste aber, dass sie im Moment nichts für ihn tun konnte. Aufmunternd lächelte sie ihm zu, verließ den Garten und ging durch das Wohnhaus.

Vor der Eingangstür des Hauses standen zwei Polizeibeamte. Mit dem jüngeren hatte Marie vorhin schon gesprochen.

»Ah, Agent Visla. Sind Sie mit dem Kommissar aus Périgueux gekommen?

»Nein, wir sind aus Montignac.«

»Der Kommissar wollte mich gleich noch sprechen. Ich warte an dem Pfirsichbaum dort hinten.«

»*D'accord*, Madame la Commissaire. Ich werde es ausrichten«, antwortete Visla freundlich.

*

Der Kommissar und Inspektor Martin beobachteten schweigend den jungen Mann, der immer noch in der Tür des Gartenhäuschens stand. Philippe wirkte vollkommen niedergedrückt und rieb sich aus lauter Nervosität unaufhörlich seinen linken Arm.

»Tut Ihnen der Arm weh?«, fragte Leblanc.

»Nein, nein.« Philippe ließ den Arm in Ruhe und knetete stattdessen seine Hände.

»Wieso haben Sie die Jagd gleich zu Beginn verlassen?«

»Keine Lust.«

»Das glaube ich Ihnen nicht.«

Philippe rieb sich wieder den Arm. »Dubosc ist mir auf die Nerven gegangen. Er wollte, dass ich Fido anleine. Aber der hört aufs Wort, und *Monsieur le Maire*«, er betonte die drei Wörter abschätzig, »hat bei der Jagd nichts zu bestimmen. Es reicht, dass er im Rathaus alle rumkommandiert.«

»Verstehe.« Das konnte Leblanc sich bei Dubosc unschwer vorstellen. Als Vorgesetzter war der bestimmt die Pest. »Und was haben Sie dann gemacht?«

»Ich bin an die Vézère gegangen, um zu angeln. Ich kenne da ein ruhiges Plätzchen«, antwortete Philippe und knetete wieder seine Hände.

Dieser Mann ist ja das reinste Nervenbündel, dachte Leblanc und versuchte, seiner Stimme einen weicheren Klang zu verleihen. »Haben Sie dort jemanden getroffen?«

»Nein. Deshalb bin ich ja hingegangen … weil da nie einer ist.«

»Haben Sie etwas gefangen?«

»Ja, hab ich, aber alle gleich wieder freigesetzt. Die waren zu klein.«

»Und dann?«

»Dann bin ich nach Hause und hab im Dorf von dem Radler erfahren.«

»Kannten Sie Monsieur Girard?«

»Vom Sehen. In so einem kleinen Dorf läuft man sich ja ständig über den Weg.«

»Ich habe gehört, dass er eine Affäre mit Madame Bouet hatte.«

Philippe nickte gequält.

»Und dass Sie Madame Bouet sehr mögen.«

Philippe starrte auf seine Füße.

Leblanc blickte ins Innere des Gartenhäuschens. »Dürfen wir uns dadrin mal umsehen?«

Philippe zuckte mit den Schultern und trat einen Schritt zurück.

Leblanc ging mit Martin in den kleinen, dunklen Raum. Sogleich fiel sein Blick auf den offenen Schrank mit zwei Gewehren und einer Jagdmontur. Er nahm eine Folie aus seiner Tasche, ergriff damit das erste Gewehr, roch an dem Lauf und stellte es zurück. Dann nahm er das zweite und schnupperte daran. Er stutzte.

»Haben Sie heute geschossen?«

Philippe schüttelte den Kopf.

»Riecht aber so, als wäre diese Waffe kürzlich benutzt worden. Haben Sie dafür eine Erklärung?«

Leblanc fiel auf, dass Philippes Augen flackerten, während er an Inspektor Martin gewandt sagte: »Packen Sie bitte die Waffe für die Spurensuche ein.«

Plötzlich ging alles sehr schnell. Philippe wirbelte herum und rannte auf das Wohnhaus zu.

»Tun Sie das nicht, Monsieur Lavaud!«, rief Leblanc ihm nach und dann lauter in Richtung der Polizisten, die an der Haustür warteten: »Halten Sie den Mann fest!«

Wenige Sekunden später hörte man die Geräusche eines kurzen Handgemenges. Als Leblanc vor der Eingangstür ankam, hielten seine Kollegen Philippe fest.

»Warum tun Sie das?« Leblanc versuchte Philippes Blick einzufangen, aber der junge Mann schaute zur Seite und schwieg.

Dann musste er es wohl anders angehen. »Also gut, Monsieur Lavaud. Eindeutige Fluchtgefahr. Sie lassen mir leider keine andere Wahl. Sie kommen fürs Erste mit aufs Revier, bis wir Ihre Waffe untersucht haben.«

Philippe leistete keinen weiteren Widerstand.

Was hat ihn wohl geritten?, fragte sich Leblanc. Wie ein Mörder sah Lavaud nicht aus. Aber aus Erfahrung wusste er nur zu gut, dass der erste Eindruck trügen konnte.

*

Es ist schon eine sonderbare Situation, überlegte Marie, während sie in einen köstlichen Pfirsich biss. War sie eine Zeugin, die eine Kollegin war, oder eine Kollegin, die Zeugin war? Sie wischte sich mit dem Handrücken den Pfirsichsaft vom Kinn. Ein kariertes Stofftaschentuch müsste man haben, dachte sie und musste grinsen. Wie unfassbar altmodisch – und dann auch noch »plaudern«. So alt ist der doch noch gar nicht!

Plötzlich sah Marie, wie der Inspektor und gleich hinter ihm Philippe mit den beiden Polizisten auf das Polizeiauto zugingen. Philippe hielt den Kopf gesenkt, und seine ganze Haltung strahlte

Verzweiflung aus. Einer der beiden Beamten trug Philippes Gewehr, das in einem großen Asserwatenbeutel steckte. Fido folgte ihnen.

»Das glaube ich jetzt nicht«, zischte sie und rief: »Fido, komm her!«

Philippe hob den Kopf und lächelte sie an. Er wusste, dass Marie sich liebevoll um seinen Hund kümmern würde. Er stieg zu den Polizeibeamten ins Auto, und sie fuhren los. Fido blieb neben Marie stehen und fiepte. Sie ging in die Hocke, um ihn zu streicheln.

Dann sah sie Leblanc mit dem Handy am Ohr auftauchen. Als er Marie entdeckte, beendete er sein Telefongespräch mit einem »*Salut*« und kam gemächlich auf sie zu. Seine Beine waren so lang, dass er nur wenige Schritte brauchte. Er war gefühlt einen Meter größer als sie, und sie musste den Kopf in den Nacken legen, um zu ihm aufzuschauen. Das passte ihr gar nicht. Wie auch die gesamte Polizeiaktion, der sie gerade beigewohnt hatte.

»Sie wollen ihn doch nicht im Ernst verhaften?«

»Na ja, sieht nicht gut für ihn aus. Ein Motiv, kein Alibi, ein Gewehr, das die Tatwaffe sein könnte – und dann auch noch ein Fluchtversuch. Also bleibt er in Untersuchungshaft, bis das Labor seine Waffe untersucht hat.«

»Fluchtversuch? Das glaube ich nicht!«

»Ist aber leider so.«

Er schien es wirklich zu bedauern. Aber Marie war empört darüber, dass Philippe, den sie für unschuldig hielt, kurzerhand festgenommen worden war – und das von Polizisten, die ihrer Ansicht nach alles andere als professionell arbeiteten. Und so verlor sie für einen kurzen Moment die Beherrschung und fauchte wütend: »Einfacher geht's wohl nicht! Das war doch bestimmt nur eine Übersprungshandlung. Super, wie Sie hier einen Fall aufklären.«

»Also, verehrte Kollegin ...« Er lächelte sie freundlich an, bevor er entschieden fortfuhr: »In Paris arbeiten Sie bestimmt anders und vielleicht auch besser als wir hier. Ich werde mich dennoch nicht bei Ihnen für meine Arbeitsweise rechtfertigen. Es ist mein Fall, und hier entscheide ich.«

Marie, die ihre Fassung wiedergewonnen hatte, nickte. An seiner Stelle hätte sie das genauso gesehen. »Natürlich.«

»Warum waren Sie eigentlich bei Monsieur Lavaud?«

»Ich wollte wissen, was er gemacht hatte, nachdem er sich mit Dubosc in die Wolle gekriegt hatte. War ja klar, dass Sie ihn schnell verdächtigen würden.«

»Ich wusste es! Sie mischen sich ein.«

»Keineswegs!«, gab sie ein bisschen zu forsch zurück. »Aber eines weiß ich«, fuhr sie dann gelassener fort: »Philippe ist nicht der Mörder. Er ist nicht imstande, einen Menschen umzubringen. Doch sobald er sich unter Druck gesetzt fühlt, kriegt er keinen Pieps mehr heraus und verhält sich merkwürdig. Ich kenne ihn seit unserer Kindheit.«

Leblanc nickte, als hätte er nichts anderes erwartet. »Sie wissen so gut wie ich, dass man Ihnen wegen Befangenheit den Fall entziehen würde, wenn Sie im Dienst wären. Was Sie ja nicht sind. Also lassen Sie das bitte. Das meine ich ernst.«

Ihr war selbst nur zu bewusst, dass sie sich gerade alles andere als professionell verhielt.

Leblanc schien bemüht, das Gespräch wieder in ruhigere Bahnen zu lenken. »Können Sie mir irgendetwas über das Opfer erzählen, auch wenn Sie den Mann kaum kannten?«

»Wirklich kaum. Aber ich habe ihn heute Morgen noch am Waldrand gesehen, und wir haben ein paar Worte gewechselt.«

Leblanc fiel aus allen Wolken. »Sie haben heute Morgen mit ihm gesprochen? Warum haben Sie das nicht gleich gesagt? Ach ja, ich weiß, ich habe Sie nicht danach gefragt.«

Wo er recht hat, hat er recht, dachte sie und ging nicht auf seine Bemerkung ein.

»Das war so gegen acht, als ich beim Pilzesammeln war.«

»Worüber haben Sie geredet?«

»Belangloses Zeug. Das schöne Wetter und dass er nach seiner Radtour nach Bordeaux fahren wollte. Er hatte sein Fahrrad abgestellt und war dabei, die Landschaft zu fotografieren.«

»Und womit hat er fotografiert?«

Sie holte ihr Handy aus der Tasche und hielt es hoch. »Damit kann man auch fotografieren. Sehr praktisch.«

Leblanc fand das offensichtlich nicht lustig. »Sie haben also gesehen, dass er sein Handy dabeihatte?«

»Ja, wieso?«

»Wir haben es nicht gefunden. Die Spurensicherung hat die Umgebung des Tatorts durchkämmt, aber ohne Erfolg.« Er sah sie nachdenklich an. »So, ich muss los. *Au revoir*, Madame Mercier.«

»*Au revoir*, Monsieur le Commissaire.«

Leblanc ging zu seinem Auto, und Marie blieb mit Fido noch eine Weile stehen und sah ihm hinterher. Was für ein Scheißtag! Sie musste Philippe da rausholen. Was sollte das mit dem Fluchtversuch? War er verrückt geworden?

Sie machte sich mit Fido auf den Weg zu Léonie. Mal sehen, wie er sich mit César vertragen würde. Zwei Rüden … Das konnte heiter werden.

Montag

Kapitel 6

Nach einer kurzen Nacht war Marie früh aufgewacht. Ihr Kopf brummte, und ihr war noch flau im Magen. Nach dem Abendessen bei Léonie, bei dem sie endlich die Tourte aux cèpes hatte genießen können, war sie noch lange mit ihrer Großtante aufgeblieben. Und im Verlauf des Abends hatte Marie ein bisschen zu viel vom selbst gemachten Nusswein getrunken.

Zuerst hatten die beiden natürlich über den Tod von Franck Girard gesprochen. Es war seit Menschengedenken der erste Mord in Saint-André. Schlägereien, heftige Familienstreitigkeiten und Anfeindungen zwischen Nachbarn – so etwas kam vor. Aber ein Mord? Mit Philippe als Mörder?

»Gott sei Dank müssen seine armen Eltern das nicht mehr miterleben!«, hatte Léonie ausgerufen und gleich hinzugefügt: »Und wie oft habe ich dir gesagt, dass es noch ein böses Ende nehmen wird? Mit all den Männern, die um Hélène herumschwirren? Warum hat sich das arme Ding nie für einen netten Kerl entscheiden können?«

Später hatten sie noch alte Fotos angeschaut, die Léonie ausgiebig kommentierte – sie hatte ein phänomenales Gedächtnis. Und als Marie wieder bei sich zu Hause ankam, war sie so aufgewühlt gewesen, dass sie sich noch Mamies Fotokisten vorgenommen hatte. Dabei waren ganze Phasen ihrer Kindheit wieder lebendig geworden, und sie war erst in den frühen Morgenstunden völlig erschöpft ins Bett gesunken.

Nun stand sie in der Küche und trank einen starken Kaffee aus einer alten *Bol* aus den Dreißigerjahren. Mit beiden Händen hielt sie die kleine Schale umfasst. Ihr Blick fiel auf den Küchentisch, auf dem zwei Bilder aus der Jahrtausendwende lagen, die sie vor dem Schlafengehen dort abgelegt hatte. Sie zeigten den deutlich jüngeren Georges bei der Arbeit in einem Trüffelhain.

Als Marie sich ein wenig besser fühlte, holte sie ein kleines schwarzes Heft aus ihrer Umhängetasche und machte sich ein paar Notizen zum Fall Girard:

Tatort – Waldrand am Südhang

Tatzeit – zwischen 8.15 Uhr und 9.15 Uhr, Duboscs Hund findet Leiche, zwei Schüsse

Opfer – ein Ortsfremder, Handy verschwunden

Verdächtiger – Philippe, nie und nimmer der Mörder!

Tatwaffe – ?

Motiv – ???

Sie seufzte. Viel war das nicht.

Sie setzte eine Kanne Kaffee für Lambert auf, der gleich kommen würde, um für seinen Kostenvoranschlag Küche und Wohnzimmer auszumessen. Und er war pünktlich: Nur wenige Augenblicke später klopfte es an der Tür. Fido und César bellten im Chor – zum Glück hatten die beiden Rüden sich auf Anhieb vertragen.

»Komm rein!«, rief Marie.

Lambert trat mit seinem Arbeitskoffer ein. Er trug einen so makellosen Blaumann, dass es schon ein bisschen angeberisch wirkte. Küsschen links, Küsschen rechts. Er hatte nicht am Haargel gespart und roch stark nach Aftershave. Marie, die einen empfindlichen Geruchssinn hatte, rümpfte diskret die Nase.

»*Salut*, Lambert.«

»*Salut*, Marie.«

Breitbeinig stand er da, und sie sah, wie er sich anerkennend umschaute, während er mit der dicken Silberkette an seinem Hals spielte.

»Cool. Da hast du ja schon ganz ordentlich geschuftet, das

wirkt hier gleich viel heller.« Er schritt zur Wand, die Küche und Esszimmer trennte, und klopfte dagegen. »Diese Wand also?«

»Mhm. Geht das?«

»*Bien sûr.*«

Während er die Balken an der Decke in Augenschein nahm, fragte er: »Was von Philippe gehört?«

»Wie denn? Der ist in Untersuchungshaft.«

»Du bist doch bei der Polizei.«

»Das heißt aber noch lange nicht, dass ich überall einfach so reinspazieren kann. Für heute werden die ballistischen Ergebnisse erwartet. Entweder kommt er gleich raus, oder es wird kompliziert.«

»Glaubst du, er war es?«

»Das ist nicht dein Ernst, oder?«

»Keine Ahnung. Aber schon komisch, dass er gleich am Anfang der Jagd verschwindet und sich dann nicht mehr blicken lässt. Ich frag dich: Einer wie er soll sich ganz plötzlich den ersten Tag der neuen Jagdsaison entgehen lassen haben, ja? Der konnte es vorher doch kaum erwarten, dass es wieder losgeht.«

»Philippe ist keiner, der kaltblütig einen Menschen erschießt.«

»Kaltblütig nicht, aber vielleicht im Affekt?«, erwiderte er grinsend.

Marie wurde sauer. »Du stehst doch auch auf Hélène. Sie hat mir erzählt, dass du was mit ihr hattest, bevor der Typ aus Bordeaux aufgetaucht ist. Deswegen hast du ihn ja auch nicht gleich umgebracht, oder?«

Lambert hob die Schultern und griff nach seinem Zollstock. Schweigend notierte er Höhen und Breiten in einem Heft. Mit der guten Stimmung war es vorbei. Im Nu war er fertig und mit einem gemurmelten »*Salut*« wieder durch die Tür.

Marie ahnte, dass sie sich auf einen gesalzenen Kostenvoranschlag gefasst machen musste. War sie wieder einmal zu forsch gewesen – oder war Lambert über die Maßen empfindlich?

Sie beschloss, nicht lange darüber nachzudenken, griff nach ihrem Autoschlüssel und verließ ebenfalls das Haus.

»So, ihr zwei, ihr wartet im Hof.« Sie kraulte Fido, der ihr folgen wollte, hinter den Ohren. »Keine Sorge, ich komme wieder – und dein Herrchen kommt auch zurück. Versprochen!«

Auf dem Weg zum Auto, das in der Gasse stand, winkte sie Rose zu, die schon erwartungsvoll an der Gartenmauer stand. Schnell stieg sie in den Wagen, bevor sie in ein Gespräch verwickelt wurde. Mamies orangefarbener Renault 5 war inzwischen fast ein Oldtimer. Er war ziemlich zerbeult, denn ihre Großmutter hatte hin und wieder die engen Kurven im Ort ein wenig zu flott genommen, aber er fuhr immer noch gut.

Auf der Straße nach Montignac genoss sie den Anblick der harmonischen Hügellandschaft, die sie immer an einen großzügig angelegten Park erinnerte. Man musste sich hier aufgehoben fühlen – es konnte kein Zufall sein, dass die Steinzeitmenschen sich in der Vallée de l'Homme niedergelassen hatten, wie diese Gegend genannt wurde. Autofahren machte hier richtig Spaß. Sie musste immer wieder den Fuß vom Gaspedal nehmen, um sich an die neue Höchstgeschwindigkeit von achtzig Stundenkilometern zu halten. Mit einem Lächeln blickte sie zu den Bauern, die links und rechts von der Straße in ihren Walnusshainen arbeiteten. Bald, nach dem ersten großen Regen, würden sie mit der Ernte anfangen.

Als Marie die kleine Kreisstadt Montignac erreichte, wirkte der Ort noch verschlafen; die meisten Geschäfte waren am Montagmorgen geschlossen. Ein paar Touristen saßen vor einem Café, andere schlenderten auf der Steinbrücke über die Vézère und fotografierten die hübschen Häuser am Ufer, die sich im Wasser des Flusses spiegelten. Und gleich ziehen sie weiter zu Lascaux IV, dem Nachbau der Höhlen von Lascaux, mutmaßte Marie. Touristen aus aller Welt fanden sich hier ein, um die »Sixtinische Kapelle der Frühzeit« zu besuchen.

Doch sie selbst war nicht auf einer Besichtigungstour. Sie fuhr die Hauptstraße entlang, parkte hinter dem Bürgermeisteramt und stieg aus. Rasch überquerte sie die Straße, ging zur Police Municipale und sprach den ersten Beamten an, den sie dort antraf.

»*Bonjour*, ich würde gern mit Agent Visla sprechen. Hat er heute Dienst?«

»Ja«, brummte der Polizist und rief nach hinten: »Gabriel – hier ist jemand für dich!«

Marie hörte, wie im Hinterzimmer ein Stuhl gerückt wurde. Visla erschien und erkannte Marie sogleich wieder.

»Oh, *bonjour*, Madame la Commissaire.«

»*Bonjour.* Hätten Sie ein paar Minuten Zeit für mich?«, fragte sie.

Er bat sie in ein winziges, schmuckloses Büro, und sie setzten sich hin.

»Ich muss das Auto meiner Großmutter auf meinen Namen umschreiben lassen. Wie mache ich das eigentlich?« Dabei wusste sie genau, dass man das heutzutage nur noch online erledigen konnte.

»Die Carte Bleue beantragt man doch mittlerweile per Internet.« Er schien sich über ihre Frage zu wundern, sagte aber nichts dazu.

»Und wie machen das die alten Leute, die keinen Computer haben?«

»Ach, für die erledigen das die Enkel oder die Nachbarn.«

Gerade als sie sich so ganz nebenbei nach Philippe erkundigen wollte, fragte Visla: »Haben Sie es schon gehört? Philippe Lavaud ist als Täter überführt worden. Sein Gewehr ist die Tatwaffe, auch wenn er alle Fingerspuren abgewischt hat.«

»*Merde!*« Marie biss sich auf die Innenseite der Wange. »Hat er gestanden?«

»Soweit ich weiß, nicht.«

»Ich muss los. *A bientôt.*«

Auf dem Weg zum Auto suchte Marie auf ihrem Smartphone die Telefonnummer des Kommissariats von Périgueux und ließ sich mit Michel Leblanc verbinden.

»*Bonjour*, Madame Mercier. Warum erstaunt mich Ihr Anruf nicht?«

»Philippe kann nicht der Täter sein, egal ob das Opfer mit seinem Gewehr erschossen wurde oder nicht.«

»Verstehe, Sie sind schon informiert. Aber wo ich Sie gerade an der Strippe habe: Ich würde mich gern mit Ihnen treffen, und zwar an der Stelle am Waldrand, an der Sie Monsieur Girard begegnet sind.«

Sie verabredeten sich für eine Stunde später vor Ort. Kaum hatte Marie aufgelegt, klingelte ihr Telefon. Es war die Sekretärin des Notars, den ihre Großmutter mit sämtlichen Angelegenheiten im Rahmen der Erbschaft betraut hatte. Sie informierte Marie, dass die Papiere zum Abholen bereitlägen. Die Kanzlei war nur wenige Meter entfernt, aber Marie war jetzt nicht in der Stimmung, um dorthin zu gehen. Sie würde das bei ihrem nächsten Besuch in Montignac erledigen. Vielleicht am Mittwoch, wenn Wochenmarkt war.

Auf der Rückfahrt nach Saint-André nahm sie die Landschaft nicht mehr wahr, weil ihr zahlreiche Fragen durch den Kopf gingen. Wie war der Mörder an Philippes Gewehr gelangt? Denn Philippe war bestimmt nicht der Täter – nie und nimmer. Wer also hatte seine Waffe benutzt und sie nach der Tat wieder in den Schrank gestellt? Leblanc musste unbedingt Philippes Gartenhäuschen auf Spuren untersuchen lassen!

Sie steigerte sich derart hinein, dass ihr nicht auffiel, mit welchem Tempo – es waren hundertzehn Sachen und mehr – sie über die Landstraße bretterte. Mit quietschenden Reifen kam der Wagen schließlich neben Léonie und Rose zum Halten, die beide wieder an der Gartenmauer standen und sich unterhielten.

»Ja, sind wir denn hier auf den Champs-Élysées?«, empörte sich Léonie, als Marie ausstieg.

»Das ist ja wie bei *CSI*«, rief Rose vergnügt, die auch in Krimiserien bewandert war.

Marie murmelte eine Entschuldigung, und damit war der Vorfall erledigt.

»Ich geh schnell mal zu Hélène«, teilte sie den beiden Frauen mit und eilte zum Café de la Place.

Als sie eintrat, fiel ihr als Erstes die Stille auf. Um diese Zeit war es hier so ruhig, dass man das Surren der imposanten Kaffeemaschine hörte. Nur ein Stammkunde war da, der mürrisch an seinem hochprozentigen Café arrangé nippte.

Danielle stand hinter dem Tresen. Heute trug sie Rot-Schwarz, ihre Lieblingsfarbkombination.

»Marie! Du wirst ja noch Stammkundin.«

»Ich hatte gehofft, Hélène hier anzutreffen.«

»Die arbeitet montags nie. Wahrscheinlich ist sie bei Madame Durand.«

Also machte sich Marie auf den Weg zu Hélènes Pflegemutter.

Madame Durand besaß nicht nur das schönste Haus von Saint-André, sondern auch den schönsten Garten. Genauer gesagt war es eine mehrere Hektar große Parkanlage, die einst ihr Vater, ein bekannter Botaniker, liebevoll angelegt hatte. Es war das Anwesen, das Marie und dann Girard am Tag zuvor vom Waldrand aus bewundert hatten. Wer am Eingangstor stand, erkannte rasch, dass hier alles perfekt aufeinander abgestimmt war: Jeder Baum, jeder Strauch, jede Blume fügte sich harmonisch in das Gesamtbild ein. Als Erstes nahm man die majestätischen Bäume und den weiten Ausblick wahr, dann den prächtigen Rosengarten mit der Pergola, das Gewächshaus und den ovalen Teich mit Seerosen. Dahinter erstreckte sich ein weitläufiger und ergiebiger Trüffelhain, der etwas höhergelegen war. Früher gab es zudem einen üppigen Gemüsegarten, aber die Hochbeete waren jetzt leer, denn Madame Durand hatte hierfür schon lange nicht mehr die nötige Kraft.

Marie betrat die Parkanlage und lief einen breiten Kiesweg entlang, der zur doppelläufigen Treppe vor dem Haupthaus führte. Sie stieg die abgewetzten Steinstufen hoch und betätigte den gusseisernen Türklopfer. Wenige Augenblicke später hörte sie leise Schritte, und dann öffnete Hélène die Tür. Sie begrüßten sich mit Küsschen, und Marie fiel auf, dass ihre Freundin übernächtigt aussah.

»Ich hoffe, ich störe nicht?«

»Nein, ich wollte dich sowieso anrufen und mich für gestern entschuldigen. Ich war nicht ganz bei mir. Und sehr ungerecht. Das tut mir leid.«

»Schon gut.« Marie strich ihr über die Schulter. Diese kleine Entschuldigung tat ihr gut, denn Hélènes Unfreundlichkeit hatte sie schon ein wenig verletzt.

»Kommst du mit in die Küche? Ich bereite gerade das Mittagessen vor.«

Die beiden Frauen durchquerten das herrschaftliche Entrée mit den großen, antiken Steinfliesen, zwei lichtdurchflutete, prächtige Wohnzimmer mit wertvollem Mobiliar und gelangten dann in die große Küche. Die achtundachtzigjährige Madame Durand saß am Fenster in einem Louis-Seize-Sessel. Marie hatte sie seit Mamies Beerdigung nicht mehr gesehen, und ihr fiel auf, wie sehr die alte Dame in den wenigen Monaten abgebaut hatte, obgleich sie wie immer akkurat zurechtgemacht war. Ihre zarten Hände, die wie aus Porzellan wirkten, lagen gefaltet auf ihrem dunkelblauen Faltenrock. Sie lächelte Marie an.

Marie bückte sich zu ihr hinunter und küsste sie auf die weichen Wangen, die wie immer nach Perlmutt-Puder von Guerlain rochen. Marie liebte diesen Geruch, sie würde ihn überall auf der Welt erkennen.

»*Bonjour*, Madame Durand.«

»*Ma petite Marie*, ich freue mich, dich zu sehen. Gut siehst du aus. Wie geht es deiner lieben Großmutter?«

Marie schaute Hélène fragend an, die resigniert mit den Schultern zuckte.

»Wie geht es Ihnen, Madame Durand?«

»Ach ja, ich glaube, ich werde langsam alt. Aber Hélène sorgt lieb für mich. Geht ihr gleich in den Garten spielen?«

Marie war nicht bewusst gewesen, wie schlimm es um die geistige Verfassung der alten Frau stand, die offensichtlich mehr als nur ein bisschen verwirrt war. Auch das musste Hélène nun auf ihren zarten Schultern tragen. Marie schluckte.

Hélène hatte ihre Eltern im Alter von zehn Jahren verloren. Beide waren bei Madame Durand angestellt gewesen: Die Mutter kümmerte sich um Haus und Küche, der Vater um den riesigen Garten, und sie lebten glücklich mit ihrer einzigen Tochter im Wärterhäuschen – bis die beiden eines Morgens von einer Autofahrt nicht zurückkehrten. Ein LKW hatte ihnen die Vorfahrt genommen. Mamie hatte Marie oft erzählt, dass Madame Durand sich die Schuld an dem Unfall gab, da die beiden eine Besorgung für sie machen sollten. Das konnte man ihr einfach nicht ausreden. Sie hatte das Sorgerecht für die kleine Waise beantragt, die keine weitere Familie hatte, und Hélène war in das herrschaftliche Haus gezogen. Es hatte ihr nie an etwas gefehlt, und Madame Durand war immer liebevoll und fürsorglich zu ihr gewesen. In den Ferien war Marie hier ein und aus gegangen, und Hélène und sie hatten die schönste Spielwiese, die sich Kinder nur wünschen konnten. Für Marie war Madame Durand stets die Zuverlässigkeit und Ernsthaftigkeit in Person gewesen: nie ein Wort zu laut, nie ein Scherz, keine spontanen Aktionen. Im Verlauf der Jahre war Hélène ebenso still und zurückhaltend geworden wie ihre Pflegemutter. Und selbst als Erwachsene hatte sie Saint-André nie länger als ein paar Wochen verlassen, obwohl sie als junges Mädchen davon geträumt hatte, in eine Großstadt zu ziehen und Schauspielerin zu werden.

Nachdem die Arbeit in der Küche getan war, setzten sich die beiden jungen Frauen auf die große Treppe vor dem Hauseingang. Hélène zündete sich eine Zigarette an.

Nachdenklich schaute Marie sie an. »Darf ich dir eine Frage stellen, die ich dir schon immer stellen wollte?«

»Klar.«

»Warum nennst du sie seit vierundzwanzig Jahren Madame Durand? Warum hast du sie nie geduzt?«

»Sie hat es mir mehrmals angeboten, aber irgendwie konnte ich nicht anders. Ich habe es wirklich versucht … es ging einfach nicht. Aber wir haben uns auch so immer gut verstanden.«

»Und wie soll es nun mit ihr weitergehen?«

»Ich werde wieder bei ihr einziehen und mich um sie kümmern. Jetzt habe ich ja Zeit dafür«, stieß Hélène bitter aus.

»Willst du dir das wirklich antun?«

»Das fragst du doch nicht im Ernst, oder?«

»Ich meine, das ehrt dich, Hélène. Aber das kann doch nicht dein Lebensinhalt sein. Du bist vierunddreißig!«

»Was bedeutet das schon? Das Leben hängt an einem seidenen Faden, und von einer Sekunde auf die andere kann alles zu Ende sein.« Ihre Stimme kippte. »Das darf ich nun zum zweiten Mal erleben.«

Marie kannte Hélène gut genug, um zu wissen, dass sie sich nicht umstimmen lassen würde. Also wechselte sie das Thema. Sie legte ihr die Hand auf den Arm, als könnte diese Geste das lindern, was sie ihr nun mitteilen würde.

»Ich muss dir etwas sagen, Hélène. Franck wurde mit Philippes Waffe erschossen. Und Philippe hat versucht, vor der Polizei zu fliehen. Keine Ahnung, was ihn geritten hat! Deshalb sitzt er jetzt in Untersuchungshaft.«

Hélène riss die Augen auf, ließ die Zigarette fallen und presste sich die Hände auf den Mund, als müsse sie einen Schrei unterdrücken. Marie nahm sie behutsam in den Arm.

»Ich treffe gleich den Kommissar und versuche, mehr herauszubekommen«, sagte Marie und ließ ihre Freundin wieder los. Dann schaute sie auf die Uhr ihres Handys und stand auf. »Ich muss los. Aber ich komme später noch mal vorbei«, versprach sie.

Als sie die Treppe hinuntergegangen war, drehte sie sich noch einmal um und hob zum Abschied die Hand.

Hélène schien es nicht zu bemerken. Sie saß immer noch auf der Stufe und weinte lautlos vor sich hin.

Kapitel 7

Während Marie zum Ort ihrer Verabredung hastete, musste sie immer wieder an das Gespräch mit Hélène denken. Das darf einfach nicht sein, dass sie sich mit Mitte dreißig aus dem Leben zurückzieht, dachte Marie. Andererseits konnte sie sie verstehen, denn ihr war ein weiteres Mal ein nahestehender Mensch gewaltsam entrissen worden.

Da Marie spät dran war, lief sie quer über die Wiesen und eilte dann den Weg zum Wald hoch. Schon von Weitem konnte sie Leblancs Gestalt ausmachen. Wie am Tag zuvor, als sie ihn zum ersten Mal gesehen hatte, musste sie spontan an den Provinzkommissar aus dem Chabrol-Film *Kommissar Bellamy* denken. Ja, er erinnerte sie an Gérard Depardieu in der Rolle des sanftmütigen, etwas ungelenk wirkenden, großen Kommissars mit seiner Vorliebe fürs Essen. Nur dass Leblanc im Gegensatz zu Bellamy schlank war. Als sie sich ihm näherte, beobachtete sie, wie er sich bückte und etwas aufhob. Hat er vielleicht ein Beweisstück entdeckt?, fragte sie sich. Dann sah sie, dass es sich um einen ziemlich großen Stein handelte, den er von allen Seiten betrachtete. Sie wunderte sich, dass er ihn aufgehoben hatte, ohne zuvor Handschuhe anzuziehen. Was war mit möglichen Fingerabdrücken?

»Wertvolles Beweismaterial?«, fragte sie, ohne ihn zuvor zu grüßen.

»Ah, Madame Mercier.«

Statt auf ihre Frage zu antworten, betrachtete er weiter den Stein und hielt ihn ihr schließlich hin. »Der lässt sich wunderbar zu einem prähistorischen Werkzeug verarbeiten.«

Marie schaute ihn verwundert an. War das ein Scherz? Leblanc schien Maries Blick nicht zu bemerken und redete unbeirrt weiter.

»In meiner Freizeit organisiere ich Kurse in Grundschulen, um mit Kindern über Vor- und Frühgeschichte zu sprechen. Mit so einem Stein kann ich zeigen, wie unsere Vorfahren Werkzeuge hergestellt haben. Interessieren Sie sich für die Steinzeit?«

»Ja, schon. Ich habe mir aber nie die Zeit genommen, mich ernsthaft damit zu beschäftigen.«

»Verstehe. Dabei ist das Périgord doch die Wiege der Menschheit.« Er breitete die Arme aus, um in einer weiten Geste die Landschaft einzubeziehen. »Hier lebt der Mensch seit vierhunderttausend Jahren. Vierhunderttausend. Stellen Sie sich das vor!«

Marie konnte es nicht glauben. Würde er ihr jetzt einen Vortrag über die Steinzeit halten? »Ich dachte, Sie wollten mit mir über den Mord an Franck Girard sprechen.«

»Jaja.«

Ihr mangelndes Interesse an seinem Hobby schien ihn zu enttäuschen. Aber das war doch wirklich nicht der geeignete Moment, um sich über ein solches Thema zu unterhalten. Um das Gespräch in die richtige Richtung zu lenken, ging Marie ein paar Schritte auf den Wald zu und blieb an einem Brombeerstrauch stehen.

»Hier habe ich gestern Brombeeren gepflückt, als ich Girard gesehen habe.« Sie zeigte auf einen Baum. »Er stand genau da und hat in diese Richtung fotografiert.« Sie wies auf das Grundstück von Madame Durand.

»Richtung Anwesen also? Sehr schön übrigens!«

Sie nickte.

»Und wie hat Monsieur Girard auf Sie gewirkt?«

»Wie ein zufriedener Tourist. Ziemlich entspannt.«

Leblanc schien schon wieder abgelenkt zu sein. Statt weiter

nachzufragen, pflückte er ein paar Beeren und aß sie. »Brombeergelee mache ich immer mit Äpfeln, weil sie so pektinreich sind. Und geschmacklich passt das prima.«

Was für ein komischer Kauz, dachte Marie, aber irgendwie auch unterhaltsam.

»Girards Handy ist, wie ich Ihnen sagte, spurlos verschwunden«, fuhr er fort. »Und orten lässt sich das Gerät nicht. Es ist ausgeschaltet – oder der Akku ist leer.«

Okay, übergangsloser Themenwechsel. Er tut also nur so, als wäre er nicht bei der Sache, dachte Marie. Auch eine Art, Zeugen oder Verdächtigen etwas Neues zu entlocken.

»Haben Sie bei ihm einen Computer gefunden?«, fragte sie.

»Ebenfalls verschwunden. Oder er hatte keinen, was aber verwunderlich wäre. Die Kollegen aus Bordeaux haben sich in seinem Appartement umgeschaut. Da sieht es angeblich aus wie in einer Ausnüchterungszelle. Keinerlei persönliche Gegenstände.«

»Und sein Arbeitgeber? Girard hat doch für eine Versicherung gearbeitet.«

Leblanc schüttelte den Kopf, während er den Boden betrachtete. Marie fragte sich, was er da wohl suchte. Fußabdrücke? Gegenstände, die der Tote oder der Mörder liegen gelassen haben könnten?

Schließlich antwortete er: »Nein, er hat von Sozialhilfe gelebt.«

»Wie bitte? Als Hélène ihn mir vorgestellt hat, hat er erzählt, dass er bei einer Versicherung arbeitet und für Großkunden zuständig ist.«

»Wer viel redet, glaubt am Ende, was er sagt.«

»Balzac?«

Er nickte – sichtlich überrascht. »Sollte Pflichtlektüre für alle Kriminalisten sein.«

Reines Glück, dass ich das weiß – macht aber anscheinend

was her, dachte Marie. Sie hatte dieses Zitat letzte Nacht zufälligerweise in einem alten Kalender von Mamie entdeckt und es treffend gefunden.

*

Eine Balzac-Kennerin! So jemanden trifft man nicht alle Tage in unserem Beruf, fuhr es Leblanc durch den Kopf. Er gab die Feuersteinsuche auf und betrachtete Marie etwas genauer. Diese zierliche, kleine Frau hatte etwas und steckte anscheinend voller Überraschungen. Er lenkte seine Gedanken zurück zu Girard. Der Kerl war also ein richtiges Schlitzohr gewesen.

»Ist Ihnen sonst noch etwas Besonderes an Girard aufgefallen?«

»Nein, eben nicht. Er wirkte eher zurückhaltend, aber er war nett zu Hélène.«

»Sie haben ihn doch unmittelbar vor der Tat getroffen. Hat er da wirklich keine Bemerkung gemacht, die uns bei den Ermittlungen helfen könnte?«

»Nein, das habe ich Ihnen doch schon gesagt.«

»Sie waren, nebenbei bemerkt, immerhin zur Tatzeit im Wald.«

»Das stimmt. Falls Sie mir damit zu verstehen geben wollen, dass Sie mich als Täterin nicht ausschließen dürfen, zumal ich kein überprüfbares Alibi habe, kann ich das verstehen. Aber ich weiß tatsächlich nichts über diesen Mann.«

Er sah keinen Grund, ihr nicht zu glauben.

»Haben Sie eigentlich das Gartenhäuschen von Philippe auf Fingerspuren untersuchen lassen?«, fuhr sie fort.

Ihre Frage überraschte ihn. War sie übergriffig oder nur sehr spontan? Frech war das auf jeden Fall. Natürlich hatte er die Spurensicherung am Morgen dorthin geschickt und wartete nun auf die Ergebnisse.

Aber vielleicht würde er mehr von ihr erfahren, wenn sie ihn für einen provinziellen Trottel hielt. Und daher erwiderte er scheinbar naiv: »Warum sollte ich das?«

»Na ja, wer die Fingerabdrücke von seinem Gewehr abgewischt hat, wird sie vermutlich auch von dem Schrank, in dem Philippe seine Jagdausrüstung aufbewahrt, entfernt haben.«

»Woher wissen Sie das mit den Fingerabdrücken?«, fragte Leblanc irritiert.

»Derjenige, der Philippes Waffe benutzt hat, um ihm einen Mord in die Schuhe zu schieben, wird vermutlich sein Vorgehen bis zum Ende durchdacht haben.«

Seine Frage hatte sie offenkundig ganz bewusst überhört. Nun lächelte sie ihn an, aber Leblanc verzog keine Miene. Ihn beschäftigte weiterhin die Frage, woher sie von den Fingerabdrücken wusste. Hatte sie einen der Polizisten von Montignac gelöchert? Zutrauen würde er ihr das.

Plötzlich vernahm er ein Läuten: Die Kirchenglocken von Saint-André verkündeten, dass es zwölf Uhr war. Er mochte diesen satten Ton, der für ihn etwas Beruhigendes hatte. Es erinnerte ihn an seine Kindheit, die er im Norden des Departements verbracht hatte.

»Also, wenn Sie mich nicht mehr brauchen ... Das Lebensmittelgeschäft macht gleich zu, und ich muss noch Brot kaufen.«

Marie Mercier hielt das Gespräch offenbar für beendet.

Leblanc war das ganz recht. »Natürlich. Ich schaue mich noch ein bisschen um. Wahrscheinlich finde ich hier kein Beweisstück, aber dafür vielleicht einen schönen Stein – oder, wer weiß, sogar ein paar Pilze? Apropos, könnten Sie mir hier nicht eine gute Pilzstelle empfehlen?«

»Leider nein.« Sie schmunzelte. »*Au revoir,* Monsieur le Commissaire.«

Leblanc wusste, wie diese Antwort zu verstehen war. Marie

Mercier beherzigte eine alte Volksweisheit aus dem Périgord: Verrate nie eine gute Pilzstelle.

*

Marie hatte Léonie versprochen, ein Nussbrot für das Mittagessen zu kaufen. Während sie den Tante-Emma-Laden betrat, checkte sie die E-Mails auf ihrem Handy und rempelte dabei aus Versehen Julien an, den Dachdecker. Oh nein, nicht gerade den ...

»Pardon, Julien, tut mir leid!«

Der Mann drehte sich mit seinem Baguette unter dem Arm zu ihr um. Er war ungefähr Mitte sechzig, groß und von breiter Statur. In einem anderen Leben hätte er ihr Vater werden sollen.

Als er Marie erkannte, verfinsterte sich sein Blick. »Ja, so seid ihr Deutschen eben. Immer mit Karacho, ohne Rücksicht auf Verluste!«

»Kannst du damit nicht irgendwann mal aufhören?«

»Wenn es dir nicht passt, geh doch dahin zurück, wo du herkommst. Wir brauchen hier keine Fremden.« Voller Verachtung taxierte er sie von oben bis unten. »Im Übrigen ist das ja schon etwas merkwürdig – kaum bist du hier, gibt es einen Mord.«

Zwei Anschuldigungen innerhalb von Sekunden: Das war grenzwertig. Aber Marie beschloss, nicht darauf einzugehen.

Odile, die Ladenbesitzerin, war peinlich berührt und mischte sich ein. »Lass es doch endlich mal gut sein, Julien.«

»Danke, Odile, aber ich kann mich selbst wehren«, sagte Marie. Sie wandte sich wieder Julien zu und machte sich so groß, wie ihre ein Meter sechzig es zuließen. »Und damit das klar ist: Hätte meine Mutter nicht meinen Vater getroffen, wäre sie trotzdem niemals bei so einem Stinkstiefel wie dir geblieben. Krieg das mal in dein Hirn rein, wenn da noch Platz ist.«

Maries Mutter hatte so manchem Mann das Herz gebrochen. Bei Julien hatte sie ganze Arbeit geleistet, er hatte sich auch nach fünfunddreißig Jahren noch immer nicht davon erholt, dass sie ihn kurz nach ihrer Hochzeit, zu der das ganze Dorf eingeladen war, für Maries Vater, einen Deutschen, verlassen hatte. Marie war daher ein rotes Tuch für ihn, und er hasste seither die Deutschen im Allgemeinen. Es hieß, eigentlich sei er handzahm und würde beim bloßen Anblick einer Spritze in Ohnmacht fallen. Marie kannte ihn aber nur als bissigen Hund.

Für den Moment jedoch hatte Marie ihm die Zähne gezeigt, und Julien verließ wutschnaubend den Laden.

»Seit dem Mord liegen wohl bei allen die Nerven blank«, stellte Odile nüchtern, wie es ihre Art war, fest. Sie führte das kleine, aber feine Geschäft seit gut zwanzig Jahren und wohnte mit ihrem Mann in der Etage über dem Laden. Sie kannte alle Bewohner des Dorfes und natürlich auch deren Eigenheiten. Als gute Geschäftsfrau beherrschte sie die Balance zwischen Tratsch und gebotener Zurückhaltung.

An diesem Morgen war hier bestimmt über den Mord und Philippes Verhaftung gesprochen worden und zur Abwechslung mal nicht über die vermeintliche Affäre zwischen der Grundschullehrerin und dem »glücklich« verheirateten Bäcker aus dem Nachbardorf. Nun war Marie die letzte Kundin. *Entre midi et deux, la France mange* – zwischen zwölf und vierzehn Uhr isst Frankreich. Sie kaufte schnell das Brot und eilte nach Hause, wo die Hunde sie im Hof schwanzwedelnd begrüßten.

Sie betrat Léonies Küche, legte das Brot auf den Tisch und wusch sich die Hände in der Steinspüle. Ihre Großtante kam mit ernster Miene auf sie zu.

»Du siehst besorgt aus«, stellte Marie fest. »Geht es dir nicht gut?«

»Doch, doch. Nur das mit Philippe liegt mir auf der Seele und macht mich wütend. Ein Junge aus unserem Dorf, der ein Mörder sein soll!«

»Philippe ist kein Junge, er ist Mitte dreißig, und Mörder gibt es überall. Auch in malerischen Dörfern.« Léonie sah sie vorwurfsvoll an, also lenkte Marie ein. »Ich kann mir aber auch nicht vorstellen, dass er der Täter ist.«

»Der ist doch immer jedem Konflikt aus dem Weg gegangen und hat vor seinem eigenen Schatten Angst.« Léonie schüttelte den Kopf.

»Aber nicht bei der Jagd«, konnte Marie sich nicht verkneifen.

»Da hat er nur das weitergemacht, was sein Vater ihm beigebracht hatte. Du weißt doch, seine Eltern haben immer alles für ihn entschieden.«

»Er hat es aber auch mit sich machen lassen.«

Léonie schaute Marie an, als müsse sie über diese Sichtweise ein wenig länger nachdenken. Vielleicht wechselte sie deshalb das Thema und fragte: »Ist der Kommissar ein fähiger Mann? Du bist doch vom Fach, du kannst das beurteilen.«

»Ich glaube schon, dass er ein guter Ermittler ist … auch wenn er sich manchmal etwas merkwürdig verhält.«

»Du musst Philippe da rausholen. Seine Mutter dreht sich bestimmt im Grab um.«

»Ich versuche es ja. Aber das ist nicht mein Fall.«

Die beiden setzten sich an den Tisch, auf dem ein großer, bunter Teller mit Tomaten stand. Sie waren natürlich geschält. Léonie wäre es nie in den Sinn gekommen, sie ungeschält zu essen oder gar anderen anzubieten. Früher hatte Marie das ein bisschen übertrieben gefunden, aber inzwischen gab sie ihr recht, denn so wurden die im eigenen Garten gereiften Tomaten zu einer Delikatesse. Dazu gab es eine Ententerrine mit Pistazien, natürlich selbst gemacht, und Cornichons. Léonie nahm das Nussbrot in die Hand, drehte es um und machte mit dem Messer ein Kreuzzeichen auf der Unterseite des Laibs. Erst dann schnitt sie dicke Scheiben davon ab.

»Glaubst du wirklich, dass das böse Geister fernhält?«, wunderte sich Marie.

»Schaden kann es jedenfalls nicht.«

Léonie hielt an abergläubischen Ritualen fest, wenn auch wohl mehr aus Tradition als aus Überzeugung.

»Also, was gibt es Neues über den Mordfall zu erzählen?«, wollte sie wissen und reichte Marie den Teller mit den Tomaten.

Marie bediente sich. »Der Radler war nicht für eine Versicherung tätig, wie er behauptet hat. Er war Sozialhilfeempfänger.«

»Dafür war er sehr gut angezogen. Aber Kleider machen eben keine Leute.«

»Er fuhr auch ein dickes Auto. Und hat sich jedes Wochenende Übernachtungen im Périgord geleistet.« Marie nahm sich eine Scheibe Nussbrot.

»Mit welchem Geld?«, fragte Léonie mit zusammengekniffenen Augen.

»Schwarzgeld? Ein Geheimkonto?« Marie runzelte die Stirn und holte ihr Telefon aus der Tasche.

Léonie schaute sie streng an. Marie wusste, dass sie kein Handy am Tisch duldete, ließ sich jedoch nicht beirren und wählte die Nummer von Pauline. Diese antwortete schon nach dem zweiten Klingeln.

»Na, Heimweh?«, nuschelte sie mit vollem Mund.

Im Hintergrund hörte Marie die Geräuschkulisse des Präsidiums. Ihre Freundin saß bestimmt am Schreibtisch und aß eines dieser gummiartigen Sandwiches, von denen auch sie sich die letzten acht Jahre ernährt hatte. Weder sie noch Pauline hatten Zeit mit Kochen verschwendet. Der Job war wichtiger.

»Schmeckt's?«

»Thunfisch mit Käse.«

»Igitt. Komm vorbei. Hier gibt es Ententerrine, leckere Tomaten, Nussbrot …«

»Jaja, gutes Essen, aber du langweilst dich. Verstehe. Deshalb rufst du mich an.«

»Nicht so ganz. Kannst du mir einen Gefallen tun?«

»Wusste ich's doch! Du willst jetzt schon zurück und bei mir wohnen!«, rief Pauline triumphierend.

»Nee, ich würde gern mehr über einen gewissen Franck Girard erfahren, zuletzt sesshaft in Bordeaux. Sozialhilfeempfänger. Eine genaue Adresse habe ich nicht.«

»Was ist mit dem Typen?«

»Er ist tot. Hat zwei Jagdgewehrpatronen in die Brust abbekommen.«

Pauline schwieg. Offenbar hatte es ihr die Sprache verschlagen. Marie stellte sich vor, wie ihre Freundin jetzt nervös an ihrem linken Ohrläppchen zupfte. Das machte sie immer, wenn sie nachdachte.

»In deinem Kaff?«, fragte Pauline schließlich.

»Ja, kaum zu glauben.«

»Und du ermittelst auf eigene Faust?«

»Nein, natürlich nicht! Ich würde nur gern mehr über den Toten erfahren.«

»Na ja, du bist ein großes Mädchen und machst sowieso immer, was du willst. Franck Girard aus Bordeaux? Alter?«

»So Mitte vierzig.«

»Ich ruf dich zurück.«

Während des Gesprächs hatte Léonie die Pastete in dicke Scheiben geschnitten. Marie war nicht entgangen, dass sie interessiert zugehört hatte. Es schien ihrer Großtante zu gefallen, dass sie tätig wurde.

Léonie legte eine Scheibe Pastete auf Maries Teller. »Zum Nachtisch gibt es Cabécou mit Nüssen und frischen Feigen.«

»Perfekt!« Cabécou war Maries Lieblingsziegenkäse. Er kam aus einer Ziegenmilch-Käserei aus dem Nachbardorf, die inzwischen Feinkostläden und Gourmet-Restaurants in der ganzen

Gegend belieferte. Und wie Marie ihre Großtante kannte, hatte sie bestimmt Georges gebeten, unterschiedlich gereifte Käsestücke mitzubringen, um eine breite Geschmackspalette anbieten zu können.

Kapitel 8

Leblanc saß reichlich unbequem in Philippes Gartenhäuschen auf dem kleinen Hocker. Seine Knie berührten beinahe das Kinn, während er auf den Schrank mit dem Jagdzubehör blickte. Die Spurensicherung hatte die Vermutung von Marie Mercier bestätigt: Weder an den Türen noch sonst irgendwo waren Fingerabdrücke zu finden.

Alle verräterischen Spuren waren sorgfältig entfernt worden. Und höchstwahrscheinlich nicht von Lavaud – denn warum sollte er seine Fingerabdrücke bei sich zu Hause beseitigen? Das ergab keinen Sinn. Allerdings ließ sich dieser Mann psychologisch nicht so einfach einordnen. Einerseits wirkte er schwach und passiv, sodass man ihm eine Gewalttat nicht zutraute, andererseits konnten zu viel Schmach und ständige Demütigungen aber auch zu impulsiven Handlungen führen. Das wäre nicht das erste Mal. Die angehimmelte Frau, die ein öffentliches Verhältnis mit einem anderen hatte; der Chef, der einen herumkommandierte; die Einsamkeit, von der dieses alte Haus zeugte … Angesichts einer solchen Konstellation konnte einen Mann irgendwann die Wut packen, wie Leblanc aus langer Erfahrung wusste. Vielleicht war es bei Lavaud der Fall gewesen – auch wenn Madame Mercier ihm an die Gurgel springen würde, sollte er ihr diese Überlegungen offenbaren.

Er streckte seine Beine, stand auf und ging hinüber ins Wohnhaus, um sich dort noch einmal umzuschauen. Es war nicht gemütlich, aber penibel sauber. Das ausgebleichte Wachstuch auf dem Tisch, dessen Blumenmuster sicherlich einmal orange gewesen war, lag wahrscheinlich seit den Siebzigerjahren da. Leblanc fragte sich, wie ein junger Mann so leben konnte. Unvorstellbar! Er öffnete die Küchenschränke. Nudeln, Reis, Erbsen- und Champignondosen. Was für ein trostloser Anblick!

Leblanc wurde schwer ums Herz. Nach Valéries Tod hatte ihn das Kochen am Leben gehalten. Die Freude an frischem Gemüse und Obst aus dem Garten, an einem über viele Monate gereiften Käse und an der hausgemachten Pastete des Metzgers bei ihm um die Ecke hatte ihm das Gefühl vermittelt, dass er trotz allem noch ein halbwegs glückliches Leben führen konnte. Er verließ die Wohnküche, schaute sich in dem spartanischen Schlafzimmer um, im schmucklosen Badezimmer mit der verwaisten Zahnbürste, und kehrte in die Küche zurück.

Dieses Häuschen kam ihm wie ein Wartezimmer zum Leben vor.

Er dachte über die letzte Mitteilung von Inspektor Martin nach, der ihn vorhin angerufen hatte: Philippe Lavaud schwieg weiter und wollte noch immer keinen Anwalt. Weil er zu dem stand, was er getan hatte? War es doch möglich, dass er Gewehr und Schrank abgewischt hatte – aus purer Gewohnheit? Die Sauberkeit im Haus war auffällig. Oder hatte er vielleicht die Tat begangen, weil er unter Druck gesetzt worden war? Aber von wem und warum? War Girard mehr als ein Nebenbuhler gewesen?

Leblancs Handy klingelte, und es war wieder Martin. Er klang aufgeregt.

»Chef, das Handy von Girard wurde vorhin für ein paar Minuten geortet.«

»Und wo?«

»In Saint-André-du-Périgord. Anscheinend bei einem gewissen Lambert Delteil. Er gehört zu den Jägern und war gestern auch im Café.«

»Schicken Sie mir sofort seine Adresse. Und auch die Handynummer von Madame Mercier. Sie könnte eine wertvolle Zeugin sein.«

»Okay … okay.«

Er merkte, dass Martin gestresst war: Mehr als eine Aufgabe auf einmal zu erledigen behagte ihm nicht – und das Wort »sofort« schon gar nicht. Leblanc lächelte milde, denn er mochte den Inspektor. Er war zuverlässig, immer freundlich und bester Laune. Er erledigte die Arbeit eben auf seine Art, und zwar gut. Man musste nur mit seinem behäbigen Tempo umgehen können. Jemanden wie Marie Mercier würde ein solcher Kollege wohl zur Verzweiflung bringen.

Nachdem Martin ihm erstaunlich schnell die Kontaktdaten hatte zukommen lassen, trommelte Leblanc mit den Fingern auf das Wachstuch und überlegte. Stellte er sich nicht ein Bein, indem er Marie Mercier anrief? Er hätte gern gewusst, ob sie ihm etwas über diesen Delteil sagen konnte. Wenn er das tat, was er vorhatte, lud er sie gewissermaßen zu den Ermittlungen ein, was er aber eigentlich nicht wollte. Dennoch hatte er das Gefühl, dass er sie anrufen sollte. Sie kannte hier offenbar jeden, und überdies musste er zugeben, dass ihn ihr Blick auf die Dinge interessierte.

Am Vorabend hatte er sich mithilfe eines alten Studienkumpels über sie informiert. Ihre Vorgesetzten waren voll des Lobes über sie. Demnach war sie schnell und hartnäckig – das glaubte er unbesehen –, empathisch und kollegial. Doch so richtig schlau wurde er nicht aus ihr, und das stachelte seine Neugierde an. Sie lief in Jeans und Turnschuhen herum, aber sie hatte Stil, eine natürliche Eleganz – eine interessante Mischung aus Pariser Flair und Bodenständigkeit. Aber warum machte eine junge, offensichtlich ambitionierte Frau ausgerechnet in der tiefsten Provinz ein Sabbatical? Von Paris nach Saint-André-du-Périgord – das war ein ziemlich heftiger Tapetenwechsel. Hatte vielleicht Liebeskummer sie hierher vertrieben? Er schob die Gedanken beiseite und wählte ihre Nummer.

»Hallo?«

»*Bonjour*, Madame Mercier, hier ist Leblanc. Hätten Sie vielleicht einen Moment Zeit für mich? Es gibt neue Entwicklungen.«
Sie schwieg. Ihm war klar, dass sie sich keine Freude anmerken lassen wollte, und so fügte er hinzu: »Ich bin übrigens noch in Saint-André und wäre an Ihrer Meinung interessiert.«

»Einverstanden. In zehn Minuten im Café de la Place?«

»Lieber beim Pfirsichbaum. Da haben wir weniger Publikum.«

»Okay.«

Nur kein Wort zu viel, dachte Leblanc amüsiert. Immerhin konnte man ihr nicht vorwerfen, ein Plappermaul zu sein. Schnell verließ er Philippes Haus, vielleicht würde er noch einen jener saftigen Pfirsiche finden. Diese alte Sorte wurde immer seltener.

*

Marie bog um die Ecke und hoffte, dass der Kommissar ihr keine schlechten Nachrichten über Philippe brachte. Sie konnte sich noch immer keinen Reim auf dessen Verhalten machen. Aber vielleicht hatte er ja endlich sein Schweigen beendet und seine Unschuld beweisen können.

Als sie Leblanc am Pfirsichbaum stehen sah, musste sie unwillkürlich lachen. Offensichtlich hatte er gerade einen letzten Bissen in den Mund geschoben. Aber immerhin, er hatte das Taschentuch gewechselt, mit dem er sich nun die Hände abtrocknete. Wirklich sehr ordentlich!

Er nickte, als er sie sah, und kam sofort zur Sache. »Kennen Sie einen Lambert Delteil?«

»*Oui, bien sûr.*« Sie drehte sich um und deutete mit dem Finger auf eine entfernte Baumreihe. »Sehen Sie die Pappeln dort, links von der kleinen Kapelle? Dahinter liegt der Bauernhof von Delteils Eltern. Sein Haus steht direkt daneben. Wieso?«

»Girards Handy wurde vor einer halben Stunde geortet. Bei ihm.«

Marie hätte am liebsten unflätig geflucht, aber es gelang ihr zu schweigen.

»Können Sie mir etwas über ihn erzählen?«, fragte Leblanc.

»Lambert ist von Beruf Maurer. Ende dreißig, ledig, Marke Frauenheld. Bevor der Radler kam, hatte er eine Affäre mit Hélène.«

»Interessant. Hatte Delteil einen Streit mit Girard oder Ihrer Freundin?«

»Nicht dass ich wüsste. Ich glaube, Hélène und Lambert hatten eine lockere Beziehung – er ist mehr der pragmatische Typ. Außerdem trifft man im Sommer immer wieder unternehmungslustige Touristinnen im Café de la Place an. Lambert wird sich schon mit einer von ihnen getröstet haben.«

»Madame Bouet scheint ja sehr begehrt zu sein.«

»Na ja, sie ist sehr hübsch, jung und ledig. Da kann einer auf Gedanken kommen.«

Marie wurde schlagartig bewusst, dass sie sich hier womöglich auf heikles Terrain begab. Hatte der Kommissar eine Freundin oder einen Freund? War er verheiratet? Ein ewiger Junggeselle oder aktuell auf der Suche?

»Sie glauben also nicht, dass Lambert Girard wegen Madame Bouet getötet haben könnte?«

»Nein. Warum er das Handy hat, weiß ich nicht, aber ein Mord aus Eifersucht – das passt nicht zu ihm. Wenn Sie mich fragen, ist er dafür viel zu leidenschaftslos. So schnell würde er sein bequemes Leben bei Mama um die Ecke nicht aufs Spiel setzen.«

»Fällt Ihnen ein anderer Grund ein?«

Sie schüttelte den Kopf. »Ich glaube nicht einmal, dass er Girard kannte.«

»Sonst noch was, was mir bei einem Gespräch mit ihm weiterhelfen könnte?«

Marie dachte an ihre morgendliche Begegnung. »Er ist schnell eingeschnappt. Aber Gewalt ist nicht seine Sache.«

»Danke für die Auskunft. Dann werde ich Monsieur Delteil mal einen Besuch abstatten.«

»Halten Sie mich auf dem Laufenden, ja?« Oh nee, was fragte sie nur so blöd! Sie biss sich auf die Unterlippe. Er hatte ihr doch klargemacht, dass dies sein Fall war – und nicht ihrer.

Überraschenderweise schien Leblanc nicht brüskiert zu sein. »Mach ich«, versprach er und zog los.

Was wollte er nun genau von mir?, wunderte sich Marie, als sie danach ein wenig planlos durch das Dorf spazierte. Sie blieb stehen, als sie die Grundschule erreichte. Die Kinder hatten gerade Pause und tobten laut auf dem Schulhof herum. So gern wäre sie als Kind auf diese Schule gegangen und hätte dort rund um den gigantischen Kastanienbaum mit den anderen gespielt. Hélène und Philippe hatten hier gemeinsam die Schulbank gedrückt. Die beiden hatte eine echte Kinderfreundschaft verbunden. So etwas hatte Marie in Paris nicht erlebt. Der riesige Hof ihrer Pariser Schule war streng und öde gewesen. Und wenn sie nach Hause kam, war sie oft allein. Ihr Vater lebte in Deutschland, und ihre Mutter war noch bei der Arbeit oder ausgegangen.

Als die Schulglocke läutete und die Kinder mit viel Geschrei ins Gebäude liefen, schlenderte Marie weiter. Sie dachte an Leblanc. Hatte er wirklich nur wissen wollen, ob sie Lambert für einen Mörder hielt? Erstaunlich. Sie war verwundert, aber zugegebenermaßen auch erfreut, dass er sie angerufen hatte. Mal schauen, was sein Termin bei Lambert ergeben würde. Hatte der Maurer etwas mit dem Mord zu tun? Und wenn er nicht der Täter war – wie sollte er dann an das Handy gekommen sein? Schon wieder etwas, was keinen rechten Sinn ergab.

*

Leblanc hatte das Auto genommen, weil er nach der Befragung sofort nach Périgueux ins Kommissariat zurückfahren wollte. Marie Mercier hatte eine klare Meinung von diesem Delteil. Mal schauen, was dieser »leidenschaftslose« Mann zu sagen hatte – insbesondere über das Handy.

Er parkte seinen Wagen unter einer großen Linde, stieg aus und schaute sich um. Das abgelegene Bauernhaus der Delteils war ein imposantes U-förmiges Gebäude, umrahmt von einem Walnusshain und einem Weinberg. Früher hatte der Weinanbau im Vézère-Tal eine wichtige Rolle gespielt, aber Ende des 19. Jahrhunderts hatte eine mehrjährige verheerende Reblausplage dem ein Ende gesetzt. Heute gab es nur noch vereinzelt kleinere Weinberge.

In den Stallungen hörte Leblanc Kühe muhen, als er auf einen rustikalen, geschmacklosen Neubau zuschritt. Wie konnte man neben einen so schönen alten Hof einen derart uninspirierten Kasten setzen? Plötzlich watschelte ein laut schnatterndes Gänsepaar auf ihn zu. Diese Viecher waren schlimmer als jeder Wachhund und konnten, wie er aus leidvoller Erfahrung wusste, sehr ungemütlich werden. Er beschleunigte seinen Schritt. Ein Mann im Handwerker-Overall kam ihm entgegen und verscheuchte die Gänse, die schimpfend davonzogen. Leblanc glaubte, Delteil wiederzuerkennen, mit dem er gestern auf der Terrasse des Cafés ein paar Worte gewechselt hatte.

»*Bonjour*. Sie sind Monsieur Delteil, nicht wahr?«

»*Oui*, Monsieur le Commissaire. Was kann ich für Sie tun? Möchten Sie einen Kaffee?«

»Gern.«

Der Mann, ein Schönling mit Silberkette um den Hals, wirkte entspannt. Der Besuch eines Kriminalbeamten hatte für ihn offensichtlich nichts Bedrohliches an sich. Während Lambert Kaffee holen ging, nahm Leblanc im Halbschatten auf der Terrasse Platz, schaute zum Fluss hinüber und bewunderte die herrliche

Aussicht. Große Heuballen sprenkelten die Felder, die sich bis weit ins Tal erstreckten. Es waren runde Ballen wie in seiner Kindheit und nicht diese neumodischen, eckigen, in Plastik verpackten Pakete, die die Landschaft verschandelten. Kinder konnten heutzutage nicht mehr darauf klettern, wie er es früher mit seinen Brüdern getan hatte.

»Schön haben Sie es hier«, sagte Leblanc, als Lambert zurückkehrte.

»Danke! Ich habe das Glück, hier geboren zu sein, und möchte um nichts in der Welt woandershin.« Nachdem er Leblanc eine Tasse mit dampfendem Kaffee hingestellt hatte, setzte er sich auf einen Stuhl neben ihn und streckte die Beine aus.

»Monsieur Delteil, können Sie sich vorstellen, warum ich hier bin?«

Lambert lächelte fragend. »Ehrlich gesagt nicht genau, aber es wird wohl mit dem Radler zu tun haben.«

»Genauer gesagt mit seinem Handy.«

Lambert erstarrte.

»Das Handy, das wir vor einer guten halben Stunde geortet haben.« Er schaute den Maurer an, der sich immer noch nicht rührte. »Bei Ihnen, Monsieur Delteil.«

Lambert wurde kreidebleich. »Ich weiß nicht, wovon Sie sprechen!« Jetzt war er gar nicht mehr entspannt. Er richtete sich auf und nestelte nervös an seiner dicken Silberkette.

»Wie Sie wissen, wurde Monsieur Girard gestern ermordet, und seitdem ist sein Handy verschwunden. Oder war, da es inzwischen hier bei Ihnen geortet wurde. Sollten wir sein Telefon tatsächlich hier finden, wäre das Unterschlagung von Beweismaterial. Damit würden Sie sich strafbar machen. Und außerdem würde ich Sie des Mordes verdächtigen.«

Lambert schien fieberhaft zu überlegen und antwortete schließlich kleinlaut: »Ich habe ihn nicht umgebracht. Und ich habe auch nicht gewusst, dass das sein Handy war. Ich habe es gestern während der Jagd gefunden, bevor die Leiche entdeckt wurde. Ich dachte, es gehört vielleicht einem Touristen, der längst wieder abgereist ist.« Er schaute Leblanc ängstlich in die Augen. »Die Versuchung war zu groß, so ein Handy-Modell kostet über tausend Euro, verstehen Sie?«

»Ja, mit der Versuchung ist das so eine Sache. Würden Sie mir das Gerät freundlicherweise aushändigen?«

Vor lauter Nervosität warf Lambert beim Aufstehen den Stuhl um, stellte ihn hastig wieder auf und lief ins Haus. Leblanc lauschte. Nicht dass der Mann auf dumme Gedanken kam und wie Philippe Lavaud zu fliehen versuchte. Doch Lambert kehrte nach wenigen Augenblicken zurück und legte das angeblich hochwertige Telefon in eine kleine Plastiktüte, die Leblanc ihm geöffnet entgegenhielt.

»Sie werden allerdings nichts mehr darauf finden«, gestand er. »Vor einer Viertelstunde habe ich die SIM-Karte im Klo runtergespült und ein Reset ohne Passwort gemacht. Das Gerät ist jetzt quasi fabrikneu. Ich habe es auch mit einem Desinfektionsmittel gereinigt.«

Na wunderbar, dachte Leblanc genervt. »Sie haben vorher nicht versucht herauszufinden, wem das Telefon gehört?«

Delteil schüttelte den Kopf.

»Oder sich den Inhalt angeschaut?«, fuhr Leblanc fort. »Zum Beispiel Fotos?«

»Nein, das hat mich nicht interessiert.«

»Verstehe. Wo genau haben Sie es gefunden?«

»Auf dem Weg zwischen Wald und Dorf. Unterhalb von der Stelle, an der Girard später entdeckt wurde. Da lag es im Gebüsch. Ich war ja auf dem Südhang positioniert. Wegen all dem Kaffee, den ich am frühen Morgen getrunken hatte, musste ich mal ...«

»Waren Sie allein am Südhang?«

»Ja. Eigentlich wäre ich dort mit Philippe gewesen, aber ...«

»Da Sie allein waren, hätten Sie Girard mit der Waffe von

Monsieur Lavaud, die Sie ihm irgendwie entwendet hätten, erschießen können, ohne in Verdacht zu geraten«, unterbrach ihn Leblanc. »Beweisen Sie mir, dass Sie es nicht getan haben!«

»Und wie?«, entgegnete Delteil verzweifelt.

Leblanc war klar, dass er ihn vor eine unlösbare Aufgabe stellte, aber er hoffte, ihn so aus der Reserve zu locken. Vielleicht wusste Delteil mehr, als er ausplaudern wollte.

»Das müssen schon Sie mir sagen. Indem Sie sich auf illegale Weise in den Besitz von Girards Handy gebracht haben, sind Sie für mich ein Verdächtiger.«

»Aber warum sollte ich einen Typen umbringen, den ich gar nicht kenne?«

»Wegen Madame Bouet?«

Lambert lachte. »Hélène sieht klasse aus, aber die ist mir viel zu brav. Ja, wir hatten ein Verhältnis, allerdings nicht sehr lange, und bei Mord aus Leidenschaft muss ich passen. Ich halte mich an das Sprichwort: ›Eine verloren, zehn gefunden.‹ Da sollten Sie besser Philippe als Täter in Betracht ziehen. Der hängt wie eine Klette an Hélène.«

»Das entscheide immer noch ich. Kannten Sie Monsieur Girard?«

»Nein, das habe ich doch schon gesagt. Ich hab ihn zwar hin und wieder im Dorf gesehen, aber da war er meistens mit Hélène zusammen. Und er hatte immer sein Fahrrad dabei. Mehr kann ich Ihnen auch nicht sagen. Soweit ich weiß, hatte er hier zu niemandem Kontakt.«

Marie Mercier hatte recht. Ein Mord aus Leidenschaft passte nicht zu diesem Mann, der wohl eher auf leichte Beute aus war, was Frauen anbelangte. Obwohl … bei der Beurteilung eines Menschen konnte man sich nie ganz sicher sein. Leblanc gab dem Maurer seine Visitenkarte. »Sollte Ihnen doch noch etwas einfallen, melden Sie sich bitte. Sie stehen nach wie vor unter Verdacht. Daher bitte ich Sie dringend, nicht zu verreisen, bis der Fall gelöst ist.«

Lambert hob trotzig die Schultern. »Ich hatte sowieso nicht vor wegzufahren. Aber ich habe den Radler nicht umgebracht.«

Leblanc stand auf. »Vielen Dank für den Kaffee. *Au revoir,* Monsieur Delteil.«

Lambert murmelte irgendetwas Unverständliches. Er war sichtlich beleidigt.

*

Marie saß auf Mamies Holzbank im Hof und kraulte die beiden Hunde, als ihr Handy klingelte. Rasch zog sie es aus der Gesäßtasche ihrer Jeans und blickte aufs Display. Pauline, endlich!

»Also, dein Girard ist ein Immobilienheini, der krumme Dinger gedreht hat. Er hat letztes Jahr in der Gironde ein riesiges Anwesen für zwei Millionen Euro verkauft, ohne die Käufer darüber zu informieren, dass rund um das Grundstück ein gigantischer Windpark geplant war. Dabei ist er leider an den Falschen geraten. Der Vater des Käufers war ein cleverer Anwalt – und Girard musste seinen Laden dichtmachen. In der lokalen Tagespresse hat es ein paar Zeitungsartikel über den Vorfall gegeben. Ich maile sie dir zu.«

»Du bist ein Schatz!«

»Das kannst du laut sagen. Ich habe dann im Internet recherchiert und über mehrere Ecken herausgefunden, dass dein Toter über eine kürzlich eingerichtete Website weiterhin Immobilien vermittelt hat. Edle Buden. Den Link schicke ich dir auch. Vielleicht hilft dir das beim Nichtermitteln weiter.«

»Wie hast du das herausgefunden?«

»Du glaubst doch nicht etwa, dass ich einer Möchtegern-Provinzkommissarin meine Quellen verrate.«

»Ich nehme alles zurück. Du bist kein Schatz. Aber trotzdem danke … Ich bin dir einen Gefallen schuldig.«

Wie gern hätte sie Pauline jetzt an ihrer Seite gehabt. Marie dachte wehmütig an ihre gemeinsame Zeit, an die endlosen Nächte, die sie sich wegen verzwickter Fälle um die Ohren geschlagen hatten. Ohne Schlaf gingen die Ermittlungen dann am nächsten Tag weiter, bis der Fall gelöst war. Pauline war die beste Kollegin, die man sich wünschen konnte, und hatte immer einen guten Spruch parat, der die Stimmung aufhellte.

»Okay, ich erinnere dich bei Gelegenheit daran. Aber jetzt muss ich mich sputen. Denn stell dir vor: In Paris gibt es auch Mörder.«

Kaum hatten sie aufgelegt, bekam Marie die versprochenen Links. Pauline war ein Ass bei der Internetrecherche. Es machte ihr Spaß, wie eine Verrückte auf die Tastatur einzuhämmern und irgendwelche Verbindungen aufzustöbern. Maries Stärke waren eher die Vernehmungen, der direkte Kontakt mit Zeugen und Verdächtigen und die konkrete Spurensuche. Sie klickte gleich auf den Link zu *Secret-Périgord*. Die spießig gestaltete Startseite versprach außergewöhnliche Immobilienobjekte im Périgord, die noch nicht auf dem Markt angepriesen und ganz exklusiv angeboten wurden. Der Name von Girard kam darin nicht vor. Im Impressum fand Marie lediglich den Firmennamen *MFLG-Immobilier* und eine Adresse. Marie gab die Daten ins Internet ein – die angegebene Ortschaft existierte nicht. Dennoch, drei Projekte wurden auf der Website vorgestellt: ein herrschaftliches Haus bei Bergerac, ein Schloss an der Grenze zum Departement Corrèze und – unter der Überschrift *Trüffelgold* – das Anwesen von Madame Durand.

Ich werd verrückt! Marie rieb sich die Stirn. Saint-André wurde in der Anzeige nicht erwähnt, sondern nur das von der UNESCO zum Weltkulturerbe erklärte Vézère-Tal. Zu besichtigen sei das Anwesen *auf Anfrage*. Preis ebenfalls *auf Anfrage*. Das muss ein Irrtum sein! Marie prüfte, ob sie sich vertan hatte, aber es gab keinen Zweifel. Die Bilder zeigten eindeutig das Haus von Madame Durand. Es gab Innen- und Außenansichten, und auch die Beschreibung des Anwesens war zutreffend. Wer hatte diese Fotos gemacht? Und wann? Der genannte Ertrag des Trüffelhains war allerdings weit übertrieben, beinahe doppelt so hoch wie die durchschnittliche Jahresernte. Georges kümmerte sich seit Jahrzehnten darum, und so hatte Marie eine ziemlich genaue Vorstellung von den Erträgen.

Marie überlegte, was sie jetzt tun sollte. Leblanc informieren? Das wäre eine Geste des Anstands und der Kollegialität. Hélène aufsuchen und ihr erzählen, dass der Mann, den sie geliebt hatte und um den sie nun trauerte, in Wahrheit ein Gauner gewesen war? Oder hatte sie womöglich von Girards Aktivitäten gewusst? Konnte sie die Fotos gemacht haben? Marie überlegte fieberhaft. Nein, Hélène würde niemals dulden, dass Madame Durand betrogen wurde. Dafür hing sie zu sehr an der alten Dame, die wie eine Mutter zu ihr gewesen war. Außerdem würde sie eines Tages ihr gesamtes Vermögen erben.

Marie entschied, dass es vorrangig war, ihre Jugendfreundin zu informieren, und machte sich auf den Weg zu ihr.

Als sie das Anwesen erreichte, sah sie, dass die Fensterläden von Madame Durands Schlafzimmer auf der ersten Etage geschlossen waren. Vermutlich hielt die alte Dame gerade ihren Mittagsschlaf. Vor der Haustür schickte Marie daher eine SMS an Hélène, um sich anzukündigen, ohne an die Tür klopfen zu müssen. Zwei Minuten später öffnete ihr Hélène. Erneut durchquerten sie die beiden Wohnzimmer mit dem üppigen Mobiliar, den zahlreichen Gemälden und wertvollen Persertpeppichen. Die schwere Boulle-Standuhr aus dem 18. Jahrhundert, Madame Durands ganzer Stolz, schlug zur vollen Stunde.

»Ich habe gerade Kaffee gekocht«, sagte Hélène, als sie die Küche betraten. Sie ging zur Anrichte, goss das köstlich duftende Getränk in zwei Tassen und stellte sie zusammen mit einem Teller Croquants aux noix auf den Tisch.

Die beiden jungen Frauen setzten sich, und Marie griff beherzt zu. Zum einen, weil sie Hélènes knusprige Walnusskekse liebte, zum anderen, weil sie dringend etwas Nervennahrung brauchte.

»Was hat Franck dir über seinen Beruf erzählt?«, fragte sie ihre Freundin.

»Er hat für eine Versicherung gearbeitet … den Namen habe ich leider vergessen. Er hat Großkunden betreut. Deswegen musste er so viel reisen.« Hélène knabberte lustlos an einem halben Keks.

»Vielleicht hat er dir den Namen der Versicherung ja nie gesagt …« Marie biss wieder in einen Keks, kaute und fuhr dann behutsam fort: »Ich muss dir leider etwas mitteilen, das dir nicht gefallen wird. Es hat sich herausgestellt, dass Franck … dass er gar nicht für eine Versicherung gearbeitet hat.«

Hélène schaute sie verwirrt an und runzelte die Stirn.

»Er war Sozialhilfeempfänger.«

Hélène starrte sie einen langen Moment an. Dann legte sie den halben Keks auf den Tisch und schüttelte heftig den Kopf. »Das glaube ich dir nicht!«

»Er hatte ein …«

»Hör auf, ich will es nicht wissen!«, fauchte Hélène.

»Es könnte aber vielleicht erklären, warum er ermordet wurde.«

»Marie! Wir haben uns geliebt. Wirklich geliebt! Und jetzt ist er tot! Mit ihm sind all meine Pläne gestorben, und es hilft mir herzlich wenig, jetzt in seiner Vergangenheit herumzustochern. Verstehst du das?« Ihre Stimme wurde zunehmend schrill. »Kannst du meinen Schmerz respektieren? Bitte!«

»Okay, okay. Aber Philippe … der ist immer noch in Untersuchungshaft.«

»Ich kann es nicht ändern, wenn er ihn umgebracht hat – und dann auch noch aus dämlicher Eifersucht.« Sie stand auf und ging zum Fenster.

Marie kam es vor, als könnte ihre Freundin es plötzlich nicht mehr ertragen, neben ihr zu sitzen, und das verletzte sie erneut. Auch konnte sie es nicht fassen, dass Hélène an Philippes Schuld glaubte.

»Hélène …«

»Ich brauche die Kraft, die ich noch habe, damit ich nicht durchdrehe! Und um mich um Madame Durand zu kümmern. Ich muss jetzt für sie da sein. Mehr Kraft habe ich nicht!«, schrie sie laut. Ihre Augen hatten sich verengt, und sie blickte Marie beinahe wütend an.

Plötzlich hörten sie Schritte auf der ersten Etage und schauten zur Decke. Wahrscheinlich war Madame Durand wach geworden.

»Ich muss zu ihr, bevor sie Gott weiß was anstellt«, sagte Hélène.

Marie stand auf, und Hélène begleitete sie nach draußen. Am Absatz der geschwungenen Sandsteintreppe blieben sie stehen.

»*Salut*, Marie. Sorry, wenn ich mich wieder im Ton vergriffen habe. Ich bin einfach am Ende«, entschuldigte sie sich mit Tränen in den Augen.

»Schon gut. *Salut*.«

In der oberen Etage hörte man etwas zu Boden fallen. Hélène eilte zurück ins Haus.

Kapitel 9

Marie war traurig und überrascht zugleich, dass Hélène so wütend auf die Enthüllungen über Girard reagiert hatte. Um ein wenig Abstand von dem unerfreulichen Gespräch zu gewinnen, beschloss sie, im Trüffelhain spazieren zu gehen. Auch glaubte sie, dass die Fotos auf Girards Website von dort aus gemacht worden waren, und wollte ihre Vermutung überprüfen.

Als sie die niedrigen Eichen und Haselnusssträucher erreicht hatte, schaute sie unwillkürlich auf den Boden. Die Erde unter den Bäumen wies das typische *brulé* auf, sie wirkte wie verbrannt und war an manchen Stellen rissig. Das zeugte davon, dass hier die begehrten haselnuss- bis kartoffelgroßen Périgord-Trüffel wuchsen, die ab Dezember zum Kilopreis von bis zu tausend Euro, in manchen Pariser Feinkostläden sogar für das Dreifache, gehandelt wurden.

Ein Geräusch ließ sie wieder hochblicken. Trotz ihrer gedrückten Stimmung musste Marie plötzlich lachen, als sie Georges mit Augustine gemütlich durch den Hain schlendern sah. Der große, hagere Mann und die schwergewichtige Sau, die er an einer aus dicker Kordel selbst geflochtenen Leine führte, waren ein wunderbar erheiternder Anblick in dieser sonnendurchfluteten Landschaft.

Heutzutage setzte man eigentlich keine Schweine mehr für die Trüffelsuche ein. Sie aßen die Trüffel selbst leidenschaftlich gern, und man hatte seine liebe Not, ihnen die kostbaren Knollen schnell genug zu entwenden – da waren Hunde, die sich mit einer kleinen Leckerei begnügten, einfacher zu handhaben. Aber

Georges war fest davon überzeugt, dass Augustine und er ab diesem Winter ein unschlagbares Trüffelduo abgeben würden.

Marie näherte sich den beiden von hinten. »Na, ihr zwei Turteltauben?«

Georges drehte sich um. »Marie, was machst du denn hier?«

Marie bückte sich und kraulte Augustine zwischen den kleinen Augen, woraufhin die Sau zufrieden grunzte.

»Du hast wirklich ein gutes Leben, kleine Dickmadame«, sagte Marie, ehe sie sich an Georges wandte: »Ich habe gerade Hélène und Madame Durand besucht.«

Georges, der wie so oft einen Zigarettenstummel im Mundwinkel hatte, schüttelte den Kopf. »Die arme Frau! Ich weiß gar nicht, was wir demnächst mit der Trüffelernte machen. Dieses Jahr können wir die Erträge vom Trüffelmarkt in Saint-Alvère wie gehabt auf ihr Konto überweisen, aber danach …? Sie ist kaum noch ansprechbar.«

»Das wird sich ergeben.«

»Du hast recht. Und wer weiß, ob ich dann überhaupt noch lebe?« Georges hatte von jeher eine Neigung zur Schwarzmalerei und war manchmal ein richtiger Hypochonder.

»Erzähl keinen Blödsinn!« Marie holte ihr Handy aus der Tasche, suchte das Foto des Trüffelhains auf Girards Website und zeigte es Georges. »Kannst du mir vielleicht sagen, von wo dieses Foto aufgenommen wurde?«

Georges holte umständlich seine Lesebrille aus den Untiefen seiner ausgebeulten Cordhose. Er betrachtete das Smartphone zunächst mit Abwehr und murmelte dabei: »Ohne diese Dinger könnt ihr wohl keine Minute mehr leben!« Aber dann konzentrierte er sich auf das Bild, schaute sich einige Male um und wies schließlich mit dem Zeigefinger in Richtung Wald. »Von der Ecke dahinten … da, wo die große Eiche steht. Wer hat denn das Foto gemacht?«

»Ach, ein Bekannter von mir.«

»Man geht doch nicht einfach so in einem Trüffelhain spazieren und macht Fotos, die dann jeder sehen kann!«, empörte er sich. »Wer das bei Martial wagt, muss mit einer Kugel in den Allerwertesten rechnen.«

Das stimmte. Der Nachbar Martial hatte seinen Hain sogar mit Stacheldraht umzäunt, um sein »schwarzes Gold« vor potenziellen Trüffeldieben zu schützen. Sollte sich dennoch jemand auf sein Grundstück wagen, womöglich nach dem Aperitif, war damit zu rechnen, dass Martial – vom Pastis völlig enthemmt – sehr ungemütlich wurde.

Hatte Girard den Trüffelhain von Madame Durand fotografiert? Marie war gespannt, was Leblanc auf dem Handy des Toten finden würde.

»Und wie macht sich Augustine an der Leine?«, wechselte sie das Thema.

»Als hätte sie ihr Leben lang nichts anderes getan. Aber jetzt müssen wir heim. Sie hat Hunger.«

»Was du nicht sagst ... Also bis später.«

Das ungewöhnliche Paar trottete friedlich davon, und Marie konnte es sich nicht verkneifen, ein Foto von den beiden zu machen. Sie musste unweigerlich an den wunderbaren Film *Ein Schweinchen namens Babe* denken. Den hatte sie bestimmt schon dreimal gesehen, und durch ihn war sie überhaupt auf die Idee gekommen, Georges ein Ferkel zu schenken.

Marie spazierte zu dem Baum, von dem aus das Trüffelhain-Foto aufgenommen worden war, und ließ sich darunter nieder. Von hier aus sah das Grundstück noch weitläufiger aus. Sie holte ihr Handy wieder hervor und lud die Zeitungsartikel hoch, die Pauline ihr geschickt hatte. Da empörte sich ein Journalist, dass ein Franck G. *vergessen hatte*, seinen Käufer darüber zu informieren, dass fünfzehn gigantische Windräder in unmittelbarer Nähe zum kurz zuvor erworbenen Grundstück aufgestellt werden sollten. Offenbar hatte *Monsieur G.* den Betrug zusammen mit einem jungen Notar ausgeheckt. Das brachte Marie auf einen Gedanken: Am nächsten Tag würde sie endlich Mamies Erbschaftsunterlagen in der Kanzlei abholen und Maître Delmas, den Notar, fragen, ob Girard sich jemals bei ihm gemeldet hätte. Es war einen Versuch wert.

Und auch Georges und Augustine hatten Marie auf eine Idee gebracht. Vor dem Telefonat mit Leblanc würde sie noch einen ausgiebigen Spaziergang mit den Hunden machen und dabei in Ruhe über ihr weiteres Vorgehen nachdenken. Warum nicht entlang der Vézère? César liebte das Wasser, und auch sie selbst würde es genießen, bei diesen sommerlichen Temperaturen die Füße in den Fluss zu stecken.

Sie machte sich auf den Weg nach Hause, um die beiden Vierbeiner abzuholen, und überlegte, wie sie dem Kommissar diplomatisch beibringen konnte, dass sie über Girard recherchiert hatte – natürlich ohne die leiseste Absicht, sich in seine Ermittlungen einzumischen. Girards glanzlose Vergangenheit kannte er inzwischen bestimmt auch, doch sie war sich sicher, dass sie mit Paulines Internetrecherchen einen Wissensvorsprung hatte. Wetten, dass Leblanc nicht wusste, was Girard geplant hatte? Dass er via Internet weiterhin Immobilien verkaufen wollte, obwohl er keine Immobilienagentur mehr hatte?

Die Hunde begrüßten sie fröhlich, als sie auf dem Hof ankam, und ließen sich nicht zweimal zum Spaziergang bitten. Zur Vézère brauchte man gut zehn Minuten. Marie machte einen kleinen Umweg, um an den Tabakfeldern entlangzulaufen. Im Spätsommer dufteten die zarten weißen Blüten himmlisch. Als sie bei den Maisfeldern anlangte, musste sie die Hunde energisch zurückrufen, damit sie nicht zwischen den hohen Pflanzen umhertollten. Um diese Jahreszeit aßen sich die Wildschweine gern an dem reifen Mais satt und konnten angriffslustig sein, wenn man sie auf ihren Beutezügen störte.

Das Rauschen der Pappeln am Flussufer wurde lauter. César rannte ungestüm los. Fido blieb brav bei Fuß. Im Gegensatz zu seinem Kumpel mochte er kein Wasser.

»Iiiiih, der ist ja pitschnass!«, rief plötzlich eine weibliche Stimme auf Deutsch.

Oh, non! Marie eilte mit Fido hinunter zum Fluss. Am Ufer stand das Touristenpaar, das sie am Vortag vor dem Lebensmittelgeschäft gesehen hatte. César, der sofort ins Wasser gesprungen war, hatte sich in unmittelbarer Nähe das Fell ausgeschüttelt. Das lilafarbene Kleid der jungen Frau war von oben bis unten voller Wasserflecken. Wie peinlich.

»*Désolée*«, entschuldigte sich Marie, die es erneut vorzog, ihre deutschen Sprachkenntnisse zu verheimlichen.

Die Frau hatte sich inzwischen entspannt und lachte. »*Ce n'est pas grave*«, antwortete sie mit starkem Akzent.

Marie bedankte sich mit einem Lächeln bei der freundlichen Touristin und ging schnell weiter, bevor César noch auf andere dumme Gedanken kam.

»Ach, schau mal, das ist der lustige Hund, der gestern Morgen mit dem Angler hier war«, sagte der Mann hinter ihr.

Marie fuhr wie von der Tarantel gestochen zusammen, wirbelte herum und lief zu den beiden zurück.

»Wie bitte?«

Der Mann schaute sie verdutzt an, weil sie deutsch gesprochen hatte.

Bevor er etwas sagen konnte, zeigte sie aufgeregt auf Fido. »Sie haben gestern Morgen diesen Hund mit einem nicht sehr großen Mann in Shorts gesehen, stimmt's?«

»Äh, ja. Warum?«

Sie achtete nicht auf seine Frage. »So zwischen acht und neun?«, fuhr sie fort.

»Ja, das wird in etwa die Zeit gewesen sein.«

»Sind Sie sicher?«

»Ja!«, antwortete er mit fester Stimme.

»Sie gehen so früh spazieren?«

»Warum nicht?«, entgegnete er verblüfft.

»Sie müssen mit mir aufs Polizeirevier kommen. Sofort!«

Die beiden schauten erst sich und dann Marie verwirrt an.

Ihr wurde plötzlich klar, wie sonderbar sie sich verhielt. »Es tut mir leid, bitte entschuldigen Sie. Sie müssen mich für eine Wahnsinnige halten. Bin ich aber nicht. Ich bin einfach nur sehr erleichtert. Der Mann, den Sie gestern gesehen haben, ist ein Freund von mir und steht unter dem Verdacht, einen Mord begangen zu haben. Wenn Sie aussagen, dass er um diese Zeit hier am Fluss war, hätte er ein Alibi, und seine Unschuld wäre bewiesen!« Sie strahlte die beiden an.

»Ein Mord? Hier?« Die Frau wirkte entgeistert.

»Ja, leider. Der erste seit Menschengedenken.«

»Den Nachmittag meines letzten Urlaubstages hatte ich mir ja schon ein bisschen anders vorgestellt«, fuhr die nette Touristin fort. »Eigentlich wollten wir bei diesem schönen Wetter noch einen Abstecher zum Höhlendorf von La Madeleine machen.«

Marie tat es leid, den beiden das Urlaubsende zu verderben. »Haben Sie heute Abend schon etwas vor?«, fragte sie spontan.

Die beiden schauten sich unschlüssig an.

Aber Marie war in Fahrt. »Wir drei fahren zum Kommissariat, Sie machen Ihre Aussage, und danach lade ich Sie zur Entschädigung zum Essen ins Café de la Place ein. Jacques, der Besitzer, ist ein großartiger Koch. Sie werden begeistert sein.« Sie lächelte den beiden aufmunternd zu. »Einverstanden?«

»Einverstanden!«, antwortete die Frau, und ihr Mann nickte zustimmend.

Marie freute sich. Die beiden waren ungefähr im gleichen Alter wie sie und machten einen sympathischen Eindruck. Die Frau hatte rote Locken, die durch das ebenfalls rote Brillengestell und das lilafarbene Kleid besonders zur Geltung kamen. Der Mann, der eine Glatze hatte, schien hingegen zu glauben, dass ein buntes oder gar hervorstechendes Outfit nicht zu seinem Typ passte: Er trug eine unauffällige Nickelbrille, eine dezente schwarze Hose und ein schlichtes graues T-Shirt. Mut zur Farbe – vereint mit Mut zur Schlichtheit, dachte Marie.

Sie reichte der Frau die Hand. »Ich heiße übrigens Marie.«

»Britta«, antwortete die Frau lächelnd.

»Und ich bin Klaus«, stellte sich der Mann vor. »Wie kommt es, dass Sie als Französin fließend und nahezu akzentfrei Deutsch sprechen?«

»Ich bin Deutsch-Französin und zweisprachig aufgewachsen. Meine Mutter stammt aus Saint-André, und mein Vater ist Deutscher.«

»Das ist ja interessant. Woher kommt Ihr Vater?«, fragte Britta interessiert.

»Aus der Nähe von Bonn.«

»Ach, wie lustig, wir sind aus Köln.«

»Dacht ich's mir doch, dass ich einen rheinischen Einschlag gehört habe.«

Britta lachte. »Ja, et is, wie et is.«

»Und wat nit is, dat kann noch wäde«, wusste Marie zu ergänzen. Sie bückte sich zu Fido hinab, der die ganze Zeit brav neben ihr stehen geblieben war, und streichelte ihn. »Bravo, Fido! Du hast dein Herrchen gerettet! Du bist ein Held.«

Anschließend pfiff sie nach César, der stolz mit einem Stöckchen aus dem Wasser auf sie zugeprescht kam. Britta sprang schnell zur Seite, um diesmal der unfreiwilligen Dusche zu entgehen.

Und dann wanderten sie gemeinsam Richtung Dorf.

*

Leblanc saß auf der Terrasse seines Stammcafés gegenüber der Markthalle von Périgueux. Er hatte sich ein Glas weißen Bergerac bestellt, an dem er genüsslich nippte. Vor seinem inneren Auge ließ er die jüngsten Ereignisse Revue passieren und musste dabei ein ums andere Mal schmunzeln.

Marie Mercier hatte es also geschafft: Philippe Lavaud war aus der Untersuchungshaft entlassen worden. Sie war mit zwei deutschen Touristen im Präsidium aufgetaucht, die Lavaud bei einer Gegenüberstellung eindeutig identifiziert hatten. Er war ihnen am Vortag bei einem frühmorgendlichen Spaziergang an der Vézère begegnet, und zwar genau zur Tatzeit. Er war ihnen aufgefallen, weil er beim Angeln zeterte, Selbstgespräche führte und die gefangenen Fische gleich wieder in den Fluss warf. Seinen Hund hatten sie an dem schwarzen Fellflecken um das linke Auge wiedererkannt.

Lavaud schwieg allerdings weiterhin. Nicht ein Wort hatte Leblanc aus ihm herausbekommen, da nutzten weder freundliche Worte noch Drohungen. Leblanc war es noch immer ein Rätsel, warum er zu fliehen versucht hatte. Als er freigelassen wurde, hatte er keinerlei emotionale Regung gezeigt. Marie Mercier war zu dem Zeitpunkt mit den beiden Deutschen bereits wieder abgefahren, und Martin hatte dem einstigen Verdächtigen ein Taxi nach Saint-André organisiert.

Nun gut, seine Pariser Kollegin würde Lavaud bestimmt bald aufsuchen und befragen. Vielleicht würde sie ja diesen Stummfisch zum Reden bringen. Und er, Leblanc, wollte sie am nächsten Tag wiedersehen, um dann womöglich weitere Informationen zu erhalten. Auch wollte er ihr noch von seiner Begegnung mit Delteil berichten, dafür war vorhin im Präsidium keine Zeit gewesen.

Leblanc war sich sicher, dass die Kommissarin ihre Pariser Kollegen über Girard hatte recherchieren lassen und von dessen Immobilienmachenschaften wusste. Wie konnte es nur sein, dass der Kerl keine weiteren Spuren hinterlassen hatte? Nicht einmal ein Adressbuch hatten die Kollegen in seinem Appartement in Bordeaux gefunden – als hätte er mit niemandem engeren Kontakt gehabt. Girard war aber ganz offensichtlich nicht nur wegen der hübschen Hélène oder der wunderschönen Landschaft nach Saint-André gekommen. Irgendetwas musste er im Schilde geführt haben, was ihn das Leben gekostet hatte. Wieder eine Immobiliensache? Möglicherweise. Die Menschen neigten dazu, ihre Sünden zu wiederholen. Und der Immobilienmarkt an der Vézère bot so einiges. Vielleicht hatte er Komplizen in der Branche. Morgen würde Martin die Immobilienagenturen der Gegend abklappern. Vielleicht hatte Girard sie auf der Suche nach Deals oder Partnerschaften kontaktiert.

Leblancs Gedanken schweiften zum Präfekten, der ihn vorhin gelöchert hatte und schnelle Ergebnisse sehen wollte, denn ein ungeklärter Mord schadete dem Ansehen der Region. Die alte Leier. Als bräuchte er irgendwelche Politiker, die ihn unter Druck setzten, damit er ausreichend motiviert war, den Fall zu lösen. Das leidvolle Gesicht der Kellnerin war Ansporn genug. Morgen Vormittag würde er sich allerdings nicht um den Fall kümmern können. Er hatte einen Termin im Präsidium in Bordeaux und würde erst nach dem Mittagessen zurückkommen.

Nun war sein Glas leer. Er hatte es erstaunlich schnell ausgetrunken und überlegte kurz, ob er entgegen seiner Gewohnheit ein zweites bestellen sollte. Er verspürte eine seltsame Unruhe, ein ungewöhnliches beschwingtes Lebensgefühl, das er sich nicht erklären konnte. Er ahnte aber, dass es mit Marie Mercier zu tun hatte. Es war das erste Mal, dass er sich zu einer anderen Frau als Valérie hingezogen fühlte. Und Valérie war eine Sandkastenliebe gewesen. Ja, er fand diese junge Frau anziehend. Das musste er sich eingestehen, und er wusste nicht so recht, was er damit anfangen sollte. Wie viel jünger war sie als er? Zehn Jahre? Wie gern hätte er jetzt mit seinem Sohn gesprochen! Aber Alexandre war auf hoher See, irgendwo bei Panama, und er wusste nicht, wann er sich wieder melden würde.

Leblanc verscheuchte diese für ihn ungewöhnlichen Gedanken. Egal, ob Marie Mercier ihm gefiel oder nicht, er würde nicht zulassen, dass sie sich zu sehr in den Fall einmischte. Auf einmal merkte er, dass er hungrig war. Am Samstag hatte er auf dem Markt von Périgueux reichlich eingekauft, unter anderem Entenbrustfilets. Er würde jetzt nach Hause gehen und darüber nachdenken, wie er sie zubereiten sollte. Wahrscheinlich kurz anbraten, sodass das Fleisch schön zartrosa blieb, und mit Himbeeressig ablöschen. Dazu würde er gelbe und grüne Mini-Zucchini andünsten und sich dazu ein Gläschen Wein genehmigen. Sein Weinhändler hatte ihm neulich einen neuen Pécharmant empfohlen, den würde er probieren.

*

Marie genoss den Abend mit Britta und Klaus. Sie waren rasch zum Du übergegangen. Jetzt saßen sie gemütlich unter bunten Lichterketten auf der Terrasse des Café de la Place, denn die Temperaturen waren immer noch angenehm mild, und unterhielten sich angeregt.

Das Hauptgericht war ein voller Erfolg gewesen: Britta und Klaus wollten an diesem Abend kein Fleisch essen, und so hatte Jacques ein Trüffelomelett mit Pommes de terre sarladaises, seinen berühmten Steinpilz-Bratkartoffeln in Entenfett, für sie zubereitet. Er hatte ihnen höchstpersönlich eine gigantische Platte an den Tisch gebracht.

»Das schaffen wir nie!« war Brittas erste Reaktion gewesen.

»Und ob wir das schaffen!«, hatte Klaus ihr mit glänzenden Augen widersprochen.

Und siehe da, sie hatten ohne Probleme alles verputzt.

Marie tat es gut, einen Abend lang deutsch zu sprechen, und sie genoss es, hier im Südwesten Frankreichs rheinischen Singsang zu hören. Obendrein waren Britta und Klaus Périgord-Fans. Es war ihr dritter Aufenthalt hier, und es würde nicht der letzte sein.

»Wir kommen im Januar wieder, da wollen wir auf den Trüffelmarkt von Saint-Alvère gehen«, sagte Britta.

»Fernab vom Tourismus?«

»Ja, im Winter hat die Gegend ihren ganz besonderen Charme«, schwärmte Klaus. »Das Licht ist sehr viel intensiver als bei uns um diese Jahreszeit, und überall in den Dörfern riecht es nach Kaminholz. Die Menschen haben Zeit und lassen sich gern auf ein Schwätzchen ein, das genießen wir sehr.«

»Wir haben ein Trüffelwochenende auf einem Bauernhof gebucht«, ergänzte Britta. »Da gehen wir mit unseren Gastgebern auf Trüffelsuche und kochen anschließend mit ihnen ein Trüffelmenü. Das wird sicher spannend – und lecker!«

»Und du …«, wollte Klaus von Marie wissen, »wohnst du das ganze Jahr über hier?«

»Erst seit Kurzem. Vorher habe ich in Paris gelebt.« Marie erzählte den beiden von dem Tod ihrer Großmutter und ihrem Sabbatical.

»Und jetzt ermittelst du hier?«

»Nein, nein! Dazu bin ich nicht befugt«, wehrte Marie ab.

»Befugt oder nicht – heute warst du jedenfalls eine höchst engagierte Kriminalpolizistin«, widersprach Klaus amüsiert.

Sie musste lachen und dachte wieder an Philippe. Morgen würde sie ihm Fido zurückbringen und ihn fragen, warum er sich so sonderbar verhielt.

»Ich wollte nur einem Freund helfen. Ihr könnt euch nicht vorstellen, wie erleichtert ich bin, dass er wieder auf freiem Fuß ist. Dank euch beiden!« Sie hob ihr Glas. »A la vôtre!«

»A la nôtre«, erwiderte Klaus.

Nachdem sie getrunken hatten, fragte Britta: »Sag mal, hast du hier im Winter keine Angst, dich einsam zu fühlen? Dann sind ja nur wenige Touristen in der Gegend, und die meisten Restaurants haben zu.«

»Ja, manche, aber nicht alle. Jacques und Danielle zum Beispiel schließen nur im Januar. Man organisiert sich anders. Die Leute machen Feuer im Kamin, werden häuslicher, laden sich gegenseitig ein. Klaus hat recht, hier ist es auch im Winter schön. Das Einzige, was man braucht, sind gute Wanderschuhe und eine warme Jacke.«

»Du glaubst also nicht, dass es langweilig werden könnte?«, hakte Britta nach.

Marie konnte ihre Bedenken gut verstehen. »Langweilig nicht, aber wahrscheinlich werde ich meine Pariser Freunde und Kollegen mehr vermissen, wenn es hier ruhiger wird.«

Sie musste an Pauline denken. Was sie wohl gerade machte? Wahrscheinlich saß sie zu dieser späten Uhrzeit noch an ihrem Schreibtisch im Präsidium. Marie spürte einen Anflug von schlechtem Gewissen, den sie aber gleich wieder verscheuchte. Wenn sie in Paris wäre, würde auch sie jetzt noch arbeiten, doch sie hatte sich ja bewusst dagegen entschieden.

Danielle kam für die Dessertbestellung. Marie empfahl Jacques' Tarte aux citrons, die sie zum Niederknien fand.

»Oh ja, sehr gute Idee«, antwortete Klaus. Dann wandte er sich an Danielle. »*Une tarte aux citrons avec baiser, s'il vous plaît*«, bestellte er stolz.

Die Restaurantbesitzerin zuckte zusammen, und Marie prustete los.

Dann erklärte sie ihrem verdutzten Tischgenossen: »Das ist gerade ein wunderbares Beispiel von *faux-ami* gewesen! Ein ›falscher Freund‹ ist ein Wort, das es auch in der Muttersprache gibt, dort aber eine andere Bedeutung hat. *Baiser* bedeutet Kuss auf Französisch. Du wolltest aber wahrscheinlich keinen Kuss von Danielle, sondern eher eine Meringue auf deiner Zitronentarte.«

Sie bestellten ein Glas Monbazillac zum Nachtisch, und der Abend ging fröhlich zu Ende. Vielleicht der Anfang einer schönen Freundschaft, dachte Marie, als sie nach Hause schlenderte.

Dienstag

Kapitel 10

Marie betrat das dunkle, holzvertäfelte Büro von Maître Delmas. Das gesamte Mobiliar war in Brauntönen gehalten. Seit den Siebzigerjahren schien die Zeit hier stehen geblieben zu sein. Die freundliche Sekretärin im Faltenrock folgte Marie mit leisen Schritten und überreichte ihre Akte dem Notar. Dieser nahm sie entgegen, ohne aufzuschauen, und nickte nur. Wahrscheinlich soll das eine Art von Dankeschön sein, dachte Marie, die auf diese Form von Arroganz allergisch reagierte. Die Sekretärin entfernte sich so leise, wie sie hereingekommen war.

»*Merci*, Madame!«, rief Marie ihr freundlich hinterher.

Den recht beleibten Delmas in seinem zu eng sitzenden braunen Anzug sah Marie zum zweiten Mal in ihrem Leben, aber der Name war ihr seit jeher vertraut. Er war einer der alteingesessenen Notare der Gegend. Sobald ein Grundstück oder ein Haus verkauft oder vererbt wurde, fiel sein Name. Marie war nach Mamies Beerdigung mit ihrer Mutter hier gewesen. Obwohl es ein so trauriger Anlass gewesen war, hatte sie das Treffen in positiver Erinnerung.

Der Grund hierfür war das Testament ihrer Großmutter gewesen.

Seit Maries stets unzufriedene Mutter vor ein paar Jahren an die Côte d'Azur gezogen war, hatte sie eine Art inneren Frieden gefunden. Jetzt, wo sie das Rentenalter erreicht und das Mittelmeer stets vor Augen hatte, führte sie endlich das unbeschwerte Leben, nach dem sie sich immer gesehnt hatte. Für nichts auf dieser Welt wäre sie je wieder nach Saint-André zurückgekehrt,

»zu den Cro-Magnons«, wie sie immer mit leichtem Spott sagte, zu diesen Steinzeitmenschen. Marie sah das ganz anders als ihre Mutter, und deshalb hatte Mamie in ihrem Testament das Haus nicht ihrer Tochter, sondern ihrer Enkelin vermacht. Maries Mutter hatte sie eine größere Geldsumme vererbt, die es ihr ermöglicht hatte, eine schöne Wohnung in der Nähe von Nizza zu kaufen. Als der Notar ihnen das Testament vorlas, waren sie beide nicht verwundert: Maries Mutter war über diese Entscheidung sogar aufrichtig froh gewesen. Sie hatte ihre Tochter angestrahlt und geradezu erlöst gewirkt. Das geschah nicht oft. Auch das war ein Geschenk von Mamie. Sie hatte die richtige Entscheidung für ihre Tochter und für ihre Enkelin getroffen. Mutter-Tochter-Beziehungen gestalteten sich zumeist schwierig im Hause Mercier. Da war es einfacher, wenn man eine Generation übersprang.

Delmas saß hinter seinem massiven Schreibtisch aus Akazienholz. Anstatt aufzustehen und die Klientin höflich zu begrüßen, blieb er mit selbstgefälliger Miene auf seinem Sessel sitzen, beugte sich nur leicht vor, um Marie die Hand zu reichen. Der Druck war fest, fast schmerzhaft.

»Madame Mercier, nehmen Sie bitte Platz.«

Während sie sich auf den Stuhl vor dem Schreibtisch setzte, schlug er kurz die Akte auf, überflog sie und reichte sie Marie.

»Hier ist die offizielle Erbschaftsurkunde.« Er kramte ein weiteres Formular aus einem Papierstapel hervor. »Und bitte unterschreiben Sie hier, dass Sie sie erhalten haben.«

Marie tat wie geheißen.

»*Parfait.* Das war's dann, Sie …«

»Vielen Dank, Maître Delmas«, fiel Marie ihm ins Wort, bevor er sie hinauskomplimentieren konnte. »Ich hätte noch eine Frage, die nichts mit den Angelegenheiten meiner Großmutter zu tun hat.«

»Wenn ich Ihnen behilflich sein kann, bitte schön«, antwortete er.

»Sie werden vielleicht gehört haben, dass es einen Mord in Saint-André gegeben hat.«

Delmas lehnte sich in seinem Sessel zurück. Marie erkannte an den leicht nervösen Bewegungen seiner Finger, dass er sich in Geduld übte.

»Ja, ich habe in der *Sud-Ouest* darüber gelesen. Ein Tourist. Unfassbar. Und das in unserer schönen Gegend.« Er schüttelte den Kopf. »Ermitteln Sie in dem Fall?«

»Nein, nein! Das Opfer war der Freund einer Freundin von mir, und deshalb beschäftigt mich sein Tod.«

»Und wie kann ich Ihnen behilflich sein?«

»Er wollte sich in der Gegend niederlassen und suchte ein Haus. Ich dachte, dass er Sie deshalb vielleicht aufgesucht hätte.«

»Wie hieß der Mann?«

»Girard, Franck Girard.«

Maître Delmas überlegte kurz, bevor er antwortete: »Nein, der Name sagt mir nichts. Aber inzwischen gibt es ja eine ganze Reihe von Immobilienagenturen in der Gegend. Vielleicht sollten Sie Ihr Glück da versuchen. Vor der Internet-Ära waren wir Notare wichtige Ansprechpartner bei der Immobiliensuche, aber die Zeiten haben sich geändert.« Ungeduldig schaute er auf seine Uhr.

»Ist nicht weiter wichtig«, sagte Marie. »Es war reine Neugierde. Dann will ich Sie nicht länger aufhalten, Maître Delmas.« Sie bemerkte, dass sie den Titel ein wenig zu stark betonte. Wahrscheinlich hing es damit zusammen, dass es für sie eine französische Unsitte war, einen Notar immer noch mit »Meister« anzureden – zumal es dafür keine weibliche Form gab, eine Notarin wurde ebenfalls mit *Maître* angesprochen. Es gab zwar das weibliche Substantiv *Maîtresse*, aber es hatte andere Bedeutungen: Damit war eine Lehrerin gemeint oder eine Geliebte …

Marie erhob sich und reichte Delmas zum Abschied abermals

die Hand. Sie wollte jetzt schnell zu Philippe, um ihm Fido zurückzubringen.

*

Leblanc genoss die Rückfahrt nach Périgueux, nachdem er seinen Termin im Präsidium von Bordeaux hinter sich gebracht hatte. Die Sonne schien, und die Straßen waren angenehm leer. Gerade war er an dem pittoresken Städtchen Libourne vorbeigefahren, wo Valérie und er früher auf ihren Weintouren durch die Saint-Emilion- und Pomerol-Gebiete immer gern einen Zwischenstopp eingelegt hatten. Das hatten sie sich ein-, wenn möglich zweimal im Jahr gegönnt – um sich mit Wein einzudecken, in den Weinbergen zu wandern und unterwegs gemütliche Schlemmerpausen einzulegen.

Leblancs Gedanken kehrten in die Gegenwart zurück, als sein Handy klingelte. Es war Inspektor Martin.

»Das mit den Immobilienagenturen war eine Fehlanzeige, Chef. Niemand hat mit Girard gesprochen. Aber die Besitzerin vom B & B in Saint-André hat mich gerade angerufen. Gestern ist eine Frau bei ihr aufgetaucht, um die Sachen und den Computer von Girard abzuholen. Ihren Namen hat sie nicht genannt. Und als die Besitzerin die Polizei erwähnt hat, muss die Frau blitzartig abgefahren sein.«

»Und warum ruft die Besitzerin erst heute an?«, fragte Leblanc mit leichter Verärgerung.

»Sie wusste nicht, was sie machen sollte. Ihr Mann hat ihr dann dazu geraten.«

»Konnte sie denn wenigstens Angaben zum Nummernschild machen?«

»Daran hat sie leider nicht gedacht. Die Automarke hat sie auch nicht erkannt. Sie hat nur gesehen, dass es ein rotes Auto war. So eine Art Sportwagen.«

»Ja dann …«, bemerkte Leblanc lakonisch. »Fahren Sie noch mal nach Saint-André und versuchen Sie, irgendetwas über diese Unbekannte herauszufinden. Lassen Sie sich im B & B die Frau genau beschreiben, und fragen Sie die Nachbarn, ob sie sie gesehen haben. Ich vertraue darauf, dass in einem Dorf nichts unbemerkt bleibt. Wir treffen uns später im Café de la Place. Ich bin in einer guten Stunde da.«

»Mach ich, Chef. Bis später«, antwortete Martin widerstandslos.

Leblanc verspürte eine gewisse Erleichterung, denn er wusste, wie ungern sein Assistent den Schreibtisch verließ.

Er atmete tief ein. Endlich bewegte sich etwas. Erstens hatte Girard anscheinend eine Komplizin, zweitens besaß er sehr wohl einen Computer, und drittens waren darin anscheinend wichtige Unterlagen gespeichert. Sehr schön. Nun hieß es, diese mysteriöse Frau zu finden. Sie musste in Panik geraten sein, denn es war sehr unvorsichtig gewesen, am helllichten Tag in dem B & B in Saint-André aufzutauchen. Nach einer professionellen Kriminellen sah das schon mal nicht aus. Er drückte auf das Gaspedal und lächelte.

*

Marie klopfte an Philippes Haustür. Fido stand neben ihr und winselte vor Vorfreude, sein Herrchen wiederzusehen. Philippe öffnete die Tür und tätschelte sogleich strahlend seinen Hund, der ihm fiepend entgegensprang. Beim Anblick von Marie schien sich Philippes Begeisterung allerdings in Grenzen zu halten. Sehr zu ihrem Unverständnis, immerhin hatte sie ihn aus der U-Haft befreit.

»Darf ich reinkommen?«, fragte sie lächelnd.

»Ich muss gleich wieder zur Arbeit«, antwortete er, ohne sie anzusehen. »Du kannst dir vorstellen, wie sehr Dubosc mich jetzt auf dem Kieker hat.«

»Soll ich später vorbeikommen?«

Philippe schwieg und schaute auf seine Füße.

»War es erträglich in der Untersuchungshaft?«

Er zuckte mit den Schultern. Anstatt ihr zu antworten, rang er sich die Worte ab: »Ich melde mich. Und danke, dass du dich um Fido gekümmert hast.«

Marie begriff, dass Philippe sie weder heute noch morgen anrufen würde. Aber so einfach ließ sie sich nicht abspeisen. »Wen deckst du eigentlich?«

»Niemanden. Wen sollte ich decken? Ich will nur meine Ruhe.«

Langsam ging er ihr auf die Nerven. »Jetzt sag schon, was ist los, Philippe? So kenne ich dich ja gar nicht.«

»Wie kommst du überhaupt darauf, dass du mich kennst? Nur weil Madame aus der Großstadt ihre Ferien hier verbracht hat und jetzt einen auf Landei macht, glaubt sie mich zu kennen, was?«

Das saß, und Marie war verletzt. »Okay, ich lass dich in Ruhe.« Sie drehte sich abrupt um, und während sie davonging, hörte sie noch, wie Philippe die Haustür verriegelte.

Mit seinen kränkenden Worten hatte er auch einen Teil ihres Selbstverständnisses angekratzt. Sie hatte immer gedacht, dass die Leute hier sie als Mitglied ihrer Gemeinschaft betrachten würden. Diese Auffassung hatte Philippe erheblich erschüttert. Würden die Dorfbewohner sie jemals als Einheimische akzeptieren, oder würde sie für immer die zugezogene Städterin bleiben? Machte sie sich etwas vor? Hatte Pauline recht gehabt, als sie ihr vorwarf, den Bezug zur Realität verloren zu haben und einem naiven Traum vom Leben auf dem Land hinterherzuhecheln – inmitten von ihr wohlgesonnenen Dörflern, die sie als ihresgleichen ansehen würden?

Gedankenverloren lief Marie durch den Ort. Sie machte einen Bogen um das Lebensmittelgeschäft, um nicht erneut Julien zu begegnen, der dort häufig anzutreffen war. Noch mehr böse Kommentare brauchte sie nicht, und überhaupt hatte sie im Moment keine Lust, ein vertrautes Gesicht zu sehen. Das war hier schon anders als in der Stadt, wo man größtenteils anonym lebte und nur zufällig jemanden traf, den man kannte.

Auf einmal bemerkte sie, dass sie durch kleine Gassen spazierte, in denen sie schon lange nicht mehr gewesen war. Gerade kam sie an einem wunderschönen Garten vorbei, und sie blieb stehen, um ihn genauer zu betrachten. Ein alter Steinbrunnen in der Mitte der bunt gemischten und trotzdem harmonisch wirkenden Gemüse- und Blumenbeete krönte das Bild, das sich hier bot. Ein runder, dunkelgrüner Metalltisch mit passenden Stühlen stand im Schatten einer Pergola mit überbordenden roten Bignonien. Marie liebte diese Trompetenblumen, die es hier reichlich und in allen Farben gab. Es war der ideale Platz, um sich am Leben zu erfreuen.

Sie ging weiter, und ohne es sich vorgenommen zu haben, stand sie plötzlich vor dem alten Friedhof mit den großen Zypressen. Sie musste über sich selbst schmunzeln: Sie suchte also noch immer Trost bei Mamie! Schnell pflückte sie ein paar wilde Blumen am Wegrand, öffnete dann das quietschende, gusseiserne Tor und durchquerte den beschaulichen Friedhof, bis sie ihr Ziel erreicht hatte. »Für dich«, flüsterte sie und stellte den Ministrauß in die Vase auf Mamies Grab. Ein bisschen wie früher, dachte sie. Als Kind hatte sie unzählige kleine Sträuße für ihre Großmutter gepflückt, die sich immer von Herzen über diese kindlichen Liebesbeweise gefreut hatte. Der Steinmetz hatte endlich Mamies Namen eingraviert: *Madeleine Mercier*. Eine M & M wie sie. Marie setzte sich auf eine Kante der massiven Grabplatte, fuhr sanft mit dem Zeigefinger über den Schriftzug und gab sich ihren Erinnerungen hin.

Unvermittelt erwachte Marie aus ihren Gedanken. »Girard hatte vielleicht Komplizen. Oder, was meinst du?«, fragte sie ihre

Großmutter. Vielleicht steckten ja noch andere hinter der Website. Marie beschloss, sich auf die Anzeige von *Secret-Périgord* zu melden. Da war eine E-Mail-Adresse angegeben. Warum hatte sie nicht gleich daran gedacht? »Ich muss los. Bis bald.« Zum Abschied legte sie kurz liebevoll ihre Hand auf die Grabplatte, dann sprang sie auf und ging mit beschwingten Schritten davon.

*

Léonie lehnte sich an die Gartenmauer und schaute auf die leere Gasse, während Rose ohne Unterlass plapperte. Doch Léonie hörte nicht zu. Sie versuchte, sich einen Reim auf die neuen Entwicklungen im Dorf zu machen.

Dass Philippe wieder auf freiem Fuß war, freute sie natürlich, aber es bedeutete, dass in Saint-André vielleicht ein Mörder frei herumlief, und das war beängstigend. Sie fröstelte, obwohl die Temperaturen sehr mild waren. War das vielleicht einer, der es auf Fremde abgesehen hatte, ein Ewiggestriger, der keine Touristen mochte? Das konnte doch keiner aus dem Dorf sein, denn in dem Fall hätte schon viel früher etwas passieren müssen. Aber vielleicht kannte sie nicht alle Nachbarn so gut, wie sie dachte. Manche waren neu zugezogen. Sicherlich gab es das eine oder andere Geheimnis im Dorf, von dem auch sie nichts wusste.

Wie gut, dass Marie da war! Léonie war froh, dass ihre Großnichte sich verantwortlich fühlte, diesen Mordfall zu untersuchen, obwohl sie nicht im Dienst war. Hoffentlich würde sie sich bei ihren Nachforschungen nicht in Gefahr bringen. Léonie fiel wieder ein, dass Marie vor ein paar Jahren in Paris bei einem Einsatz verletzt worden war; eine Kugel hatte sie am Arm getroffen. Marie hatte nie darüber gesprochen, aber Madeleine hatte ihr seinerzeit davon erzählt. Danach war Marie von ihrem Vorgesetzten abgemahnt worden, weil sie im Alleingang gehandelt hatte. Madeleine hatte das mit einem gewissen Stolz erzählt. Na ja, auf

Marie hätte sie sowieso nie etwas kommen lassen. Léonie fand Alleingänge nicht so gut. Sie spürte, wie Angst sie überkam, und atmete tief ein. Besser, sie machte sich nicht solche Gedanken. Und so begann sie, Roses Ausführungen über die Hauptfiguren der *Golden-Girls*-Serie zu lauschen.

»… und wie ich eben schon gesagt habe: Rose Nylund finde ich am sympathischsten, denn sie …«

»Klar, die heißt ja auch Rose«, fiel Léonie ihr ins Wort, obwohl sie keine einzige Folge dieser Serie gesehen hatte.

»Das hat damit gar nichts zu tun«, gab Rose wenig überzeugend zurück – ihr geschmeichelter Gesichtsausdruck kündete vom Gegenteil.

In dem Moment betrat Marie den Hof, rief ein fröhliches »*Salut tout le monde!*« und rauschte in ihr Haus.

Oh, sie hat es wieder mal sehr eilig!, dachte Léonie. Die Frage war nicht, ob sie etwas, sondern was sie im Schilde führte.

*

Marie holte ihren Laptop und setzte sich im Esszimmer an den Tisch. Als Erstes richtete sie eine neue E-Mail-Adresse ein, und zwar unter »Keller«, dem Nachnamen ihres Vaters – ihre Mutter hatte bei ihrer Geburt darauf beharrt, dass Marie den Nachnamen Mercier trug. Warum, hatte sie nie so richtig begriffen. Sie entschied sich außerdem für eine Adresse mit »de«-Schlusskennung. In einer Mail an *Secret-Périgord* gab sie vor, eine deutsche Touristin zu sein, die derzeit im Périgord nach einem repräsentativen Anwesen suche, um ihren Gatten zu überraschen. Das »Trüffelgold«-Objekt interessiere sie. Allerdings müsse sie Ende der Woche nach Deutschland zurück – ob ein kurzfristiger Termin möglich sei? Sie baute ein paar hölzerne Satzkonstruktionen ein, um als ausländische potenzielle Kundin glaubwürdig zu wirken, und schickte die Mail ab.

So, mal schauen, was diese Flaschenpost ergeben wird, dachte sie.

Um drei Uhr war sie mit Leblanc verabredet, das ließ ihr noch Zeit, über vergangene Kriminalfälle, bei denen es um Immobilien ging, zu recherchieren. Vielleicht ließen sich irgendwelche Verbindungen zu Girard herstellen. Da hatte es um die Jahrtausendwende den »Apollonia-Skandal« gegeben, bei dem über tausend Sparer mit überteuerten Immobilien insgesamt um eine Milliarde Euro geprellt worden waren. Großinvestoren sowie Banken waren involviert gewesen. Apropos Bank, Girard musste ein weiteres Konto gehabt haben. Wie sonst war es ihm möglich gewesen, rasch an viel Geld zu kommen?

Ob Leblanc inzwischen mehr wusste? Dessen Kollegen dürften doch mittlerweile sämtliche Finanzen Girards haargenau überprüft haben. Marie notierte €??? in ihr schwarzes Heft und vertiefte sich dann wieder in ihre Recherchen. In Arras, im Norden Frankreichs, hatte ein weiterer Immobilienskandal Schlagzeilen gemacht. Und um das Bürgermeisteramt von Marseille rankten sich immer wieder Gerüchte über unsaubere Machenschaften mit Immobilien.

Moment mal! Bürgermeister Dubosc sollte sie vielleicht auch noch auf den Zahn fühlen, möglicherweise hatte er Kontakt zu Girard gehabt. Konnte doch sein, dass dieser sich beim Bürgermeisteramt nach Kaufobjekten erkundigt hatte. Sie schrieb *Dubosc*. Aber was war hier in der Region Nouvelle-Aquitaine an krummen Immobiliengeschäften gelaufen? Sie suchte weiter im Internet: verpfuschte Gebäude, horrende Preise in und um Bordeaux, vor allem seit die Weinmetropole dank TGV nur noch zwei Zugstunden von Paris entfernt war. Aber nichts in Sachen Luxusimmobilien. Es gab hier in der Region keinerlei Hinweise auf potenzielle Partner von Girard.

Marie stand auf und schaute aus dem Fenster. Léonie und Georges tranken einen Kaffee am kleinen Tisch auf der Terrasse vor Léonies Küche. Sie wirkten wie ein friedliches altes Ehepaar. Léonie schälte Äpfel, und Georges las rauchend die *Sud-Ouest*. Warum waren die beiden eigentlich nie zusammengekommen? Es war doch offensichtlich, dass sie sich mochten und sich nichts lange erklären mussten. Waren Léonies Eltern dagegen gewesen? Hatten sie für ihre jüngste Tochter eine bessere Partie als den Hofknecht gewollt? Aber wenn man die zwei so beobachtete – wer weiß, vielleicht waren sie doch mal ein Paar gewesen … Denn am Ende machte Léonie immer das, was sie meinte, tun zu müssen.

Marie beobachtete die beiden noch eine Weile. Léonie reichte Georges mit der Messerspitze ein Stück geschälten Apfel. Er nahm es ganz selbstverständlich, als handele es sich um ein lebenslanges Ritual zwischen den beiden. Da war wirklich eine große Vertrautheit. Marie wurde klar, dass sie im Grunde genommen wenig über das Leben ihrer Großtante wusste. Früher war sie immer auf Mamie fixiert gewesen.

Kapitel 11

Leblanc und Martin kamen gleichzeitig im Café de la Place an und suchten sich einen Platz im Halbschatten auf der Terrasse. Hélène, die gerade andere Kunden bediente, machte ihnen ein Zeichen, dass sie gleich ihre Bestellung aufnehmen würde. Dem Kommissar fiel auf, wie zerbrechlich sie aussah. Sie tat ihm leid. Ob sie jemanden hatte, der für sie sorgte?

Martin rutschte auf seinem Stuhl hin und her. Er brannte wohl darauf, von seinen Neuigkeiten zu berichten. Leblanc mochte seine kindlichen Züge. Der Inspektor hatte erst kürzlich seinen vierzigsten Geburtstag gefeiert und einen sensationell leckeren Kuchen mit ins Büro gebracht, den seine Mutter gebacken hatte, bei der er immer noch lebte. Martin war der ewige Sohn, und diese Rolle gefiel ihm offensichtlich. Da er etwas pummelig war, hatte er ein glattes, fast jungenhaftes Gesicht und wirkte irgendwie alterslos.

»So, was haben Sie über die mysteriöse Frau im roten Auto herausgefunden?«, fragte Leblanc.

Martin holte wie ein artiger Schuljunge ein kleines Heft aus seiner Jacke und berichtete: »Die Besitzer vom B & B haben eine schlanke, vornehme Frau Mitte fünfzig beschrieben, die teuren Schmuck trug.«

»Also älter als Girard?«

»Ja. Sie war klassisch gekleidet. Dunkles Haar, streng zurückgebunden. Eine autoritäre Erscheinung.«

»Wenn die etwas miteinander hatten, dürfte sie wohl eher eine mütterliche Erscheinung sein ... womöglich ist sie so etwas wie eine reife Geliebte«, mutmaßte Leblanc, der befürchtete, dass der Begriff *Cougar* seinen Mitarbeiter überfordern könnte.

Martin ging jedoch nicht darauf ein, sondern fuhr mit seinem Bericht fort. »Zufällig habe ich gleich hier um die Ecke eine ältere Dame an ihrem Gartentor bemerkt. Die konnte man nicht übersehen, denn sie war ganz in Rosa gekleidet. Ich habe sie auf die Unbekannte angesprochen, und sie hat tatsächlich mit der Frau gesprochen. Genauer gesagt, die Frau mit dem roten Wagen hat sie nach dem Weg zum B & B gefragt.«

»Sehr gut.«

»Das Beste kommt aber noch!«, rief Martin triumphierend. »Die ältere Dame, die übrigens sehr freundlich ist ... sie hat mir Himbeeren aus ihrem Garten geschenkt. So richtig dicke, feste Früchte. Köstlich!«

»Freut mich, dass Sie Himbeeren geschenkt bekommen haben«, bemerkte der Kommissar. »Hilft uns aber nicht weiter.«

»Das stimmt. Äh, wo war ich stehen geblieben? Jetzt haben Sie mich aus dem Konzept gebracht.«

»Sie meinten, das Beste kommt noch.«

»Ach so, ja. Die rosa Dame hat gesehen, dass auf dem Vordersitz des Autos Werbeprospekte lagen.«

Leblanc horchte auf. Das konnte interessant sein.

»Was für Prospekte?«

»Von einem Antiquitätenladen.«

»Aha!« Leblanc überlegte kurz, welche Verbindung es zwischen Immobilien- und Antiquitätenverkäufen geben könnte. Unter den Leuten, die sehr teure Immobilien erwarben, gab es sicher auch Liebhaber von erlesenen alten Möbeln.

»Die rosa Dame hat sie darauf angesprochen, weil sie eine antike Tischnähmaschine verkaufen möchte. So eine hat meine Mutter übrigens auch.«

Oh, jetzt bitte keinen Nähmaschinen-Exkurs, dachte Leblanc.

Aber nein, Martin hatte Erbarmen. »Die Frau mit dem roten

Auto hat ihr aber unwirsch geantwortet, dass sie solchen Kleinkram nicht kaufen würde, und ist gleich danach weitergefahren.«

»Und, konnte die rosa Dame auf den Prospekten sehen, wo sich der Laden befindet?«

»Leider nein.«

»Verstehe. Und das Nummernschild?«

»Auch nicht, aber immerhin hat sie gesehen, dass es ein 24er-Kennzeichen aus dem Departement Dordogne war.«

»Hat sie die Beschreibung der Frau bestätigt?«

»Ja. Die Frau trug eine sehr große Sonnenbrille und viel Schmuck.«

»Das bringt uns immerhin ein kleines Stück weiter. Nun wissen wir, dass wir nach einer strengen, vornehm aussehenden Antiquitätenhändlerin in den besten Jahren suchen, die einen roten Sportwagen mit Dordogne-Kennzeichen fährt. Also, an die Arbeit, Martin.«

Leblanc sah, wie der Inspektor in sich zusammensank. Es war in der Tat eine ziemlich mühsame Arbeit, die ihm nun bevorstand.

»Es ist ein großes Departement, Chef!«, gab er zu bedenken.

»Ich weiß. Aber Sie schaffen das. Und lassen Sie sich von den Kollegen helfen.«

»Jetzt?«

»Ja, jetzt gleich und nicht morgen.« Leblanc überkam ein Déjà-vu-Gefühl. Er schaute Martin aufmunternd an. »Ich habe jetzt noch einen Termin und komme dann anschließend ins Kommissariat.«

Als Martin mit hängendem Kopf das Café verließ, sah Leblanc Marie Mercier, die mit der Kellnerin sprach und ihr liebevoll den Arm streichelte. Er hatte sie auf dem Weg zum Café angerufen, um sich mit ihr zu verabreden. Sie war sehr pünktlich. Hélène deutete auf ihn. Marie Mercier grüßte die Gäste links und rechts – offenbar kannte sie hier tatsächlich jeden – und kam leichtfüßig auf ihn zu. Sie trug das dichte dunkle Haar hochgebunden, eine rot-weiß karierte Bluse, Jeans und Turnschuhe. Das stand ihr gut.

Er dachte einen Moment lang über das anstehende Gespräch nach und beschloss, die Geschichte mit der Antiquitätenhändlerin erst einmal für sich zu behalten, bis er ein bisschen mehr herausgefunden hatte.

*

»Oh, heute so schick?«, entfuhr es Marie, als sie sich an Leblancs Tisch setzte, woraufhin er verwundert auf sein weißes Hemd und sein Sakko hinabschaute. Oh Gott, erst denken und dann reden, ermahnte sich Marie. Was geht es dich an, wie er angezogen ist! Er schien nicht beleidigt zu sein, sondern grinste.

»Ich komme gerade aus Bordeaux«, erklärte er. »Ich hatte dort einen Termin im Präsidium und musste mich in Schale werfen.«

»Steht Ihnen aber gut.«

Er grinste noch breiter. Marie hüstelte. »Ich habe einfach so mal über Girard recherchiert ...«

»Nichts anderes habe ich von Ihnen erwartet«, sagte er.

Sie beschloss, diese Bemerkung einfach zu überhören. »Wie Sie vermutlich auch habe ich rausgefunden, dass er ein windiger Immobilienmakler war.«

»Genau. Und, was glauben Sie? Wollte er hier krumme Immobiliengeschäfte drehen? Einmal Dieb, immer Dieb?«

»Er wird wohl nicht grundlos zwei Patronen in die Brust bekommen haben.«

Hélène kam auf sie zu. »Was darf ich bringen?«

»*Un café, s'il te plaît.*« Marie fand, dass ihre Jugendfreundin nach wie vor sehr mitgenommen aussah. Sie wirkte verloren in ihrem grünen Kleid, das ihre Blässe noch hervorhob.

»Für mich auch einen«, antwortete Leblanc. »Wie geht es Ihnen, Madame Bouet?«

Die Frage war keine Höflichkeitsfloskel, fiel Marie auf. Seinem Tonfall nach zu urteilen schien es ihn wirklich zu interessieren. Dieser Mann besaß offenkundig eine natürliche Empathie.

»Fragen Sie mich bitte etwas anderes«, erwiderte Hélène mit einem müden Lächeln. »Und Sie, kommen Sie weiter? Philippe ist zum Glück wieder frei, da fällt mir ein Stein vom Herzen. Haben Sie eine andere Spur?«

»Leider noch nichts Spruchreifes.«

»Hoffentlich finden Sie das Schwein bald. Ich hole den Kaffee«, sagte Hélène und eilte davon.

»Kennen Sie Madame Bouet schon lange?«, wollte Leblanc von Marie wissen.

»Seit der Kindheit.«

»Sind Sie eigentlich hier aufgewachsen?«

»Nein, in Paris und zum Teil auch in Deutschland. Hier war ich nur in den Ferien, bei meiner Großmutter. Sie ist im Sommer gestorben, und jetzt habe ich ein Sabbatical genommen, um ihr Haus zu renovieren.«

»Ach, dann werden Sie vielleicht auch die Zeit finden, sich mit den prähistorischen Schätzen unserer Gegend zu befassen. Wenn Sie ein paar Tipps brauchen, stehe ich Ihnen gern zur Verfügung. Ich würde von mir behaupten, ein guter Fremdenführer zu sein.«

»*Merci*, das ist sehr freundlich.«

»Waren Sie mal in Font-de-Gaume bei Les Eyzies? Da kann man noch die Originalhöhle besichtigen!«, sagte er mit sichtbarem Eifer.

Bevor Marie etwas antworten konnte, brachte Hélène die Getränke und ging dann sofort weiter zu anderen Gästen. Marie nahm die kleine Unterbrechung zum Anlass, das Gespräch wieder auf die Ermittlungen zu bringen.

»Haben Sie denn mittlerweile eine Spur? Oder irgendetwas anderes über Girard herausgefunden?«

»Leider nein.«

Diese Antwort kam ihr einen Tick zu schnell. Zwar wusste sie, dass es ihr nicht zustand, Informationen über den Fall zu erhalten, aber irgendwie kränkte es sie. Sie waren immerhin Kollegen.

»Und Sie?«, fragte er.

»Leider nein.« Wie du mir, so ich dir, dachte sie. Erst mal schauen, was die *Secret-Périgord*-Spur ergibt.

»Wenn Girard auf krumme Geschäfte aus war, dann hatte er vielleicht Komplizen«, meinte Leblanc.

»Die wird er wohl gehabt haben müssen. Wie hätte er sonst sein Auto und seine Wochenend-Eskapaden finanzieren können?«, überlegte Marie laut.

»Vermutlich alles mit Bargeld. Wir haben fast tausend Euro in bar in seiner Brieftasche gefunden. Das Zimmer hier hat er cash bezahlt und auch sein Auto, einen Mietwagen. Es gab keine Kreditkartenabbuchungen auf seinem Konto. Er bekam monatlich um die fünfhundert Euro Sozialhilfe und gut zweihundert Euro Wohngeld für sein Appartement. Damit hat er Miete und Grundkosten bezahlt. Fürs Telefonieren hatte er ein Prepaidhandy. Seit er Konkurs anmelden musste, hat er keine einzige außergewöhnliche Ausgabe getätigt – oder zumindest können wir ihm keine nachweisen.«

»Also hatte er einen oder mehrere Sponsoren.«

»So wird es wohl gewesen sein.«

»Haben Sie geprüft, ob er vielleicht eine fremde Kreditkarte in seiner Brieftasche hatte?«

Leblanc schaute Marie mit großen Augen an. »Werte Kollegin, das fragen Sie mich ja wohl nicht im Ernst, oder?«

»Entschuldigung. Vergessen Sie's einfach.« Wie peinlich! Als hätte sie es mit einem Praktikanten zu tun.

Er schaute sie dennoch freundlich an. »Ja, ich kann mir vorstellen, dass es nicht einfach ist, von heute auf morgen alte Reflexe und Gewohnheiten abzulegen. Auch wenn Sie im Moment außer Dienst sind. Dieser Beruf macht etwas mit uns. Die Wachsamkeit bleibt.«

Er hat ja so recht – aber es ist nicht nur das, dachte Marie. Es waren ihr nahestehende Menschen, die von diesem Mord betroffen waren und darunter litten. Noch nie hatten Hélène oder Philippe in diesem harten Ton mit ihr gesprochen. Es hatte ein paar Mal Zickenalarm zwischen ihr und Hélène gegeben, als sie noch Teenager waren, aber so etwas noch nie. Das wollte sie Leblanc natürlich nicht sagen, um sich die Befangenheitsleier zu ersparen.

»Das wird wohl so sein«, antwortete sie mit einer Spur Demut.

»Was wollen Sie eigentlich nach dem Sabbatical machen?«, fragte Leblanc.

»Wieder in meinem Job arbeiten. Ich kann nichts anderes.«

»Also zurück nach Paris?«

Sie zuckte mit den Schultern. »Keine Ahnung. Sie sehen ja, Kriminalkommissare werden überall gebraucht.«

Leblancs Telefon klingelte. »Entschuldigung.«

Der Kommissar stand auf und entfernte sich ein Stück weit. Als er zurückkam, legte er rasch ein paar Münzen auf den Tisch und sagte mit bedauernder Miene: »Tut mir leid, ich muss los, obwohl ich mich sehr gern noch weiter mit Ihnen unterhalten hätte. Der Kaffee geht auf mich.«

Marie wollte ihre Neugier nicht offen zeigen und fragte nicht, was ihr auf den Lippen brannte. Höchstwahrscheinlich gab es neue Entwicklungen im Mordfall Girard.

»Okay, schönen Feierabend«, erwiderte sie leicht spöttisch. »Und danke für den Kaffee.«

Nachdem Leblanc gegangen war, stand sie ebenfalls auf. Am Ausgang der Terrasse traf sie Danielle, die heute ein nachtblaues Kleid mit Netzstrümpfen trug und ihre Haare zu einem Dutt, Stil Sechzigerjahre, hochgesteckt hatte. Marie fand das herrlich schräg: Die Frau hatte Fantasie und Liebe zum Detail. Das gefiel ihr.

»Du siehst klasse aus, Danielle.« Marie hielt einen Daumen hoch. »Sehr stilvoll!«

Danielle dankte ihr das Kompliment mit einem stolzen Lächeln.

*

Leblanc eilte zum Tatort. Bürgermeister Dubosc wollte ihm dringend etwas zeigen. Der überhebliche Kerl stand bereits erwartungsvoll in einem orangefarbenen Polohemd da, als er schließlich eintraf.

»*Bonjour*, Monsieur le Maire. Wie geht es Ihnen?«

»*Bonjour*, Monsieur le Commissaire. Danke, gut.«

Dubosc hatte anscheinend vor, gleich zur Sache zu kommen.

»Also, ich wollte vorhin prüfen, ob die Polizisten die Absperrungen wie angekündigt entfernt haben. Und schauen Sie mal, was ich gefunden habe!«

Er zeigte auf einen Strauß lavendelfarbener Rosen, der am Tatort lag. »Ist das nicht komisch?«

Leblanc sah ihn verwirrt an. »Sie meinen die Blumen?«

»Genau!«

»Vielleicht hat Madame Bouet sie dort hingelegt? Immerhin trauert sie um Monsieur Girard. Oder mitfühlende Dorfbewohner. Das ist nicht unüblich.«

»Aber wäre das nicht eine Spur, der man nachgehen müsste?«, meinte Dubosc, der sichtlich enttäuscht war, dass Leblanc seinem Fund so wenig Wert beimaß.

Leblanc konnte es nicht ändern: Der Mann ging ihm auf die Nerven. Um seine Ruhe zu haben, gab er ihm recht. »Doch, doch, das werden wir. *Merci*, Monsieur le Maire, das ist in der Tat ein guter Hinweis.« Dann setzte er noch einen drauf. »Am besten, Sie behalten das erst mal noch für sich. Bis wir die Sache überprüft haben.«

»Selbstverständlich!«, sagte der Bürgermeister – ganz Profi. Er war höchst zufrieden mit sich, wie man seinem Gesichtsausdruck entnehmen konnte.

Sie verabschiedeten sich, und Leblanc ging zu seinem Wagen. Auf dem inzwischen von den Touristenautos verlassenen Parkplatz am Dorfeingang war der öffentliche Mülleimer umgekippt, und dessen Inhalt lag größtenteils auf dem Boden. Vielleicht ein Hund oder Wildschweine, die sich aus dem Wald hervorgewagt und darin herumgewühlt hatten. Plötzlich fiel Leblanc zwischen dem Müll etwas Buntes ins Auge. Es sah wie zerknülltes Blumenpapier aus. Er kramte Plastikhandschuhe aus seiner Hosentasche und hob es auf. Es war in der Tat Blumenpapier. Und darin entdeckte er eine abgebrochene Rose – lavendelfarben. Interessant. Er faltete das Papier auseinander, und siehe da, daran war die Karte eines Blumenladens geheftet: Aux Floralies. Er löste sie vorsichtig ab und drehte sie um. Auf der Rückseite standen die Telefonnummer und eine Adresse in Bergerac.

Leblanc schaute auf die Uhr. Das würde er noch vor Geschäftsschluss schaffen, denn Bergerac war nur eine Autostunde entfernt. Er war heute Morgen schon zweimal daran vorbeigefahren, auf dem Hin- und Rückweg von Bordeaux. Aber was soll's, dachte er. Wer auf dem Land lebt, muss eben viel fahren.

Vielleicht stellten die lavendelfarbenen Rosen am Tatort ja tatsächlich eine bedeutsame Spur dar. Nach dem Besuch des Blumengeschäfts würde er das Papier zur Untersuchung von Fingerabdrücken im Labor abgeben. Er stieg in sein Auto und fuhr los.

Als er das Dorf verließ, sah er Dubosc breitbeinig die Straße entlanglaufen. Und da hatte er plötzlich Valéries Stimme im Ohr. »Eigentlich solltest du dich bei ihm bedanken, mein Lieber.«

»Ja, meine Liebe, ich weiß schon, meine Überheblichkeit … Ich gelobe Besserung.« Er winkte Dubosc freundlich zu. »Du siehst, gesagt, getan.« Nach diesen Worten wurde ihm ganz warm ums Herz.

*

Den Abend verbrachte Marie in ihrem Haus und rückte Möbel von links nach rechts. Besonders Mamies Anrichte unter dem großen Wohnzimmerfenster störte sie. Das Fenster ließ sich deshalb nur schwer öffnen. Marie versuchte, das Möbelstück wegzuschieben, doch es bewegte sich keinen Zentimeter. Es half alles nichts. Sie musste die Anrichte erst einmal leerräumen, bevor sie sie bewegen konnte. Beim Ausräumen entdeckte sie ein wunderschönes Service: Es war baskisches Porzellan mit dem klassischen symmetrischen rot-blauen Muster. Marie schwärmte dafür, seit sie den Film *Die fabelhafte Welt der Amélie* gesehen hatte, und freute sich, dass sie von nun an das gleiche Geschirr wie jene Amélie benutzen konnte.

Gegen neun Uhr hatte die Anrichte einen neuen Platz gefunden, und das baskische Geschirr war frisch gespült einsortiert worden. Kaum hatte Marie ihre Arbeit beendet, klingelte ihr Handy. Dem Ton nach zu urteilen war es eine E-Mail. Endlich eine Antwort auf ihre Pseudo-Immobilienanfrage? Tatsächlich, sie hatte Post von *Secret-Périgord*! Eine Madame Lacroix bot ihr einen Besichtigungstermin an: *Morgen um elf Uhr, am Nordeingang des Trüffelgold-Anwesens. Vor dem grünen Tor.* Natürlich, am Eingang zum Trüffelhain, dachte Marie. Wie dreist!

Sie bedankte sich für die prompte Rückmeldung, versprach am nächsten Tag pünktlich zu sein und sandte die Mail ab.

Eigentlich hatte sie sich vorgenommen, es an diesem Abend bei Kräutertee zu belassen, aber nun hatte sie doch Lust auf ein Gläschen. Sie ging zum Kühlschrank, in dem noch eine angebrochene Flasche weißer Bergerac stand. Als sie sich den Wein einschenkte, dachte sie an Leblanc. Morgen würde sie ihn über ihre Verabredung informieren. Jetzt war es zu spät.

Mit dem Glas in der Hand trat sie aus dem Haus. Im Dorf war es schon sehr still und dunkel, und Marie hatte kein Außenlicht angemacht. In Begleitung von César ging sie in den Garten und setzte sich auf einen alten Metallstuhl. Den gab es schon seit Ewigkeiten. Bequem war er nicht, aber von hier aus konnte man einen wunderbaren Sternenhimmel über Saint-André genießen – besonders an wolkenlosen Abenden wie diesem. Die schmale Mondsichel gab nur wenig Licht ab, und es war noch immer recht mild. Eine ganze Weile blieb Marie dort sitzen. Sie legte den Kopf in den Nacken und nippte ab und zu an ihrem Wein. Als einige Sternschnuppen vorüberhuschten, überlegte sie sich schnell einen Wunsch für Hélène und dann einen für Philippe. Hélène wünschte sie eine neue Liebe, die ihr über den Verlust hinweghalf. Philippe konnte mehr Lebensfreude gut gebrauchen. Beide sehnten sich immer, jeder auf seine Art, nach dem, was sie nicht hatten – und vermutlich nie bekommen würden. Eigentlich schade, dass diese zwei einsamen Seelen nie zueinandergefunden hatten. Aber Philippe tat auch wenig, um für Frauen attraktiver zu sein. Er ist so ein Stoffel!, dachte Marie. Liebenswert, aber dennoch ein Stoffel – und das würde sich nicht ändern.

Irgendwann legte César seine feuchte Schnauze auf ihren Schoß. »Jaja, ich weiß, dir ist langweilig.« Sie kraulte ihn hinter den Ohren, und er schnaufte vor Wonne. Ihre stille Betrachtung des Firmaments hatte nun ein Ende. Zeit, ins Bett zu gehen, dachte sie. Aber vorher musste sie sich noch ein passendes Outfit aussuchen für den morgigen Termin als Frau Keller.

Mittwoch

Kapitel 12

Mittwochmorgens fand der große Wochenmarkt in Montignac statt, und Léonie liebte es, zwischen den Ständen umherzuspazieren. Entlang des Ufers der Vézère wurden Haushaltswaren, Kleider, Seifen, Holzspielzeug, Stoffe oder auch spezielle Messer angeboten. Es gab die etablierten Aussteller mit guter Ware und die neu hinzugekommenen Händler, die mit irgendwelchem Krimskrams Touristen anlocken wollten. Einmal hatte Léonie bei einem dieser Verkäufer ein Kleid gekauft, weil ihr das Muster so gut gefiel. Anprobiert hatte sie es erst zu Hause. Marie hatte sich gebogen vor Lachen, weil das Kleid ihr viel zu groß war und sie förmlich darin versank. Seitdem ging Léonie stur an diesen Touristenständen vorbei und direkt Richtung Kirche.

Dort waren die Lebensmittelstände der Bauern aus der Umgebung mit dem Obst und Gemüse aus ihren Gärten. Viele machten jetzt auf bio, und Léonie wusste nicht so recht, was das sollte. Sie selbst hatte noch nie Pestizide in ihrem Garten verwendet und konnte nicht verstehen, warum man das heute so besonders hervorheben musste. Aber wenn sie ihr Unverständnis zur Sprache brachte, antwortete Marie: »Nicht jeder hat das Glück, einen eigenen Gemüsegarten zu besitzen.« Wie auch immer, sollte Marie diese Bioprodukte kaufen. Für sie, Léonie, ging es bei diesen Marktbesuchen ohnehin um etwas anderes: In ihren Augen war der große Wochenmarkt vor allem eine Informationsbörse, und allein deswegen kam sie hierher. Den ganzen Sommer über hatte sie ihn allerdings gemieden – da waren ihr zu viele Touristen unterwegs gewesen. Gefehlt hatten ihr die Besuche dennoch, und so hatte sie sich sehr gefreut, als Marie ihr am Vorabend spontan angeboten hatte, mit ihr nach Montignac zu fahren.

Sie hatten ein Stück weit hinter dem Markt geparkt, und es war noch früh – um diese Tageszeit gab es die beste Warenauswahl. Léonie trug den Weidenkorb, den Georges ihr vor vielen Jahren geflochten hatte. Er hatte damals auch einen für Madeleine gemacht, dieser hing nun an Maries Arm.

Marie steckte den Autoschlüssel ein und fragte unvermittelt: »Sag mal, warum hast du eigentlich nie einen Führerschein gemacht? Das passt gar nicht zu dir.«

»Hab ich wohl, bin aber nie dazu gekommen zu fahren«, entgegnete Léonie. »Das hat Madeleine übernommen. Sie fand, dass ich zu langsam zuckeln würde, und hatte an meinem Fahrstil immer etwas auszusetzen.«

»Aber sie hat dich doch bestimmt nicht daran gehindert, dich hinters Steuer zu setzen?«,

»Na ja«, erwiderte Léonie einlenkend, »ehrlich gesagt war es mir ganz recht so. Sonst hätte ich mich ja zur Wehr setzen können.« Marie ertrug eben kein böses Wort über ihre Großmutter. Schweigend liefen sie ein paar Schritte nebeneinanderher.

»Das war wohl nicht immer einfach mit Mamie, oder?«, fragte Marie schließlich zaghaft.

Sie wird wohl noch eine Weile brauchen, um souveräner mit diesem Thema umzugehen, dachte Léonie. »Du weißt, Madeleine war sehr resolut. Das waren wir ja beide, aber sie hat mich da noch um einiges übertroffen.« Eine Welle von Gefühlen überkam sie, und um sie zu verbergen, tat sie so, als müsse sie husten. Sie blieb stehen und schaute in Maries schöne haselnussbraune Augen. »Deswegen hat deine Mutter ja auch schnell das Weite gesucht.«

»Wieso habe ich Mamie eigentlich nie als übergriffig empfunden?«, fragte Marie sich laut.

Léonie hatte sich diese Frage früher auch oft gestellt, und inzwischen kannte sie die Antwort. »Mit dir war sie von deiner Geburt an viel großherziger. Sie hat dich, wie niemanden sonst, von der ersten Sekunde an so akzeptiert, wie du bist.«

Madeleine war eigensinnig gewesen und überhaupt nicht diplomatisch. Dennoch hätte Léonie für nichts auf der Welt eine andere Schwester haben wollen.

»Wir waren uns wohl sehr ähnlich«, sagte Marie. »Das muss bitter für Maman und für dich gewesen sein.«

Léonie nickte nachdenklich. »Ich wusste mit ihr umzugehen, wir hatten unsere eigene Beziehung. Aber für deine Mutter war das schon sehr schwierig. Loren war Madeleine zu mädchenhaft, zu launisch, nicht schnell genug. Was weiß ich. Sie konnte es ihr nie recht machen, dabei war sie ein so liebes Kind. Zumindest als sie klein war. Später hat sie rebelliert. Das musste ja so kommen.« Sie legte eine Hand auf Maries Arm. »Du warst die Tochter, die Madeleine sich immer gewünscht hatte.«

Inzwischen hatten sie den Markt erreicht, und Léonie sah überall bekannte Gesichter. Nun konnten sie das Gespräch nicht länger fortsetzen. Marie wirkte fast erleichtert. Dennoch seltsam, dass wir ausgerechnet jetzt zum ersten Mal darüber gesprochen haben, dachte Léonie. *Chaque chose en son temps.* – Alles zu seiner Zeit.

Sie ließ den Blick über die Marktstände schweifen, die mit ihrem frischen Obst und Gemüse wie immer eine wahre Augenweide waren. Sie selbst hatte keinen Bedarf an diesen Dingen, denn all das wuchs reichlich in ihrem eigenen Garten. Sie wollte lediglich Ziegenkäse und ein Perlhuhn kaufen, um mit Marie eine Pintade à la Périgourdine zuzubereiten.

Die beiden stellten sich an einem Geflügelstand an. Er gehörte Laurence, der Zwillingsschwester der Wirtin des Café de la Place. Sie war sozusagen die ungeschminkte Version von Danielle und bevorzugte überdies legere Kleidung. Léonie wusste, dass Danielle sich darüber aufregte. Vermutlich störte sie aber vor allem, dass sich beim Anblick ihrer Schwester jeder vorstellen konnte, wie Danielle beim Aufwachen aussah.

Laurence hatte stets wunderbares Geflügel im Angebot, das im Freiland aufgezogen worden war. Léonie betrachtete die große Auslage kritisch – Huhn, Ente in allen Variationen und Perlhuhn –, traf schließlich ihre Wahl und zeigte darauf, als sie an der Reihe war.

»*Bonjour*, Laurence, ich nehme dieses Perlhuhn«, sagte sie.

»*Bonjour*, ihr beiden. Eine gute Wahl. Die sind gestern erst geschlachtet und gerupft worden.«

»Prima, es kommt nämlich erst morgen in den Bräter.«

»Sag mal, in Saint-André ist ja was los! Habt ihr keine Angst?«

»Ach wo!« Léonie winkte ab. »Außerdem passt Marie ja auf uns auf.«

»Hast du eigentlich eine Waffe?«, wandte sich Laurence an Marie.

»Natürlich nicht! Ich bin hier nicht im Dienst.«

Léonie fiel ein, dass sie auf dem Speicher noch das Jagdgewehr von ihrem Vater hatte. Vielleicht sollte Georges es vorsichtshalber einmal reinigen. Das brauchte Marie aber nicht zu erfahren. Sonst würde sie bestimmt etwas von Waffenschein oder so erzählen. Man muss ja nicht immer alles nach Vorschrift machen. Wo kämen wir denn da hin?, dachte sie.

Nachdem die beiden sich von Laurence verabschiedet hatten, schlenderten sie weiter. Nach einer Weile blieb Marie vor einem Blumenstand stehen, betrachtete die Auswahl und kaufte einen üppigen Strauß Kosmeen – weiß, rosa und lila gemischt. Léonie fand, dass es eine sinnlose Ausgabe war, wenn auch keine große. Sie hatten doch so viele Blumen im Garten, wenn auch dieses Jahr keine Kosmeen.

Kurz vor zehn, nachdem sie mit allen möglichen Bekannten gesprochen hatten – es ging dabei vorwiegend um den Mord in

Saint-André –, wurde Marie plötzlich unruhig und verkündete, dass sie nach Hause wolle.

»Wir sind doch gerade erst angekommen«, protestierte Léonie.

»Na ja, wir sind jetzt seit fast zwei Stunden hier – und außerdem habe ich gleich einen Termin.«

»Und mit wem, bitte schön?«

»Du bist ganz schön neugierig«, erwiderte Marie lächelnd, aber auch eine Spur spitz.

Léonie fühlte sich an Madeleine erinnert. Ihre Schwester war manchmal auch recht brüsk gewesen. Dennoch war die Botschaft klar. Marie war schon lange kein kleines Mädchen mehr und musste sich ihr gegenüber nicht erklären oder gar rechtfertigen.

»Gut, wir sind ja sowieso fertig, also lass uns gehen«, lenkte Léonie ein. Bestimmt ging es um die Mordermittlungen. Sie hatte sich am Morgen schon gewundert, dass Marie nicht ihre obligatorischen Jeans, sondern einen Rock und Sandalen mit Absätzen trug. Sie sah richtig elegant aus, fast damenhaft, und es stand ihr wirklich gut. Das hätte sie ihr vielleicht vorhin sagen sollen, aber mit Komplimenten tat Léonie sich schwer, wie sie sich selbst eingestand. Das lag wohl in der Familie.

*

Leblanc schlenderte durch Bergerac. Er mochte die Stadt an den Ufern der Dordogne. Es hieß, es sei die Heimat des berühmten Autors mit der langen Nase, dessen bronzene Statue die Altstadt zierte – aber obwohl er Cyrano de Bergerac hieß, war er wohl niemals im Périgord gewesen. Man sollte eben nie dem Schein trauen.

Gestern am späten Nachmittag hatte er dem Blumenladen Aux Floralies einen Besuch abgestattet. Die Verkäuferin war von seltener Unfreundlichkeit gewesen. Selbst von seiner Dienstmarke hatte sie sich nicht beeindrucken lassen. Nein, sie wisse nicht, wer vor Kurzem einen Strauß lavendelfarbener Rosen gekauft habe. Zum Glück verkaufe sie nicht nur einen Strauß am Tag. Und die Autos ihrer Kunden würde sie ebenfalls nicht kennen. Da müsse sie leider passen. Er hatte ihr seine Visitenkarte auf die Theke gelegt, falls ihr doch noch jemand einfiele. Woraufhin sie die Karte demonstrativ beiseitegeschoben hatte.

Leblanc hatte schon lange aufgehört, sich über das Verhalten der Leute aufzuregen. Er versuchte, sie so zu nehmen, wie sie waren. Zur Belohnung hatte er sich spontan dazu entschlossen, die Maison des Vins zu besichtigen, die in einem ehemaligen Kloster untergebracht war. Er gesellte sich zu den wenigen Touristen, besuchte das beeindruckende Gewölbe, das den Mönchen früher als Vorratskeller gedient hatte, und dann den Laubengang aus der Renaissance. Im Innenhof wurde eine Weinprobe mit Bergerac-Weinen angeboten. Er beschloss, daran teilzunehmen, denn im Büro würde er ohnehin nichts mehr erreichen. Und weil danach nicht mehr ans Fahren zu denken gewesen war, hatte er sich in einem Hotel in der Altstadt ein Zimmer genommen. Eine Tasche mit dem Notwendigsten für eine Übernachtung lag immer in seinem Auto. Ab und zu kam es vor, dass er aus beruflichen Gründen nicht zu Hause schlafen konnte.

Aber dass er zu viel getrunken hatte, war seit Jahren nicht mehr vorgekommen. Was war bloß los mit ihm? Natürlich, er hatte seit Valéries Tod nur noch funktioniert und nicht eine einzige Urlaubsreise unternommen. Allein reizte ihn das nicht. Und außer seiner Leidenschaft für das Kochen und der Begeisterung für die Steinzeit hatte er so gut wie keine Hobbys. Ansonsten lebte er nur für die Arbeit – die ihn aber auch nicht ansatzweise über den Verlust seiner Frau hinwegtrösten konnte. So konnte es nicht weitergehen.

Als er schließlich ins Bett gegangen war, hatte er noch eine ganze Weile wach gelegen. Dann war ihm plötzlich etwas eingefallen: Er hatte sich Marie Mercier als Fremdenführer angeboten, aber sie war bislang nicht darauf eingegangen. Vielleicht hatte er sich nicht deutlich genug ausgedrückt. Ich sollte es noch einmal versuchen, dachte er noch, bevor er endlich einschlief.

Am frühen Morgen hatte er Martin gebeten, ihm die Adressen aller Antiquitätenhändler in Bergerac zuzumailen. Wo er schon einmal hier war, konnte er auch gleich diesen Läden einen Besuch abstatten.

Nun stand er vor dem Geschäft, das laut Martins Liste von einer Frau namens Monique Lacroix geführt wurde. Die Rahmen der beiden großen Schaufenster waren aus dunklem Holz, und darüber prangte die Aufschrift *Antiquités* in goldenen Lettern. Der Laden sah edel aus, war aber leider geschlossen. Leblanc lugte durch eine Fensterscheibe. Drinnen war wertvolles Mobiliar mit Geschmack inszeniert. Plötzlich sah er, dass jemand durch den Verkaufsraum ging. Er klopfte gegen die Scheibe. Eine stämmige Frau mit Staubwedel kam näher und deutete auf das Schild mit der Aufschrift *Fermé*. Er holte seine Dienstmarke hervor und hielt sie der Frau hin. Diesmal schien die Marke mehr Eindruck zu machen, denn augenblicklich wurde ihm die Tür geöffnet.

»Entschuldigen Sie die Störung. Ich bin auf der Suche nach Madame Lacroix.«

»Sie hat einen Auswärtstermin.«

»Arbeiten Sie für sie?«

»Ich kümmere mich um den Haushalt«, antwortete die Frau.

»Können Sie mir sagen, ob Madame Lacroix einen roten Sportwagen fährt?«

»Ja, warum?«

»Eine kleine Verkehrsangelegenheit. Wann erwarten Sie sie zurück?«

»Sie wollte zum Mittagessen, so gegen zwölf Uhr, wieder da sein.«

Er schaute auf die Uhr. Es war Punkt elf. »Gut, dann werde ich dort auf sie warten.« Er deutete auf das Café auf der anderen Seite der Straße, das sinnigerweise Le Café d'en Face hieß. Es befand sich in einem zweistöckigen Fachwerkhaus mit einer einladenden Terrasse.

»Ist es etwas Schlimmes?«, erkundigte sich die Frau in einem ängstlichen Ton.

»Nein, keine Sorge. Eine reine Routineangelegenheit«, beruhigte er sie.

»Na gut, dann mache ich mich wieder an die Arbeit.«

»*Merci*, Madame.«

Auf der Terrasse des Cafés setzte sich Leblanc an einen Platz, von dem aus er den Antiquitätenladen im Blick behalten konnte. Er nahm sein Handy und sah, dass Marie Mercier versucht hatte, ihn zu erreichen. Er würde sie später in Ruhe zurückrufen. Nach der Arbeit. Ihm wurde immer klarer, dass sein Interesse an dieser Kollegin auch persönlicher Natur war. Also musste er aufpassen – Arbeit und Privates durften sich nicht vermischen. Vielleicht könnte er sie dennoch einmal zum Abendessen einladen.

Er rief Martin an, der die Stellung im Büro hielt.

»Chef, sind Sie noch in Bergerac?«

»Ja, ich habe möglicherweise die Besitzerin des roten Autos gefunden. Zumindest ihren Laden. Ich warte hier auf sie, angeblich kommt sie gleich zurück. Stellen Sie mir bitte alles zusammen, was Sie über Monique Lacroix finden können. Und zwar so schnell es geht. Wichtig wäre vor allem ein Bezug zu Girard.« Endlich kam Bewegung in die Sache.

Als Nächstes wählte er die Nummer des Präfekten, der ihn schon zweimal zu erreichen versucht hatte. Diese Telefonate waren fast so unangenehm, wie Berichte zu schreiben. Das übernahm zum Glück fast immer Martin, was diesmal jedoch nicht möglich war. Hoffentlich ließ der Präfekt sich schnell abspeisen. Kurz vor der Mittagszeit anzurufen war ein guter Plan – da hatte ein so wichtiger Herr immer irgendwelche Essen und für gewöhnlich keine Zeit.

*

Marie stöhnte innerlich. Die schicken hochhackigen Sandalen und der schmal geschnittene Rock hinderten sie deutlich daran, in ihrem gewohnten flotten Tempo zu marschieren. Doch Jeans und Turnschuhe hätten wahrscheinlich nicht so gut zur kaufwilligen und solventen Frau Keller gepasst.

Auf der Rückfahrt vom Markt hatte Léonie ohne Punkt und Komma geredet. Sie konnte ein herrliches Lästermaul sein. Zu Hause hatte Marie ihre Kosmeen in die Vase neben der großen Obstschale gestellt. Dann hatte sie ihre gestrige Umstellung des Wohnzimmers in Augenschein genommen. Ja, so gefiel ihr das schon viel besser, der Raum wirkte nun deutlich heller. Nach einem kurzen Blick auf Mamies alte Wanduhr hatte sie sich auf den Weg zum Anwesen von Madame Durand gemacht. Sie hatte versucht, Leblanc zu erreichen und ihn über ihren Termin zu informieren, war aber auf der Mailbox gelandet. Dann würde sie ihn eben nach dem Treffen mit Madame Lacroix anrufen.

Marie schaute auf ihre Uhr, als sie ihr Ziel fast erreicht hatte. 10.48 Uhr. Sie war wie immer überpünktlich. Ein roter Sportwagen fiel ihr auf, der versteckt hinter einer Hecke geparkt war. Automatisch merkte sie sich das Kennzeichen. Jemand saß am Steuer, aber im Gegenlicht konnte sie nicht erkennen, ob es eine Frau oder ein Mann war. Ihr war schon klar, dass sie sich mit diesem Alleingang vielleicht in Gefahr brachte. Sie hatte keine Waffe bei sich, um sich gegebenenfalls zu verteidigen. Und beim Einsatztraining war sie schon seit zwei Monaten nicht mehr gewesen. Sie wollte diese Begegnung dennoch nicht verpassen, nur weil *Monsieur le Commissaire* nicht ans Telefon ging.

Vorsichtig näherte sie sich dem roten Sportwagen. Die Fahrertür ging auf, und eine Frau in den Fünfzigern stieg aus. Sie trug einen etwas biederen beigen Hosenanzug, eine gigantische Sonnenbrille verdeckte den Großteil ihres Gesichts. Mit einem Lächeln kam sie auf Marie zu, aber es wirkte aufgesetzt.

»Madame Keller?«

»*Oui, c'est moi*«, antwortete Marie.

Die Frau reichte ihr die Hand. Der Händedruck war fest und aufgrund der vielen Ringe an ihren Fingern beinahe schmerzhaft.

»Madame Lacroix, *enchantée*«, stellte sie sich vor. »Sind Sie nicht mit dem Auto hergekommen?«

»Doch, doch. Ich habe im Dorf geparkt und bin ein wenig herumspaziert, um mir die Gegend anzuschauen«, erklärte Marie mit starkem deutschen Akzent.

»Und, gefällt es Ihnen hier?«

»Ja, es ist großartig. Das Dorf und die Landschaft sind zauberhaft. Ich brenne darauf, das Anwesen zu besichtigen. Ich würde gern meinen Mann damit überraschen. Ein großes Haus mitten in einem parkähnlichen Grundstück im Süden Frankreichs – davon träumt er schon sein Leben lang!«, sagte Marie.

Sie beobachtete ein nervöses Zucken im linken Mundwinkel von Madame Lacroix. »Das wird heute leider nicht möglich sein«, entgegnete Madame Lacroix. »Die ehemaligen Besitzer sind entgegen unserer Vereinbarung noch nicht ausgezogen. Ich war wieder zu nett und habe mich auf ihre Wünsche eingelassen ...«

Wie unverschämt ist das denn?, dachte Marie empört und schaffte es nur mit größter Mühe, ein enttäuschtes Gesicht aufzusetzen. »Ach, wie schade! Ich muss doch schon am Freitag zurück nach Deutschland!«

»Wissen Sie was? Wir können uns hier hinsetzen, und ich beschreibe Ihnen alles.« Die Frau zeigte auf einen umgestürzten Baumstamm. »Ich kenne das Haus wie meine Westentasche. Meine Familie und die Eltern der ehemaligen Besitzer waren früher eng befreundet, und ich habe einen Teil meiner Kindheit hier verbracht. Deshalb habe ich mich überhaupt auf dieses unglückliche Arrangement eingelassen. Man darf in geschäftlichen Dingen eben nicht zu großzügig sein. Das dankt einem ja keiner. Leider!«

Es war so frech und fern der Realität, dass Marie beinahe lachen musste. »Und die bisherigen Besitzer lassen uns da wirklich nicht rein?«

»Ach, ich möchte ungern insistieren. Ich habe aber ein ausführliches Dossier für Sie zusammengestellt, das maile ich Ihnen zu, sobald ich wieder im Büro bin.«

Madame Lacroix zählte die zahlreichen Vorteile des Anwesens auf und erging sich in hanebüchenen Anekdoten, die sich hier zugetragen haben sollten. Marie staunte über die vielen Lügengeschichten, lächelte hin und wieder, nickte und machte gute Miene zum bösen Spiel.

»Einen Preis haben Sie auf Ihrer Website nicht genannt. Wie viel soll es denn kosten?«

Die Frage gefiel Madame Lacroix, wie man ihrem breiten Lächeln entnehmen konnte. Sie holte kurz Luft, bevor sie antwortete: »Zwei Komma acht Millionen Euro. Das hört sich womöglich im ersten Moment nach viel an, aber es ist das reinste Schnäppchen. Ein schöneres Anwesen werden Sie für diesen Preis in der ganzen Gegend nicht finden.«

Marie nickte bedächtig und tat so, als würde der Preis sie nicht schockieren. Sie hatte am Vorabend Immobilienpreise in der Gegend recherchiert. Was Madame Lacroix aufrief, war natürlich völlig überzogen, aber der Verkauf eines solchen Anwesens würde schon eine stolze Summe einbringen.

»Haben Sie Kinder?«, fragte Madame Lacroix unvermittelt.

»Ja, zwei, ein Mädchen und einen Jungen«, antwortete Marie mit einem strahlenden Lächeln.

»Ein schöneres Geschenk können Sie Ihrer Familie nicht machen. Die ehemaligen Besitzer haben auch zwei Kinder, die inzwischen längst erwachsen sind. Sie haben hier, mitten in der Natur, eine wunderbare Kindheit und Jugendzeit verbracht. Und jetzt sind sie Manager in bedeutenden Unternehmen.«

Klar, wer in so einem hochherrschaftlichen Haus aufgewachsen ist, muss natürlich eine tolle Karriere machen, fuhr es Marie durch den Kopf. Sie dachte an das Schicksal von Hélène, die tatsächlich im besagten Haus groß geworden war: eine einfache Kellnerin, der das Leben hart mitspielte. Was war das hier eigentlich für eine Unterhaltung? Eine solch absurde Situation war ihr während ihres gesamten Berufslebens nicht untergekommen. Diese Frau wollte etwas verkaufen, was ihr nicht gehörte, und tischte Marie lauter Lügengeschichten auf. Mal schauen, was sie sonst noch so in petto hatte.

»Und das Mobiliar ist von ganz besonderem Wert. Sie können mir glauben: Ich besitze ein angesehenes Antiquitätengeschäft und habe viele Schlösser und Anwesen in der Gegend eingerichtet. Es würde mich freuen, wenn ich Ihnen bei Fragen zur Innenausstattung behilflich sein könnte«, sagte Madame Lacroix mit einem breiten Lächeln.

»Das ist ja wunderbar! Mein Mann liebt Antiquitäten.« Marie bot ihr nun bewusst eine Steilvorlage an. »Ganz besonders schwärmt er für Boulle-Standuhren.«

»Ach, das trifft sich ja gut. Ich habe gerade ein sehr schönes, seltenes Exemplar erworben. Ich schicke Ihnen gleich das Foto mit dem Exposé.«

Womöglich hatte sie die Uhr von Madame Durand im Sinn. Nur dass diese Antiquität bereits im Haus stand. Es war wirklich eine aberwitzige Situation. Die Frau redete und redete und schaute immer wieder nervös zum Haupthaus. Dabei hätte sie diesbezüglich ganz entspannt sein können. Marie hatte Hélène vorhin im Café de la Place gesehen, im Haus waren also nur

Madame Durand und die Krankenpflegerin. Dennoch – das unwürdige Schauspiel hatte jetzt lange genug gedauert. Marie würde gleich Leblanc anrufen, und dann konnte er sich dieser Betrügerin annehmen.

»Wie kann ich Sie telefonisch erreichen?«, fragte sie.

»Ich habe leider meine Visitenkarten vergessen«, erwiderte Madame Lacroix. »Aber in einer guten Stunde haben Sie die Mail mit meinen Kontaktdaten und allen nötigen Informationen.«

»Wunderbar, ich freue mich. Dann will ich Sie nicht länger aufhalten.«

Marie verabschiedete sich und machte sich auf den Rückweg. Sie dachte über die Maklerin nach und stellte plötzlich fest, dass sie ihr fast leidtat, denn irgendwie hatte diese Frau auch etwas Verzweifeltes an sich. Anscheinend versuchte sie, etwas zu retten, was längst nicht mehr zu retten war. Und ihr Verhältnis zu Girard? War sie seine Geliebte gewesen? Und dann hatte er sich in Hélène verliebt – eine Konkurrentin, die zwanzig Jahre jünger war als sie. Oder war eine fürs Bett und die andere für das Geschäftliche? Seine Geschäftspartnerin musste sie auf jeden Fall gewesen sein, da sie Zugriff auf den Mailaccount von *Secret-Périgord* hatte.

Marie versuchte ein weiteres Mal, Leblanc zu erreichen. Wieder nur der Anrufbeantworter! Sie bat um dringenden Rückruf und notierte sich dann noch schnell das Kennzeichen des Sportwagens. Zu Hause würde sie sich als Erstes umziehen, diese Schuhe waren die reinste Qual. Sie hatte auch Lust auf einen Obstsalat. Ja, den würde sie sich gleich auf der Terrasse gönnen und dabei auf Leblancs Rückruf warten.

Kapitel 13

Georges hing die Sache mit dem Foto nach, das vom Trüffelhain aus aufgenommen worden war. Es gefiel ihm nicht, dass Fremde hier herumspazierten und Fotos machten, die man dann wie auch immer auf diesen Handys wiederfand. Und ihm behagte gar nicht, dass irgendjemand versuchen könnte, von Madame Durands Schwäche zu profitieren. Zum einen, weil die alte Dame eine feine Person war, stets zu ihrem Wort gestanden und sich ihm gegenüber immer korrekt verhalten hatte. Zum anderen aber auch, weil er um seine Arbeit im Trüffelhain bangte.

Seit dem tragischen Tod von Hélènes Eltern vor zwanzig Jahren kümmerte er sich um den Hain. Zunächst hatte er Madame Durand nur aushelfen wollen, doch inzwischen war es seine wichtigste Tätigkeit geworden. So spielte das Leben. Er bearbeitete Jahr für Jahr die Erde, schnitt die Bäume, damit sie nicht zu sehr in die Höhe schossen, und seitdem die Sommer so heiß und trocken geworden waren, sorgte er für die notwendige Bewässerung. Die Arbeit mit den Trüffeln erforderte besondere Aufmerksamkeit und Geduld, da es ein ewiges Geheimnis bleiben würde, warum manche Bäume diesem Pilz als Wirt dienten und andere nicht. Ab Dezember standen die Ernte und der Verkauf der schwarzen Knollen an, dann war sozusagen Hauptsaison.

Von diesem Winter an würde er mit Augustine ein unschlagbares Trüffelduo bilden. Das wusste er, denn sie hatte einen außergewöhnlich ausgeprägten Geruchssinn. Und es war ihm vollkommen egal, ob man sich im Dorf über ihn lustig machte oder nicht. Die Leute würden schon sehen. Und Augustine würde ihn auch zum Trüffelmarkt von Saint-Alvère begleiten. Das hatte er ihr schon versprochen.

Der Trüffelhain war im Laufe der Zeit ein Teil seines Lebens geworden, und das hatte nichts mit dem Geld zu tun, das er für seine Arbeit dort bekam. Dafür, dass er sich das ganze Jahr über um den Hain kümmerte, erhielt er ein Viertel der Erträge. Das konnte je nach Jahr viel oder nahezu nichts sein. Aber er brauchte dieses Geld nicht. Mit seiner kleinen Rente kam er gut zurecht. Wofür sollte er auch viel Geld ausgeben? Er wohnte seit jeher kostenfrei in einem Nebengebäude auf dem Hof der Merciers, wie es früher für Knechte üblich war. Er hatte ein paar Hühner, die Nussernte reichte für das ganze Jahr, und Léonie versorgte ihn mit Obst und Gemüse. Nein, der Trüffelhain war seine Leidenschaft – und ein bisschen sein Ruhehafen.

Also hatte Georges beschlossen, verstärkt ein Auge auf das Grundstück zu werfen, sich zum Mittagessen ein Butterbrot eingepackt und ein paar Äpfel für Augustine. Er hatte sie mitgenommen, denn sie war eine angenehme Gefährtin, die ihn immer verstand und nie widersprach. Außerdem taten ihr die frische Luft und Bewegung gut. Ein bisschen arg dick war sie schon.

Auf dem Hügel gegenüber dem Trüffelhain bot ihm ein Baumstamm eine Sitzmöglichkeit. Von hier aus konnte er gut beobachten, ob jemand das Gelände betrat. Und wenn ja, würde er demjenigen die Meinung geigen. Kaum hatte er sich niedergelassen, entdeckte er in der Ferne ein rotes Auto, das neben dem grünen Tor parkte. Also doch! Er hatte vorgesorgt und sein altes Fernglas mitgebracht. Damit suchte er nach dem Fahrer des Wagens. Und da war tatsächlich jemand. Eine Frau. Sie hatte sich auf das Grundstück gewagt und schien das Haus von Weitem zu betrachten. Sie bewegte sich vorsichtig, als hätte sie Angst, entdeckt zu werden. Dann ging sie zurück in Richtung Tor. Vermutlich eine neugierige Touristin – also alles halb so wild.

Plötzlich fuhr sie herum. Ein Mann hatte sich ihr von hinten genähert. Georges blinzelte und erkannte, wer sich nun offensichtlich mit der Frau stritt. Es war Philippe! Die Frau schlug mit ihrer Handtasche auf ihn ein, und er schubste sie weg. Aber sie schlug ihn weiter, woraufhin er zur Abwehr einen Arm hob und sie schließlich etwas heftiger von sich stieß. Was war denn mit dem Jungen los? War er verrückt geworden? Die Frau hob einen herabgefallenen Ast auf und hieb damit wie eine Furie auf Philippe ein. Er packte sie und schleuderte sie zu Boden. Sie fiel hinter einen Busch, sodass Georges sie nicht mehr sehen konnte. Philippe blieb eine Weile stehen, schaute entsetzt auf die Stelle, wo die Frau liegen musste. Er blickte um sich, als wolle er sich vergewissern, dass niemand ihn gesehen hatte, dann rannte er wie von Sinnen davon.

Georges' Herz raste. Was hatte der Bursche nun wieder angestellt? Und was sollte er jetzt machen? Er dachte sofort an Marie. Sie würde wissen, was zu tun war. Zum ersten Mal in seinem Leben bereute Georges, kein Handy zu besitzen. Sollte er erst Marie holen oder zu der Frau laufen? Er fürchtete sich ein bisschen vor dem Anblick, der sich ihm bieten würde. Sie war doch nicht tot, oder? Georges beschloss, Marie zu holen. Er würde so schnell laufen, wie er nur konnte. Nach wenigen Metern musste er allerdings einsehen, dass Augustine kein Rennschwein war. Er band sie an einem Baum fest, überhörte schweren Herzens ihr protestierendes Grunzen und eilte weiter ins Dorf.

*

Marie saß frustriert auf der Terrasse und nahm ihr Telefon zur Hand. Ein weiteres Mal wählte sie die Nummer von Leblancs Handy. Wieder landete sie auf der Mailbox. Das konnte doch nicht wahr sein! Offenbar wollte er nicht mit ihr sprechen. Sie schickte ihm eine SMS – vielleicht hatte er ja sein Handy stummgeschaltet. *Rufen Sie mich bitte dringend an! Marie Mercier.* Dann musste sie es eben im Kommissariat bei diesem umständlichen Inspektor versuchen.

Sie suchte gerade nach der Nummer, als sie ein lautes Keuchen vernahm und jemanden laut rufen hörte: »Marie, Marie, schnell!« Das war doch Georges' Stimme! Im nächsten Augenblick kam er atemlos um die Ecke gerannt, wirkte völlig aufgelöst.

»Georges, was ist los? Ist etwas passiert?«

»Du musst zum Trüffelhain, schnell …« Er rang nach Luft und konnte nicht mehr weitersprechen.

Marie schnürte sich das Herz zusammen. Sie hatte Georges noch nie so panisch erlebt. Er gestikulierte wild mit seinen langen Armen und zeigte mit einer Hand nach hinten.

Marie blickte in die gewiesene Richtung. »Ist Madame Durand etwas zugestoßen?«

»Nein, aber einer Frau«, japste er. Endlich konnte er wieder reden.

»Einer Frau?« Marie schwante Böses. War vielleicht Madame Lacroix etwas passiert?

»Ja, so einer Fremden. Die hat sich mit Philippe gestritten.«

Oh, bitte nicht!, stöhnte Marie innerlich. »Was hat Philippe damit zu tun?«

»Das weiß ich doch nicht!« Georges brüllte fast.

Marie merkte, dass er am Ende seiner Kräfte war. »So, setz dich mal hin und beruhige dich!«, sagte sie, woraufhin er sich schwer auf einen Stuhl fallen ließ. »Wie sah die Frau aus?«

»Ich weiß nicht. Sie trug eine große Sonnenbrille. Sie ist hingefallen. Und ich glaube, sie ist danach nicht mehr aufgestanden.«

»Ist sie verletzt?«

»Ich weiß es doch nicht!« Jetzt klang er fast weinerlich. »Ich hab's nur durch das Fernglas vom Hügel gegenüber gesehen. Dann bin ich gleich hierher und habe unterwegs Augustine an einem Baum festgebunden. Die Arme, hoffentlich geht's ihr noch gut.« Er schüttelte den Kopf und seufzte tief. »Und das mit sechsundsiebzig. Meine Lunge ist fast geplatzt. Dabei hat der Arzt doch gesagt, dass ich mich schonen soll.«

»Okay, Georges, ruh dich aus. Ich kümmere mich darum.«

Er nickte keuchend.

»*Merde!*«, fluchte Marie vor sich hin. »Das kann ja nur Madame Lacroix sein.« Sie sprintete los in Richtung Trüffelhain und lief so schnell wie schon lange nicht mehr. Zum Glück hatte sie sich umgezogen. Was hatte Philippe damit zu tun? *Merde, merde, merde!*

Ihr Handy klingelte. Leblanc, endlich! Sie nahm den Anruf entgegen, während sie weiterrannte.

»Ich bin gerade auf dem Weg zum Trüffelhain von Madame Durand«, brachte sie keuchend hervor. »Dort ist … eine Frau niedergeschlagen worden …« Sie musste innehalten, um Luft zu schnappen.

»Wovon reden Sie?«, fragte Leblanc. »Was für eine Frau?«

»Sie ist … vermutlich Girards Komplizin. Die ich heute … getroffen habe.«

»Was? Haben Sie zufällig gesehen, ob sie einen Wagen hat?«

»Ja, einen Sportwagen.«

»Rot?«

»Woher … wissen Sie das? So, jetzt bin ich gleich da.«

Marie legte auf den letzten Metern noch an Tempo zu, erreichte das grüne Tor und öffnete es. Wenige Meter entfernt lag Madame Lacroix hinter einem Busch regungslos auf dem Rasen an der Kante zu einer Steinbordüre. Marie kniete sich neben sie und fühlte den Puls. Nichts! Dann entdeckte sie um den Hals einen geröteten Streifen – und wusste aus beruflicher Erfahrung, was das bedeutete.

»Und, was ist?«, hörte sie Leblancs Stimme aus dem Telefon.

»Sie ist tot. Stranguliert.«

Kapitel 14

Eine knappe Stunde später erreichte Leblanc den Tatort. Er brachte den Wagen mit quietschenden Reifen zum Stehen, direkt neben dem Krankenwagen mit der geöffneten Hecktür. Das Gelände war weitläufig abgesperrt. Die Kollegen von der Spurensicherung waren noch bei der Arbeit. Nach dem Gespräch mit Marie Mercier hatte er Martin angerufen und ihm aufgetragen, Polizisten, ein Forensik-Team und eine Ambulanz zum Tatort zu bestellen. Laut Kommissarin Mercier war Philippe Lavaud der Täter, auch ihn wollte er am Tatort sehen. Die Kollegen hatten ihn bereits hergeholt. Und mit seiner verehrten Kollegin aus Paris hatte Leblanc auch noch ein Hühnchen zu rupfen. Wie kam es, dass sie sich mit Madame Lacroix getroffen hatte? Und ihm wichtige Informationen vorenthalten hatte? Sie mischte sich nicht nur in seine Ermittlungen ein – nein, sie torpedierte sie sogar! Das würde noch ein Nachspiel haben.

Als er sich der Toten näherte, händigte Martin ihm den Personalausweis aus, den er in der Handtasche des Opfers gefunden hatte: Monique Lacroix, geboren am 7. Februar 1965, wohnhaft in Bergerac.

»Die Frau vom B & B war vorhin da und hat das Opfer wiedererkannt«, teilte der Inspektor ihm mit. »Es handelt sich tatsächlich um die Frau, die Girards persönliche Sachen abholen wollte. Der Anblick der Toten hat sie aber so erschüttert, dass ich sie gleich wieder nach Hause geschickt habe.«

»*Merci*, Martin!«

Leblanc trat zu dem glatzköpfigen Rechtsmediziner, der bei

der Leiche stand und sich gerade die Handschuhe auszog. Offenbar hatte er sie schon untersucht. Leblanc kannte ihn seit Langem. Fred Blanquer war nicht nur ein sehr kompetenter Pathologe, sondern auch ein hilfsbereiter Kollege, der allerdings erstaunlich wenig Empathie mit den Opfern zeigte. Leblanc vermutete, aus reinem Selbstschutz.

»*Salut*, Fred.«

»*Salut*, Michel.«

»Und … was kannst du mir nach den ersten Untersuchungen erzählen?«

»Ich schätze, dass die Frau vor etwa anderthalb Stunden gestorben ist. Sie hat eine große Platzwunde am Hinterkopf, wahrscheinlich ist sie rücklings gefallen und hat die Steinbordüre erwischt. Das hat sie aber nicht umgebracht. Sie ist, da bin ich mir ziemlich sicher, mit einer dünnen Kunststoffschnur stranguliert worden. Genaueres wird die Obduktion ergeben. Wie es aussieht, hat sie sich kaum gewehrt. Vermutlich hat sie nach dem Sturz kurzzeitig das Bewusstsein verloren.«

Leblanc bückte sich zu der Frau hinunter. Ihre Augen waren geschlossen, aber ihr Mund war geöffnet, als sei sie erstaunt. Eine dunkle Haarsträhne fiel ihr über das Gesicht, ihre Bluse hatte sich aus der Hose gelöst. Ihre Hände lagen mit gekrümmten Fingern – bis auf die Daumen waren sie jeweils mit einem Ring geschmückt – unterhalb des Halses.

Fred Blanquer war offenbar seinem Blick gefolgt. »Die Finger sind mir auch gleich aufgefallen, und das nicht nur wegen der geschmacklosen Klunker«, bemerkte er salopp. »Wahrscheinlich ist sie kurz vor Toresschluss wieder zu Bewusstsein gekommen und hat versucht, die Schlinge zu lockern. Hatte aber keine Chance. Das muss ratzfatz gegangen sein.«

Leblanc nickte und betrachtete die Frau konzentriert, so als könne sie ihm noch ein Geheimnis verraten. Aber nein. Da lag eine etwas bieder aussehende tote Frau mit derangierter Frisur. Als er sich wieder aufrichtete, überreichte ihm Martin ihre Brieftasche. Darin befand sich das Übliche: Führerschein, Kreditkarten und diverse andere Karten, viel Bargeld und ein Foto. Darauf war ein lächelndes Paar zu sehen: Monique Lacroix und Franck Girard. Auf der Rückseite des Fotos stand: *Rocamadour*. Der Kommissar musste an den Rosenstrauß denken, und ein Gefühl von Traurigkeit überkam ihn. Die waren bestimmt von ihr gewesen. Wer würde nun Blumen an der Stelle niederlegen, wo sie gestorben war?

Er schaute sich um und sah die beiden freundlichen Polizisten, mit denen sie vergangenen Sonntag schon zusammengearbeitet hatten. Sie hielten sich ein wenig abseits und bewachten Philippe Lavaud, der in ihrer Mitte stand. Philippe blickte wie üblich zu Boden. Darin scheint er viel Übung zu haben, dachte Leblanc und ging auf die drei Männer zu.

»*Bonjour*, Messieurs. Vielen Dank für Ihren Einsatz.«

»*Bonjour*, Monsieur le Commissaire«, antworteten die beiden Polizeibeamten.

Leblanc blieb vor Philippe stehen. »*Bonjour*, Monsieur Lavaud.«

Der Angesprochene hob nicht einmal den Kopf.

»Und Sie sagen nichts. Klar. Aber so richtig weiter bringt uns das nicht.« Da Lavaud stumm blieb, wandte sich Leblanc wieder an die Polizisten. »Bringen Sie bitte den schweigsamen Herrn ins Präsidium. Vielleicht finde ich ja hier noch jemand anderen, der mit mir spricht.«

Sie nickten und machten sich auf den Weg, und auch die Kollegen von der Spurensuche verließen den Tatort.

Leblanc schaute Philippe Lavaud nach, der ungeheuer müde und resigniert wirkte, so als wäre sämtliche Energie aus seinem Körper herausgeströmt. Woher kannte er das Opfer? Leblanc hatte leider nicht die geringste Ahnung, was diese beiden tragischen Figuren zusammengebracht haben mochte. Er unterdrückte einen Seufzer. Jetzt hatte er zwei Mordfälle am Hals, und beim ersten war er noch immer nicht auf eine heiße Spur gestoßen. Er hörte schon die Stimme des Präfekten am Telefon, der auf seine gespielt freundliche Art versuchen würde, ihm Druck zu machen. Demnächst stünden Regionalwahlen an, da könne man keine frei herumlaufenden Mörder gebrauchen. So etwas könne zu einer negativen Berichterstattung in den Medien führen und die Wähler verunsichern. Und so weiter und so fort.

*

Gut fünfzig Meter vom Tatort entfernt saßen Marie und Georges auf einem kleinen Felsen. Fido lag zu ihren Füßen und schielte traurig zu dem Polizeiwagen, in den sein Herrchen gerade einstieg. Marie würde sich auch dieses Mal um Philippes Hund kümmern. Augustine hingegen beobachtete neugierig das ungewöhnliche Treiben in dem vertrauten Hain, und ihre kleinen, spitzen Ohren standen auf Empfang, als Leblanc auf ihre kleine Gruppe zukam. Er blieb vor Georges stehen, ohne Marie auch nur eines Blickes zu würdigen. Das überraschte sie nicht, wenn es ihr auch nicht gefiel. Er hatte leider allen Grund, sauer auf sie zu sein, wie sie sich selbst eingestand.

»Mein Name ist Commissaire Leblanc. *Bonjour*, Monsieur …?«

»Fabre, Georges«, antwortete der alte Mann und zeigte auf das Hängebauchschwein. »Und das ist Augustine.«

Leblanc sah die Sau an und begrüßte sie ebenfalls: »Sehr erfreut.«

Als wolle sie ihn zurückgrüßen, streckte sie den Kopf vor, schnüffelte mit ihrer faltigen Nase an ihm hoch und grunzte.

Marie sah, dass der Kommissar sich ein Lächeln verkniff. Ja, unter anderen Umständen wäre das ganz lustig gewesen.

»*Alors*, Monsieur Fabre. Erzählen Sie mir, was Sie gesehen haben«, bat Leblanc.

Georges, dessen Gesicht jegliche Farbe verloren hatte, stand mühsam auf. Marie merkte ihm deutlich an, dass er noch immer erschöpft war. Mit seinen sechsundsiebzig Jahren erholte er sich nur langsam von seinem unfreiwilligen Sprint. Und im Mittelpunkt des Geschehens zu stehen behagte ihm schon gar nicht.

Mit dem Zeigefinger deutete er zu der Stelle auf dem gegenüberliegenden Hügel, von wo aus er den Streit zwischen Philippe und dem Opfer beobachtet hatte. Er beschrieb, was er gesehen hatte, und Marie fiel auf, wie sehr er sich anstrengte, alles so präzise wie möglich darzustellen, obgleich seine Stimme sehr müde klang. Das war berührend. Ab und zu grunzte Augustine wie zur Bestätigung. Zumindest das war eine kleine Aufheiterung.

»Es war alles so aufregend, dass ich noch nicht mal dazu gekommen bin, mein Butterbrot zu essen«, schloss Georges.

Natürlich, dachte Marie, der Arme ist unterzuckert! Deshalb sieht er so mitgenommen aus. Er ist es gewohnt, zu regelmäßigen Zeiten zu essen. Vermutlich hatte er noch nie eine Mahlzeit ausfallen lassen. Aber sie hatte leider nichts Essbares in der Tasche. Zu ihrer Verärgerung blickte Leblanc ihn mit ausdrucksloser Miene an. Sah er denn nicht, dass Georges am Ende war?

»Warten Sie«, sagte Leblanc, ging zu seinem Auto und kehrte nach kurzer Zeit mit einer durchsichtigen Tüte zurück, die er Georges reichte.

»Das sind Honig-Haselnuss-Kekse, die habe ich vorhin in Bergerac gekauft. Bitte nehmen Sie davon. Die werden Ihnen guttun.«

Georges grummelte etwas Unverständliches, aber er nahm einen Keks und dann einen zweiten.

Marie musste schlucken. Sie hatte den Kommissar falsch eingeschätzt. Seine Feinfühligkeit und Hilfsbereitschaft rührten sie. Zum Glück bekam Georges langsam wieder Farbe und gab schließlich die Tüte Leblanc zurück, der daraufhin mit seiner Befragung fortfuhr.

»Konnten Sie denn hören, worüber das Opfer und Monsieur Lavaud gestritten haben?«

»Nein, die waren zu weit weg. Und das ging alles sehr schnell. Was ist nur in den Burschen gefahren? Philippe war immer so ein lieber, ruhiger Junge! Gut, die Frau war nicht zimperlich und hat ganz schön auf ihn eingedroschen ... aber trotzdem!« Er drehte sich zu Marie um. »Hättest du dir jemals vorstellen können, dass Philippe eine Frau schlägt? Oder sogar umbringt?« Er schüttelte fassungslos den Kopf.

Auch Marie war schwer ums Herz. Sie dachte an die tote Frau ... und an Philippe, der sich in was auch immer hineinmanövriert hatte und augenscheinlich zum Mörder geworden war. Außerdem schmerzte es sie, dass dieses paradiesische Fleckchen Erde zu einem Tatort geworden war. In Paris hatte sie nie einen persönlichen Bezug zu Opfern, Tätern und den Orten gehabt, an denen Morde passiert waren. Und Paris war zwar schön, aber von paradiesisch konnte nicht die Rede sein, dafür gab es dort zu viele hässliche Viertel und Gewalttaten. Deshalb waren die Verbrechen in der Hauptstadt Marie weniger an die Substanz gegangen. Hier war das völlig anders.

»Nein, Georges. Ich kann das auch immer noch nicht glauben.«

Sie hob den Kopf und sah, dass Leblanc sich ihr zugewandt hatte. Sein Blick war hart. Jetzt würde er sie zur Rechenschaft ziehen.

»So, und jetzt hätte ich gern gewusst, wie es dazu kam, dass Sie Madame Lacroix getroffen haben, Madame Mercier.«

Marie überlegte kurz. Am besten, sie erklärte es ihm von Anfang an. Sie kramte ihr Handy aus der Tasche.

»Eine sehr begabte Pariser Kollegin von mir hat bei ihren Recherchen die Verbindung zwischen Girard und dieser Website entdeckt«, begann sie. »Darauf werden hochwertige Immobilien angeboten. Unter anderem auch das Objekt hier vor uns.«

Sie drehte ihr Smartphone in seine Richtung, wischte mit dem Finger über das Display, sodass Leblanc die »Trüffelgold«-Anzeige und die Fotos von Madame Durands Anwesen sehen konnte.

»Ich kenne dieses Haus seit meiner Kindheit«, fuhr sie fort und zeigte darauf. »Hélène ist hier aufgewachsen, und als Kind habe ich oft mit ihr gespielt. Was ihr jetzt widerfahren ist, tut mir in der Seele weh, zumal Madame Durand, ihre Pflegemutter, an Altersdemenz in fortgeschrittenem Stadium leidet. Als ich die Fotos sah, habe ich nur noch daran gedacht, wie ich die beiden beschützen könnte. Also habe ich gestern auf Verdacht eine E-Mail an diese Website geschickt. Am späten Abend hat mir eine gewisse Madame Lacroix einen Termin für heute Vormittag angeboten.«

»Und Ihnen ist nicht in den Sinn gekommen, das vorher mit mir abzusprechen?«

»Ich habe mehrmals versucht, Sie anzurufen, aber da sprang immer nur die Mailbox an.«

»Und mir einfach gleich eine Nachricht zu hinterlassen oder eine SMS zu schreiben haben Sie in der Pariser Brigade Criminelle nicht gelernt?«

»Es ging einfach alles so schnell«, verteidigte sie sich halbherzig. Sie wusste nur allzu gut, dass Leblanc recht hatte.

»Ich könnte ganz offiziell eine Klage über Sie einreichen – wissen Sie das?«

»Ja, das können Sie.«

»Werde ich aber nicht, weil ich nichts von Denunziantentum halte. Aber ich möchte jetzt wirklich wissen, weshalb Sie diesen Alleingang unternommen haben.«

Marie spürte, dass auch sie jetzt ein wenig verärgert war, da er zuletzt mit erhobener Stimme gesprochen hatte. Sie hatte ihn schließlich nicht mit Absicht im Dunkeln gelassen. Was konnte sie dafür, dass er ihre Anrufe nicht beantwortet hatte?

»Ich habe Ihnen doch gerade erklärt, dass es nicht als Alleingang geplant war. Ich habe ja versucht, Sie vorher telefonisch zu erreichen«, stellte sie klar. Auch sie sprach nun lauter. »Aber da Sie nicht auf meine Anrufe reagiert haben, bin ich letzten Endes zu der Entscheidung gelangt, die Frau allein zu treffen und Ihnen anschließend alles zu erzählen. Aber bei meinem Anruf danach bin ich wieder nur auf Ihrem AB gelandet.«

»Ihnen ist schon klar, dass Sie beiden Opfern sehr nahe gekommen sind, kurz bevor sie ermordet wurden?«

Sie nickte resigniert. Ja, das machte sie tatsächlich verdächtig. »Das ist mir nur zu bewusst. Und ich empfinde eine Mitschuld an Madame Lacroix' Tod, auch wenn ich sie nicht umgebracht habe. Hätte ich ihr nicht geschrieben, würde sie wahrscheinlich noch leben.«

Darauf erwiderte er nichts. Glaubte auch er, dass sie eine Mitschuld hatte? Da er weiter schwieg, begann sie, den genauen Ablauf des aberwitzigen Gesprächs mit der betrügerischen Immobilienhändlerin wiederzugeben. Er hörte ihr aufmerksam zu und bemerkte nicht einmal, dass Augustine ihm die Tüte mit den Plätzchen aus der Hand stibitzte. Georges nahm dem Schwein schnell den Zellophanbeutel weg und hielt ihn Leblanc hin, der ihn abwesend entgegennahm. Augustine grunzte empört.

»Wissen Sie zufällig, wo ich Madame Bouet jetzt finden kann?«, fragte Leblanc, als Marie geendet hatte. »Ich würde sie gern fragen, wie die Fotos dieses Anwesens auf der Website von Monsieur Girard landen konnten. Und vielleicht kannte sie ja Madame Lacroix auch.«

»Hélène arbeitet. Ich habe sie vorhin im Café de la Place gesehen.«

»Gut. Dann erwarte ich Sie beide um fünf Uhr im Kommissariat in Montignac.« Er zeigte auf Georges und sie. »Für die schriftliche Zeugenaussage.«

»Wir werden da sein«, versicherte Marie, während Georges

irgendetwas von »Feierabend« und »Zeit, endlich mal seine Ruhe zu haben« murmelte.

Leblanc stand auf und ging davon, ohne sich zu verabschieden. Gerade wollte er in seinen Wagen steigen, als Dubosc geschäftig auf ihn zueilte. Marie sah, wie Leblanc kurz zusammenzuckte. Geschieht dir ganz recht, dachte sie ein wenig schadenfroh.

*

Léonie hatte über »Radio Rose«, wie sie ihre Nachbarin manchmal nannte, von dem Mord erfahren. Rose behauptete sogar, mit dem Opfer gesprochen zu haben. Die vielen Krimiserien stiegen ihr anscheinend langsam zu Kopf. Philippe sollte auf dem Anwesen von Madame Durand eine Frau umgebracht haben? Unglaublich, dass die hiesige Polizei jedes Mal den Jungen verdächtigte. Dabei hatte Marie bewiesen, dass er den ersten Mord nicht begangen hatte. Musste er deshalb für den zweiten herhalten? Und wer bitte schön hatte dann den Radler umgebracht? Léonie stand am Fenster und wartete auf Marie, die sie vorhin wie eine Wahnsinnige hatte wegrennen sehen.

Da kam sie endlich – mit Georges und Augustine. Sie sahen alle drei ziemlich mitgenommen aus. Léonie beobachtete, wie Georges mit dem Schwein an der Leine zum Stall schlurfte. Er wirkte völlig erschöpft, bestimmt würde er sich jetzt erst einmal aufs Ohr legen. Das schien er dringend nötig zu haben.

Sie ging zum Herd und setzte Wasser für einen Tee aus getrockneten Kräutern aus ihrem Garten auf. So ein Tee half immer, egal wie schlimm es um einen stand.

Marie kam herein und nahm schweigend an dem großen Küchentisch Platz. Léonie goss das siedende Wasser in eine handbemalte Kanne und stellte sie mit zwei passenden Tassen auf den Tisch. Sie schwiegen beide, während der Tee zog. Nach ein paar Minuten füllte Léonie die Tassen. Sie wartete weiterhin geduldig.

Es war nicht der Moment, um irgendetwas zu überstürzen. Marie sah nicht nur besorgt aus, sie schien völlig aufgewühlt zu sein. Sie nahm die Tasse mit beiden Händen und trank gierig. Erst als sie ausgetrunken hatte und Léonie ihr nachschenkte, begann sie zu sprechen.

»Girard war nicht nur wegen Hélène in Saint-André, sondern vor allem wegen des Anwesens von Madame Durand. Er wollte es verkaufen.«

»Wie – verkaufen? Es gehörte ihm doch gar nicht!«

»Das ist ja das Verrückte. Und er hatte eine Komplizin. Die hat heute versucht, mir das Anwesen zu verkaufen. Und nun ist sie tot, erdrosselt von Philippe.«

Léonie fragte sich, ob Marie Alkohol getrunken hatte. Sie setzte sich ihr gegenüber, weil sie ihr ins Gesicht sehen wollte. »Ich verstehe kein Wort. Jetzt mal ganz langsam, sodass eine alte Frau mithalten kann.«

Während Marie erzählte, wurde Léonie mehr und mehr bewusst, dass sie nicht mehr verstand, wie die Welt funktionierte. Man konnte über dieses Internet also Häuser verkaufen, die einem nicht gehörten, ja, die nicht mal zum Verkauf standen, und sich bei ahnungslosen Menschen zum Monopoly-Spiel einfinden? Und mitten in dem ganzen Trubel dann auch noch Georges! Er hatte ihr schon erzählt, dass sich irgendwer auf dem Anwesen von Madame Durand herumtrieb und dass ihm das nicht passte. Aber er hatte ihr nicht erzählt, dass er einen Beobachtungsposten einnehmen wollte. Was hatte ihn da nur geritten?

»Hättest du jemals geglaubt, dass Philippe eine Frau strangulieren könnte?«, fragte Marie plötzlich.

Ihre Großnichte hatte recht. Philippes Schicksal war wichtiger. Um Georges konnte sie sich später Gedanken machen.

»Nein, beim besten Willen nicht. Ich kann es auch jetzt nicht glauben!«

»Ich auch nicht, aber leider sieht es danach aus.«

Eine Flut von Bildern zog an Léonies innerem Auge vorüber. Der kleine, schmächtige Philippe, der immer mit dem Daumen im Mund am Rockzipfel seiner Mutter hing; Philippe, der mit seiner ersten Angelrute und aufgeschlagenen Knien stolz zur Vézère marschierte; der pickelige Teenager, der seinen Jagdschein wie eine Trophäe hochhielt, zusammen mit seinem Vater, der »Mein Sohn ist endlich ein Mann!« rief. Und natürlich das ewige Drama um Hélène …

»Hat dieser Mord vielleicht wieder etwas mit Hélène zu tun?«, fragte sie. »Warum sonst sollte Philippe eine wildfremde Frau umbringen? Ging es darum, Hélène zu beschützen? Oder wollte er sie womöglich rächen, weil der Radler sie nur ausgenutzt hat?«

»Vielleicht«, antwortete Marie traurig. »Der Kommissar ist jetzt bei ihr.«

»Was sagt er denn zu dem Ganzen?«

»Nichts. Er hört sich erst mal alles an.«

»Und was heißt das? Zieht er auch die richtigen Schlüsse?«

»Weiß ich nicht.«

Léonie merkte, dass Marie sich ihr nicht wirklich offenbaren wollte. Irgendetwas war ihr gegen den Strich gegangen. Vielleicht war es am besten, diesbezüglich nicht weiter nachzubohren.

»Wusste Hélène denn von der Frau?«

»Kann ich mir nicht vorstellen. Meiner Meinung nach hat sie tatsächlich geglaubt, dass Girard sie aufrichtig liebte.«

»Geliebt hat dieser Mistkerl sie bestimmt nicht!«

»Glaube ich auch nicht.«

Die beiden blieben noch eine Weile schweigend sitzen und hingen jeweils ihren Gedanken nach.

*

Dieser Bürgermeister mag ja guten Willens sein, aber er hat etwas von einer Klette, dachte Leblanc. Er war ungebeten zu ihm ins

Auto gestiegen und hatte ihn vom Tatort bis ins Dorf begleitet. Leblanc hatte das zum Anlass genommen, ihn zu fragen, ob er jemals etwas von Madame Lacroix gehört hatte. Was er verneinte. Dafür wollte Dubosc von ihm wissen, ob der Blumenstrauß vom ersten Tatort eine Spur ergeben hatte.

Leblanc hatte den Kopf geschüttelt, weil er genervt war. Er schämte sich ein wenig dafür – »Tut mir leid, Valérie!« –, aber er hatte einfach keine Lust gehabt, dem Mann noch mal ein Kompliment zu machen. Er hatte andere Sorgen. Außerdem fühlte er sich von Marie Mercier hintergangen. Am Morgen hatte er ja noch vorgehabt, sie zum Essen einzuladen, und in Bergerac nach einem passenden Restaurant Ausschau gehalten – aber das hatte sich nun erledigt. Adieu, Madame la Commissaire.

Jetzt war er auf dem Weg vom Parkplatz zum Café de la Place. Er musste sich mental auf das Gespräch mit der Kellnerin vorbereiten. Vielleicht wusste sie ja doch mehr über die illegalen Geschäfte von Girard, als sie vorgab. Er wollte sichergehen, dass er sich nicht von ihrer Trauer hatte blenden lassen. Immerhin bestand die Möglichkeit, dass er sich in ihr getäuscht hatte.

Er stieg die Treppe zur Terrasse des Cafés hoch. Hier herrschte wieder Hochbetrieb, die Stimmung war aufgeheizt, und alle redeten wild durcheinander. Die Nachricht von dem zweiten Mord hatte offenbar schon die Runde gemacht. Warum neigten die Menschen eigentlich dazu, umso lauter zu sprechen, je weniger sie wussten? Auf den Tischen standen Bier- und Pastisgläser, obwohl es erst früher Nachmittag war. Das Café war der Ort, um sich über die neue Sensation im Dorf zu informieren – oder Gerüchte auszutauschen oder sich gar darüber lustig zu machen. So hörte er Jugendliche, die Saint-André-du-Périgord mit Chicago verglichen und dann losprusteten. Er hingegen fand das alles gar nicht komisch. Rasch überquerte er die Terrasse und betrat den Innenraum des Lokals, der bei dem schönen Wetter bis auf einen grimmig schauenden Alten und seinen Hund leer war.

Hinter dem großen Tresen sah Leblanc Madame Bouet stehen und mit düsterer Miene Bier zapfen. Sie wirkte fahrig und nervös, ihre Augen huschten unruhig hin und her. Außerdem hatte sie ihr Äußeres vernachlässigt. Ihr Kleid hatte Flecken, und die Haare hingen lose und strähnig herab. Diese Frau war innerhalb weniger Tage ein Schatten ihrer selbst geworden.

»*Bonjour*, Madame Bouet. Ich würde mich gern noch einmal mit Ihnen unterhalten. Es dauert wahrscheinlich nicht lange.«

Sie schaute ihn an. »Ach, Monsieur le Commissaire, gut, dass Sie da sind.« Erstaunlicherweise schien sie erleichtert, ihn zu sehen. »Ich mache mir solche Sorgen. Können Sie mir sagen, was da bei Madame Durand passiert ist? Man hört die verrücktesten Sachen, und ich kann hier nicht weg, weil meine Chefin nach Périgueux zum Einkaufen gefahren ist. Ich habe die Krankenpflegerin von Madame Durand angerufen, aber sie konnte mir auch nichts sagen.«

»Madame Durand ist nichts zugestoßen, und sie ist auch nicht in Gefahr. Machen Sie sich da keine Sorgen.«

Sie legte die Hand auf die Brust und atmete erleichtert aus. »Gott sei Dank.«

Jetzt kam der schwierige Teil. Leblanc fühlte sich unwohl dabei, aber es musste sein.

»Wo könnten wir ungestört sprechen?«

Sie nahm ein volles Tablett vom Tresen. »Ich bringe noch schnell …«

»Nein, bitte sofort!«, fiel er ihr ins Wort. »Die Gäste werden ein bisschen warten müssen. Es tut mir leid.«

Gehorsam stellte sie das Tablett wieder ab und winkte ihn zu sich. »Na gut. Folgen Sie mir bitte.«

Sie drehte sich um und ging hinter dem Tresen zu einer Tür, die sie öffnete. Als er zu ihr trat, sah er, dass sich dahinter eine Außentreppe befand, die in einen kleinen, zum Teil begrünten Hof hinabführte. Sie setzten sich auf den Treppenabsatz. Die

Kellnerin kramte eine Schachtel Zigaretten aus ihrer Schürzentasche. Nachdem sie ihm eine angeboten hatte, die er ablehnte, zündete sie sich eine an. Leblanc schaute sich kurz um. In der Ferne meinte er, das Gehöft der Delteils zu erkennen. Am Fuß der Treppe waren links Terrassenstühle gestapelt, weiter rechts sah er vier prächtige Hochbeete mit den unterschiedlichsten Kräutern.

Die junge Frau folgte seinem Blick. »Das sind die Beete von Jacques, meinem Chef. Die sind ihm heilig. Er verwendet in seiner Küche nur eigene Kräuter und verbringt hier das bisschen Freizeit, das er hat.« In ihrer Stimme klang Bewunderung mit.

Leblanc nickte, ging jedoch nicht auf dieses Thema ein, sondern fragte: »Wissen Sie, was heute passiert ist?«

Sie zog nervös an ihrer Zigarette und antwortete zögerlich: »Die Leute hier erzählen, dass Philippe eine Frau auf dem Grundstück von Madame Durand ermordet hat.«

»Von wem wissen sie das?« Jetzt wussten die Leute also auch schon, wer der Täter war. An diesem Tag ging aber auch alles schief. Es fehlte nur noch die Presse.

»Von Rose aus dem Dorf. Keine Ahnung, von wem sie das hat. Aber wenn jemand im Dorf ein Gerücht verbreiten will, erzählt man es am besten ihr. Und wenn man sie darauf hinweist, dass es geheim bleiben soll, verbreitet sie es doppelt so schnell.«

Stellte sich die Frage, von wem die alte Dame das wusste. Hatte Marie Mercier sich verplappert? Das glaubte er eigentlich nicht. Aber vielleicht der alte Georges Fabre, der den Streit zwischen Philippe und dem Opfer beobachtet hatte. So, jetzt entspannen und einfach mal tief durchatmen, dachte Leblanc.

»Und hat diese mitteilungsbedürftige Frau auch gesagt, wer ermordet wurde?«

Sie schüttelte den Kopf.

»Sagt Ihnen der Name Monique Lacroix etwas?«

Sie überlegte. »Nein. Aber wenn sie schon einmal in unserem

Café gewesen ist, hat das nichts zu bedeuten. Vielleicht habe ich sie schon gesehen, ohne ihren Namen zu kennen.«

Leblanc zog das Foto aus Madame Lacroix' Brieftasche aus seiner Sakkotasche. Er hatte es auf dem Weg zum Café gefaltet, und zeigte ihr die Seite, auf der nur die Antiquitätenhändlerin zu sehen war. Die Kellnerin beugte sich vor und betrachtete das Foto.

»Ich habe diese Frau noch nie gesehen«, sagte sie.

»Sind Sie sicher?«

»Ja. Allerdings habe ich ja nicht ständig Dienst. Vielleicht hat meine Chefin sie gesehen. Ist das die Frau, die umgebracht wurde?«

Er beschloss, nicht sofort auf ihre Frage einzugehen. Die konnte er später beantworten. »Hat Monsieur Girard je von einer Antiquitätenhändlerin erzählt, mit der er zu tun hatte?«

Sie schüttelte den Kopf. »Nein, wir wollten uns eher modern einrichten.«

»So weit waren Ihre Pläne schon gediehen?«

»Ja. Ich hatte sogar schon die Wohnräume von dem Häuschen der Monteil ausgemessen, nachdem Franck und ich es besichtigt hatten. Das hatte ich Ihnen ja erzählt. Sie erinnern sich? Wir hätten es ab nächstem Monat mieten können.«

»Ja, ich erinnere mich.«

So, jetzt wird es brenzlig, dachte Leblanc. Er faltete das Foto auf, sodass die junge Frau nun beide Personen darauf erkennen konnte.

Ihre Augen weiteten sich.

»Ist das Francks Mutter?« Die Frage war berechtigt, wenn man die beiden nebeneinanderstehen sah.

»Eher seine Komplizin.«

Sie erstarrte. Doch Leblanc konnte keine Rücksicht auf ihre Gefühle nehmen, wenn er bei der Aufklärung der beiden Mordfälle weiterkommen wollte. Er musste offen mit ihr über alles sprechen.

»Oder seine Geliebte. Vielleicht auch beides.«

Das sonst so zarte, ebenmäßige Gesicht verzerrte sich. »Was reden Sie denn da? Sind Sie wahnsinnig geworden?«, schrie sie ihn an und rückte demonstrativ von ihm ab.

»Entschuldigen Sie, Madame Bouet, aber ich muss diese Dinge ansprechen. Waren Sie eigentlich jemals mit Monsieur Girard im Haus von Madame Durand?«

»Ja«, antwortete sie aufgewühlt. Sie stand offensichtlich unter Schock. »Ich wollte ihr Franck vorstellen, bevor ihre Krankheit noch weiter fortschreitet, aber es war schon zu spät. Sie dachte, er sei ein Schulkamerad von mir, und hat uns zum Spielen rausgeschickt.« Mit traurigem Blick sah sie ihn an. »Es ist unfassbar, was diese Krankheit mit Menschen macht. Sie werden das Gegenteil von dem, was sie waren. Zum Glück bekommt Madame Durand ihren geistigen Zerfall nicht mit. Ich hoffe es zumindest. Inständig. Das hat sie wirklich nicht verdient.«

Leblanc sagte nichts dazu. Was war schon im Leben verdient? Er hielt noch immer das Foto von Lacroix und Girard in der Hand.

Hélène Bouet warf einen zweiten Blick darauf. »Was hat das mit dieser Frau zu tun? Wieso Komplizin?« Ihre Augen füllten sich mit Tränen.

Ihre Gefühle sind bestimmt nicht gespielt, dachte Leblanc. Sie wusste nichts von Madame Lacroix. Aber vielleicht wusste sie von Girards Plänen mehr, als sie vorgab.

»Hat Monsieur Girard etwas zu dem Anwesen von Madame Durand gesagt?«

Sie zuckte mit den Schultern. »Nun ja, dass es schön ist. Was hätte er sonst sagen sollen?« Sie schien zu überlegen. Dann fügte sie hinzu: »Und dass es so riesig sei, dass man sich darin verlieren konnte. Damit hatte er recht. Es ist ein lebloser Riesenklotz.« Sie schluckte. »Da müsste eine Familie mit Kindern und einem kleinen Zoo drin leben. Für eine alte Dame und ihr kinderloses Mündel ist es viel zu groß.« Ihre Stimme klang verbittert.

»Madame Bouet, jetzt hören Sie mir bitte einmal gut zu ...«, begann er.

Und dann erzählte er ihr von Girards Machenschaften, von seiner Komplizin, von der Website, vom Versuch, Madame Durands Anwesen zu verkaufen. Er sah dicke Tränen über ihre Wangen kullern, die sie immer wieder mit dem Handrücken abwischte. Er konnte ihren Schmerz förmlich spüren.

In Situationen wie dieser hasste er seinen Beruf, der ihn zwang, Menschen zu offenbaren, welch furchtbare Dinge ihnen gerade widerfuhren.

Kapitel 15

Léonie hatte die Teetassen gespült und schaute aus dem Fenster. Im Hof war es still. Marie hatte sich in ihr Haus zurückgezogen. Die Arme gab sich die Schuld an dem Tod der Frau, und leider hatte sie ihr das nicht ausreden können. An Maries Stelle hätte sie sich wahrscheinlich ähnliche Vorwürfe gemacht. Georges war ebenfalls verschwunden. Hoffentlich ruhte er sich aus – das war alles zu viel für ihn gewesen. Obwohl Léonie vier Jahre älter war, fühlte sie sich viel rüstiger als er. Aber vielleicht bildete sie sich das ja auch nur ein.

Sie ging vom Fenster weg und machte sich auf den Weg zum Speicher. Dort war sie seit einer Ewigkeit nicht mehr gewesen. Zu viele Erinnerungen waren da oben versammelt. Doch jetzt konnte sie nicht mehr länger tatenlos zusehen, was um sie herum geschah. Sie machte eine kleine Pause auf dem Flur der ersten Etage, atmete tief ein und öffnete die Tür, durch die man zum Speicher gelangte. Sie hatte vorsichtshalber eine Taschenlampe mitgenommen, für den Fall, dass die nackten Glühbirnen nicht mehr funktionierten, aber als sie nun den Lichtschalter betätigte, leuchteten sie hell auf. Vorsichtig stieg sie die steile Holztreppe hoch, die gefährlich knarrte. Sie ging zur Mitte des Speichers und wischte sich ein paar Spinnweben vom Gesicht. Vor Spinnen hatte sie keine Angst, ganz im Gegensatz zu ihrer sonst so furchtlosen Schwester Madeleine, die in Panik geraten war, wenn sie auch nur aus der Ferne eine erspäht hatte. Léonie schaute sich nach einer Sitzmöglichkeit um. Ihr Blick fiel auf einen alten Korbsessel, der noch in tadellosem Zustand war. Sie nahm darin Platz – unbequem war er nicht. Früher hatte er in der Küche gestanden. Vielleicht würde er Marie gefallen?

So, und wo hatte sie nun das Jagdgewehr ihres Vaters versteckt? Sie wusste es nicht mehr und ließ ihre Augen ziellos durch den Speicher wandern. Da standen zwei alte Schränke, soweit sie sich erinnern konnte, war der eine voll mit Anziehsachen und der andere mit Hauswäsche. Diverse Holz- und Metalltruhen waren auf- und nebeneinandergestapelt. Darin fanden sich Jahresbilanzen des Hofs, alte Rechnungen, Fotoalben, Briefe, Familienakten … Mit Marie zusammen hätte sie diese verborgenen Schätze gern erkundet, aber so stimmte es sie eher melancholisch. Außerdem hätte sie ihr ohnehin nichts von dem Gewehr erzählen können. Womöglich würde sie es gleich konfiszieren. Sie ahnte, dass ihre Großnichte da keinen Spaß verstehen würde.

Was war denn in der alten Kommode dort? Léonie stand auf und öffnete die oberste Schublade. Tadellose Geschirrtücher aus Leinen, die offenbar nie benutzt worden waren. Sie nahm einen Stapel aus der Schublade und legte ihn auf die Kommode. Die würde sie gleich mit nach unten nehmen. Jetzt erst mal die Flinte. Léonie öffnete den ersten Schrank, und der unangenehme Geruch von Mottenkugeln schlug ihr entgegen. Beim Anblick eines geblümten Kleides musste sie lächeln. Das hatte sie bei ihrem ersten geheimen Rendezvous mit Georges getragen. Er hatte ihr damals gesagt, sie sei die schönste Frau im Périgord. Sie schob die Kleider auseinander, und da war das Gewehr, in einer jagdgrünen Hülle gegen die hölzerne Rückwand gelehnt. Oft war es nicht benutzt worden, ein paar Monate nachdem er es gekauft hatte, war ihr Vater tödlich mit dem Traktor verunglückt. Das lag alles so weit zurück, die Sechzigerjahre waren eine Ewigkeit her. Léonie nahm das Gewehr und kramte nach den Patronen, die sie ebenfalls fand.

Von unten vernahm sie Geräusche. Georges rief nach ihr.

»Komm rauf, ich bin auf dem Speicher!«, antwortete sie und

setzte sich wieder in den alten Korbsessel. Das eingehüllte Gewehr und die Munition legte sie auf ihren Schoß.

Sie hörte, wie Georges grummelnd die Treppe heraufkam. Als er bei ihr anlangte, nahm er ihr kommentarlos die Waffe mitsamt den Patronen ab und stieg damit vorsichtig wieder hinunter. Sie folgte ihm und sagte ebenfalls kein einziges Wort. Wie immer gab es nichts zu erklären.

*

Marie hatte Pauline angerufen, um ihr von dem heutigen Drama zu erzählen. Leider war sie auf dem AB gelandet. Momentan antwortete ihr wohl niemand, der für sie wichtig war. Weder Leblanc noch Pauline. Aber sie wusste, dass ihre Freundin mitten in einem schwierigen Fall steckte – während sie hier einen vergleichsweise übersichtlichen Fall in der Provinz mit Glanz und Gloria vergeigte.

In zwei Stunden musste sie mit Georges im Kommissariat von Montignac erscheinen. Was würde Leblanc bei dem Gespräch mit Hélène herausfinden? Wusste sie irgendetwas von *Secret-Périgord*? Das ergab keinen Sinn. Ihre Jugendfreundin hatte sich nie etwas aus Geld gemacht. Außerdem würde sie eines Tages das Vermögen der Durands erben, und das dürfte mehr sein, als sie in einem Leben ausgeben konnte. Nein, wonach Hélène sich wirklich sehnte, das war die große Liebe: eine Heirat in Weiß, Kinder, eine heile Welt. Und mit Girard hatte sie geglaubt, ihrem Traum endlich näher gekommen zu sein. Wie bösartig von ihm, mit ihren Gefühlen und Hoffnungen zu spielen.

Marie war ratlos, ein Zustand, den sie so gar nicht ertrug. Um sich abzureagieren, begann sie, die verschossene Blumentapete an den Wänden ihres ehemaligen Zimmers in der oberen Etage abzureißen. Sie hatte inzwischen das geräumige, lichtdurchflutete Schlafzimmer ihrer Großmutter mit dem alten Kamin bezogen. Der Raum, in dem sie nun energisch Tapetenbahnen von der Wand löste und mit dem Spachtel hantierte, war zwar kleiner, hatte aber einen schönen Ausblick auf den Obstgarten. Es sollte ein Gästezimmer werden, und Marie hoffte, dass Pauline sie demnächst für ein Wochenende besuchen würde – vielleicht schon an Allerheiligen, dann könnte sie wegen des Brückentages länger bleiben. Das wäre großartig. Gerade jetzt wurde ihr schmerzhaft bewusst, wie sehr ihr der ständige Austausch mit der Kollegin und Freundin fehlte.

Dann kam ihr wieder die tote Madame Lacroix in den Sinn, die aberwitzige Szene, die sie mit ihr erlebt hatte. Warum musste auch sie sterben? Georges hatte gesehen, wie sie auf Philippe einschlug. Dieser hatte sich offenbar gewehrt, und sie war dabei zu Boden gestürzt. Danach war Philippe weggerannt. Er hätte also zurückkommen müssen, um sie zu erwürgen. War Philippe so kaltblütig? Oder gab es da jemanden, der es auf Girard und die Lacroix abgesehen hatte, und beide waren von derselben Person umgebracht worden? Das war gut möglich, aber ein Täterprofil ließ sich nicht erkennen.

Nach einer Stunde lag ein Tapetenberg mitten im Zimmer, und der Raum wirkte sehr viel heller und größer. Sie würde die Wände kalken, wie es hier Tradition war. Marie schaute sich ihr Werk an und war mit ihrer Arbeit zufrieden. Zumindest das hatte sie heute geschafft. Sie machte ein Foto und schickte es Pauline mit dem Kommentar: *Dein Zimmer ist bald fertig!*

Jetzt noch schnell die Tapetenreste zum Müll bringen, bevor sie mit Georges nach Montignac fuhr. Bei dem ganzen Chaos, das sie heute erlebt hatte, brauchte sie Ordnung um sich. Wobei ihr Ordnung auch sonst wichtig war. In Paris waren ihre Wohnung und ihr Schreibtisch im Büro immer sehr aufgeräumt gewesen. Pauline hatte das stets befremdlich gefunden. Als Nerd schien sie geradezu Wert darauf zu legen, dass auf ihrem Schreibtisch ein unbeschreibliches Chaos herrschte. Kreuz und quer übereinander lagen Akten, Kabel, Sandwichreste, Lippenstifte, Listen und vieles mehr. Das Verrückte jedoch war, dass sie immer fand, wonach sie suchte. Und so glaubte Pauline, dass Maries Ordnungswahn, wie sie es nannte, mit ihrer deutschen Herkunft zusammenhing. Das entsprach genau dem Bild, das viele Franzosen von den Deutschen hatten, dabei hatte es vor allem mit ihr selbst zu tun. Ordnung war für Marie ein lebensnotwendiger Ausgleich zu den menschlichen Irrungen und Wirrungen, die ihren Alltag prägten.

*

Leblanc wollte als Nächstes die rosa Dame aufsuchen, die mit Monique Lacroix gesprochen hatte, und machte sich zu Fuß auf den Weg zu ihr. Zwar war sie bereits befragt worden, aber vielleicht konnte sie ihm doch noch einen wertvollen Hinweis geben. Neugierige alte Damen durfte man nicht unterschätzen. Valéries Mutter war so eine Frau. Sie wirkte wie eine unscheinbare, zerbrechliche Person, aber sie sah und hörte alles und konnte obendrein messerscharf kombinieren. Er sollte bald wieder einmal bei ihr vorbeischauen. Sie wohnte allein, hatte aber zum Glück viele Freunde. Er wusste nie, ob sie sich über seinen Besuch freute oder nicht, denn meistens redeten sie über Valérie, und das stimmte sie traurig. Wenn er ging, schien sie immer sehr erschöpft zu sein.

Leblancs Gedanken wandten sich wieder dem aktuellen Fall zu. Inspektor Martin hatte zwischenzeitlich die Durchsuchung des Antiquitätenladens selbstständig in die Hand genommen, und Leblanc war angenehm überrascht von seinen Ergebnissen. Madame Lacroix war auf hochpreisige Möbel spezialisiert gewesen, und ihre internationale Kundschaft bestand größtenteils aus Großgrund- und Schlossbesitzern. Es war eine lohnende Nische, die sich auf natürlichem Weg regelmäßig erneuerte: Es gab immer wieder wohlhabende Rentner, die sich auf ihre alten Tage ein

Schloss gönnten, doch nach ein paar Jahren einsehen mussten, dass die Instandhaltung eines großen, denkmalgeschützten Anwesens viel Zeit, Kraft und Mittel erforderte. Nicht selten gaben sie diesen Traum dann vorzeitig wieder auf. Neue Besitzer voller Elan folgten und richteten sich standesgemäß ein. Madame Lacroix konnte dann wieder ihre Dienste anbieten, was die Kasse erneut klingeln ließ.

Martin hatte sich auch in ihrer Wohnung über dem Laden umgeschaut. Dort sah es ebenfalls wie in einem edlen Antiquitätenladen aus: schwere Möbel, kostbare Teppiche und Gemälde … In den Schränken befanden sich jedoch nicht nur hochwertige Kleidungsstücke für Damen, sondern auch für Herren, und das Gleiche galt für die Toilettenartikel einschließlich der Kosmetika im Badezimmer. Die in Tränen aufgelöste Hausangestellte hatte schluchzend »Monsieur Franck« als den Lebensgefährten von »Madame« identifiziert.

Nach ihrer Aussage lebten die beiden seit zwei Jahren zusammen. Girards Appartement in Bordeaux diente also nur als Briefkastenadresse, was erklärte, dass dort nichts zu finden gewesen war. Warum aber hatte sich Madame Lacroix, die einen florierenden Antiquitätenladen besaß, auf seine krummen Geschäfte eingelassen? Laut der Hausangestellten hatte sie weder Geschwister noch Kinder. Sie empfing nie Gäste, arbeitete ununterbrochen und »gab ungern Geld aus«. Martin erkundigte sich derzeit nach den Konten der Toten. Leblanc musste unweigerlich an seinen Vater denken, der immer sagte, dass Leute mit Geld es nicht vom Ausgeben, sondern vom Zusammenhalten hatten.

Leblanc kehrte in die Gegenwart zurück. Er schlenderte gemächlich durch die Gassen. Ein paar Schritte taten ihm gut, zumal er sich in letzter Zeit zu wenig bewegt hatte. Saint-André war wirklich sehr charmant und nicht übertrieben restauriert: ein bewohnter Ort, kein Museumsdorf. Mit dem anwachsenden Tourismus ging die Gefahr einher, dass sich die Dörfler mehr und mehr in ihre Häuser zurückzogen, während die Straßen von Touristen bevölkert waren.

Als Leblanc an einem Tante-Emma-Laden vorbeikam, blieb er zunächst stehen und entschied sich dann, ihn zu betreten.

»*Bonjour*, Monsieur«, begrüßte ihn eine alterslose Frau hinter einer langen Theke freundlich.

Er grüßte zurück und betrachtete die appetitliche Auslage. Käse, Wurstspezialitäten und, etwas abgetrennt, die Backwaren. Er hatte nicht zu Mittag gegessen, wegen des zweiten Mordfalls hatte er dafür keine Zeit gehabt. Und die Gespräche mit Marie Mercier und Hélène Bouet hatten ihn mitgenommen.

»Ich hätte gern ein Nusstörtchen, Madame. Sind die eigentlich selbst gemacht?

»*Bien sûr*, Monsieur.«

Das ist genau das, was ich jetzt brauche, dachte er voller Vorfreude. Zucker in leckerem Kuchen verpackt.

»Sind Sie nicht der Kommissar, der hier in den Mordfällen ermittelt?«, hörte er plötzlich eine sonore Männerstimme, während er nach Münzen in seiner Hosentasche fischte. Leblanc drehte sich um und sah einen großen, kräftigen Mann in Arbeitshose und kariertem Hemd.

»Ja, das bin ich. Commissaire Leblanc.«

»Dann habe ich einen wichtigen Hinweis für Sie: Schauen Sie sich diese Marie Mercier genau an. Die tut so, als könne sie kein Wässerchen trüben, aber vor der sollte man sich in Acht nehmen. Kaum ist sie hierhergezogen, gibt es zwei Morde.«

»Jetzt hör endlich auf, Julien«, wies die Ladenbesitzerin den Mann energisch zurecht. »Das ist ja nicht zum Aushalten!«

Daraufhin verließ der Mann kommentarlos den Laden und schlug die Tür hinter sich zu. Leblanc schaute die Besitzerin verwundert an.

»Ach, vergessen Sie's. Julien kann Marie nicht ausstehen. Eine alte Familiengeschichte. Sie kann nichts dafür, aber er erträgt es nicht, dass sie hierhergezogen ist. Er würde sonst was erfinden, um sie loszuwerden. Und dabei ist er eigentlich ein ganz Lieber.«

»Ein ganz Lieber? *Ah, oui* ...« Leblanc zahlte, nahm seinen Nusskuchen und verabschiedete sich. Ein Gefühl von Unbehagen blieb dennoch. Immerhin war Marie Mercier bei den beiden Morden in unmittelbarer Nähe der Opfer gewesen.

Während er weiterspazierte, verspeiste er mit großem Genuss den Kuchen. Als er sich die letzten Krümel vom Hemd wischte, erreichte er eine Gartenmauer, hinter der eine ältere, ganz in Rosa gekleidete Dame stand und ihn erwartungsvoll anschaute.

»Sie sind bestimmt der Kommissar! Ich habe Sie schon von Weitem erkannt«, begrüßte sie ihn mit unverhohlener Begeisterung. Da gab es keinen Zweifel – das musste Martins Informantin sein.

»Stimmt. Und Sie sind die Dame, die gestern mit der Frau im roten Auto gesprochen hat?«

»Genau die bin ich!«, antwortete sie mit sichtlichem Stolz. »Und ich bin auch die Nachbarin von Ihrer Kollegin Marie Mercier. Die ist ein wahres Goldstück, sag ich Ihnen!«

Goldstück? Na ja, das wollte er lieber nicht hören. Er schaute zum Nebenhaus. Hier wohnte sie also? Schlecht hat sie es nicht getroffen, dachte er.

»Was ist denn nun mit dieser Frau? Ist das die, die auf dem Gelände von Madame Durand umgebracht wurde?«, wollte die Dame in Rosa aufgeregt wissen.

Aha, daher wehte also der Wind. Sie wollte ihn ausfragen. Dabei sollte es doch genau umgekehrt sein.

»Madame?«

»Rose, nennen Sie mich Rose.« Sie strahlte ihn an.

»*Alors*, Rose, wie haben Sie von dem Mord erfahren?«

Sie beugte sich verschwörerisch zu ihm vor. »Georges, der Nachbar, ist plötzlich völlig aufgelöst in den Hof nebenan gestürmt und hat es Marie erzählt. Da war ich zufällig im Garten.«

Zufall war hier sicherlich ein dehnbarer Begriff.

»Verstehe. Wie würden Sie die Frau, die Sie am Dienstag gesehen haben, beschreiben?«

Sie überlegte eine Weile, und Leblanc sah ihr an, dass sie sich so genau wie möglich erinnern wollte. Er schaute sie aufmunternd an.

»Sie war nicht freundlich, eher arrogant«, antwortete sie schließlich. »Und sehr nervös. Irgendwie gehetzt. Das war so eine von denen, die immer von links nach rechts gucken und alles im Blick behalten wollen. Wissen Sie, was ich meine?«

»Ja, ich weiß, was Sie meinen. Erzählen Sie weiter, Rose.«

»Die sah aus wie ein geschmückter Weihnachtsbaum.« Sie musste über ihre eigenen Worte lachen. »Ganz ehrlich. Überall Schmuck. Große Ohrringe, Kette … und dann auch noch all diese Ringe an den Händen!«

Wahrscheinlich übertreibt sie, dachte Leblanc.

»Also«, sagte Rose, »die hat bestimmt nie gekocht oder einen Garten gepflegt.« Das klang nach einem ultimativen Vorwurf.

Er betrachtete Roses kleines Paradies, das es mit den Gartenbildern jedes Hochglanzmagazins aufnehmen konnte, und verstand, dass es hier um eine Frage der Ehre ging. Er warf einen Blick auf die prachtvolle Klematis, die sich an einem Schuppen hochrankte.

»Haben Sie die Frau vorher schon mal im Dorf gesehen?«

»Nein!«, antwortete sie im Tonfall größter Gewissheit.

Das glaubte er ihr sofort. Auf ihre Adleraugen konnte man sich bestimmt verlassen.

»Und Monsieur Girard, haben Sie den oft gesehen?«

»Den ja. Das war ein ganz Neugieriger. Der fuhr oft mit seinem Fahrrad und in seinen komischen bunten Klamotten durch die Straßen. Wieso muss man sich heutzutage so verkleiden, um Fahrrad zu fahren? Die tun ja alle so, als würden sie bei der Tour de France mitmachen. Finden Sie nicht auch?«

»Doch, doch. Und Girard ist öfter hier entlanggefahren?«

»Ja. Der hat sich die Häuser alle sehr genau angeschaut. Als wolle er ihren Wert einschätzen. Eine komische Angewohnheit.«

»Hat er Sie mal angesprochen?«

»Nein! Der hat auch nie gegrüßt.« Sie winkte ab. »Also, wenn Sie mich fragen … Der war kalt wie eine Hundeschnauze.«

Da hatte sie wahrscheinlich recht.

»Madame Bouet schien aber sehr in ihn verliebt zu sein.«

»Das kann man wohl sagen! Ich hab ihn ein paarmal mit Hélène gesehen. Ich meine, adrett war er ja, wenn er ganz normal angezogen war.«

»Was machten die beiden für einen Eindruck auf Sie?«

»Da war er ganz Kavalier. Hélène hat ihn immer stolz vorgeführt.« Sie schüttelte traurig den Kopf und seufzte. »Arme Hélène! Warum diese jungen, hübschen Frauen nie an den Richtigen geraten, ist mir ein Rätsel. Ich bin froh, dass die Marie ihren Professor endlich in die Wüste geschickt hat. Ich habe mich ja schon immer gefragt, was sie an dem gefunden hat.«

So, jetzt wird es aber wirklich Zeit zu gehen, dachte Leblanc und verabschiedete sich freundlich von Rose, die ihn nur äußerst widerstrebend gehen ließ.

Während er davonschritt, dachte er über ihre letzten Worte nach. Also hatte das Sabbatical von Marie Mercier womöglich mit einer gescheiterten Beziehung zu tun. Und wer war dieser Professor? Das sollte ihm eigentlich egal sein – auch wenn es das nicht war, wie er irritiert feststellte.

*

»Fahr nicht so schnell!«, beschwerte sich Georges. Marie war wie ihre Großmutter – immer musste alles schnell gehen. Hatten die das in den Genen? Er musste sich in den Kurven an dem Türgriff festhalten. Und vor allem konnte er bei dem Tempo nicht sehen, wie weit die Nussbäume gediehen waren, die man letztes Jahr entlang der Straße gepflanzt hatte.

»Wir sind spät dran. Um fünf Uhr sollen wir da sein, aber wir werden es nicht vor Viertel nach schaffen. Augustine hätte auch eine Stunde später essen können«, warf sie ihm vor.

»Ach, jetzt ist Augustine an allem schuld«, empörte er sich. »Es reicht nicht, dass ich, statt gemütlich zu Hause zu sitzen, noch zur Polizei muss. Nein, wegen der Polizei soll ein armes Tier verhungern!«

»Oh, wie schrecklich. ›Verhungern‹ ist bestimmt das richtige Wort. Augustine sieht ja auch so mager aus. Ein armes, unterernährtes Schwein«, erwiderte Marie spöttisch.

»Du wirst dich noch an den *quart d'heure périgourdin* gewöhnen. Schließlich sind wir hier nicht in Deutschland«, stichelte er.

»In Deutschland kennt man das auch. Das akademische Viertel. Aber darum geht es hier überhaupt nicht. Ich hasse es einfach, zu spät zu kommen.«

So war sie: Auf alles hatte sie eine Antwort. Er seufzte. Gleich würde er zum ersten Mal in seinem Leben eine Zeugenaussage machen. Aber er war auch zum ersten Mal in seinem Leben mit einem Mord konfrontiert gewesen. Wie sehr er sich nach seinem Trüffelhain sehnte! Einfach wieder seine Ruhe haben und diesen grässlichen Mord vergessen.

Den Rest der Fahrt schwiegen sie. Marie wirkte angespannt. Als sie das Polizeigebäude betraten, standen da schon der Kommissar, Inspektor Martin und ein einfacher Polizist in einem schmucklosen Raum. Der Kommissar war vorhin ziemlich nett zu ihm gewesen, aber diesmal sah er aus wie eine richtige Amtsperson. Streng und unfreundlich. Mit solchen Leuten hatte Georges es nicht so. Außerdem war der Blick, den der Kommissar Marie zuwarf, mehr als unfreundlich. Georges hatte das Gefühl, dass er sie verteidigen musste.

»Tut mir leid wegen der Verspätung, aber Augustine hatte

Hunger«, sagte er deshalb ungefragt. Vielleicht konnte ja Augustine das Herz dieses Kriminalbeamten erweichen. Die schien er zu mögen.

»Das verstehe ich«, antwortete Leblanc.

Tatsächlich, der mochte Tiere. Also ganz verkehrt konnte er nicht sein.

Ein junger Polizist kam auf sie zu. Georges sah, wie er zu lächeln begann, als er Marie erblickte.

»*Bonjour*, Madame la Commissaire«, begrüßte er sie.

Dann sah der Mann den verärgerten Gesichtsausdruck von Leblanc und korrigierte sich hastig: »Äh, *bonjour*, Madame Mercier.«

Aha, dachte Georges, der Kommissar hat etwas dagegen, dass man Marie mit ihrem Titel anredet. Hatte er etwa Angst, dass sie ihm bei der Ermittlungsarbeit die Show stehlen könnte?

»*Bonjour*, Agent Visla«, antwortete Marie.

Nanu, ihre Stimme klang aber zaghaft! Was war denn hier los?

Visla, der Name sagte ihm etwas. Er hatte einen Lohnarbeiter gekannt, der Visla hieß. Netter Mann. Und tüchtig. Ob dieser Polizist mit ihm verwandt war? Visla war hier kein gängiger Name.

Der Kommissar riss ihn aus seinen Gedanken.

»Also, Kollegen«, wandte Leblanc sich an Martin und Visla, »Sie nehmen die Zeugenaussage von Madame Mercier auf, und der Kollege«, er zeigte auf den zweiten Polizisten in Uniform, den Georges auch schon am Tatort gesehen hatte, »und ich, wir nehmen die Aussage von Monsieur Fabre auf.« Er drehte sich zu Georges um. »Folgen Sie mir bitte.«

*

Marie dachte über die seltsame Begrüßung nach, als sie den Raum betrat. Leblanc hatte sie keines Blickes gewürdigt. Sie versuchte, sich davon zu überzeugen, dass es ihr egal war. Vergeblich. Genauer gesagt, es kränkte sie. Er tat so, als wäre sie an allem schuld. Aber wenn er auf ihre Anrufe reagiert hätte, dann wären sie jetzt vielleicht nicht hier.

Sie setzte sich dem rundlichen Martin gegenüber. Er legte Aufnahmegerät, Papier und Stift in ordentlicher Reihe auf den grauen Kunststofftisch und betrachtete kurz sein Werk. Visla saß zwei Stühle weiter und schien nicht so richtig zu wissen, wo er hinschauen sollte.

Der Inspektor schaltete das Aufnahmegerät ein und räusperte sich. »So, Madame Mercier, und nun erzählen Sie bitte für das Protokoll, wie es zu Ihrer Begegnung mit Madame Lacroix kam und wie sie abgelaufen ist.«

Marie lehnte sich in dem unbequemen Stuhl zurück, legte beide Hände auf den Tisch und schilderte der Reihenfolge nach, was passiert war. Martin stellte ab und zu eine Zwischenfrage und machte sich viele Notizen. Er war höflich und wirkte sehr aufmerksam.

Nach einer Stunde waren sie fertig, und Marie unterschrieb ihre Aussage. Martin bedankte sich, und sie hatte das Gefühl, dass er ihre – ja, wie sollte man das nennen? – Zusammenarbeit als angenehm empfunden hatte. Visla schien erleichtert zu sein, nickte freundlich, und gemeinsam verließen sie den Raum. Martin trat in ein Büro, während Visla und sie zum Ausgang weitergingen. Am Eingang sah sie Georges, der auf einem unbequemen orangefarbenen Plastikstuhl saß. Als sie näher kam, sprang er auf.

»Na endlich!«, rief er erleichtert. »Jetzt aber nichts wie weg. Hier kommt man sich ja vor wie ein Krimineller. Außerdem musste ich alles, was ich am Mittag schon gesagt hatte, noch mal ganz von vorn erzählen.« Er war sichtlich empört.

»So ist das nun mal bei einer Zeugenaussage«, versuchte sie, ihn zu besänftigen. »Aber ja, lass uns gehen.«

Sie drehte sich zu Visla um.

»*Au revoir!*«, sagte sie, und er erwiderte den Abschiedsgruß. Ein weiteres »*Au revoir!*« rief sie laut Richtung Nebenzimmer.

Daraufhin trat Inspektor Martin aus dem Büro, kam zu ihr und verabschiedete sich freundlich. »*Bonne soirée.*«

Und Leblanc? Der hatte es anscheinend nicht nötig, sich zu verabschieden. Zielstrebig ging Marie mit Georges zum Auto. Er hatte recht. Nichts wie weg von hier!

Kapitel 16

»Warum dauert das so lange?«

Léonie war besorgt. Die Tourin blanchi, die Knoblauchsuppe, die Marie so gern mochte, stand bereits seit einiger Zeit auf dem Herd, und die Maronen waren aufgeschnitten und brauchten nur noch im Ofen geröstet zu werden. Dazu würde es Salat und Käse geben. Das Abendessen war also vorbereitet und der Tisch gedeckt. Rose hatte ihr vorhin eine Schale Himbeeren gebracht. Dabei hatte sie ihr erzählt, dass sie gestern noch mit der Frau, die ermordet worden war, und heute mit dem Kommissar gesprochen hatte. Was würde die Polizei ohne Rose aus Saint-André nur machen?! Würde es Rose nicht geben, müsste man sie erfinden! Dann hatte sie nicht aufgehört, von diesem Leblanc zu schwärmen, und schließlich gesagt: »So einen wie den Kommissar müsste die Marie kennenlernen.« Irgendwann war es Léonie doch zu viel geworden, und sie hatte sich unter dem Vorwand, dass gleich etwas im Backofen anbrennen würde, von der Nachbarin verabschiedet.

Nun hatte sie sich draußen in dem alten Korbsessel unter dem Küchenfenster niedergelassen. Das war ihr Stammplatz. Madeleine hatte stets auf der Bank gesessen. Was hätte ihre Schwester zu alledem gesagt? Wäre sie Marie eine bessere Stütze gewesen? Die letzten Sonnenstrahlen wärmten Léonies dünne Beine. Sie schloss die Augen, um den Moment zu genießen, aber ihre Gedanken kreisten um den heutigen Mord. Sie schauderte. Wieder war das Opfer jemand gewesen, der nicht aus dem Ort stammte. Wer hat hier etwas gegen Fremde im Dorf?, überlegte sie. Ihr fiel niemand ein außer Julien. Konnte dieser arme Teufel dahinterstecken? Seit der vermaledeiten Scheidung von Loren hatte er sich in eine Art Fremdenhass hineingesteigert. Am liebsten hätte er jeden Kontakt zu Auswärtigen vermieden. Doch als Dachdecker konnte er sich das nicht leisten, da es vor allem Großstädter und Ausländer waren, die hier Häuser renovieren ließen. Über die redete er meistens auch schlecht. War seine fanatische Wut auf alle Fremden im Laufe der Jahrzehnte so groß geworden, dass er dieses Gefühl nicht mehr unter Kontrolle hatte? Wenn Julien tatsächlich etwas mit den Mordfällen zu tun hätte, dann wäre auch Marie in Gefahr.

Endlich hörte sie das Auto. Am liebsten wäre sie Marie und Georges entgegengeeilt, aber sie wollte nicht zeigen, wie besorgt sie war.

»Ach, da seid ihr ja schon!«, begrüßte Léonie sie scheinbar völlig entspannt und blieb ganz bewusst sitzen.

»Schon!«, ärgerte sich Georges. »Man merkt, dass du noch nie bei der Polizei warst. Ich dachte, die lassen Marie nie mehr gehen. Das hat eine Ewigkeit gedauert bei ihr. Unmöglich, was die einem zumuten.«

Léonie beobachtete die beiden. Irgendwie waren die Rollen vertauscht. Aus Georges sprudelte es nur so heraus, während Marie ungewöhnlich still blieb.

»Aber dieser Agent Visla scheint ein netter Bursche zu sein«, fuhr er fort. »Ich frage mich, ob er nicht der Sohn von dem Hilfsarbeiter ist, der uns früher ein paarmal bei der Walnussernte geholfen hat.« Er sah Marie mit hochgezogenen Augenbrauen an.

Sie zuckte nur mit den Schultern und sprach weiterhin kein Wort.

»Das Essen ist übrigens so gut wie fertig«, sagte Léonie. »Isst du mit uns, Georges?«

»Wenn's sein muss.«

Léonie war nicht im Mindesten gekränkt. Sie wusste nur zu gut, was das übersetzt hieß: »Ja, sehr gern. Ich kann's kaum erwarten.«

Aber so waren sie beide nun mal – nie Gefühle zeigen. Als wäre das eine Schande. So hatten sie ein Leben lang Verstecken gespielt. Und das würden sie jetzt auch nicht mehr ändern.

Sie gingen alle drei in die Küche, und Marie hob den Deckel vom Kochtopf. Léonie sah, wie sich ihre Miene aufhellte. Und Marie fand auch ihre Sprache wieder.

»Oh, eine Tourin blanchi! Wie wunderbar, das ist für mich das Highlight des Tages.«

Die Knoblauchsuppe war das erste Rezept, das Léonie ihr beigebracht hatte. Daraufhin hatte Marie die Idee mit dem Heft gehabt und sich Zutaten und Zubereitung notiert. Wasser, Gänseschmalz, Knoblauch, Zwiebeln, Eier und Brot – mehr brauchte man nicht dafür. Einst ein Armeleutegericht, das heute in allen Restaurants der Gegend als besondere Delikatesse angeboten wurde. Verrückte Welt!

Die beiden Frauen stellten das Essen und die Getränke auf den Tisch und nahmen dann Platz. Während Georges seine Suppe schlürfte, wandte Léonie sich an Marie.

»Was hast du denn so lange mit dem Kommissar besprochen?«

»Georges war bei ihm. Mich ignoriert er.«

Sie war offensichtlich geknickt. Und das nur, weil der Kommissar nicht mit ihr geredet hatte?, wunderte sich Léonie. Sie musste kurz an Rose denken, die so von ihm geschwärmt hatte.

»Er ist sauer auf mich«, erklärte Marie. »Allerdings muss ich zugeben, dass ich mich ihm gegenüber nicht sehr kollegial verhalten habe.«

Léonie überlegte, wie sie Marie aus der Patsche helfen konnte. »Warum entschuldigst du dich nicht einfach bei ihm und versprichst, dass das nie mehr vorkommen wird? Und als kleine

Wiedergutmachung lädst du ihn für morgen zum Mittagessen ein. Ich habe noch das Perlhuhn im Kühlschrank liegen.«

Marie entglitten die Gesichtszüge. Sie starrte Léonie an, als hätte diese ihr vorgeschlagen, zum Mond zu fliegen.

»Bist du verrückt? Der kommt bestimmt nicht.«

»Meiner Pintade Périgourdine hat bis jetzt noch keiner widerstehen können«, entgegnete Léonie selbstbewusst. »Du kennst doch die alte Weisheit: Liebe geht durch den Magen. Unterschätze also nie die Macht des Bauches. Der Kommissar wird dir verzeihen, wenn es uns gelingt, seinen Bauch glücklich zu machen.«

»Dem kann ich nur zustimmen«, pflichtete Georges ihr bei, und Léonie sah mit einem Anflug von Rührung, wie er einen guten Schluck Rotwein in seinen Teller goss, um ihn mit dem letzten Rest Suppe zu vermischen. Dieses *Faire Chabrot* war eine alte und beliebte Tradition im Périgord. »Sieh mich an«, fuhr er fort. »Mein Bauch und ich, wir sind dir enorm dankbar, liebste Léonie.«

»Ihr zwei spinnt ja«, sagte Marie und schüttelte lachend den Kopf.

Endlich entspannt sie sich, dachte Léonie. »Nein, das ist alles andere als Spinnerei«, sagte sie. »Außerdem sind wir Périgourdiner für unsere Gastfreundlichkeit berühmt. Los, ruf ihn an!«

»Jetzt? Nein, ganz sicher nicht.«

»Dann schick ihm eine Nachricht mit deinem Telefon. Das machst du ja sonst auch den halben Tag.« Marie schaute sie unschlüssig an. Léonie fühlte, dass sie sie fast überredet hatte, und nickte ihr aufmunternd zu. »Mach schon. Danach wird dir viel leichter sein. Und womöglich werdet ihr anschließend so gut zusammenarbeiten, dass ihr die beiden Mordfälle rasch aufklären könnt.«

»Okay, ich versuch's.« Marie nahm ihr Handy und begann zu tippen. Nach einem Moment hielt sie inne und drehte sich zu Léonie um.

»Morgen Mittag?«

»Ja, aber du musst mir am Vormittag beim Kochen helfen.«

Marie nickte und schrieb weiter. Schließlich gab das Handy dieses seltsame Abflussgeräusch von sich.

»So, jetzt ist es raus. Wenn die Sache schiefgeht, bist du schuld.«

»Damit kann ich leben«, erwiderte Léonie, die höchst zufrieden mit sich war.

Sie aßen weiter, und Léonie war glücklich, dass die Stimmung sich zunehmend entspannte. Georges gab wieder irgendwelche Heldentaten von Augustine zum Besten, und Marie lachte herzhaft darüber. Als sie beim Käse angelangt waren, meldete sich Maries Telefon. Eine SMS. Marie ergriff das Handy, schaute auf das Display, las den Text – und legte das Telefon wieder weg, ohne eine Miene zu verziehen.

»Und?«, fragte Léonie voller Ungeduld.

Marie trank einen Schluck Wein. »Er hat die Entschuldigung angenommen und kommt zum Essen. Um halb eins.«

*

Leblanc hatte die SMS zweimal lesen müssen, weil er zunächst nicht glauben konnte, was er da sah. Die hat ja Nerven!, dachte er und lehnte sich in seinem gemütlichen Lieblingssessel zurück. Nach diesem furchtbaren Tag saß er endlich im Wohnzimmer und genoss sein behagliches Heim. Er bewohnte ein gediegenes Art-déco-Einfamilienhaus in einem ruhigen Viertel von Périgueux. Valérie hatte es von einer Tante geerbt, und sie hatten es über die Jahre liebevoll renoviert. Für ihn allein war es eigentlich viel zu groß, aber er würde sich wahrscheinlich nie dazu durchringen können, es zu verkaufen. Er wollte es auch für Alexandre behalten. Vielleicht würde sein einziger Sohn sich ja irgendwann mal von seinem unsteten Marine-Leben auf hoher See verabschieden. Zumindest wünschte Leblanc sich das.

Seine erste Reaktion auf die SMS war gewesen, die Entschuldigung sowie die Essenseinladung schroff zurückzuweisen. Aber in Wahrheit widerstrebte ihm das, wie er sich inzwischen eingestehen musste.

Zum einen, weil Marie ihm nach wie vor gefiel – er nannte sie inzwischen im Stillen beim Vornamen –, und zwar nicht nur wegen ihrer beruflichen Kompetenz. Er mochte ihre etwas raue Stimme. Und auch die Art, wie sie gedankenverloren ihre schönen dunklen Locken zu einem improvisierten Dutt schlang, machte etwas mit ihm. Und diese Augen: tiefgründig und klug. In ihnen drückten sich ihr Verständnis für andere Menschen, ihre Hilfsbereitschaft und Besonnenheit aus. Er glaubte nicht, dass man ihr etwas vormachen konnte, und war im Grunde beeindruckt von ihrer Entschlossenheit, sich in einen Fall hineinzuknien und gegen jegliche Widerstände daran weiterzuarbeiten.

Zum anderen, weil er sich fragen musste, ob er sich an ihrer Stelle nicht genauso verhalten hätte – und ob er nicht gar eine gewisse Mitschuld trug. Immerhin hatte sie mehrmals versucht, ihn zu erreichen, und ihm war einfach nicht in den Sinn gekommen, dass es sich um etwas Dringendes handeln könnte.

Er unterhielt sich mit Valérie über diese Angelegenheit. Und sie gab letzten Endes den Ausschlag. »Ich fände es gut, wenn du dich mit deiner Kollegin versöhnst, zumal sie den ersten Schritt gemacht hat«, hob Valérie hervor. »Du bist immer ein friedfertiger Mensch gewesen, und das sollte auch so bleiben.«

»Und du hast nichts dagegen? Immerhin ist sie eine attraktive Frau.«

»Nein. Ich weiß doch, dass du eine treue Seele bist und ich immer in deinem Herzen sein werde. Egal, was passiert.«

Und so nahm er wieder sein Telefon zur Hand und schrieb eine kurze Antwort – dass er die Entschuldigung ebenso wie die Einladung zum Essen akzeptiere und am nächsten Tag um halb eins kommen würde.

Danach legte er sich mit einer neuen Publikation über Steinzeithöhlen des Périgord ins Bett. An entspannte Lektüre war allerdings nicht zu denken. Diese beiden Morde gingen ihm nach. Einer davon war noch völlig ungeklärt – und das auch nach drei Tagen noch. Leblanc überlegte, woher Monique Lacroix von Girards Tod hatte wissen können. Wenn sie ein Paar und/oder Komplizen gewesen waren, musste sie sich gewundert haben, dass Girard sich plötzlich nicht mehr meldete und auch nicht ans Handy ging. Aus der Zeitung konnte sie es nicht erfahren haben: Es hatte zwar einen Artikel in der *Sud-Ouest* über den Mord gegeben, aber der Name des Opfers wurde darin nicht erwähnt. So war sie gezwungen gewesen, Nachforschungen anzustellen. Da sie sicherlich wusste, wo sich Girard gerade aufhielt, machte sie sich auf den Weg nach Saint-André und erfuhr dort von seiner Ermordung.

Leblanc stutzte. Vielleicht war es auch ganz anders gewesen: Madame Lacroix hatte ihren Geliebten erschossen, weil sie auf die schöne und zwanzig Jahre jüngere Hélène Bouet eifersüchtig gewesen war. Girard könnte ihr seine neue Beziehung verheimlicht haben. Doch in dem Fall stellte sich die Frage, wie Madame Lacroix an Lavauds Waffe gekommen war. Das wäre nur möglich gewesen, wenn die beiden sich kannten. Lavaud hätte ihr dann seine Waffe gegeben, um den Radler zu beseitigen, und sich nach dem Mord wegen irgendeiner Sache so heftig mit ihr gestritten, dass er sie loswerden musste.

Leblanc fiel es jedoch schwer, dem verloren wirkenden Mann eine solche Hinterhältigkeit zuzutrauen.

Donnerstag

Kapitel 17

Leblanc hatte noch unter der Dusche gestanden, als der Präfekt ihn am frühen Morgen anrief. Eigentlich erstaunlich, dass er nicht schon früher angerufen hatte. Er kam sofort auf den Punkt: Ein zweiter Mord in einem so verschlafenen Dorf, und bislang waren beide noch ungelöst. Wie konnte das sein?

»Gestern habe ich übrigens bei einem Empfang den Bürgermeister von Saint-André getroffen – wie heißt er noch mal?«

»Dubosc«, antwortete Leblanc, der sich das Telefon zwischen Schulter und Ohr geklemmt hatte, um sich abzutrocknen.

»Genau. Ein sehr angenehmer, intelligent wirkender Mann. Er hat mir gesagt, er hätte Ihnen seine tatkräftige Unterstützung angeboten.«

»Ja, das stimmt«, erklärte der Kommissar tapfer. Duboscs tatkräftige Hilfe – das fehlte ihm noch.

»Na also! Vergessen Sie bitte nicht, dass bald Wahlen sind. Ich möchte, dass der Fall geklärt ist, bevor wir in den Wahlkampf gehen. Ich verlasse mich auf Sie. *Au revoir.*«

»Das können Sie. *Au revoir*, Monsieur le Préfet.«

Noch so ein Wichtigtuer. Leblanc hakte das Gespräch ab, ohne sich weiter darüber aufzuregen. Er ließ sich schon lange nicht mehr von diesen Schreibtischtätern unter Druck setzen. Das hatte er Valérie zu verdanken. Immer brav zuhören, ohne zu widersprechen, und anschließend weiter das tun, was man zu tun hatte. Niemand brauchte ihn daran zu erinnern, seine Arbeit zu erledigen.

Er kochte sich schnell einen Kaffee und dachte an die Einladung zum Mittagessen, die er angenommen hatte. Ob das wirklich eine gute Idee gewesen war? So ganz sauber war es aus beruflicher Sicht nicht, denn im Grunde genommen durfte er Marie Mercier als Täterin oder Komplizin nicht ganz ausschließen.

Er war spät dran, und so machte er sich rasch auf den Weg zum Präsidium, das im Zentrum von Périgueux lag. Im Büro würde er gleich Martin treffen, der die Konten von Madame Lacroix unter die Lupe genommen hatte. Um seinem Mitarbeiter eine kleine Freude zu machen, hielt Leblanc an seiner Lieblingsbäckerei an und kaufte Chouquettes. Martin liebte diese kleinen Windbeutel mit Hagelzucker.

Als er das Büro betrat, das er sich mit dem Inspektor teilte, duftete es nach Kaffee. In Wirklichkeit war dies Martins Reich. Er hatte nach und nach Pflanzen, Geschirr und diverse kleine Deko-Objekte herbeigeschafft. Es war erstaunlich gemütlich, und Mitarbeiter aus den Nachbarbüros kamen gern auf eine Tasse Kaffee vorbei, der hier hervorragend schmeckte. Aber vor allem war das Büro sehr gut organisiert, Martin fand stets mit einem Griff, wonach er suchte.

Leblanc legte die Tüte mit dem Gebäck auf den aufgeräumten Schreibtisch des Inspektors.

»Oh, *merci*, Chef!«

Leblanc goss sich einen Kaffee ein. »Also, dann erzählen Sie mal.«

»Die Lacroix war verschuldet«, berichtete Martin mit vollem Mund.

»Ich dachte, ihr Laden in Bergerac lief gut.«

»Ja, und eigentlich gehörte ihr das Haus auch, in dem der Laden und ihre Wohnung sind. Aber vor einiger Zeit hat sie eine Hypothek aufgenommen. Jetzt gehört es also zum großen Teil der Bank.«

»Hat sie Erben?«

»Es gibt einen Cousin, mit dem ich telefoniert habe. Die beiden hatten allerdings seit Jahren keinerlei Kontakt. Ihr Tod scheint ihn ziemlich kaltzulassen, aber er hat versprochen, die Beerdigung zu organisieren, sobald der Leichnam von der Rechtsmedizin freigegeben wird.«

»Was ist eigentlich mit der Beerdigung von Girard?«

»Der liegt noch in der Pathologie. Keine Ahnung, was dann geplant ist. Er hat einen Bruder in Italien, aber der will sich um nichts kümmern. Für ihn war Franck Girard schon lange tot.«

»Na, das sind ja herzerwärmende Familiengeschichten. Zurück zu den Schulden von Madame Lacroix: Wie ist es dazu gekommen?«

»Ich weiß bis jetzt nur, dass es vor zwei Jahren angefangen hat. Davor war sie immer im satten Plus.«

»Und was ist passiert?«

»Schwer zu sagen. Sie hat plötzlich immer weniger eingezahlt und sehr viel Bargeld abgehoben.«

»Könnte das zeitlich mit der Pleite von Girard übereinstimmen?«

»Das habe ich überprüft. Und ja, in etwa zu der Zeit könnte es angefangen haben.«

Martin war ganz in seinem Element, er liebte Zahlen. Irgendwann hatte er Leblanc einmal erzählt, dass er ursprünglich Steuerberater hatte werden wollen. Für Leblanc eine Horrorvorstellung. Gut, dass Martin sich anders entschieden hatte. Er war ein angenehmer Kollege, und wenn man ihn an seinem Schreibtisch frei schalten und walten ließ, lief er zur Höchstform auf.

»Was ist mit den Möbeln im Laden? Die dürften ein Vermögen wert sein.«

»Ja, aber der Großteil der Ware ist auf Kommission.«

»Hatte sie außer der Hausangestellten weitere Bedienstete, von denen wir etwas über sie erfahren könnten?«

»Nein, nicht mehr. Sie hat alles allein gemacht, seit sie vor zwei Jahren ihrer Sekretärin gekündigt und sich von ihrem Steuerberater getrennt hatte.«

»Also auch ihre Steuererklärung? Das kommt mir seltsam vor. Kontaktieren Sie die beiden. Mal schauen, was sie dazu sagen.«

Leblanc nahm einen Schluck Kaffee. Warum war diese erfolgreiche Frau plötzlich vom Kurs abgekommen? Wie hatte sie Girard kennengelernt? Vielleicht war er ja ein Gigolo, ein Schönling, der Frauen ausbeutete. Immerhin hatte er auch Hélène Bouet gekonnt die große Liebe vorgespielt. Apropos Hélène Bouet – hatte die Lacroix von ihr gewusst? Und wenn ja, war sie mehr oder weniger damit einverstanden gewesen, dass Girard eine intime Beziehung zu der zwanzig Jahre jüngeren Frau hatte? Auch wenn die weibliche Psyche für Leblanc ein großes Mysterium war, erschien ihm das doch eher unwahrscheinlich.

»Bleibt noch zu klären, wie Girard die Frauen kennengelernt hat«, sagte er. »Über ein Dating-Portal? Martin, überprüfen Sie den Computer von Monique Lacroix, und ich werde gleich Hélène Bouet dazu befragen!«

Der Inspektor notierte eifrig alles in ein Heft. Auch in dieser Hinsicht war er sehr ordentlich. Er benutzte Hefte in unterschiedlichen Farben, dahinter steckte bestimmt System, aber was es genau damit auf sich hatte, wusste Leblanc nicht. Die vollgeschriebenen Hefte wurden dann fein säuberlich auf einem Regal in einem knallbunten Geschenkkarton verstaut. So war Martin eben: zuverlässig und manchmal ein wenig kindlich.

Leblanc hatte nie das Bedürfnis verspürt, sich Notizen zu machen. Die Dinge mussten sich von allein einen Weg in sein Gehirn bahnen. Als er noch Inspektor gewesen war, hatte ihm das regelmäßig Ärger mit seinen Vorgesetzten eingebracht. In seiner Schublade lagen etliche Hefte, die er gekauft hatte, um sich bei Befragungen den Anschein zu geben, dass er Wichtiges notierte. Sie waren alle unbenutzt. Er beschloss, sie gelegentlich Martin zu schenken.

»So, und jetzt muss ich los. Ich will mir das Anwesen von Madame Durand aus der Nähe ansehen. Und anschließend bin ich zum Mittagessen verabredet. Ich komme so gegen drei Uhr wieder.«

»Und mit wem sind Sie verabredet?«, wollte Martin wissen.

Auf die Frage war Leblanc nicht vorbereitet. Sonst war der Inspektor immer sehr diskret. Und nach dem gestrigen Tag widerstrebte es ihm zu erzählen, dass er eine Privateinladung bei Marie Mercier angenommen hatte.

»Was Privates. Ein Mittagessen bei einer entfernten Tante.«

Leblanc registrierte den Anflug eines Schmunzelns auf dem Gesicht des Inspektors. Zum Glück hakte er nicht nach und sagte nur respektvoll: »Dann bis später, Chef.«

Martin war es sichtlich recht, sein Reich wieder für sich zu haben. Leblanc dachte, dass sie nach knapp zehn Jahren Zusammenarbeit etwas von einem alten Ehepaar hatten. Nur dass sie sich noch nie gestritten hatten.

*

Léonie holte die durch kleine Backpapierblätter voneinander getrennten Trüffelscheiben aus dem Tiefkühlfach, die sie letzten Winter eingefroren hatte. Marie stand neben ihr und trug eine dämliche »Ich bin hier der Boss«-Schürze, die sie ihrer Großtante vor einer Ewigkeit zu Weihnachten geschenkt hatte. Das hatte sie nun davon. Vor ihr auf dem Küchentisch lag ihr Rezeptheft.

»Als Erstes machen wir die Füllung«, ordnete Léonie an. »Haben wir alles?«

Marie zählte auf, was sie auf der Anrichte deponiert hatten: »Esskastanien, Cognac, Trüffel, Gehacktes, Ei, Kräuter, Gewürze.«

»Gut. In der Zeit, in der du die Farce machst, platziere ich die Trüffelscheiben zwischen Fleisch und Haut. So zubereitetes Geflügel nennt man wegen des schwarzen Musters der Trüffel auch *demi-deuil*.«

Halbtrauer, das passt ja prima zur Situation, dachte Marie und machte sich die entsprechenden Notizen. Dabei hatte sie sich vorgenommen, diesen Vormittag nicht an die Morde zu denken. Sie war wieder Privatperson und wollte sich auf keinen Fall weiter einmischen. Sie hatte ohnehin reichlich zu tun und rief ihre mentale To-do-Liste auf: Mamies Auto ummelden, wofür sie dem Gesetz nach einen Monat Zeit hatte. Olivier auf seine E-Mail aus Quebec antworten. Auch wenn das Schreiben von Mails eigentlich gegen ihre gemeinsam getroffene Vereinbarung verstieß. Paulines zukünftiges Zimmer streichen und einrichten. Vielleicht würde ihre Kollegin ja dann regelmäßig zu Besuch kommen. Und sie musste eine Entscheidung in Sachen Küchenumbau treffen. Am Morgen hatte Lambert ihr einen Kostenvoranschlag für seine Arbeiten in den Briefkasten gelegt. Ein Freundschaftspreis war das zwar nicht, aber im Großen und Ganzen war die Summe angemessen. Wenn sie sich darauf einließ, musste bald ein Termin vereinbart werden. Immerhin stand der Herbst vor der Tür, und bis dahin sollte das Haus möglichst gemütlich sein – muckelig, wie man im Rheinland sagte. Sie musste innerlich schmunzeln, denn auf Französisch gab es keine Entsprechung für gemütlich. Da gab es nur das Wort *confortable*, aber das bedeutete eher »bequem«. Die Gemütlichkeit gehörte den Deutschen.

Léonie unterbrach ihre Gedankengänge. »Sag mal, dein Kommissar …«

»Er ist nicht mein Kommissar!«

»Ist der verheiratet?«

»Du stellst Fragen! Keine Ahnung.«

Marie musste sich eingestehen, dass sie fast gar nichts über Leblanc wusste, außer dass er in Périgueux arbeitete und gern aß. Und dass er sich für die Steinzeit interessierte.

»Und, sieht er gut aus?«

»Sag mal, willst du mich verkuppeln? Ganz schlechter Zeitpunkt.«

»Schon gut. Mademoiselle ist anscheinend sehr dünnhäutig heute«, stellte Léonie amüsiert fest.

»Nur zu deiner Info: Heutzutage heißt das Madame, zumal wenn die Frau, mit der du redest, schon vierunddreißig Jahre alt ist.«

»Das ist doch gar nichts. Ich bin achtzig und immer noch eine Mademoiselle. So nennt man das eben, wenn man nicht verheiratet ist«, scherzte Léonie weiter. Sie hielt auf Traditionen.

Jetzt musste auch Marie schmunzeln.

*

Es war wirklich ein prächtiges Anwesen. Leblanc hatte vor dem Haupteingang geparkt und schritt über den breiten Kiesweg auf das herrschaftliche Haus zu. Gestern Nachmittag hatte er Hélène Bouet angerufen und sie gebeten, Madame Durand besuchen zu dürfen. Vielleicht hatte die alte Dame etwas gesehen. Die Kellnerin hatte eingewilligt, meinte allerdings, dass er sich nicht zu viel von einer Unterredung versprechen dürfe, denn der Zustand ihrer Pflegemutter verschlechtere sich von Tag zu Tag. Der Kommissar fand, dass es dennoch einen Versuch wert war. Vielleicht erwischte er einen ihrer hellen Momente.

Die junge Frau erwartete ihn oberhalb der prachtvollen Steintreppe, die zum Hauseingang hinaufführte. Sie sah gepflegter und nicht mehr ganz so erschöpft aus wie am Vortag. Anscheinend hatte sie sich etwas gefasst. Von Marie wusste er, dass Hélène hier aufgewachsen war und nach Girards Tod ihre Wohnung im Dorf erst einmal verlassen hatte, um vorübergehend wieder bei der alten Dame einzuziehen und sie zu betreuen.

»*Bonjour*, Madame Bouet«, rief er zu ihr hoch. »Haben Sie etwas dagegen, wenn ich mich hier draußen kurz umschaue?«

»Natürlich nicht. Ich koche in der Zwischenzeit Kaffee.«

Sie lächelte ihn freundlich an und verschwand im Haus.

Er ging hinüber zu der Pergola. Dort, im Schatten der duftenden Kletterrosen, genoss er den Blick auf das Haupthaus und die Nebengebäude. Dann schlenderte er durch die penibel gepflegte Parkanlage. Das Gelände war wunderschön, wirkte zugleich aber eigenartig verlassen. Nicht eine Schubkarre, nicht ein Rechen, nicht ein Fahrrad, nicht ein Liegestuhl standen hier herum. Nichts. Man hörte Vogelgezwitscher und das leise Rauschen des Windes in den Bäumen, doch kein einziges menschliches Geräusch. Dieser Ort hatte etwas von einer Geisterkulisse. Etwas ernüchtert kehrte Leblanc zum Haus zurück.

Hélène musste ihn beobachtet haben, denn sie öffnete die Tür, bevor er sie erreichte, und bat ihn einzutreten.

»Madame Durand ist heute Morgen sehr verwirrt«, sagte sie. »Seien Sie bitte sehr vorsichtig, damit sie sich nicht noch mehr beunruhigt.«

»Selbstverständlich, versprochen. Ich bleibe auch nur kurz.«

Sie durchquerten ein helles Entrée mit alten Spiegeln und eindrucksvollen Gemälden und betraten ein weitläufiges Wohnzimmer. Die vier doppelflügeligen Fenstertüren mit Blick auf den Garten waren weit geöffnet, das Parkett knarrte vornehm. Valérie hätte diesen Ort sofort geliebt, dachte Leblanc. Sie hatte ein Faible für diese alten Anwesen aus vergangenen Jahrhunderten und sich gern Geschichten ausgemalt, wie die Menschen dort früher gelebt hatten. Außerdem war sie eine Liebhaberin von Antiquitäten gewesen. Deshalb hatte sie sich auch bemüht, ihr Artdéco-Haus angemessen einzurichten, und nach Möbeln aus dem frühen 20. Jahrhundert gesucht. Regelmäßig waren sie beide auf Flohmärkte in der ganzen Umgebung gegangen, immer in der Hoffnung auf ein Schnäppchen. Leider wurde das immer seltener, denn der Hype um Art déco hatte die Preise in die Höhe schnellen lassen. Doch Valérie hatte nicht aufgegeben – bis zum Schluss.

Leblanc konzentrierte sich wieder auf das Hier und Jetzt. Hélène geleitete ihn zu einem Louis-Seize-Sessel, in dem eine alte, zierliche Dame saß, die ihn mit unsicherem Blick anlächelte.

»Madame Durand, das ist Monsieur Leblanc. Er möchte Sie besuchen«, stellte Hélène ihn vor.

»Ist das ein Schulkamerad von dir?«

»Ein Bekannter.«

Leblanc musste unweigerlich an ein Zitat von Honoré de Balzac denken: »Das Gedächtnis ist so kurz und das Leben so lang.« Er nahm in einem Sessel gegenüber der alten Dame Platz.

»Guten Tag, Madame Durand.«

Sie antwortete nicht, sondern schaute stattdessen hilfesuchend zu Hélène, die ihr fürsorglich über die Schultern strich. Die körperliche Berührung schien der alten Dame gutzutun, denn ihre Miene entspannte sich ein wenig.

»Hélène hatte mir erzählt, wie schön Sie es hier haben«, fuhr Leblanc fort. »Und da kann ich ihr nur recht geben. Sie haben ein ganz besonderes Anwesen. Bestimmt gab es schon einige Kaufinteressenten.«

Hélène schüttelte den Kopf, um ihm anzudeuten, dass dieser Gesprächseinstieg keine gute Idee war.

Und das war er auch nicht.

»Es steht nicht zum Verkauf.« Die alte Dame verkrampfte sich und schlug einen empörten Ton an. »Das Haus gehört meinem Vater.«

Hélène schaute Leblanc leicht vorwurfsvoll an.

»Ich bitte um Verzeihung, das war eine dumme Frage«, sagte er. »So ein schönes Haus sollte man auch nicht verkaufen.«

»Außerdem bespricht Papa alles mit Henri, er vertraut ihm«, ergänzte die alte Dame und starrte ihn zunehmend feindselig an.

Hélène hatte leider recht gehabt – die arme Frau würde ihm nicht weiterhelfen können. Er stand auf. »Dann will ich Sie nicht länger stören, Madame. Es hat mich gefreut, Sie kennenzulernen.«

»Auf Wiedersehen, junger Mann«, antwortete die alte Dame, deren Stimme plötzlich sehr matt klang. Sie hatte nichts Kämpferisches mehr an sich, sondern wirkte wie ein hilfloses junges Vögelchen, das aus dem Nest gefallen war.

Hélène erhob sich ebenfalls und begleitete den Kommissar nach draußen. Auf dem Kiesweg blieben sie stehen.

»Worunter leidet Madame Durand genau?«

»Alzheimer. Sie wird schnell ungeduldig und ungerecht. Was sie früher nie war! Und in ihrem Kopf nimmt die Vergangenheit immer mehr überhand. Es bricht mir das Herz, sie so zu sehen.«

»Wer ist dieser Henri, den sie erwähnt hat?«

»Ich glaube, er war der Sekretär ihres Vaters.«

»Wer behandelt Madame Durand?«

»Unser Hausarzt in Montignac.«

»Wie heißt er?«

Martin sollte ihn mal anrufen und sich genau erklären lassen, worunter die arme Frau litt.

»Warten Sie, ich notiere Ihnen schnell seinen Namen und die Telefonnummer.« Hélène eilte ins Haus zurück und kehrte nach wenigen Augenblicken mit einem Zettel zurück.

Leblanc nahm ihn an sich, schaute kurz darauf und war überrascht angesichts der kindlichen Anmutung ihrer Handschrift.

»Madame Bouet, Sie scheinen sich seit gestern wieder ein wenig gefasst zu haben. Sie sind sehr tapfer.«

»Danke, aber was bleibt mir sonst übrig? Außerdem bin ich das Madame Durand schuldig. Sie hat so viel für mich getan. Und selbst in schwierigen Situationen war sie immer diszipliniert und hat nie geklagt. Sie ist … oder besser gesagt, sie war … ein besonderes Vorbild für mich, dem ich nacheifern will.«

Leblanc nickte. »Ich habe noch eine Frage. Wo haben Sie Monsieur Girard eigentlich kennengelernt?«

»Im Café de la Place. Er kam ein paarmal zum Mittagessen

und hat mich irgendwann gefragt, ob ich nach Dienstschluss mit ihm ausgehen würde.«

»Und haben Sie – wie soll ich sagen – schnell zueinandergefunden?« Seine Formulierung war zugegebenermaßen etwas drollig, und sie schmunzelte.

»Nach ein paar Wochen. Davor hat er mir stilvoll den Hof gemacht und mir Geschenke mitgebracht: Blumen, Schokolade, ein Armband. Und er hat mich auf ein romantisches Wochenende am Meer eingeladen … Er war sehr liebevoll und einfühlsam.« Sie schaute gedankenverloren ins Leere. »Es war eine wunderbare Zeit. Ich war sehr glücklich und hätte meine Hand dafür ins Feuer gelegt, dass er mich liebt.«

»Wer könnte die Fotos gemacht haben, die auf Monsieur Girards Website zu sehen sind?«

»Ich denke pausenlos daran. Der Zustand von Madame Durand hat sich in der letzten Zeit sehr verschlechtert. Bis letzte Woche war sie während ihres Mittagsschlafs immer allein hier, und der dauert meistens bis zum frühen Abend. Wenn Franck nicht nach Bordeaux gefahren ist, wie er es immer vorgegeben hat«, ihre Stimme klang jetzt verbittert, »dann konnte er hier am Nachmittag in Ruhe ein und aus gehen. Die Tür war nie abgeschlossen.«

»Wusste er das?«

»Ja. Und er hat mir sogar Vorwürfe gemacht, weil er das so unvorsichtig fand. Ist das nicht absurd?«

Leblanc nickte. Das war sogar mehr als absurd, das war absolut skrupellos.

»Hier wurde nie abgeschlossen. Und es wurde auch nie eingebrochen. Madame Durand, die eigentlich ein sehr vorsichtiger Mensch ist, hatte diesbezüglich ihre eigene Philosophie. Sie sagte immer, dass Räuber sich von einem Türschloss nicht aufhalten lassen.«

Ihm fiel auf, dass sie in der Vergangenheitsform von Madame

Durand sprach. Die alte Dame musste sich wirklich sehr verändert haben.

»Und was hat Ihrer Ansicht nach Philippe mit dieser ganzen Sache zu tun? Könnte er mit Monsieur Girard und Madame Lacroix gemeinsame Sache gemacht haben?«

»Philippe? Nie im Leben!«

»Warum ist er wohl auf Madame Lacroix losgegangen?«

»Darüber zermartere ich mir schon die ganze Zeit den Kopf ... Ich finde keine Erklärung. Aber hätte ich früher von ihr erfahren, hätte ich sie liebend gern eigenhändig erwürgt.« Sie blickte einen kurzen Moment zu Boden. Mit einer Fußspitze drehte sie Kreise in den Kieselsteinen und schaute dann schwer atmend zu Leblanc hoch. »Und Franck gleich mit.«

Leblanc glaubte ihr aufs Wort, denn er sah die aufkeimende Wut in ihren Augen – und er konnte sie nachvollziehen.

»Ich weiß nicht, wer die beiden umgebracht hat und warum, aber meinen Segen hat der Mörder«, fuhr sie fort. »Tut mir leid. Ich hätte nie gedacht, dass ich je so etwas Brutales sagen würde.«

Er nickte mitfühlend, und sie verabschiedeten sich. Hélène Bouet winkte ihm noch zu, als sie die Treppe wieder hinaufstieg.

Leblanc verließ das Gelände, setzte sich in seinen Wagen und dachte über das Gespräch nach. Ja, das Leben konnte dazu führen, dass man plötzlich seinen moralischen Werten untreu wurde. Die junge Frau hatte im Grunde genommen das stärkste Motiv für beide Morde, sie war aber zu beiden Tatzeiten im Café de la Place gewesen. Das hatte Martin bei der Wirtin überprüft. Hätte sie nicht in beiden Fällen ein Alibi, stünde sie ganz oben auf der Liste der Tatverdächtigen. Konnte sie andere Personen für die Morde beauftragt haben? Wie es aussah, hatte Philippe Lavaud Madame Lacroix umgebracht, auch wenn der sympathische alte Georges Fabre den Mord selbst nicht beobachtet hatte. Angenommen, Lavaud hätte tatsächlich im Auftrag von Hélène Bouet gehandelt – wen hatte sie dann für den Mord an Girard beauftragt?

Lavaud konnte es ja nicht gewesen sein, da er zur Tatzeit am Fluss geangelt hatte. Es musste also noch eine Person involviert sein.

Leblanc entschied, sich die Aussagen der Leute, die sie am Sonntag im Café de la Place befragt hatten, später noch einmal anzuschauen. Vielleicht war ihm etwas entgangen.

Kapitel 18

Marie hatte sich umgezogen und saß auf Mamies Bank in der Sonne. Die Temperatur war mehr als angenehm, genau richtig, um zu entspannen. César und Fido dösten zu ihren Füßen, während sie mit Pauline telefonierte. Ihre Freundin hatte endlich die Zeit gefunden, sich zurückzumelden. Es tat ihr gut, Paulines Stimme zu hören, die allerdings ziemlich verärgert klang.

»Wer Freunde wie dich hat, braucht keine Feinde«, verkündete Pauline überraschend.

»Oh, wie nett!« Marie stutzte. »Was verschafft mir die Ehre dieses Kompliments?«

»Dein Nachfolger ist gestern hier angekommen. Deswegen konnte ich dich nicht früher zurückrufen.«

»Und?«

»Ein Albtraum!«

»Aua. Und wer ist es?«

»Der Name wird dir nichts sagen. Ein alter Sack aus Nantes, der es endlich geschafft hat, sich nach Paris versetzen zu lassen, und hier die Abteilung neu erfinden will.«

»Oh, verstehe, ein nerviger Besserwisser … Das tut mir leid.«

»Das hoffe ich. Dafür musst du büßen, du untreue Seele.«

»Vielleicht kann ich es mit einer Einladung ins Périgord wiedergutmachen?«

»Du meinst, ich soll zu der Baustelle kommen, von der du mir gestern ein Foto geschickt hast? Sehr verlockend.«

Pauline konnte wirklich ein Biest sein – aber ein liebenswertes.

»Was hältst du von Allerheiligen? Danach ist ein Brücken-tag. Den könntest du dir freinehmen und dann vier Tage hier-bleiben.«

Pauline grummelte etwas vor sich hin und antwortete schließ-lich: »Warum nicht?«

Wer sie kannte, wusste, dass dies nicht nur eine sichere Zusage war, sondern eine begeisterte noch dazu. So war sie eben. Ma-rie wurde warm ums Herz. Am liebsten hätte sie ihre Freundin durch das Telefon hindurch umarmt. Aber ein solch starker Be-weis der Zuneigung hätte Pauline nur irritiert.

Aus dem Augenwinkel bemerkte Marie, dass Léonie ihr Kü-chenfenster geöffnet hatte und sie zu sich winkte. Ihre Großtante brauchte offenbar ihre Hilfe. Außerdem fiel ihr im Moment ein, dass Leblanc gleich kommen würde.

»Sorry, Pauline. Ich erhalte gerade einen Notruf aus der Kü-che. Ich melde mich bald wieder.«

»Aus der Küche? Wie spannend!«, spottete Pauline. »Aber wir haben noch gar nicht über deinen Toten gesprochen.«

»Schnee von gestern. Mittlerweile haben wir hier zwei Mord-opfer. Erzähl ich dir demnächst.«

»Wie bitte? Noch ein Mord? Hey, leg bloß nicht auf. Darüber will ich mehr wissen.«

»Tut mir leid. Der Notruf ist dringend.« Marie amüsierte sich köstlich. Pauline platzte jetzt sicherlich vor Neugierde. »Ich rufe dich später wieder an.«

»Du Miststück! Ich bestehe darauf.«

Nachdem die beiden sich mit ein paar weiteren liebevoll gemeinten Sticheleien verabschiedet hatten, eilte Marie in die Küche.

Das Perlhuhn brutzelte im Ofen, und im ganzen Raum duftete es köstlich.

»So, hier bin ich«, sagte Marie. »Was soll ich tun?«

»Ach, ich hatte nur Angst, dass du wieder ewig lange telefonierst und ich dann gleich allein mit dem Kommissar dasitze«, antwortete Léonie. »Schöne Bluse übrigens!«

Marie freute sich. Ein Kompliment von ihrer Großtante – das hatte Seltenheitswert. Marie hatte nach langem Hin und Her ihre Lieblingsbluse angezogen. Sie war türkis mit pastellfarbenen Perlmuttknöpfen und eng tailliert. Die Farbe bildete einen schönen Kontrast zu ihrem dunklen Haar, und der Schnitt brachte ihre sanften Kurven perfekt zur Geltung. Dazu trug sie Jeans und Sandalen mit Absätzen, um neben Leblanc nicht allzu klein zu wirken. Außerdem hatte sie ein Paar Ohrringe angelegt – Perlen in Form von Tropfen. Schlicht und elegant zugleich. Was sie damit bezweckte, war Marie nicht so ganz klar. Immerhin war ihr bewusst, dass sie für den Kommissar schön aussehen wollte, denn trotz ihrer kleinen Auseinandersetzung fand sie ihn sympathisch. Ja, sie mochte Leblanc, nicht nur als Berufskollegen, sondern auch als Menschen. Und obendrein als Mann, wie sie sich eher ungern eingestand.

Der Tisch war für drei gedeckt. Selbstverständlich hatte Léonie auch Georges eingeladen, aber der hatte entschieden abgelehnt. Von der Polizei hatte er erst einmal genug. Marie hatte zunächst eine Tischdecke aufgelegt, dann wieder weggenommen. Der alte Holztisch war einfach zu schön, um ihn unter einer Decke zu verstecken. Und außerdem sollte das Ganze nicht zu festlich wirken. Leblanc durfte nicht den Eindruck bekommen, dass sie sich bei ihm einschmeicheln wollte.

Ihr Blick glitt über das Essen, das bereits auf dem Tisch stand: ein großer Brotlaib, Paté de campagne, Wurst, Radieschen und bunte Cocktailtomaten aus dem eigenen Garten. Eine kleine Vorspeise, bis das Hauptgericht serviert wurde.

Die Hunde schlugen an. Es war zwölf Uhr einunddreißig. Sehr pünktlich – das gefiel Marie.

»*Ma chérie* …« Léonie nickte ihr aufmunternd zu. »Jetzt bist du dran.«

»Wie gesagt, wenn es ein Fiasko wird, bist du schuld.«

»Jaja, ich weiß. Aber jetzt öffne endlich unserem Gast.«

Marie warf noch schnell einen Blick in den Spiegel im Flur, war zufrieden mit dem, was sie sah, und trat hinaus in den Hof. César und Fido bellten noch immer. Schließlich war es ihre Aufgabe aufzupassen. Marie ermahnte sie liebevoll, Ruhe zu geben. Nervös öffnete sie das Tor. Vielleicht war diese Einladung ja doch ein Fehler gewesen.

Leblanc stand vor ihr mit einer Flasche in jeder Hand und lächelte sie entspannt an. Er schien also nicht mehr sauer auf sie zu sein. Das vereinfachte die Situation.

»*Bonjour, entrez!*«, bat sie ihn erleichtert herein.

»Ich wusste nicht, ob Sie lieber Weiß- oder Rotwein mögen, also habe ich vorsichtshalber beides mitgebracht. Hübsche Bluse!«

»*Merci.*« Sie deutete auf die Flaschen und bemerkte: »Das ist ja sehr umsichtig. Folgen Sie mir bitte. Und keine Sorge wegen der Hunde. Die sind ganz harmlos.«

»Das sagen alle Hundebesitzer. Auch nachdem man gebissen wurde«, entgegnete Leblanc, schien den Spruch aber selbst nicht ganz ernst zu nehmen, denn er tätschelte César und Fido, die ihn schwanzwedelnd begrüßten.

Gemeinsam gingen sie in die Küche.

»Mmh, hier riecht es ja himmlisch!«, rief Leblanc, als er eintrat. Er schloss kurz die Augen und sog den Duft tief ein. Das war ganz offensichtlich keine Show, er genoss mit allen Sinnen.

Marie sah, wie er danach seinen Blick durch die helle, gemütliche Küche schweifen ließ. Es war nicht zu übersehen, dass ihm der Raum samt Einrichtung gefiel, und das freute sie – mehr, als sie erwartet hatte.

Er strahlte. »Das ist doch mal eine Küche!«

»Darf ich vorstellen: meine Großtante Léonie Mercier – Kommissar Michel Leblanc.«

»*Enchanté*, Madame Mercier.« Höflich bückte er sich zu der alten Dame hinunter, als er ihr die Hand gab.

»*Bienvenue*, Monsieur Leblanc. Ein Riese wie Sie hat bestimmt Appetit mitgebracht«, antwortete sie augenzwinkernd.

Oh, oh, das kann ja heiter werden, dachte Marie.

»Und ob! Wir Riesen haben immer Hunger – und Durst«, scherzte er und hielt ihr die Weinflaschen hin. »Vielen Dank für die Einladung.«

Die beiden lachten, die Stimmung war auf Anhieb gelöst. Léonie wies Marie an, Leblanc die Weinflaschen abzunehmen, und begab sich zu ihrem Stammplatz am Kopfende des Tischs. Leblanc, ganz Kavalier, rückte ihren Stuhl ein wenig nach hinten, damit sie sich bequem hinsetzen konnte. Daraufhin bedeutete sie ihm, plötzlich ganz Dame, sich zu ihrer Linken zu setzen.

»So habe ich Sie besser im Blick«, sagte sie hoheitsvoll.

»*Très bien, Madame.*«

Die alte Frau schien ihm zu gefallen, und das beruhte wohl auf Gegenseitigkeit, wie Marie in den Augen ihrer Tante lesen konnte. Sie ließ die beiden einen Moment allein und holte einen Korkenzieher. Dann setzte sie sich Leblanc gegenüber. Sitzend kam er ihr nicht mehr ganz so groß vor. Kurzer Oberkörper, lange Beine? Bisher hatte sie nicht darauf geachtet, aber es gefiel ihr, dass sie jetzt mehr auf Augenhöhe waren.

»Einverstanden, wenn wir Weißwein zur Vorspeise nehmen?«, fragte sie eher rhetorisch.

»*Parfait*. Deshalb habe ich eine gekühlte Flasche mitgebracht.« Er nahm ihr die Flasche ab, öffnete sie und goss drei Gläser ein, natürlich Léonie, der Gastgeberin, zuerst. Ein Mann mit Manieren.

Léonie schaute zufrieden. Sie nahm den Brotlaib, machte mit ihrem Messer ein Kreuzzeichen auf der Unterseite und schnitt dicke Scheiben ab.

»Meine Mutter macht das auch immer, bevor sie ein Brot schneidet – wegen der bösen Geister«, bemerkte er lächelnd.

Sie zwinkerte ihm zu. »Kluge Frau, Ihre Mutter.«

»Kommen Sie eigentlich aus dem Périgord?«, fragte Marie.

»Ja, aus dem Norden des Departements. Ich bin in einem kleinen Dorf bei Nontron geboren und aufgewachsen.«

»Dann sind Sie ja ein Einheimischer.« Léonie fand offensichtlich immer mehr Gefallen an dem Kommissar. Sie deutete auf die Vorspeisen. »Wir machen hier kein Getue. Bedienen Sie sich bitte, und zwar reichlich.«

Leblanc nahm sie beim Wort und griff beherzt zu, ohne dabei gierig zu wirken. Das Essen bereitete ihm offenbar einfach Freude. Ein Genussmensch also. Noch etwas, das Marie gefiel. Sie ließ die beiden reden, und Léonie wurde geradezu euphorisch, als Leblanc das Hauptgericht am Geruch erkannte.

»Une Pintade Périgourdine!«, rief er verzückt. »Das habe ich seit einer Ewigkeit nicht mehr gegessen. Eine größere Freude hätten Sie mir nicht machen können, Madame Mercier!« Er strahlte sie an. »Bei uns zu Hause war es übrigens immer Männersache, das Geflügel zu tranchieren. Wenn Sie möchten, übernehme ich das.«

Jetzt ist er zu weit gegangen, dachte Marie. Léonie würde niemanden an ihre Pintade lassen, da hatte sie allzu genaue Vorstellungen.

»Gute Idee, das können Sie gern übernehmen«, antwortete diese. »Aber das Fleisch muss noch zehn Minuten ruhen.«

Marie sah sie verwundert an. In diesem Frauenhaushalt hatte noch nie ein Mann das Fleisch geschnitten. Herzlichen Glückwunsch, Monsieur Leblanc!, dachte sie. So war es nun mal, Léonie war immer für eine Überraschung gut.

Marie knabberte an den Radieschen, während Leblanc sich mit ihrer Großtante über Rezepte austauschte. Die beiden hatten sich viel zu erzählen. Mehr und mehr konnte Marie Léonies Begeisterung verstehen. Dieser Mann hatte wirklich etwas. Ein Genussmensch mit Humor, Manieren, schönen Händen … und einem sehr interessanten Gesicht. Zum ersten Mal konnte sie Leblanc in aller Ruhe betrachten. Seine Augen versprühten Neugierde und Warmherzigkeit. Aber in ihnen lag auch etwas Trauriges.

Er schien auf einmal zu bemerken, dass sie ihn beobachtete, und hob mit einem kurzen Lächeln sein Glas in ihre Richtung. Marie erwiderte diese Geste. Ja, sie las Melancholie in seinen Augen – er hatte etwas sehr Schmerzhaftes erlebt, dessen war sie sich sicher.

*

Leblanc war hingerissen. Das Perlhuhn war nicht nur kunstvoll zubereitet, es schmeckte auch köstlich! Das Fleisch mit den perfekt erhaltenen Trüffelscheiben, die unter der gebräunten, knusprigen Haut schimmerten, war saftig und delikat gewürzt. Dazu gab es ein Maronenpüree und Mini-Pellkartoffeln, die mit Knoblauch und Rosmarin in der Pfanne gebraten worden waren. Diese reizende alte Dame machte der Küche des Périgord wirklich alle Ehre.

Er hob sein Glas und wandte sich an die Gastgeberin. »Sie sind wirklich eine hervorragende Köchin, Madame Mercier. Nochmals herzlichen Dank für diese Einladung und dieses wunderbare Essen!«

Die alte Dame strahlte, während Marie ihn zurückhaltend musterte. Vielleicht traute sie seinem Kompliment nicht und dachte, er würde dies nur aus Höflichkeit sagen. Aber da kannte sie ihn schlecht. Wenn es ums Essen ging, war er sehr kritisch – und immer ehrlich.

»Monsieur le Commissaire, sind Sie eigentlich verheiratet?«, fragte Léonie Mercier plötzlich.

Leblanc war überrascht. Die Frage hatte ihm schon lange niemand mehr gestellt. Er war ja so viele Jahre verheiratet gewesen.

Auch Marie schien überrascht zu sein, denn sie hatte sich ver-
schluckt, griff nach der weißen Leinenserviette und hielt sie sich
vor den Mund. Nun, er würde ehrlich sein. Auch wenn es ihm
noch immer schwerfiel, darüber zu reden.

»Ich bin Witwer. Valérie, meine Frau, ist vor zwei Jahren
an Herzversagen gestorben.« Er wusste, was jetzt folgen würde.
Das Thema sorgte unweigerlich bei seinen Gegenübern für eine
peinlich berührte Reaktion. Das schien sich nicht vermeiden zu
lassen.

»Oh, das tut mir wirklich sehr leid«, sagte Madame Mercier
leise. Bei dem Thema verschlug es also auch ihr die Sprache.

»Das muss es nicht. Valéries Tod ist Teil meines Lebens. So ist
das.« Ihm fiel auf, dass Marie nicht die übliche Reaktion zeigte.
Statt ihm einen mitleidigen Blick zuzuwerfen, sah sie ihn nur interessiert an. Er fragte sich, was in ihrem Kopf gerade vor sich
ging.

Eine unangenehme Stille entstand, die jedoch nach wenigen
Augenblicken jäh unterbrochen wurde.

Ein rot getigerter Kater tauchte plötzlich auf und schnappte
sich die Perlhuhn-Karkasse von der Arbeitsplatte, wobei ein
Topfdeckel mit lautem Geschepper auf den Steinboden fiel.

»Gaston, verzieh dich!«, schimpfte die alte Dame, erhob sich
erstaunlich schnell und verjagte den Kater, der draußen, wie
durch die offene Küchentür zu sehen war, von den zwei Hunden mit Gebell empfangen wurde. Gaston verzog sich knurrend,
musste ihnen aber die Beute überlassen. Das entbehrte nicht
einer gewissen Komik, dennoch hatte die Stimmung an Leichtig-
keit eingebüßt.

»Sagen Sie, werden Sie Philippe noch lange gefangen halten?«,
fragte Madame Mercier, als sie sich wieder setzte.

Ihre Direktheit gefiel ihm, aber bei dem Thema musste er tak-
tisch vorgehen. Es handelte sich schließlich um laufende Ermittlungen.

»Gefangen ist er nicht«, erklärte er. »Er ist in Untersuchungshaft, bis seine Unschuld oder seine Schuld bewiesen ist.«

»Der war schon immer ein Sturkopf, das hat er von seinem Vater. Aber ein Mörder ist er nicht. Sie können mir glauben.«

»Ja, das hat mir Ihre Nachbarin auch gesagt.«

Die rosa Dame hatte ihn vorhin erneut angesprochen, als er an ihrem Garten vorbeigegangen war. Sie war sehr enttäuscht gewesen, dass er in Eile war, und hatte gestaunt, als er bei den Merciers klingelte.

»Rose!«, empörte sich die alte Dame und schlug mit der Faust auf den Tisch. »Die mischt sich auch in alles ein.«

Leblanc ging nicht darauf ein. »Menschen ändern sich manchmal, ohne dass man es wahrnimmt. Monsieur Lavauds unglückliche Lebensumstände könnten dazu beigetragen haben.«

»Der ändert sich nie – das ist ja das Problem!«, erwiderte Madame Mercier.

Er hielt es für wenig sinnvoll, mit ihr eine Auseinandersetzung über den Charakter von Philippe Lavaud zu führen, und wechselte das Thema.

»Bevor ich hierherkam, habe ich Madame Durand besucht. Ihr Zustand scheint besorgniserregend zu sein, und sie wird wohl bald in ein Pflegeheim müssen. Wissen Sie, was dann mit ihrem Anwesen passiert?«

»Hélène wird alles erben«, erwiderte Maries Großtante.

»Die beiden sind nicht verwandt, soweit ich weiß. Das bedeutet also, dass sie sehr hohe Steuern zahlen muss.«

»Madame Durand hat ein großes Vermögen. Es reicht sicherlich aus für die sechzig Prozent Steuern, die Hélène als Nicht-Verwandte bezahlen muss«, sagte Marie.

Endlich beteiligt sie sich wieder an dem Gespräch, dachte Leblanc. Warum war sie bisher so still gewesen? So zurückhaltend hatte er sie nicht eingeschätzt.

»Der zuständige Notar ist übrigens Maître Delmas, er hat seine Kanzlei in Montignac«, fügte sie hinzu. »Bestimmt kann er Ihnen da nähere Auskunft geben.«

»Wenn Girard es auf das Anwesen abgesehen hatte, hätte er nur Hélène heiraten und auf Madame Durands Tod warten müssen«, dachte Madame Mercier laut nach. »Sie wird leider nicht ewig leben, und die arme Hélène brennt doch darauf, endlich unter die Haube zu kommen.«

»Nun, er wollte ja mit Hélène zusammenziehen, aber ich glaube nicht, dass ihn das Anwesen als solches interessiert hat«, mutmaßte Marie. »Ich wette, er wollte es lediglich verkaufen. Für möglichst viel Geld. Und das möglichst schnell.«

Leblanc nickte. Damit hatte sie sicherlich recht, den Gedanken hatte er auch schon gehabt. »Um ein Haus zu verkaufen, muss man es erst einmal besitzen«, setzte er Maries Gedankengang fort. »Madame Durand könnte heute aufgrund ihres geistigen Zustands nicht mal mehr eine Schachtel Pralinen verkaufen, also hatte Girard vermutlich irgendeine unlautere Handlung im Sinn. Vielleicht hat er wieder mit einem Notar kooperiert. Beim Verkauf des Anwesens, das sich direkt neben dem Windpark in der Gironde befindet, hat er ja auch mit einem zusammengearbeitet. Mit so jemandem wäre ein Partner an seiner Seite gewesen, durch den seine Machenschaften einen ›legalen‹ Anstrich erhalten hätten.« Er schaute Marie fragend an. »Wie war noch mal der Name von Madame Durands Notar?«

»Maître Delmas. Ich schicke Ihnen seine Kontaktdaten zu.« Sie griff nach ihrem Telefon.

Leblanc beobachtete sie. Auch als sie den Kopf senkte und konzentriert auf ihr Handy blickte, sah sie hübsch aus. Vor allem die sanfte Linie ihrer Nase gefiel ihm.

Sie schaute wieder hoch. »Ich kann mir allerdings nicht vorstellen, dass Maître Delmas etwas damit zu tun hat. Er ist zwar ganz schön arrogant, aber er ist hier in der Gegend eine angesehene Persönlichkeit und würde sich bestimmt nicht an kriminellen Geschäften beteiligen.«

Aha, sie will mir schon wieder einen ihrer Bekannten als Verdächtigen ausreden, dachte Leblanc.

»Außerdem stammt er aus einer sehr wohlhabenden Familie«, ergänzte Maries Großtante. »Der braucht kein Geld … Eine nette Frau vielleicht, denn seine ist ein Drachen.«

Leblanc schmunzelte. Auf dem Land sprach sich wirklich alles herum. Auch, wer unglücklich verheiratet war. Die beiden Mercier-Damen schienen sich jedenfalls einig zu sein: Dem Notar trauten sie definitiv kein Verbrechen zu.

»Ich werde trotzdem mit ihm reden«, sagte er. »Mir kommt gerade noch ein anderer Gedanke. Als Immobilienhändler eines Objekts in dieser Preisklasse hätte Girard eine Maklergebühr von maximal dreieinhalb Prozent aufrufen können. Also angenommen, er wäre das Anwesen – wie auch immer – tatsächlich für zwei Komma acht Millionen Euro losgeworden, hätte ihm das knapp hunderttausend Euro eingebracht.«

Marie nickte. »Eine Summe, die er mit Madame Lacroix und vielleicht noch mit einem weiteren Komplizen hätte teilen müssen«, sagte sie nachdenklich. »Scheint mir in keinem Verhältnis zu dem Aufwand und dem Risiko zu stehen, die mit solchen Machenschaften einhergehen.«

»Richtig. Es ist unwahrscheinlich, dass ein angesehener Notar seine Lizenz dafür aufs Spiel setzt«, erwiderte Leblanc.

»Das sagt uns aber immer noch nicht, wer diese beiden Menschen umgebracht hat«, warf Madame Mercier ein. »Das bedeutet vor allem, dass ein Mörder hier frei herumläuft. Ich glaube mittlerweile, dass es jemand von hier ist, der keine Fremden mag.«

Das war ja mal eine ganz neue Hypothese. Leblanc mochte diese französische Miss Marple. Was hatte sie wohl noch auf Lager?

Marie schaute sie verwundert an. »Denkst du da an jemand Bestimmten?«

»Na ja, wer mag denn hier keine Fremden? Gerade du müsstest doch wissen, wen ich meine.«

»Doch nicht Julien, oder?«

»Genau den meine ich. Es passt ihm nicht, dass es hier im Dorf immer mehr Fremde gibt. Vielleicht ist er verrückter, als wir dachten.« Die alte Dame wandte sich an Leblanc. »Julien Robert, den sollten Sie sich mal vornehmen!«

Er nickte. »Mach ich.«

Den Zusatz »Chef« verkniff er sich. Und um die schöne Atmosphäre nicht zu verderben, behielt er für sich, dass er ihm bereits begegnet war.

*

Léonie saß allein am Tisch. Marie war aufgestanden, um den Tisch abzudecken, und der nette Kommissar hatte sich dann ebenfalls erhoben, um ihr zu helfen. Jetzt räumten sie die Spülmaschine ein, als hätten sie das ein Leben lang zusammen gemacht. Dieser Mann gefiel Léonie. Er war intelligent, hilfsbereit und schätzte gutes Essen. Alles wichtige Eigenschaften. Ein großer Bär mit einem großen Herzen – neben ihm wirkte Marie noch kleiner, als sie ohnehin schon war. Léonie bemerkte, dass ihre Großnichte sich nur allmählich entspannte. So zurückhaltend und förmlich war sie doch sonst nicht. Dabei war Léonie sich sicher, dass ihr der Kommissar gefiel. War sie in Herzensangelegenheiten immer schon so schüchtern gewesen? Egal, dieser Mann passte sicherlich viel besser zu Marie als jener Professor, den sie vor längerer Zeit einmal mitgebracht hatte.

Léonie war stolz auf sich – diese Einladung hatte sich als eine sehr gute Idee erwiesen. Und nach dem Kaffee würde sie vorgeben, müde zu sein, und sich zurückziehen. Auf jeden Fall war ihr das Perlhuhn perfekt gelungen und bis auf den letzten Bissen verspeist worden. Sie gehörte also noch nicht zum alten Eisen.

Marie brachte Dessertteller und den verführerisch duftenden Nachtisch.

»Oh, eine Tarte Tatin, da bin ich aber mal gespannt«, sagte der Kommissar.

Das konnte er auch sein. Dieser Apfelkuchen war Léonies Allzweckwaffe. Sie würde vorsichtshalber gleich ein Stück für Georges beiseitelegen. Es war sein absoluter Lieblingskuchen.

Kaum hatten Marie und Leblanc sich wieder an den Tisch gesetzt, klingelte sein Handy. Er entschuldigte sich und eilte hinaus. Keine zwei Minuten später kehrte er zurück und setzte sich.

»Das war Inspektor Martin. Leider werde ich mich gleich wieder an die Arbeit machen müssen.« Sein Blick fiel auf den Apfelkuchen, und sofort hellte sich seine Miene auf. Mit einem breiten Lächeln wandte er sich Léonie zu. »Das Dessert lasse ich aber auf keinen Fall ausfallen. Diese Tarte sieht himmlisch aus.«

Sie strahlte ihn an. Für so einen dankbaren Esser zu kochen machte richtig Spaß. Und er war nicht nur ein guter Esser, sondern hatte auch Ahnung davon. Vielleicht hatte er das nach dem Tod seiner Frau gelernt, oder er war einer der wenigen Männer, die ihre Frauen bekochten. Der arme Mann. Der Tod seiner Frau war sicherlich schwer für ihn gewesen. Léonie hätte ihn am liebsten umarmt, obwohl das sonst so gar nicht ihre Art war. Hoffentlich kam er bald mal wieder. Dann würde sie ihren legendären Pot au Feu zubereiten.

*

Marie hatte Leblanc zu seinem Wagen begleitet. Von Léonies unübertroffener, knuspriger Tarte Tatin war er so begeistert gewesen, dass er sich ein zweites und dann noch ein drittes Stück genommen hatte. Der Mann war mit einem phänomenalen Appetit gesegnet! Und beim Abschied hatte er sich spontan mit zwei Küsschen, links und rechts, für das opulente Essen bei ihrer Großtante bedankt.

Nun standen sie vor Leblancs Auto, und Marie zeigte auf die Hunde, die um sie herumsprangen.

»Ich drehe jetzt mal eine Runde mit ihnen. Wer weiß, vielleicht finde ich noch einmal ein Alibi für Philippe«, sagte sie.

»Vielen Dank für dieses großartige Essen.« Leblanc reichte ihr die Hand.

Also kein Küsschen für mich, dachte sie.

Er lächelte sie ein wenig unsicher an. »Jetzt, wo wir nicht nur gemeinsam ermittelt, sondern auch zusammen gegessen haben, könnten wir eigentlich auch zum Du übergehen, oder?«

»Sicher.«

»Also, ich heiße Michel.«

»Marie.« Das war vielleicht ein bisschen knapp, also fügte sie hinzu: »Danke, dass Sie … äh, du die Einladung angenommen hast.«

»Ich hätte sie beinahe abgelehnt, denn so ganz entspricht es nicht den Dienstvorschriften. Aber das wäre ein Fehler gewesen.«

Sie mochte seine warmen Augen und hatte das erneute Bedürfnis, ihr Handeln zu erklären.

»Ich habe noch einmal über das nachgedacht, was du als Alleingang bezeichnet hast. Dieser Fall macht etwas mit mir, weil er Menschen betrifft, die mir nahestehen, und weil er mein vertrautes Umfeld bedroht. Wenn die Welt in Saint-André nicht heil ist, wo dann?«

»Das verstehe ich.« Sein Blick wurde sanft.

»Dazu kommt, dass ich die letzten acht Jahre fast durchgehend wie eine Wahnsinnige gearbeitet habe. Irgendwie habe ich noch nicht richtig abgeschaltet. Und wie du dir sicher vorstellen kannst, bin ich es gewohnt, selbstständig zu handeln. Dass es hier und jetzt nicht angebracht ist, steht auf einem anderen Blatt.«

Marie zögerte. Sie wollte ganz ehrlich sein. »Und vielleicht wollte ein Teil von mir ja auch die lokale Heldin spielen.«

Hoffentlich war sie jetzt nicht zu pathetisch. Aber Leblancs Blick blieb wohlwollend, nur sein Lächeln war etwas weniger breit.

»Gestern bin ich übrigens diesem Julien begegnet, von dem deine Tante eben gesprochen hat. Der mag dich ja überhaupt nicht.«

»Ach, der Dachdecker! Ja, er hasst mich. Meine Mutter war mit ihm verheiratet, bis sie ihn auf sehr unschöne Weise wegen meines Vaters verlassen hat. Wahrscheinlich hat er dir erzählt, dass nur ich die Täterin sein kann. Stimmt's?«

Er nickte.

»Gut, dass du es meiner Tante nicht erzählt hast. Dann hätten wir hier in Kürze den dritten Mord.«

»Ja, genau das wollte ich vermeiden. Davor sollten erst mal die zwei anderen Morde aufgeklärt werden.« Er trat an die Wagentür. »So, ich muss los. Auch wenn ich dich sehr gern bei deinem Spaziergang begleitet hätte.«

Das hätte mir auch sehr gefallen, dachte Marie und hob zum Abschied die Hand.

*

Leblanc stieg in sein Auto und fuhr los. Was für ein grandioses Essen! Und diese Mercier-Frauen waren wirklich etwas Besonderes. Er genoss es, diese Stunden, die er gerade mit den beiden verbracht hatte, in Ruhe nachklingen zu lassen, und erfreute sich an der Landschaft, die im warmen Licht des Septembernachmittags lag.

Dann war es an der Zeit, Martin zurückzurufen. Der Inspektor hob gleich nach dem ersten Klingeln ab.

»Also, Chef, hier der Stand der Dinge: Sie haben richtig vermutet, Girard und die Lacroix haben sich über ein Dating-Portal kennengelernt. Für sie war es wohl das erste Mal, für ihn aber nicht. Übrigens war er wohl auf Frauen ab fünfzig spezialisiert. Ich habe eine seiner vorherigen Partnerinnen kontaktieren können. Er hat sie um vierzigtausend Euro Bares geprellt, indem er ihr etwas von der großen Liebe vorgegaukelt und eine Heirat sowie einen lukrativen Deal in Aussicht gestellt hat. Ihr Mitgefühl angesichts seines Todes hielt sich in Grenzen.«

»Und waren es immer Frauen hier aus der Gegend?«

»Ja, alle aus dem Großraum Bordeaux.«

»Und was ist mit Lacroix' ehemaligen Angestellten?«

»Die hat sie nach zwanzig treuen Dienstjahren mit einem warmen Händedruck verabschiedet – entsprechend schlecht sind sie auf sie zu sprechen.«

»Kannten sie Girard?«

»Ja, sie haben ihn ein paarmal gesehen. Aber er hat schnell dafür gesorgt, dass sie gehen mussten, damit er ungehindert seinen Machenschaften nachgehen konnte. Ich habe das überprüft: Kurz nachdem er Madame Lacroix um den Finger gewickelt hatte, ist ihnen gekündigt worden.«

Was war mit Martin los?, fragte sich Leblanc. So eifrig hatte er ihn noch nie erlebt. War er verliebt? Dann würde er vermutlich nicht immer so lange im Büro bleiben wollen. Da fiel ihm ein, dass er nur wenig über Martins Liebesleben wusste. Er wusste noch nicht einmal, ob er sich eher für Männer oder für Frauen interessierte. Das war schon erstaunlich – nach all den Jahren, die sie zusammenarbeiteten. Vielleicht machte Martin aber auch eine Emanzipationsphase durch und genoss es, das Büro ganz für sich zu haben und frei schalten und walten zu können. Aus dem ewigen Sohn wurde ein Mann. Das anzusprechen wäre heikel gewesen. Er konnte ja nicht fragen: Hallo, warum arbeiten Sie auf einmal so gut? Dennoch, ein Kompliment konnte er ihm machen.

»Tolle Arbeit, Martin.«

»*Merci*, Chef! Kommen Sie eigentlich bald nach Hause … äh, ich meine, ins Büro?«

»Ich will noch bei dem Notar von Madame Durand vorbeischauen. Apropos Madame Durand: Haben Sie mit ihrem Arzt sprechen können?«

»Keine Chance. Ärztliche Schweigepflicht. Sie müssen über den Staatsanwalt gehen.«

»*D'accord*, ich rufe ihn an. Ich will absolut sichergehen, dass Madame Durand nicht simuliert. Oder dass ihr nicht jemand etwas in den Tee mischt, um ihr den Verstand zu rauben. Bis später, Martin.«

Kapitel 19

Das Gewehr lag auf seinem Küchentisch. Georges hatte den Morgen über mit großer Sorgfalt jedes einzelne Teil gereinigt oder geölt. Der alte Mercier, der eigentlich sehr sparsam gewesen war, hatte sich damals eine gute Jagdflinte gekauft. Georges hatte ihn nach Périgueux in das Waffengeschäft begleiten dürfen und war stolz darauf gewesen – sie mochten sich, der Alte und er. Schon damals, Anfang der 6o-er Jahre, war Georges über beide Ohren in Léonie verliebt gewesen. Der dramatische Traktorunfall kurze Zeit später, bei dem der alte Mercier gestorben war, hatte das Leben auf dem Hof dann grundlegend verändert. Madeleine und Léonie, die ihren schweigsamen Vater sehr geliebt hatten, und ihre Mutter waren in ihrer gemeinsamen Trauer eng zusammengerückt. Der Hof war von einem Tag auf den anderen ein Frauenhaushalt geworden und es seitdem geblieben. Als Madeleine schwanger wurde, erzählte sie niemandem, wer der Vater war. Sie ließ auch nicht zu, dass man danach fragte. Bis heute wusste es niemand, noch nicht einmal ihre Tochter Loren oder Léonie, die vergeblich gehofft hatten, dass Madeleine das Geheimnis in ihrem Testament preisgeben würde.

Für eine offizielle Liebesgeschichte zwischen Léonie und Georges war im Hause Mercier dann kein Platz mehr gewesen. Mutter Mercier war eine strenge Frau, und dass ein Knecht ihre Jüngste heiratete, kam für sie nicht infrage. Léonie und er hatten dennoch ihr Leben zusammen verbracht – und sich all die Jahre geliebt. In sechzig Jahren hatte es kaum einen Tag gegeben, an dem sie sich nicht gesehen hatten.

Georges schaute auf das Gewehr, das wie neu aussah, und dachte wieder an den Waffenladen in Périgueux, der ihn damals sehr beeindruckt hatte. Die Jäger dort hatten fachkundig über Schäfte und Läufe gesprochen und von ihren außergewöhnlichen Jagdabenteuern berichtet. Zwischen diesen Männern war er sich ganz schön klein vorgekommen. Sei's drum, er hätte sich von seinem Lohn als Hofknecht ohnehin kein Gewehr leisten können. Er war aber nicht wirklich traurig darüber, denn er hatte sich nie vorstellen können, auf ein sanftes Reh zu schießen. Für ihn war es schon schlimm genug, dass er seinerzeit Hühner und einmal im Jahr eine Sau hatte schlachten müssen. Augustines wache Augen fielen ihm ein, er musste schlucken und dachte an die tote Frau am Eingang des Trüffelhains.

In der Nacht war er einige Male aufgewacht, und zum ersten Mal in seinem Leben hatte er sich gefragt, ob er in der Lage wäre, einen Menschen umzubringen. Niemals, hatte er zunächst gedacht – und dann war ihm plötzlich klar geworden, dass er unter bestimmten Umständen durchaus dazu imstande wäre. Er würde keine Sekunde zögern, sollte jemand versuchen, sich an Léonie zu vergreifen. Außerdem würde er nicht dulden, dass man Marie ein Haar krümmte. Er hatte ihr das nie gesagt und würde es auch bestimmt nicht tun, aber für ihn war sie ein bisschen wie eine Tochter. Noch heute bewahrte er in seiner Nachttischschublade die lustigen Tierzeichnungen auf, die sie ihm als kleines Mädchen zu Weihnachten und Geburtstagen gemalt hatte.

Irgendwann war nicht mehr an Schlaf zu denken gewesen, und so war er bereits im Morgengrauen aufgestanden und hatte damit begonnen, das Gewehr zu putzen.

Léonie hatte ihm von ihrer Theorie erzählt, dass Julien der Mörder sein könnte. Dieses Riesenbaby? Georges machte es wahnsinnig, vertraute Nachbarn plötzlich als mögliche Mörder betrachten zu müssen. Aber wie auch immer, er war jetzt für den Notfall gewappnet und würde seine Frauen beschützen.

Er schaute aus dem Fenster und sah Marie und den Kommissar vor dessen Auto stehen. Anscheinend hatten sie sich wieder vertragen. Léonies Plan war also aufgegangen. Wenn die sich was in den Kopf gesetzt hatte … Gut, dass der Kommissar jetzt wegfuhr, denn er, Georges, hatte noch nichts Anständiges gegessen. Ein guter Koch war er nicht. Léonie hatte versprochen, etwas für ihn aufzuheben. Dabei hatte sie auch von der Tarte Tatin erzählt, die das Essen abrunden sollte. Und schon allein für diesen Kuchen gehörte sie auf Händen getragen.

*

Die Hunde tobten und jagten sich gegenseitig auf einer weitläufigen Wiese am Dorfausgang. Dort standen drei alte Apfelbäume, deren Früchte Marie immer fasziniert hatten, denn sie waren so feuerrot, wie sie in vielen Kinderbüchern dargestellt wurden. Unter anderen Umständen hätte sie einen Apfel gepflückt und hineingebissen, aber nach dieser üppigen Mahlzeit war an Essen nicht mehr zu denken. Das Laufen und die frische Luft taten ihr gut.

Maries Gedanken kehrten zu Léonie zurück, deren Neugierde nicht zu stoppen gewesen war. »… sind Sie eigentlich verheiratet?« Gott, wie peinlich! Aber jetzt verstand sie Leblancs, pardon, Michels traurige Augen: Er war verwitwet. Ob er Kinder hatte, die ihn über diesen Verlust ein wenig hinwegtrösten konnten, hatte er nicht erzählt.

Die Hunde kläfften laut und rissen sie aus ihren Gedanken. Marie lief zu ihnen, um zu sehen, worüber sie sich so aufregten. Sie hatten einen Igel gefunden, der sich zu einer Kugel zusammengerollt hatte, um sich mit seinen Stacheln zu verteidigen. Er musste sich nur in Geduld üben, dann würden die Hunde wieder von ihm ablassen. Auf die richtige Taktik kam es eben an – das galt für Tiere ebenso wie für Menschen. Sie nahm die beiden

Hunde an die Leine, um sie von dem armen Igel loszueisen, und machte sich mit ihnen auf den Heimweg.

Im Dorf lief sie dem Bürgermeister über den Weg. Er wirkte wieder einmal sehr beschäftigt, blieb aber stehen, als sie ihn ansprach.

»*Salut*, Bruno.«

»*Salut*, Marie.«

»Sag mal, was hat die ›Un des plus beaux villages de France‹-Kommission nun eigentlich entschieden? Bekommt Saint-André das Prädikat?«

»Ach, hör mir auf damit! Der Termin wurde verschoben. Aber wahrscheinlich ist es besser so. Heute würden sie uns wohl eher das Prädikat ›Das mörderischste Dorf Frankreichs‹ verleihen.«

Der sprüht ja heute richtig vor Esprit, dachte Marie.

»Ich habe das Auto des Kommissars bei euch parken gesehen. Weißt du, ob Philippe inzwischen gestanden hat?«, fragte er sie übergangslos.

In einem Dorf war man wirklich immer auf dem Präsentierteller. So gesehen war es gut, dass Michel sich mit einem Händedruck und nicht mit Küsschen von ihr verabschiedet hatte.

»Nein, weiß ich nicht. Glaubst du wirklich, er könnte diese Frau umgebracht haben?«

»Also, ehrlich gesagt kann ich mir nicht vorstellen, dass er den Mumm dazu hätte.«

Mumm? Was für ein Idiot! Eine wehrlose Frau umzubringen sollte eine Frage von Mumm sein? Der Mann machte sie wütend.

»Sag mal, was hast du eigentlich gegen Philippe? Was hat er dir getan?«, fragte sie mit schneidender Stimme.

Er schaute sie verwundert an. »Wieso sollte ich was gegen ihn haben?«

»Weil du ständig an ihm rumnörgelst und ihn rumkommandierst.«

»Es ist meine Aufgabe, dafür zu sorgen, dass hier alles bestmöglich erledigt wird«, verteidigte er sich mit stolzgeschwellter Brust.

»Dafür muss man die Menschen aber nicht ständig kleinmachen.«

»Das tue ich doch gar nicht!«, widersprach er.

»Und ob du das tust! Weshalb habt ihr euch am Sonntag gestritten?« Sie zeigte auf Fido. »Weil er seinen Hund nicht angeleint hat? Der hört doch aufs Wort!«

Fido schien zu verstehen, dass es um ihn ging, und duckte sich.

»Na ja ...«

»Ich sag dir was, Bruno. Das ist einfach eine schlechte Angewohnheit. Du hast dich daran gewöhnt, Philippe zu drangsalieren – weil er ein dankbares Opfer ist.«

»Jetzt reicht es aber!«, blaffte er sie an.

»Nein, ich höre nicht damit auf. In einem kleinen Dorf müssen wir füreinander da sein. Das sollte ich dir als unserem Bürgermeister eigentlich nicht erklären müssen. Und mit Philippe gehst du verantwortungslos um.«

Nun wurde er noch lauter. »Das verbitte ich mir! Als Staatsdiener steht mir mehr Respekt zu.«

Okay, kein Problem, was du kannst, kann ich auch, dachte sie. »Wenn du die Menschen hier mehr respektieren würdest, würde man auch dir mehr Respekt entgegenbringen«, warf sie ihm mit erhobener Stimme vor. »Aber noch mal zurück zu Philippe. Ich weiß nicht, warum er sich mit dieser Frau gestritten hat, aber ich weiß, dass er wie ein Mensch reagiert, der sich in die Enge gedrängt fühlt. Und du machst es nicht besser, wenn du pausenlos auf ihm rumhackst.«

Dubosc war es nicht gewohnt, dass man ihn so unverhohlen kritisierte, und schaute sie verdutzt an. Etwas in seinen Augen verriet ihr jedoch, dass er zumindest ansatzweise begriffen hatte, was sie meinte.

Sie schlug einen versöhnlicheren Ton an. »Das Leben ist doch schon schwer genug für ihn, und er braucht uns. Diese Dorfgemeinschaft ist alles, was er hat.«

»Jaja«, grummelte er, »aber was können wir jetzt tun?«

»Im Moment nichts. Aber wenn er wieder freigelassen wird, sollten wir uns um ihn kümmern.«

»Wie ... freigelassen?«

»Du wirst schon sehen. Also, nichts für ungut. Ich muss jetzt weiter.«

Gedankenversunken kehrte sie nach Hause zurück. Das Gespräch mit dem Bürgermeister hatte sie so aufgewühlt, dass sie das Gefühl nicht loswurde, sie müsse sofort etwas für Philippe tun. Allem Anschein nach war er der einzige Verdächtige im zweiten Mordfall und hatte kurz vor der Tat mit dem Opfer heftig gestritten: Es bestand somit die Gefahr, dass er angeklagt und verurteilt würde. Fieberhaft überlegte sie, was sie konkret unternehmen könnte. Philippes Begegnung mit Madame Lacroix hatte wahrscheinlich irgendetwas mit dem Durand-Anwesen zu tun. Sie beschloss, noch einmal mit dem zuständigen Notar zu sprechen. Möglicherweise besaß Maître Delmas Informationen, die sie auf eine neue Idee bringen würden, wie dieser Mordfall anzugehen war.

Sie rief in der Kanzlei an und ließ sich mit dem Notar verbinden.

»Madame Mercier, was kann ich für Sie tun?«, fragte er mit unerwartet freundlicher Stimme.

Marie wunderte sich immer über Menschen, die launisch waren. Der Notar wusste wahrscheinlich selbst nicht, warum er mal freundlich und mal unfreundlich war. Auch eine Form von Überheblichkeit.

»Maître Delmas, ich hatte Sie bei unserem letzten Gespräch auf Franck Girard angesprochen. Sie erinnern sich wahrscheinlich – der Mann, der in Saint-André ermordet wurde.«

»Ja, ich erinnere mich.«

»Es gibt da weitere Entwicklungen, von denen Sie wahrscheinlich schon gehört haben. Und ich hätte diesbezüglich noch ein paar Fragen. Also, inoffiziell. Wie Sie wissen, bin ich ja nicht mit dem Fall befasst.«

Hoffentlich würde er sie jetzt nicht abblitzen lassen. Sie hatte keinerlei Befugnis für ihr Ansinnen, und das wusste er. Er schien zu überlegen, und sie hörte es rascheln, als würde er in irgendwelchen Unterlagen kramen. Dann räusperte er sich.

»Wissen Sie, es trifft sich eigentlich ganz gut, dass Sie sich melden. Ich hatte vergessen, Ihnen ein Papier auszuhändigen, das zu der Erbschaftsurkunde gehört. Das ist mir sehr unangenehm. Meine Sekretärin hatte das Dokument falsch eingeordnet.«

»Ich kann es ja abholen kommen.«

»Ich habe später einen Termin in Les Eyzies. Wenn Sie möchten, könnten wir uns um fünf an der kleinen Kapelle von Lesjartes treffen. Das liegt auf meiner Strecke und ist nicht weit von Saint-André entfernt. Da gibt es eine Bank, an der wir uns treffen könnten. Würde Ihnen das so spontan passen?«

»Ja, das ist prima. Ich weiß, welche Bank Sie meinen.«

»Dann bis gleich, Madame Mercier.«

Das war in der Tat sehr spontan. Aber man musste die Dinge nehmen, wie sie kamen. Ihr fiel ein, dass sie ihr Fahrrad aus Paris mitgebracht hatte, und sie entschied, bis zu der verabredeten Stelle zu radeln. Das war eine gute Gelegenheit, es endlich einmal hier zu benutzen, und außerdem würde sie durch das Strampeln ein paar Kalorien von Léonies Festmahl verbrennen. Bis zu dem Treffen mit Delmas waren es noch zwei Stunden. Sie konnte in Ruhe ihr Fahrrad wieder aufpumpen und dann gemütlich losradeln. Sie fühlte sich gut, und das zum ersten Mal seit einigen Tagen. Michel Leblanc fiel ihr wieder ein, und sie lächelte. Wann würde sie ihn wohl wiedersehen?

*

Der Staatsanwalt war recht umgänglich gewesen und hatte Leblanc gleich seine Zustimmung gegeben, den Arzt von Madame Durand von der Schweigepflicht zu entbinden. Deshalb hatte Leblanc seine Planung umgeworfen und war zuerst zu dem Arzt gefahren. Den Notar würde er anschließend aufsuchen.

In dem kleinen, schmucklosen Wartezimmer saßen bereits zwei ältere Patientinnen, und da er nicht so unhöflich sein wollte, sich vorzudrängeln, setzte er sich ebenfalls dorthin. Auf einem Beistelltisch sah er eine alte Ausgabe der Lokalzeitung *L'Essor Sarladais* liegen. Er nahm sie und begann, sie langsam durchzublättern. Darin fand er einen interessanten Artikel über die Preisentwicklung bei den Périgord-Trüffeln im Laufe der letzten zehn Jahre. Er holte sein Handy hervor, um den Text abzufotografieren. Dabei musste er an Marie denken, die mit ihrem Pariser Dünkel gemeint hatte, ihm erklären zu müssen, dass man mit einem Smartphone auch fotografieren könne. Er schmunzelte. Das war wirklich die Krönung gewesen. Und trotzdem – er musste sich eingestehen, dass sie ihm gefiel. Es gefiel ihm, dass sie so herrlich spontan war. Das lag wohl in der Familie.

Schließlich rief der Arzt ihn zu sich. Docteur Petiot war wohlgenährt, jovial und entsprach der Vorstellung, die Leblanc von einem Familienarzt in der Provinz hatte. Aber was für ein Name für einen Arzt, dachte er. Ein berüchtigter Namensvetter, Marcel Petiot, der als *Docteur Satan* reichlich Schlagzeilen gemacht hatte, war in den Vierzigerjahren unter die Guillotine gekommen, nachdem man die Reste von siebenundzwanzig Leichen in seiner Praxis gefunden hatte. Aber wer wusste das heute noch? Es hatte einen Film mit dem großartigen Schauspieler Michel Serrault in der Titelrolle darüber gegeben, aber auch das war lange her.

»Ach, die arme Madame Durand! Eine richtige Dame, davon gibt es nicht mehr viele. Ihr Zustand hat sich in der letzten Woche deutlich verschlechtert«, vertraute der Arzt ihm an, nachdem Leblanc die Aufhebung der Schweigepflicht erwähnt hatte.

»Kann das durch ein einschneidendes Ereignis beschleunigt worden sein?«

»Kann, muss aber nicht. Der Verlauf von Alzheimer unterscheidet sich von Patient zu Patient. Außerdem ist die Dame bereits achtundachtzig. In dem Alter ist es kein Wunder, wenn sich die Krankheit innerhalb kurzer Zeit verschlimmert.« Docteur Petiot lächelte milde.

»Und hat sie noch lichte Momente?«

»Wie meinen Sie das?«

»Zum Beispiel Momente, in denen sie auf ungewöhnliche Entwicklungen oder Besuche reagieren könnte?«

»Schwer zu sagen. Wenn ja, sind sie wahrscheinlich sehr kurz, sodass man sie als Außenstehender nicht unbedingt wahrnimmt.«

»Könnte es vielleicht sein, dass sie die Krankheit … nur simuliert?«, fragte Leblanc vorsichtig.

Der Arzt schaute ihn vorwurfsvoll an und zog es vor, nicht darauf zu antworten.

»Vergessen Sie die letzten Worte«, sagte Leblanc. In Anbetracht des Zustands und des Ansehens der Patientin war die Frage wohl unangebracht gewesen. »Ist sie schon lange Ihre Patientin?«

»Seit ich vor knapp vierzig Jahren die Praxis meines Vaters übernommen habe. Wie schnell doch die Zeit vergeht.«

Leblanc verabschiedete sich. Er ließ sein Auto stehen und legte die kurze Strecke zur Kanzlei des Notars zu Fuß zurück. Unterwegs fielen ihm zwei junge Frauen vor einem Friseurladen auf, die offenbar dort angestellt waren und während einer Pause draußen rauchten. Die eine hatte die Haare neongrün gefärbt. Warum machte man so etwas? So eine grelle, hässliche Farbe auf dem Kopf war doch schlichtweg zum Davonlaufen! Kaum waren ihm diese Gedanken gekommen, musste er an Valérie denken. Sie hätte ihn jetzt wahrscheinlich ermahnt, nicht so spießig zu sein.

Bei dem Notar hatte er kein Glück. Maître Delmas war unterwegs zu einem wichtigen Auswärtstermin. Leblanc hinterließ bei einer verhuschten Sekretärin die Bitte um Rückruf. Dann würde er eben nach Périgueux fahren und sich Philippe Lavaud noch einmal vornehmen. Irgendwann musste der Bursche ja mal reden.

*

Außerhalb der Ferienzeit machte es Spaß, auf den schmalen Landstraßen zu radeln, auch wenn man sich immer wieder vor irgendwelchen motorisierten Halbstarken in Acht nehmen musste, die rücksichtslos an einem vorbeirasten. Marie hatte noch etwa fünf Kilometer bis zu der romanischen Kapelle vor sich. Sie fuhr an Maisfeldern vorbei, die zum Teil abgeerntet waren. Mais wurde allerdings immer weniger angebaut, denn die Pflanzen verbrauchten enorm viel Wasser, und das wurde angesichts der Erderwärmung, die zu längeren Perioden der Trockenheit führte, mittlerweile sehr kontrovers diskutiert.

Nach einer Weile verließ Marie die Straße und nahm die Abkürzung über einen kleinen Waldweg. Er war links und rechts von hohem Farn gesäumt, der sich langsam gelb verfärbte. Der Herbst war hier von besonderer Schönheit und entwickelte eine beeindruckende Farbenpracht. Sie liebte diese Jahreszeit, die so abwechslungsreich war. An manchen Tagen konnten die Temperaturen noch auf über dreißig Grad steigen, an anderen fiel ein warmer Regen, und die Natur verbreitete diesen intensiven erdigen Geruch, den sie so sehr mochte. Abends jedoch wurde es meistens schon so frisch, dass man den Kamin anheizen musste. Marie freute sich darauf, ein ganzes Jahr lang Tag für Tag den Fortgang der Jahreszeiten in dieser zauberhaften Landschaft erleben zu dürfen. Es war die richtige Entscheidung gewesen, Paris für eine Weile hinter sich zu lassen. Da war sie sich inzwischen vollkommen sicher.

Heute war einer dieser klaren, nicht zu warmen Tage. Die Sonne blinzelte ab und zu durch das noch dichte Blattwerk der Bäume, und es roch nach Moos. Sie war kurz versucht, abzusteigen und nach Pilzen zu suchen, aber das hatte keinen Sinn. Die letzten Tage waren zu trocken gewesen.

Als sie an einer Lichtung vorbeifuhr, entdeckte sie zwei Rehe. Sie hielt an, um sie zu bewundern. Behutsam stellte sie das Rad ab. Wenn sie sich ganz still verhielt, würden die beiden sie vielleicht nicht bemerken. Aber die Tiere hatten sie schon gewittert und sprangen davon. Schade! Die Brunstzeit stand bevor, und demnächst würde man am Abend das Röhren der Hirsche hören können. Es war ein beeindruckendes, tiefes Geräusch. Diese gottverfluchten Jäger, dachte Marie, töten ohne jegliches Mitgefühl diese herrlichen, majestätischen Geschöpfe und sprechen darüber, als sei es ein aufregendes Hobby, obwohl sie dabei nur ihren primitivsten Instinkten nachgehen.

Und schon waren ihre Gedanken wieder bei Philippe. Wenn es irgendwelche Transaktionen um das Anwesen von Madame Durand gegeben hatte, würde Maître Delmas es wissen. Oder er würde ihr zumindest sagen können, wie und wo sie recherchieren könnte, um etwas darüber herauszubekommen. Marie stieg wieder auf ihr Fahrrad und konzentrierte sich auf den Weg, der nun steiniger wurde. Keine Menschenseele war zu sehen, und es war nichts zu hören, nur gelegentlich das Motorgeräusch eines Autos auf der oberhalb des Waldwegs verlaufenden Landstraße.

Als Marie den vereinbarten Treffpunkt bei der Kapelle von Lesjartes erreichte, war sie wie immer viel zu früh. Also stellte sie ihr Fahrrad an einem Baum ab und sah sich in Ruhe um. Das Schloss hatte sie nicht dabei, aber wer würde in dieser einsamen Gegend schon ein Fahrrad stehlen? Sie folgte dem kleinen Bach, der hier entlangfloss, und spazierte an einer Weide vorbei, auf der Schafe grasten, die Maries fröhlichem Gruß »*Bonjour les moutons!*« keine weitere Beachtung schenkten. Als ihr irgendwann ein Zaun den Weg versperrte, kehrte sie zum Treffpunkt zurück.

Sie blickte hinunter auf die Kapelle der sehr kleinen, verschlafenen Gemeinde Lesjartes, die weder eine Kneipe noch irgendein Geschäft zu bieten hatte. Aber vom Dorf aus hatte man einen weiten Ausblick in das malerische Tal. Die Kapelle stammte aus dem 17. Jahrhundert, wie Marie wusste, stand wildromantisch am Waldrand auf einer Erhebung und war von einem kleinen Friedhof mit sehr alten, zum Teil verfallenen Grabsteinen umgeben. Unterhalb des kleinen Gotteshauses aus gelbem Sandstein gab es ein überdachtes *Lavoir*, ein Waschhaus aus dem 18. Jahrhundert, das von dem Bach mit glasklarem Wasser versorgt wurde. Hier hatten sich früher die Frauen aus Lesjartes getroffen, um die Wäsche zu waschen – und auch, um über das Geschehen im Dorf zu tratschen.

Als Marie die Kapelle betrachtete, sah sie, dass ein Teil der Fassade zu Renovierungszwecken eingerüstet war. Sie ließ ihren Blick weiter schweifen. Ungefähr fünf Gehminuten entfernt war ein Parkplatz, auf dem hinter einem Müllcontainer ein gelber Lieferwagen stand. Das Fahrzeug kam ihr bekannt vor. Sie überlegte. Es gehörte Julien. Ob er hier am Dach der Kapelle arbeitete? Marie kniff die Augen zusammen und scannte die Umgebung. Und tatsächlich – dort hinten war Julien. Er schritt den Weg zum Parkplatz hinauf. Wahrscheinlich hatte er vor zwei, drei Minuten Feierabend gemacht.

Das traf sich gut, denn auf eine Begegnung mit ihm war sie wirklich nicht erpicht.

Kapitel 20

Léonie hatte mit wohlwollendem Blick dabei zugesehen, wie Georges die Tarte verputzte. Wie er dies tat, war ihr bestens vertraut. Er bekam immer diesen andächtigen Gesichtsausdruck und genoss den Apfelkuchen in kleinen Stücken, die er sich langsam in den Mund schob. Nicht ein Krümel war auf dem Teller zurückgeblieben. Zu ihrer Zufriedenheit hatte er ihr erzählt, dass das Gewehr ihres Vaters einsatzbereit war. Auch das liebte sie an Georges. Er war immer zuverlässig und hielt, was er versprach. Da fiel ihr ein Detail ein.

»Sag mal, hast du jemals mit einem Gewehr geschossen?«

»Ist schon lange her, aber ja. Dein Vater hat es mir beigebracht. Mit seinem Gewehr.«

»Das hast du mir nie erzählt.«

»Hat sich eben nie ergeben.«

»In sechzig Jahren?«

»Was ist das schon!«

Georges war nie ein Mann der Worte gewesen. Aber es stimmte, die Zeit war wie im Flug vergangen. Sie hatten ein Leben lang hart gearbeitet, immer im Einklang mit der Natur und den Jahreszeiten. Als junge Frau hatte Léonie sich ihre Zukunft zwar anders vorgestellt, aber es war dennoch ein erfülltes Leben gewesen. Es war ihr Leben.

»Also, du weißt, wie man damit umgeht?«, beharrte sie.

»Ja, ich weiß, wie man das Gewehr benutzt. Vielleicht verrenke ich mir eine Schulter beim Schießen, aber es gibt Schlimmeres.«

»Also kannst du mir das Schießen beibringen.«

Er schüttelte entschieden den Kopf, ohne eine Miene zu verziehen.

»Meinst du vielleicht, ich wäre zu alt dafür?«, erwiderte sie in einem provozierenden Tonfall.

Aber Georges ließ sich nie provozieren. Er drückte sich mit beiden Händen vom Küchentisch ab und stand etwas mühsam auf. Die Anstrengungen vom Vortag steckten ihm offensichtlich noch in den Knochen.

»So, Augustine muss jetzt raus. Danke für die Tarte, Léonie. Du bist die Beste. Bis später.«

Bevor er ging, berührte er mit seiner knochigen Hand ihre Schulter, und sie legte kurz ihre Hand auf seine.

»Bis später, Georges.«

Sie schaute ihm nach und ging dann zum Fenster. Da sah sie Marie, die vergnügt auf ihr Fahrrad stieg. Als sie losfuhr, rief sie Georges irgendetwas zu. Kurz darauf verließ er in Begleitung von Augustine, die er an der Leine führte, ebenfalls den Hof. Jetzt, wo die anderen ausgeflogen waren, beschloss Léonie, noch einmal auf den Speicher zu gehen. Gestern hatte sie die Leinentücher auf der Kommode vergessen, aber vor allem wollte sie noch ein bisschen herumstöbern. Sie steckte sich sicherheitshalber wieder die Taschenlampe in die Schürzentasche und machte sich auf den Weg nach oben.

Auf dem Dachboden angekommen, trug sie als Erstes den Korbsessel zu den Kisten. Zum Glück war er nicht allzu schwer. Um sich nicht mühsam bücken zu müssen, wollte sie sich zunächst die oben gestapelten Kisten vornehmen. In der ersten fand sie Kalender. Sie und Madeleine hatten über Jahrzehnte einen gemeinsamen Kalender geführt, der immer in Léonies Küche lag. Darin wurde alles notiert: Geburtstage, Arzttermine, wer wann zu Besuch kam und was wann in welchen Mengen wo gepflanzt wurde. Außerdem außergewöhnliche Wetterverhältnisse oder sonstige besondere Ereignisse. Vor zwei Jahren hatten sie damit aufgehört. Madeleine hatte keinen Sinn mehr darin gesehen, »so kurz vor Toresschluss« immer noch alles haarklein festzuhalten.

Léonie öffnete die nächste Kiste. Alte Rechnungen und Belege. Madeleine hatte sie aufbewahrt, warum auch immer. Das konnte eigentlich direkt in den Müll. Also nahm sie sich eine weitere Kiste vor. Darin waren alte Fotoalben. Das war ja interessant. Ah, Venedig! Das war eine ihrer wenigen Auslandsreisen gewesen – eine Woche in der Lagunenstadt. Davon hatte sie jahrzehntelang geträumt, bis Madeleine ihr diese Reise zu ihrem Fünfzigsten geschenkt hatte. Georges hatte hier die Stellung gehalten, während die beiden Schwestern sich zum ersten Mal in ihrem Leben als Touristinnen fühlen durften. Für sie war es völlig neu gewesen, sich im Hotel bedienen zu lassen und gar nichts tun zu müssen. Sie waren stundenlang durch diese wunderschöne Stadt gelaufen und hatten Nippes gekauft. Wie zwei junge Mädchen waren sie gewesen. Fast auf jedem Foto hielt eine von ihnen beiden ein Eis in der Hand. Seitdem rührte Léonie kein Eis mehr an, es hatte ihr danach nie wieder so gut geschmeckt. Wie lange war das her! Madeleine und sie waren danach nie wieder zusammen verreist – wegen der Arbeit auf dem Hof hatten sie geglaubt, keine Zeit mehr für so etwas zu haben. Nur zweimal noch waren sie für ein verlängertes Wochenende ins Rheinland gefahren, um die Kellers, Maries deutsche Großeltern, zu besuchen. Madeleine hatte sich mit eigenen Augen davon überzeugen wollen, dass es ihrer Enkelin dort gut ging.

Ganz unten in der Kiste fand Léonie etwas, womit sie nicht gerechnet hatte: das Fotoalbum von Lorens und Juliens Hochzeit. Sie hatte gar nicht gewusst, dass es dieses Album gab. Sie machte es sich bequem in dem Sessel und setzte im Licht der Taschenlampe, die nun doch nützlich war, ihre Zeitreise fort. Der Einband des Albums war aus rotem Kunstleder. Auf der ersten Seite prangte ein großes Herz, und Lorens Patentante – es konnte nur sie gewesen sein – hatte mit einem goldenen Stift »Loren & Julien« hineingeschrieben. Auf das »i« von Julien war statt eines Punktes ein roter Stern gemalt. Auf dem ersten Foto trug er seine frisch Angetraute auf den Armen. Sie hatte einen Arm um seinen Hals geschlungen, und beide strahlten um die Wette in die Kamera. Maries Mutter stand ihre mädchenhafte Unbekümmertheit ins Gesicht geschrieben und Julien sein immenser Stolz. Die dunkelhaarige Loren war damals vierundzwanzig Jahre alt gewesen, sehr hübsch und grazil, und der fünfundzwanzigjährige Julien neben ihr strotzte nur so vor Lebenskraft. Damals war er noch rank und schlank gewesen, inzwischen hatte er eine ganz schöne Wampe. Außerdem hatte er noch dichte Locken, während er mittlerweile fast kahl war. Léonie blätterte weiter. *Mon dieu*, waren sie da alle noch jung. Auf einem der Fotos erkannte sie im Hintergrund sich selbst und Georges. Sein Blick war, wie auf allen Bildern, etwas grimmig, obwohl er an diesem Tag einer der Hauptakteure gewesen war: Er hatte Loren zum Traualtar geführt. Léonie erinnerte sich daran, wie sie abends mit ihm getanzt hatte. An dem Abend hatten sie sich wie ein offizielles Paar gefühlt. Und da war ein Foto von der geschmückten Kirche. Überall Flieder, das sah so hübsch aus! Die Hochzeit hatte im Wonnemonat Mai stattgefunden. Léonies Blick fiel auf ein Foto von ihrer Schwester Madeleine: Sie hatte sich nicht sonderlich festlich gekleidet und trug natürlich eine Hose. Noch nicht einmal zur Hochzeit ihrer einzigen Tochter hatte sie ein Kleid angezogen!

An dem langen, festlich gedeckten Esstisch, den sie im Hof aufgestellt hatten, saßen auch Madame Durand und ihr betagter Vater. Beide fielen durch ihre Eleganz auf. Und dieser süße, rundliche Junge? Das war Jacques, der Besitzer des Café de la Place! Und mit wem spielte er da auf dem Hof? Sieh an, das waren doch die Zwillinge Danielle und Laurence, die man damals noch nicht voneinander unterscheiden konnte. Ja, Hochzeiten waren immer auch Heiratsbörsen – das galt anscheinend auch für die anwesenden Kinder. Dann erkannte sie die Eltern von Julien, die inzwischen längst verstorben waren. Sie hatten nach der Scheidung kein einziges Wort mehr mit den Merciers gesprochen. Juliens Familie hatte sich nie von dieser Schmach erholt.

Léonie richtete die Taschenlampe auf eine Nahaufnahme von Julien und warnte ihn: »Wag es ja nicht, meiner Marie etwas anzutun – sonst bringe ich dich eigenhändig um!«

*

Es war ein karger Raum. Zwei Stühle, ein Tisch, ein Fenster mit Gittern. Leblanc musterte Philippe Lavaud, der ihm mit gesenktem Kopf gegenübersaß und schwieg. Schon seit zehn Minuten. Leblanc musste sich beherrschen. Am liebsten hätte er den jungen Mann am Kragen gepackt und gründlich durchgeschüttelt. Aber er hatte sich eine Taktik überlegt. Wenn Lavaud romantische Gefühle für Hélène Bouet hegte und sie sein Ein und Alles war, musste er den Kerl an diesem neuralgischen Punkt treffen. Vielleicht würde er dann reden.

»Monsieur Lavaud, Ihr Schweigen veranlasst mich zu der Annahme, dass Sie Hélène Bouet schützen wollen«, sagte er unvermittelt. »Sie haben Madame Lacroix in ihrem Auftrag umgebracht.«

Lavaud zuckte zusammen.

Aha, auf die Weise kommen wir voran, dachte Leblanc. Also weiter im Text.

»Wie haben Sie erfahren, dass Madame Lacroix auf dem Grundstück der Durands war?«

Lavaud schwieg eisern.

»Warum sind Sie auf sie losgegangen?«

Keine Reaktion.

»Warum haben Sie sie erdrosselt, nachdem sie bewusstlos am Boden lag?

Weiterhin keinerlei Antwort.

»Wann genau hat Hélène Bouet Sie mit dem Mord beauftragt?«

Lavaud schloss kurz die Augen und räusperte sich.

Gleich ist er so weit.

»Gut, dann lasse ich sie jetzt hierherbringen zum Verhör. Es tut mir zwar leid, dass sie Madame Durand allein lassen muss – die arme Frau ist ja wirklich auf ihre Hilfe angewiesen –, aber es lässt sich nicht ändern.« Leblanc erhob sich langsam von seinem Stuhl.

»Nein, bitte nicht«, murmelte Lavaud kaum hörbar.

Na endlich. Mal sehen, was jetzt kommt, dachte Leblanc und ließ sich wieder auf seinen Platz sinken.

»Sie liegen völlig falsch. Ich habe die Frau nicht umgebracht.«

Leblancs Ton blieb hart, als er entgegnete: »Warum sollte ich Ihnen das glauben?«

»Ich erkläre es Ihnen. Aber bitte lassen Sie Hélène in Ruhe. Sie hat damit nichts zu tun.« Lavauds Stimme klang flehentlich. »Ich habe Girard die letzten Wochen beobachtet und begriffen, dass er etwas im Schilde führte. Der ist immer um das Anwesen von Madame Durand geschlichen. An einem Nachmittag hatte er diese Madame Lacroix mitgebracht. Die sind über das Grundstück spaziert, als würde es ihnen gehören. Arm in Arm. Die sahen so selbstzufrieden aus. Ich konnte es nicht fassen. Hélène wollte ich nicht gleich davon erzählen. Sie wusste ja, dass ich auf Girard eifersüchtig war, und hätte mir kein Wort geglaubt.«

Leblanc musste kurz wieder an Maries Fototipp mit dem Handy denken. »Wieso haben Sie die beiden nicht fotografiert? Das wäre der Beweis gewesen.«

»Weil ich noch ein altes Handy habe. Ich bin ein Technikmuffel, mir ist das alles zu kompliziert.«

Leblanc glaubte ihm das unbesehen und hatte sogar Verständnis dafür. Dass alle Leute ständig mit ihren Handys beschäftigt waren, nervte ihn ohnehin.

»Warum haben Sie nach Girards Tod immer noch geschwiegen? Uns hätten Sie das erzählen können.« So schnell ließ Leblanc nicht locker. Er wollte mehr wissen.

»Ich wusste, wie unglücklich Hélène war, und wollte nicht noch einen draufsetzen. Wenn die Polizei es gewusst hätte, dann wäre Hélène bestimmt auch zu dieser Sache befragt worden. Verstehen Sie doch – ich wollte ihr nicht noch mehr Kummer machen.«

»Und warum haben Sie versucht zu fliehen? Das ergibt keinen Sinn.«

Philippe zuckte mit den Schultern. »Ich hab Panik bekommen. Ich hatte noch nie mit der Polizei zu tun.«

Diesen Fluchtinstinkt kannte Leblanc. Er hatte ihn in all den Jahren als Polizist schon öfter bei Verdächtigen erlebt, selbst bei denen, die unschuldig waren.

»Und wie kam es nach Ihrer Entlassung aus der U-Haft zu der Auseinandersetzung mit Madame Lacroix, die Sie angeblich nicht ermordet haben?«

»Sie hat mich angegriffen! Ich habe mich zuerst nur gewehrt. Aber die Frau war kräftig. Was hätte ich sonst machen sollen?«

Der junge Mann konnte doch nicht wirklich so naiv sein. Leblanc wurde langsam ärgerlich.

»Deshalb ist sie auch tot – und Sie nicht. Monsieur Lavaud, Sie müssen schon etwas präziser werden. Das hier ist ein Verhör, und Sie werden des Mordes verdächtigt. Sind Sie sich eigentlich klar über den Ernst der Lage? Und wir sprechen hier nicht von einem, sondern von zwei Morden! Eine angemessene Kooperationsbereitschaft zeigen Sie bisher nicht. Dann werde ich also doch Madame Bouet holen lassen.« Diesmal stand Leblanc wirklich auf.

»Bitte nicht«, sagte Lavaud geradezu flehentlich. »Ich will es Ihnen ja erklären. Aber das ist nicht so einfach. Ich brauche ein bisschen.«

Leblanc setzte sich wieder. »Okay, dann mal los!«

»Nach Feierabend arbeite ich schwarz beim B & B am Dorfausgang. Am Tag nachdem ich aus der Untersuchungshaft kam, also am Dienstag, musste ich bei denen die Waschmaschine reparieren. Dabei habe ich gehört, wie sie von der Frau gesprochen haben, die Girards Sachen holen wollte. Da dachte ich natürlich sofort an die Frau, die ich mit ihm gesehen hatte. Und als ich später mit Fido eine Runde gedreht habe, bin ich am Tatort vorbeigekommen und habe einen Rosenstrauß gesehen. Ich weiß, dass Hélène keine Rosen mag, weil die stechen. Die Blumen konnten also nicht von ihr sein. Und da habe ich mir gedacht, dass sie von der Frau sein mussten, die ich Arm in Arm mit dem Radler auf dem Durand-Anwesen gesehen hatte.«

»Das erklärt nicht, wie Sie erfahren haben, wann genau Madame Lacroix erneut auf dem Grundstück von Madame Durand auftauchen würde.«

»Ich wollte mir die Frau bei der ersten Gelegenheit vorknöpfen. Ich war mir sicher, dass sie bald wiederkommen würde.«

Endlich kam mal Leben in den Jungen. Dabei fiel Leblanc ein, dass Lavaud immerhin schon Mitte dreißig war.

»Erzählen Sie weiter.«

»Ich arbeite für die Gemeinde, als Mädchen für alles, wenn Sie so wollen. Da bin ich zwangsläufig viel draußen. Die Gemeinde hat – um was für den Umweltschutz zu tun – so kleine Elektrowagen angeschafft, die wie diese Golfcarts aussehen. Die hört man nicht. Bei den Touristen in den Gassen kann es gefährlich sein, wenn sie einen nicht hören, aber in dem Fall war es ganz praktisch.«

»Wie meinen Sie das?«

»Ab Mittwochmorgen habe ich immer mal wieder eine Runde um das Anwesen von Madame Durand gedreht. Dubosc hat mich ja sowieso auf dem Kieker, und deshalb war's mir egal, falls das rauskommen sollte.«

Der kann ja plötzlich richtig viel reden, dachte Leblanc.

»Irgendwann habe ich den roten Sportwagen gesehen und kurz darauf die Frau, wie sie durch den Trüffelhain von Madame Durand lief. Ich bin zu ihr hin und habe sie darauf hingewiesen, dass es ein Privatgrundstück sei und ich die Polizei rufe, wenn sie nicht sofort verschwinden würde. Die ist gleich ausgerastet und hat mit einem Holzprügel nach mir geschlagen!«

»Einfach so?«

Lavaud nickte. »Sie wurde richtig hysterisch und hat Hélène als Flittchen beschimpft. Und dann habe ich zurückgebrüllt. Daraufhin ist sie handgreiflich geworden. Da hab ich mich verteidigen müssen und sie weggestoßen. Ich bin vielleicht kein Hüne, aber ich habe Kraft. Sie ist auf den Rücken gefallen und hat sich danach nicht mehr bewegt. Sie hatte seitlich am Kopf eine Wunde. Ich dachte zuerst, ich hätte sie umgebracht. Das wollte ich doch nicht! Aber dann hat sie sich kurz wieder aufgerichtet. Und da bin ich weggelaufen.«

»Warum haben Sie auch geschwiegen, nachdem Sie wegen dieses zweiten Mordes festgenommen wurden?«

»Weil es nichts zu sagen gibt. Mir ist es egal, wenn Sie mich wegen eines Mordes verhaften, den ich nicht begangen habe. Ich lebe ja sowieso schon wie ein Gefangener.«

Leblanc dachte an Philippes Haus und verstand, was er meinte.

»Aber Hélène hat nichts damit zu tun«, beteuerte er. »Ich habe mit ihr nie über Girard oder diese Frau gesprochen. Das müssen Sie mir glauben, auch wenn ich es nicht beweisen kann.«

Lavauds Erklärungen ergaben zwar einen Sinn, aber in seiner Laufbahn als Polizist hatte Leblanc schon viele gut erzählte Lügengeschichten gehört und blieb daher skeptisch. »Nun gut. Sie werden aber verstehen, dass ich Sie beim jetzigen Stand der Dinge nicht laufen lassen kann. Es gibt keine Beweise für Ihre Unschuld. Oder sind Sie jemandem begegnet, als Sie weggelaufen sind?«

Lavaud lachte fast. »Ich war nach dem Streit so fertig und hab am ganzen Leib so gezittert, dass ich zunächst in den Wald gerannt bin und mich dort versteckt habe.« Er schaute Leblanc eindringlich an und fügte hinzu: »Ich hab wohl einfach nicht das Zeug zum Helden.«

Der letzte Satz gefiel Leblanc. Dieses selbstkritische Eingeständnis machte den Verdächtigen schon fast sympathisch.

»Und Marie Mercier haben Sie nicht in der Nähe des Anwesens von Madame Durand gesehen?«

»Marie? Nein, wieso?«

»Schon gut.« Leblanc wollte Lavaud ganz bestimmt nicht erklären, was es mit der Begegnung von Marie und Madame Lacroix auf sich hatte, und beendete das Verhör. Sein Abschied von Philippe war jetzt fast freundlich. Der ließ sich friedlich und stumm in seine Zelle zurückführen. Tatsächlich schien es ihm egal zu sein, ob er in einer Zelle saß oder woanders. Leblanc dachte wehmütig, dass für diesen jungen Mann die eigene Lebenszeit – das kostbarste Gut eines jeden Menschen – anscheinend keinen Wert besaß.

*

Marie schaute auf die Uhr: Es war zehn vor fünf. Unwillkürlich musste sie an ihre Pariser Kollegen denken. Wie sie durch Zufall erfahren hatte, nannten sie sie heimlich *Madame trop tôt* – Madame überpünktlich – und hatten sich das Kürzel MTT für sie einfallen lassen. Pauline hatte sie mit ihrer Überpünktlichkeit oft aufgezogen und ihr prophezeit, es würde ihr irgendwann noch zum Verhängnis werden. Marie würde zu einem Tatort kommen, der noch keiner war, und dann wäre sie mittendrin in dem mörderischen Geschehen. Worauf Marie immer antwortete, dass in dem Fall der Täter auch überpünktlich sein müsste.

Marie ging zu der Bank, an der sie mit Maître Delmas verabredet war, und zog ihr Handy aus der Tasche. Sie wollte ein paar Fotos schießen und sie Pauline als Vorgeschmack auf Allerheiligen zusenden. Sie schaute sich nach passenden Motiven um. Die Sonne stand schon so tief, dass sie sich im Wasser des Waschhauses spiegelte, und um ein Holzgitter rankte sich wilder Wein, der sich allmählich rot färbte. Das war schon mal sehr ansprechend, und Marie machte das erste Foto. Auch die Kapelle bot bei dem Licht einen schönen Anblick, zumal Sonnenstrahlen auf ein kleines blau-rotes Bleifenster fielen, sodass es herrlich glitzerte. Schließlich fotografierte sie ihre Turnschuhe, die von dem Spaziergang entlang des Baches voller Erde waren. Prima. Sie markierte diese drei Bilder und verschickte sie mit dem Kommentar: *So schön ist das hier!*

Pauline antwortete prompt. *Oh, neuer Landpomeranzen-Chic!* Ihre Freundin hatte einen Schuhtick und trug immer sündhaft teure, ausgefallene Schuhe mit hohem Absatz. Sobald sie eine Minute frei hatte, ging sie von Schuhgeschäft zu Schuhgeschäft und gab dort einen nicht gerade kleinen Teil ihres Gehalts aus. Sie hatte in ihrer kleinen Wohnung sogar einen speziellen Schuhschrank anfertigen lassen müssen. Vielleicht besaß sie ja gar keine Sneakers, geschweige denn Wanderschuhe. Ja, ein Aufenthalt im Périgord würde für sie als Stadtmensch der ultimative Tapetenwechsel sein.

Marie suchte auf ihrem Handy gerade nach passenden Emojis für eine Antwort, als ihr urplötzlich die Kehle zugeschnürt und ihr Oberkörper mit einem gewaltigen Ruck nach hinten gerissen wurde. Das Handy flog ihr aus der Hand. Mit den Fingern griff sie an ihren schmerzenden Hals und fühlte eine harte Schnur, die immer brutaler zusammengezogen wurde. Sie bekam keine Luft mehr. Das Kunststoffseil, mit dem die Lacroix erdrosselt wurde, dachte sie, und schiere Todesangst überkam sie. Panisch versuchte sie, die Finger darunterzuschieben. Doch es gelang ihr nicht – sie konnte sich nicht aus eigener Kraft befreien.

Dann drückte ihr Angreifer sie bäuchlings auf die Bank. Sie wollte schreien, aber sie hatte keine Stimme mehr, bekam kaum noch Luft. Sie versuchte, ihren Oberkörper zu drehen und den Widersacher abzuschütteln, aber er war einfach zu kräftig. Je mehr sie sich wehrte, desto stärker drückte er sie mit seinem Gewicht nach unten und hielt sie auf der Bank fest.

Maries Brust brannte, und vor ihren Augen begannen Funken zu tanzen. Nein, ich will nicht sterben!

Mit letzter Kraft gelang es ihr, den Kopf leicht nach hinten zu drehen. Sie wollte ihrem Mörder in die Augen sehen. Das war er ihr schuldig. Verschwommen sah sie ein Gesicht.

Es war ... Julien.

Da war er also – der überpünktliche Täter.

Sie vernahm einen kräftigen Schlag, direkt an ihrem Kopf. Spürte aber nichts mehr, denn im selben Moment verlor sie das Bewusstsein.

Kapitel 21

Beim Verlassen des Präsidiums hatte Leblanc versucht, Marie zu erreichen, aber sie war nicht ans Telefon gegangen. Schade. Gern hätte er ihre raue Stimme gehört und ihr erzählt, dass er Philippe zum Reden gebracht hatte. Inzwischen konnte er gut nachvollziehen, warum sie den jungenhaft wirkenden Mann so mochte. Philippe hatte etwas Authentisches, und er schien Hélène Bouet bedingungslos zu lieben.

Während er gemütlich durch die Altstadt von Périgueux schlenderte, dachte Leblanc über das Verhör nach. Madame Lacroix hatte die Kellnerin als »Flittchen« bezeichnet. Demnach war Girards Beziehung mit der jüngeren und sehr attraktiven Frau nicht Teil eines gemeinsamen Plans gewesen. Hatte die Lacroix Girard umgebracht? Das wäre dann ein Mord aus Eifersucht gewesen, und in Anbetracht der hübschen Nebenbuhlerin war das durchaus denkbar. Monique Lacroix finanzierte ihren Schönling, und er demütigte sie, indem er sich derweil mit einer Jüngeren amüsierte. So weit, so gut. Aber wie wäre sie an Philippes Gewehr gekommen? Das blieb ein Rätsel. Und die Rosen am Tatort ergaben dann auch keinen Sinn: Warum hätte die Antiquitätenhändlerin ihn erst umbringen und ihm dann Rosen hinlegen sollen? Es sei denn, die Rosen waren eine sentimentale Geste an die große Liebe, an die sie geglaubt hatte, und nicht für den windigen Girard gedacht gewesen, der sie so sehr enttäuscht hatte. Aber das war schon ziemlich an den Haaren herbeigezogen.

Leblanc war unzufrieden mit sich selbst. Er hatte immer noch keine halbwegs plausible Hypothese, wer Girard ermordet haben könnte. Außerdem gab es noch eine weitere wichtige Frage, die nicht beantwortet war: Wer hatte Monique Lacroix ermordet? Da musste noch jemand anderes mit im Spiel gewesen sein – möglicherweise ein weiterer Komplize oder eine Komplizin von Girard. Hélène Bouet konnte es nicht sein. Sie hatte für beide Tatzeiten ein Alibi. Wen gab es noch? Lambert Delteil. Vielleicht sollte er dahingehend weiterbohren, wobei ihm im ersten Moment kein Zusammenhang einfiel, abgesehen von dessen Affäre mit der jungen Kellnerin. Und was war mit diesem Julien Robert, den Léonie Mercier erwähnt hatte? Konnte tatsächlich Fremdenhass ein Motiv sein für diese Morde? Völlig auszuschließen war das nicht. Er beschloss, wieder nach Saint-André zu fahren und diesen Dachdecker aufzusuchen.

Unterwegs rief er Martin an und erzählte ihm von dem Gespräch mit Philippe.

Der Inspektor freute sich über diese Entwicklung und prophezeite: »Sie werden sehen, Chef, bald haben wir die Fälle gelöst!« Denn auch er war zwischenzeitlich weitergekommen. »Also, die Untersuchung des Computers von Madame Lacroix und ihres Handys hat nichts ergeben, außer dass sie penibel darauf geachtet haben muss, keine Spuren zu hinterlassen. Sie hat nur E-Mails behalten, die das Antiquitätengeschäft betrafen. Da ist nichts, was auf Girard oder irgendwelche Immobilienpläne hinweisen würde. Vor zwei Jahren hat sie den Handyvertrag bei ihrem festen Anbieter gekündigt und seitdem nur noch Prepaidhandys mit wechselnden Nummern benutzt. Gespräche und Nachrichten auf ihrem letzten Handy hat sie nach und nach gelöscht. Da ist also nichts zu finden.«

»Das ist höchst merkwürdig. Sie hatte doch einen gut gehenden Laden und musste in Kontakt mit ihren Kunden bleiben.«

»Das lief anscheinend ausschließlich über das Festnetztelefon und E-Mails. Beim Lesen der Mails habe ich viel über den Antiquitätenhandel erfahren. Da wird mit stolzen Summen gehandelt. Und sie war eine toughe Geschäftsfrau.«

»Was ist mit der Anzeige im Internet, auf die Marie, äh, Madame Mercier sich gemeldet hat?«

»Da gab es einige Kaufanfragen von Interessenten, aber die Lacroix hatte sich nur auf die Mail von Madame Mercier beziehungsweise Frau Keller gemeldet. Die erschien ihr wohl am aussichtsreichsten. Die Internetseite wurde übrigens erst am Nachmittag vor Girards Tod aktiviert.«

»Und was sagt uns das?«, überlegte Leblanc laut.

»Das frage ich mich auch die ganze Zeit.«

Leblanc stöhnte innerlich auf. »Wir müssen unbedingt Girards Computer finden. Wenn Madame Lacroix ihn haben wollte, müssen da wichtige Infos drauf sein. Ich bin auf dem Weg nach Saint-André und will dort auch die Besitzer von dem B & B besuchen, wo Girard gewohnt hat. Sie kümmern sich bitte darum, private Kontakte von der Lacroix ausfindig zu machen. Freundeskreis, Ex-Lover, Nachbarn ... Alle, die uns etwas über sie erzählen können.«

»Mach ich. Bis später, Chef.«

Als er auflegte, schaute Leblanc auf das Display seines Handys. Keine Nachricht von Marie. Leider.

*

Ein Anfall von Schwermut hatte Georges ergriffen. Léonie wollte schießen lernen! Was waren das bloß für Zeiten! Um sein inneres Gleichgewicht wiederzufinden, beschloss er, mit Augustine ein wenig durchs Dorf zu spazieren und dann zum Trüffelhain zu gehen. Als er am Café de la Place vorbeischlenderte, sah er Hélène die Treppe der Terrasse herunterkommen.

»*Bonjour*, Georges.«

»*Bonjour*, Hélène. Wie geht es dir?«

»So lala.« Sie lächelte ihn an und kraulte Augustine am Kopf, die sie mit ihrer runzeligen Nase anschubste und freudig grunzte. »Du solltest auf ihre Linie achten, die hat ganz schön zugelegt.«

»Das kann man von dir nicht behaupten.«

Sie lächelte nur.

Georges mochte Hélène, die er seit ihrer Geburt kannte. Sie war das Ebenbild ihrer Mutter, nur viel ruhiger – und leider nicht so fröhlich.

»Habt ihr ein bestimmtes Ziel?«, fragte sie.

»Wir gehen zum Trüffelhain«, antwortete Georges, der versuchte, Augustine in Schach zu halten, die anscheinend eine Futterfährte aufgenommen hatte. Tatsächlich lag zwei Meter weiter ein halbes Croissant auf dem Bürgersteig. Ihr entging nichts.

»Dann begleite ich euch. Ich habe nämlich jetzt Feierabend.«

Sie machten sich auf den Weg zum Anwesen von Madame Durand und spazierten nebeneinanderher. Georges hätte Hélène gern gefragt, was demnächst mit dem Trüffelhain geschehen sollte, aber er traute sich nicht. Er wollte sie nicht brüskieren oder wie ein Aasgeier wirken und sich mit seinen Sorgen in den Vordergrund drängen. Sie hatte schon genug am Hals.

Doch sie schien seine Gedanken lesen zu können, denn nach einer Weile sagte sie unvermittelt: »Georges, wegen des Trüffelhains – da musst du dir keine Sorgen machen. Madame Durand wird zwar vermutlich nicht mehr lange in ihrem Haus wohnen bleiben können, aber ich habe eine Vollmacht, und ich verspreche dir, dass wir alles so belassen, wie es ist. Niemand außer dir – und Augustine natürlich – wird sich mit den Trüffeln befassen.«

Georges fiel ein Stein vom Herzen. Was für ein gutes Mädchen!

»Und was wirst du machen? Willst du ganz allein in dem großen Haus bleiben?«

»Wahrscheinlich. So ein Haus sollte bewohnt sein. Ich hatte

schon einmal über Gästezimmer nachgedacht – oder vielleicht irgendetwas für das Allgemeinwohl.«

Für das Allgemeinwohl? Was meinte sie damit? Er schaute sie fragend an.

»Ich werde dieses Anwesen erben, ohne es verdient zu haben. Es fällt mir einfach so in den Schoß, sozusagen als Wiedergutmachung für den Tod meiner Eltern. Das wird sie aber nicht wieder lebendig machen. Deshalb überlege ich, was ich Sinnvolles damit anstellen kann.« Sie blieb stehen und lächelte Georges an. »Vielleicht ein Trüffel-Museum? Was meinst du?«

»Bloß nicht!«, platzte es aus ihm raus. Allein schon bei der Vorstellung von fremden Menschen, die durch den Hain spazierten und womöglich noch die Trüffeln zertrampelten, schnürte sich ihm der Magen zusammen. Hélène stupste ihn liebevoll mit dem Ellenbogen an.

»Das war ein Scherz. Ich wollte nur deine Reaktion sehen. Also gut, kein Trüffel-Museum.« Dann wurde sie wieder ernst. »Vielleicht eher ein Ferienheim für Waisenkinder. Würde ja passen.«

Als sie das Anwesen erreichten, verabschiedeten sie sich voneinander. Hélène ging zum Haus, und Georges zog mit Augustine weiter zum Hain. Hier war die Welt wieder in Ordnung, aber das grässliche Ereignis vom Vortag hing irgendwie noch schwer in der Luft. Augustine schien das nicht zu stören, sie trottete unbeirrt fröhlich weiter durch die niedrigen Eichen und schnüffelte geräuschvoll am Boden.

»Gut so, mein Mädchen«, lobte er sie. Der Trüffelhain war zweifellos auch Augustines Reich.

*

Leblanc erreichte die Höhen von Rouffignac, einem Dorf, das sich von den umliegenden Ortschaften deutlich unterschied. Im Jahr

1944 war es bis auf die Kirche und wenige benachbarte Gebäude von der SS in Brand gesetzt und in den Fünfzigerjahren nach alten Plänen wiederaufgebaut worden. Die Architektur der Häuser war allerdings seltsam gleichförmig oder, wie man auch sagen könnte, recht eintönig für die Gegend, aber dennoch hatte sich mit der Zeit eine lebendige Tausendseelengemeinde entwickelt. Hier gab es einen hervorragenden Metzger, eine gute Bäckerei und Konditorei, eine hübsche Bar mit großer Außenterrasse und einen Wochenmarkt, der sonntags viele Aussteller, Kunden und auch Touristen anzog.

Als er in die Hauptstraße des Ortes einbog, klingelte Leblancs Telefon.

»Commissaire Leblanc?«

»Ja.«

»Hier ist Agent Visla aus Montignac.«

Vislas Stimme klang unheilvoll. Leblanc machte sich auf eine schlechte Nachricht gefasst.

»Wir haben einen Anruf vom Krankenhaus in Sarlat erhalten. In der Nähe von Saint-André, bei der Kapelle von Lesjartes, ist eine Frau schwer verletzt aufgefunden worden. Versuchter Mord per Strangulation. Ein Rettungswagen war dorthin geschickt worden, nachdem es einen anonymen Anruf bei der Polizei gegeben hatte.«

Leblanc überkam eine böse Vorahnung. Bitte, bitte nicht!

»Und wer ist diese Frau?«, fragte er, so ruhig er konnte.

»Marie Mercier.«

Leblanc bremste abrupt. Hinter ihm hupte ein Autofahrer wie wild und überholte ihn dann laut schimpfend. Leblanc war das egal. Er hielt sich am Lenkrad fest. »So, jetzt tief durchatmen und ruhig bleiben«, ermahnte er sich laut. Er rief sich Maries ausdrucksstarke braune Augen und ihren zarten Hals in Erinnerung, und ihn packte eine unbeschreibliche Wut. Der Gedanke, dass man sie angegriffen hatte, war ihm unerträglich.

»Monsieur le Commissaire, sind Sie noch dran?«

»Ja«, antwortete er mit dumpfer Stimme.

»Madame Mercier schwebt nach Auskunft der Ärzte nicht mehr in Lebensgefahr, und sie wird wohl keine bleibenden Schäden davontragen.«

Vislas Worte waren eine Erlösung. Leblanc atmete aus und nahm langsam die Außenwelt wieder wahr. Er stand mit seinem Wagen mitten auf der Straße. Ein Fahrer, der ihm entgegenkam, zeigte ihm einen Vogel. Recht hatte der Mann. Leblanc legte den ersten Gang ein und drückte aufs Gas. Als er das Dorf verlassen hatte, raste er los. Dabei telefonierte er weiter über seine Freisprechanlage.

»Wissen Sie, was genau passiert ist?«

»Leider nein. Als der Krankenwagen Madame Mercier geholt hat, war sie nicht in der Lage zu sprechen.«

Das zu hören tat Leblanc weh. In der Seele und körperlich. Er spürte ein unbändiges Verlangen, sie zu sehen. Aber erst musste er mehr erfahren.

»Und woher wissen Sie das mit der Strangulation?«

»Das hat der Notarzt festgestellt.«

War das derselbe Täter, der Monique Lacroix ermordet hatte?

»Haben Sie am Tatort eine Schnur gefunden? Oder etwas anderes, was als Mordwaffe hätte dienen können?«

»Nein.«

»Gibt es irgendwelche Zeugen?«

»Nein. Die Gegend rund um die Kapelle ist ziemlich abgeschieden.«

»Wo genau ist sie gefunden worden?«

»Sie lag auf einer Bank in der Nähe eines alten Waschhauses. Kennen Sie die Stelle?«

»Ja, ich weiß, welche Sie meinen. Haben Sie den Tatort abgesperrt?«

»Ja, klar. Wir sind vor Ort.«

»Und was ist mit dem Auto von Madame Mercier?«

»Hier steht kein Auto, sondern nur ein einsames Fahrrad. Wir haben außerdem noch ein Handy am Tatort gefunden, allerdings im Becken des Waschhauses. Das Telefon dürfte also hinüber sein. Keine Ahnung, ob es Madame Mercier gehört.«

»Ich schicke Ihnen Inspecteur Martin und die Spurensicherung. Und ich fahre jetzt nach Sarlat ins Krankenhaus.«

Leblanc legte auf und rief seinen Kollegen an. Martin hob sofort ab. Ja, er würde alles organisieren und versuchen, herauszufinden, woher der anonyme Anruf kam. Dass Marie beinahe das gleiche Schicksal erlitten hatte wie Monique Lacroix, schien den Inspektor sehr zu berühren. Gestern Abend hatte er nach der Zeugenaussage noch lange mit großer Wertschätzung über sie gesprochen. Sie sei professionell und gar nicht so arrogant, wie er anfangs gedacht hatte. Eine ganz natürliche Frau, nicht so eine überkandidelte Pariserin. Bestimmt sei sie eine sehr angenehme Kollegin. Leblanc war überrascht gewesen, denn es kam nicht oft vor, dass Martin so positiv über jemanden redete.

Anschließend überlegte Leblanc fieberhaft, wie er am schnellsten zum Krankenhaus kommen würde. Von Rouffignac nach Sarlat waren es vierzig Minuten Autofahrt, doch vielleicht würde er es in dreißig Minuten schaffen, wenn er die Abkürzung über Les Eyzies-de-Tayac nahm. Andererseits war das ein belebter touristischer Ort, der Menschen aus der ganzen Welt anzog. Er war bekannt für seine zahlreichen prähistorischen Fundstätten und das imposante Nationalmuseum für Urgeschichte. Da war an Rasen also nicht zu denken.

Leblancs Gedanken sortierten sich wieder, und auch sein Puls beruhigte sich allmählich. Das war doch eigentlich gar nicht seine Art, so emotional zu reagieren. Marie hatte überlebt, das war die Hauptsache. Doch je weiter und schneller er fuhr, umso mehr wurde aus dem Entsetzen und der Sorge um Marie auch Verärgerung. Was auch ein Zeichen dafür war, wie hilflos er sich fühlte. Und das machte ihn noch ärgerlicher. »Diese Frau ist unmöglich!«, schimpfte er vor sich hin und schlug mehrfach mit der Hand auf das Lenkrad. Man konnte sie keine fünf Minuten aus den Augen lassen. Was hatte sie jetzt wieder hinter seinem Rücken angestellt? Hatte sie ihn mit dem Mittagessen nur beschwichtigen wollen – damit es ihm nichts ausmachte, wenn sie weiterhin in seinen Fällen ermittelte? Das hatte er nun davon, dass er bei der Einladung zu einem voraussichtlich guten Essen nicht Nein sagen konnte.

Nein, er wollte nicht glauben, dass sie ihn vorsätzlich hinters Licht geführt hatte. Sie mochte übertrieben spontan sein, aber für hinterlistig hielt er sie nicht. Seine Wut legte sich ein wenig. Zum Glück, denn Wut war noch nie eine gute Ratgeberin gewesen.

*

Marie erwachte in einem Zimmer, das sie nicht kannte. Vorsichtig griff sie an ihren Kopf und spürte einen Verband. Der Schmerz kam von ihrer Stirn. Dann berührte sie ihren Hals. Auch da war ein Verband. Was sollte das?

Sie verstand nicht, wo sie war. Und sie konnte sich auch nicht erinnern, was zuletzt geschehen war. Da war so ein kaltes Licht, und es roch sonderbar. Wonach? Es brauchte eine Weile, bis sie den Geruch identifiziert hatte. Hier roch es nach Krankenhaus. Sie ließ erneut den Blick durch den Raum wandern, konnte aber wegen der Schmerzen den Kopf nicht richtig bewegen. Ja, sie war in einem Krankenhaus. Aber warum? Zu erschöpft, um weiter nachdenken zu können, schloss sie die Augen und schlief wieder ein.

*

Leblanc erreichte Sarlat tatsächlich in gut einer halben Stunde. Dieser Ort war ein Juwel der Region, wie er nur zu gut wusste, und hatte mit seinem prächtigen mittelalterlichen Stadtbild schon mehrmals als Kulisse für Kinofilme gedient. Das Krankenhaus gehörte allerdings nicht zu seinen Renommiergebäuden, wie Leblanc feststellen musste. Es war ein unschöner L-förmiger Kasten aus den Siebzigerjahren und sah aus, als könnte es eine gründliche Renovierung gebrauchen.

Nachdem Leblanc sich bei der Dame am Empfang vorgestellt und nach Marie gefragt hatte, kam bereits eine Minute später der behandelnde Arzt auf ihn zu und beruhigte ihn. Marie habe sehr großes Glück gehabt. Man hatte versucht, sie zu strangulieren, aber weder Kehlkopf noch Zungenbein waren verletzt worden. Es würde keine bleibenden Schäden geben. Die Wunde am Kopf rührte von einem Schlag her, wahrscheinlich mit einem Stein. Der Schlag war allerdings so stark gewesen, dass er zu einer längeren Ohnmacht geführt hatte. Als sie eingeliefert wurde, war sie aber kurzzeitig bei Bewusstsein gewesen, und sie hatten einen Scan gemacht, um eine Gehirnerschütterung oder eine Gehirnblutung auszuschließen. Sie würden sie über Nacht zur Beobachtung auf der Station behalten. Marie hatte zum Glück keine Gehirnschäden, und sie würde spätestens übermorgen das Krankenhaus wieder verlassen können. Der Arzt hatte ihr ein Sedativum verabreicht, damit sie nach dem Schock erst mal durchschlief und ihr Körper sich von diesen Strapazen erholen konnte. Da sie jung und körperlich fit war, würde das schnell gehen.

Leblanc bat darum, sie sehen zu dürfen. Der Arzt war zunächst dagegen, da die Patientin Ruhe brauche, aber Leblanc bestand darauf und versprach, sie nicht in Aufregung zu versetzen. Er musste sie sehen. Außerdem wollte er auf sie aufpassen, bis der Polizist, der vor ihrer Tür Wache halten sollte, eingetroffen war. Jemand hatte versucht, sie umzubringen. Der Mord war fehlgeschlagen, doch es war gut möglich, dass der Täter es ein zweites Mal versuchen würde.

Sie ist immer noch in Gefahr, dachte Leblanc und spürte, dass er zutiefst besorgt und aufgewühlt war. So viele verschiedene Emotionen hatten sich an diesem Tag aneinandergereiht. Und ihn beunruhigten auch die vielen Fragen, auf die er keine Antwort wusste. Der Präfekt würde ihn bestimmt bald wieder anrufen, aber das war das kleinste Übel. Er würde den Anruf nicht annehmen, er hatte Wichtigeres zu tun.

Eine freundliche Krankenschwester führte ihn durch lindgrüne Flure bis zur Tür von Maries Zimmer. Er öffnete sie und trat ein. Marie atmete ruhig. Ihre Augen waren geschlossen, ihr Kopf und ihr Hals verbunden. Leblanc nahm einen Stuhl und setzte sich zu ihr hin. Einen Moment lang war er versucht, ihre Hand zu nehmen, aber er hielt sich zurück. Würde es ihr überhaupt recht sein, dass er hier saß? Reden konnte er ja mit ihr. Wahrscheinlich würde sie ihn ohnehin nicht hören. Die Situation erinnerte ihn an die vielen Stunden, die er an Valéries Krankenbett verbracht hatte. Nur dass Marie nicht in Lebensgefahr war, sondern schon bald wieder auf den Beinen sein würde. Die Marie, die er kannte und – wie er sich eingestehen musste – die ihm gefiel, egal was sie anrichtete.

»Du hast mir einen ganz schönen Schrecken eingejagt. Musst du eigentlich immer allein auf Verbrecherjagd gehen? Du willst also wirklich, dass man dir in Saint-André ein Heldendenkmal errichtet!«

Keine Reaktion oder irgendwelche Regungen. Sie schlief tief und fest. Er betrachtete sie. Das rundliche Gesicht, die hohe Stirn, die eher kleine Nase, das dunkle, lockige Haar. Sie hatte eine schöne Sommerbräune, und es kam ihm so vor, als würde sie selbst in diesem Zustand noch viel Energie ausstrahlen. Ihr rechter Arm lag auf der Krankenhausdecke, und er bemerkte eine Narbe oberhalb des Ellenbogens, deren Ursache vermutlich eine tiefe Wunde gewesen war. Was hatte sie da wohl angestellt?, fragte er sich. Er konnte sich gut vorstellen, dass sie schon öfter in gefährliche Situationen geraten war.

Es war unfassbar. Vor ein paar Stunden hatte er noch mit ihr am Tisch gesessen, und sie hatten gescherzt – und nun lag sie hier, dem Tod nur knapp entronnen. So war das Leben: Man bewegte sich immer haarscharf am Abgrund, auch wenn es einem selten bewusst war. Ihre Großtante fiel ihm ein. Er würde sie persönlich aufsuchen und sie über die jüngsten Geschehnisse informieren, bevor sie es anderweitig erfuhr und sich größte Sorgen machte. Der Arzt hatte ihn vorhin gefragt, wen er benachrichtigen sollte, und Leblanc hatte versprochen, das zu übernehmen.

Es klopfte an der Tür.

»*Entrez.*«

Ein Polizist schob den Kopf durch die Tür.

»Monsieur le Commissaire?«

»Ja, ich komme sofort.«

Der Polizist verschwand, und Leblanc wandte sich Marie zu.

»So, ich muss los. Versuch, in den nächsten Stunden keinen Blödsinn zu machen.« Er stand auf, und jetzt wagte er es, sanft ihre schmale Hand zu drücken.

Auf dem Weg zu seinem Wagen, den Leblanc im Halteverbot abgestellt hatte, rief Martin ihn an.

»Chef, der anonyme Anruf bei der Polizei kam von einer Dachdeckerfirma namens Robert & Fils. Die arbeiten derzeit an der Renovierung der Kapelle von Lesjartes, die mehr oder weniger direkt neben dem Tatort ist. Und der Firmensitz ist in Saint-André.«

Also doch dieser Julien!, schoss es Leblanc durch den Kopf. Das war doch nicht möglich, dass er plötzlich alle umbringen wollte, die ortsfremd waren. Oder war er vielleicht ein Komplize von Girard? Der eine verkaufte Häuser, und der andere renovierte sie? »Schicken Sie zwei Einsatzwagen zu der Firma – am besten fahren Sie selbst hin. Wenn da keiner sein sollte, dann suchen Sie die Privatadresse von Julien Robert heraus und statten ihm einen Besuch ab.«

»Kennen Sie den etwa?«, wunderte sich Martin. Seine Stimme klang ein wenig pikiert, weil man ihm eine wichtige Information vorenthalten hatte.

»Ich habe erst heute Mittag von ihm erfahren«, antwortete Leblanc. »Anscheinend hat er etwas gegen Fremde. Ich bin auf dem Weg nach Saint-André, um die Familie von Madame Mercier zu informieren, und komme dann nach. Schicken Sie mir die Adresse von diesem Robert.«

»Mach ich. Bis gleich, Chef«, antwortete der Inspektor pflichtbewusst.

Leblanc war etwas erstaunt. Eigentlich widerstrebte es Martin, nach Feierabend zu arbeiten oder gar noch mal rauszufahren, aber irgendwie schien sich etwas geändert zu haben, seit sie an diesem Fall arbeiteten. Vielleicht, weil er selbst weniger im Büro war und somit Martin mehr Freiraum ließ. Hatte er ihm womöglich zu wenig zugetraut? Vielleicht wäre der Inspektor ja sogar in der Lage, das Kommissariat zu leiten. Strukturiert genug war er.

*

Um die steifen Leinentücher aufzuweichen, die Léonie nach ihrer Zeitreise auf dem Speicher schließlich mit nach unten genommen hatte, bereitete sie gerade heißes Wasser mit Flocken von Savon de Marseille vor. Ein altes Rezept ihrer Mutter. Auch die Tücher waren bestimmt von ihrer Mutter, sie stammten aus einer Zeit, als es noch üblich war, für junge Mädchen eine Aussteuer zusammenzustellen. Gerade wollte Léonie die Tücher in das Seifenwasser legen, da klopfte es an der Tür.

Hoffentlich war es nicht Rose. Léonie hatte es den ganzen Nachmittag vermieden, in den Garten zu gehen, um sich die

Fragerei zum Besuch des Kommissars zu ersparen. Wahrscheinlich platzte sie vor Neugier. Léonie öffnete die Küchentür, fest entschlossen, ihre Nachbarin energisch abzuwimmeln. Sie war müde, der Tag war lang und aufwühlend gewesen. Jetzt wollte sie ihn nur noch ruhig ausklingen lassen. Am besten mit irgendeiner seichten TV-Show, bei der sie langsam einschlummern würde.

»Oh, Monsieur le Commissaire.« Mit solch nettem Besuch hatte sie nun gar nicht gerechnet. »Haben Sie vorhin etwas vergessen?«

Vielleicht wollte er aber auch mit Marie sprechen. Dann hätten die beiden sich ja wirklich mehr als nur versöhnt. Sehr gut!

»Nein. Darf ich reinkommen?«

Erst jetzt bemerkte Léonie, wie besorgt er aussah. Das gefiel ihr gar nicht. »Ist etwas passiert?«, fragte sie beunruhigt.

»Wollen Sie sich nicht setzen, Madame Mercier?«

Sie sah, wie er nach einem Stuhl suchte. Weshalb war er auf einmal so förmlich? Warum sollte sie sich setzen? Plötzlich kam ihr ein furchtbarer Gedanke. Marie! War ihr etwas zugestoßen? Wo war sie eigentlich?

»Ist etwas mit Marie?«

»Ja, aber sie ist außer Gefahr.«

»Wie – außer Gefahr? Was soll das heißen?« Léonie wurde schwindelig. Der Kommissar hatte einen Stuhl gefunden und schob ihn ihr schnell hin. Sie atmete tief ein, nachdem sie sich gesetzt hatte.

»Ich erkläre Ihnen, was passiert ist, aber bitte bleiben Sie ruhig. Marie geht es, wie gesagt, so weit wieder gut. Ich war bei ihr. Sie schläft.«

»Wo ist sie denn?«

»Im Krankenhaus von Sarlat.«

Léonie schlug die Hände vors Gesicht. Also hatte sie sich doch in Gefahr gebracht. Im Grunde hatte sie immer geahnt, dass es so weit kommen würde.

»Kann ich etwas für Sie tun? Möchten Sie ein Glas Wasser oder etwas Stärkeres?«

Leblancs Worte machten ihr deutlich, dass auch dieser große Mann nicht so recht wusste, wie er mit der Situation umgehen sollte. Sie musste sich zusammenreißen. Es brachte nichts, wenn sie jetzt umkippte.

»Danke nein. Was ist passiert?«

»Das erzähle ich Ihnen gleich. Würden Sie mir vorher noch eine Frage beantworten?« Leblanc nahm sich einen Stuhl und setzte sich zu ihr. »Wissen Sie, was Marie an der Chapelle de Lesjartes wollte?«

Sie schüttelte den Kopf. Was sollte Marie an der Kapelle von Lesjartes machen? Was hatte sie ihr verheimlicht?

»Nein, ich habe nur gesehen, dass sie mit dem Fahrrad weggefahren ist. Sie hat aber noch mit Georges gesprochen. Vielleicht weiß er etwas. Aber jetzt sagen Sie mir doch endlich, was passiert ist.« Der Mann machte sie noch wahnsinnig!

»Jemand hat versucht …«, er hielt inne, es fiel ihm offenbar schwer, es auszusprechen – »… jemand hat versucht, Marie zu strangulieren.«

Das war zu viel. Léonie bekam kaum noch Luft und schloss die Augen.

»Jemand hat anonym bei der Polizei angerufen«, berichtete Leblanc, »und gesagt, bei der Kapelle von Lesjartes würde eine Verletzte liegen. Sie haben einen Rettungswagen hingeschickt, der sie nach Sarlat gebracht hat.«

»Und weiß man, wer das getan hat? Den Mistkerl bringe ich um!« Und das war Léonies bitterer Ernst. Sie würde diesen Menschen töten, wenn nicht mit bloßen Händen, dann mit dem Gewehr.

»Sie bringen niemanden um. Nein, wir wissen noch nicht, wer es war.« Er beugte sich zu ihr, um ihr in die Augen zu schauen. »Madame Mercier, Sie können sich darauf verlassen, dass ich den

Täter finden werde. Glauben Sie mir, am liebsten würde ich noch eine Weile bei Ihnen bleiben und auf Sie Acht geben, aber ich muss leider gleich wieder los. Versprechen Sie mir, dass Sie ruhig hierbleiben und am besten mit niemandem darüber reden. Also auf jeden Fall nicht mit ihrer Nachbarin.«

Léonie nickte. Auf einmal fühlte sie sich zutiefst erschöpft.

»Ich versuche, später noch mal bei Ihnen vorbeizuschauen. Zumindest werde ich mich telefonisch melden.« Er nahm ihre Hände und drückte sie, als würden er und sie sich schon lange kennen.

Léonie blieb bei ihrer Einschätzung: Das war ein richtig Netter, und was passiert war, bewegte ihn ganz offensichtlich tief. Marie war ihm nicht gleichgültig.

Ein paar Minuten nachdem der Kommissar fortgegangen war, raffte sie sich auf und ging hinüber zu Georges. Es war an der Zeit, das Jagdgewehr ihres Vaters aus seiner Hülle zu holen. Danach würde sie Maries Eltern anrufen. Sie mussten erfahren, was mit ihrer Tochter passiert war.

Aus dem Augenwinkel sah sie Rose, die in Warteposition an der Mauer stand. Léonie gelang es aber, so zu tun, als hätte sie sie nicht gesehen. Rose würde sich an diesem Abend mit ihren Krimiserien begnügen müssen.

Kapitel 22

Ihre Augen waren schwer, und ihr Mund fühlte sich ausgetrocknet an. Marie stützte sich mühsam auf die Ellenbogen. Sie musste wach werden. Langsam öffnete sie die Lider und schaute sich um. Wieso hing sie an einem Tropf? Bei dem Versuch, sich weiter aufzurichten, wurde ihr schwindelig. Sie ließ den Kopf wieder auf das Kissen sinken.

Was war passiert? Um sich besser konzentrieren zu können, schloss sie die Augen. Und plötzlich kam ihr die Kapelle von Lesjartes wieder in den Sinn, dann das Waschhaus, die Bank, die Fotos, die SMS an Pauline, der Ruck nach hinten, das Gesicht – Julien! Ihr Kopf schmerzte, und sie starrte zur Decke hoch. Hatte Julien tatsächlich versucht, sie umzubringen? Aber warum jetzt, nach dreieinhalb Jahrzehnten?

Sie würde Leblanc anrufen. Vielleicht konnte er ihr mehr dazu sagen. Wo war ihr Handy? Sie tastete nach ihren Hosentaschen, bis ihr klar wurde, dass sie nur ein blaues Krankenhaushemd trug. Auf dem Nachttisch lag auch nichts, es gab noch nicht mal ein Glas Wasser. Aber auf einem Stuhl entdeckte sie ihre Anziehsachen – immerhin. Sie stellte die nackten Füße auf das beige Linoleum und richtete sich langsam auf, dabei hielt sie sich vorsichtig an der Stange mit dem Tropf fest. Unsicher bewegte sie ihre Beine. Ganz schön wackelige Angelegenheit. Es gelang ihr jedoch, sturzfrei den Stuhl zu erreichen. Sie ließ sich darauf nieder und durchsuchte ihre Kleidung – leider Fehlanzeige. Plötzlich überfiel sie das Bild ihres durch die Luft fliegenden Handys. Dann hatte sich die Sache wohl erübrigt. Mühsam kehrte sie zu ihrem Bett zurück, setzte sich auf die Kante und klingelte nach der Krankenschwester. Sie hatte furchtbaren Durst.

Auch musste sie dringend Léonie anrufen, bevor die sich Sorgen machte. So spät konnte es aber nicht sein, denn es war ja noch hell. Auf einmal fühlte sie sich unglaublich müde und schloss die Augen.

*

Leblanc nahm seinen Wagen, obwohl die Strecke vom Anwesen der Merciers bis zu Julien Roberts Haus sehr kurz war. Es handelte sich um ein großes, viereckiges Gebäude aus dem späten 19. Jahrhundert, das am Dorfausgang direkt an der Straße lag. Er parkte hinter Martins Auto und ging zum Hauseingang. Zwei uniformierte Polizisten, die dort standen, begrüßten ihn respektvoll. Kaum hatte er geklingelt, öffnete Martin ihm die Tür.

»Gut, dass Sie da sind, Chef. Er will nur mit Ihnen sprechen«, sagte der Inspektor geknickt.

Ja, es gab immer noch Leute, die eine idiotische Hierarchie-Hörigkeit hatten.

Sie durchquerten einen dunklen Flur und traten in eine große Küche, die in den Achtzigerjahren einmal modern gewesen sein mochte. Überall dunkle, schwere Eichenmöbel, die sich kaum von den braunen Fliesen am Boden abhoben.

Julien Robert saß breitbeinig am Küchentisch, auf dem eine leere Flasche Bier stand. Er trug wieder ein kariertes Flanellhemd und eine Arbeitshose mit zahlreichen Taschen. Leblanc hatte den Dachdecker von der Begegnung im Lebensmittelgeschäft deutlich weniger korpulent in Erinnerung.

»*Bonjour*, Monsieur Robert.«

»*Bonjour*, Monsieur le Commissaire. Setzen Sie sich doch.«

Leblanc ließ sich nieder und zeigte dann auf den Stuhl neben sich. »Inspecteur Martin, nehmen Sie doch bitte auch Platz«, sagte er, dann wandte er sich dem Dachdecker zu.

»Sie haben also den Rettungswagen gerufen. Erzählen Sie bitte, was passiert ist.«

»Ich arbeite derzeit an der Chapelle de Lesjartes, das Steindach muss restauriert werden. Eigentlich mache ich um halb sechs Feierabend, aber heute wollte ich früher weg, weil ich noch etwas zur Post bringen musste. Meine Sekretärin ist seit einer Woche krank, deshalb muss ich solche Dinge momentan selbst erledigen.«

»Und wann haben Sie die Baustelle verlassen?«

»So gegen Viertel vor fünf. Als ich losfahren wollte, hat mich ein Kunde angerufen und mir lang und breit erklärt, warum er mit meiner Arbeit nicht zufrieden wäre. Na ja, wie Pariser halt so sind.«

Komm auf den Punkt, Mann, dachte Leblanc, hielt sich aber mit kritischen Anmerkungen zurück. »Ja, und dann?«

»Ich wollte eine rauchen, und da ist mir aufgefallen, dass ich meine Zigaretten auf der Baustelle vergessen hatte. Der nächste Tabakladen ist in Rouffignac, also bin ich wieder zur Kapelle, um meine Kippen zu holen.«

Der Mann war wirklich etwas umständlich.

»Und was haben Sie dann gesehen?«

»Gesehen habe ich erst nichts, aber ich hab so komische Geräusche gehört. Zu der Kapelle verirrt sich selten einer, aber das hörte sich so an, als wären da zwei im Clinch. Was andere Leute normalerweise machen, ist mir eigentlich egal, aber das klang schon heftig. Ich bin den Geräuschen gefolgt und habe bei der Bank am Waschhaus eine schwarz gekleidete Gestalt gesehen, die sich über eine zweite Person beugte. Als ich näher kam, wurde mir klar, dass er versuchte, sie mit einer Schnur zu erwürgen. Da hab ich einen Stein genommen und bin schnell dahin, um dem Typen eins über den Schädel zu geben. Aber der hat mich bemerkt und ist blitzschnell zur Seite gesprungen, als ich zugeschlagen habe. Den Stein hat leider das Opfer abgekriegt, während der Angreifer weggerannt ist. Erst danach habe ich erkannt, dass es Marie Mercier war, die es erwischt hatte.« Er schüttelte den Kopf. »Dass ich der mal das Leben retten würde ... Ich fasse es nicht!«

»Monsieur Robert, haben Sie den Angreifer oder die Angreiferin vielleicht erkannt?«

»Nee, der hatte sich eine schwarze Strumpfmaske über den Kopf gezogen.«

»Sie würden also sagen, dass es ein Mann war und keine Frau?«

»Ja, das war ein Mann – oder eine sehr kräftige Frau.« Er grinste.

Leblanc und Martin lächelten nicht.

In der Tat war es wahrscheinlich ein Mann, dachte Leblanc. Marie war körperlich fit und wusste sich bestimmt zu verteidigen. Der Angriff musste von jemandem stammen, der deutlich kräftiger als sie war. »Ist Ihnen sonst etwas an ihm aufgefallen?«, fragte er.

»Nicht viel, der war halt ganz in Schwarz. Er war ein bisschen rundlich ... und nicht sehr groß.«

In Anbetracht der Tatsache, dass Robert gut über einen Meter neunzig groß war und sicherlich weit über zwei Zentner wog, war schwer zu sagen, was er mit »nicht sehr groß« konkret meinte.

»Haben Sie denn nicht versucht, ihm hinterherzulaufen?«

»Na, Sie machen mir Spaß! Ich kann die Mercier zwar nicht leiden, aber erst mal hab ich mich natürlich um sie gekümmert. Ich bin ja kein Unmensch. Die Marie lag bewusstlos da, und ich dachte erst, die ist tot. Dann hab ich aber gesehen, dass sie noch atmete, also habe ich sie vorsichtig mit dem Rücken auf die Bank gelegt und sofort die Polizei angerufen. Ich hab noch gehört, wie ein Auto wegfuhr. Da hatte aber keins auf dem Parkplatz gestanden, als ich kurz vorher da angekommen bin. Wahrscheinlich hatte der Kerl sein Auto am Waldeingang geparkt.«

»Warum sind Sie nicht bei Madame Mercier geblieben? Und warum haben Sie Ihren Namen nicht genannt, als Sie angerufen haben?«

»Ach, im Dorf wissen doch alle, dass ich sie nicht leiden kann. Und Sie wissen das ja auch seit unserer Begegnung im Laden von Odile. Ich hatte Angst, sofort verdächtigt zu werden. Bei Ihnen geht das ja offenbar sehr schnell, Sie haben ja sogar einen wie den harmlosen Philippe eingebuchtet.« Er schüttelte vorwurfsvoll den Kopf.

Leblanc ließ den letzten Satz, der ihn ziemlich ärgerte, unkommentiert und fuhr mit seiner Befragung fort.

»Nun gut, Monsieur Robert. Woher soll ich wissen, dass Sie die Gestalt mit der schwarzen Kapuze nicht erfunden und in Wirklichkeit selbst versucht haben, Marie Mercier umzubringen?«

Der Dachdecker schaute ihn fassungslos an. »Ja, und warum sollte ich dann den Notarztwagen rufen?«

»Weil Sie kalte Füße bekommen haben. Wär doch möglich, oder?«

Robert beugte sich drohend vor. »Ich bekomme nie kalte Füße, verstehen Sie? Das ist nicht meine Art. Es gibt einen bestimmten Grund, warum ich Marie nicht mag, aber ich hatte über dreißig Jahre lang Zeit, sie umzubringen, wenn ich es gewollt hätte. Ich bin kein Mörder.«

»Aber jetzt ist sie nach Saint-André gezogen, und das passt Ihnen nicht«, entgegnete Leblanc. Er wollte seinem Gegenüber damit auch andeuten, dass seine Drohgebärden ihn nicht beeindruckten.

Die Augen des Dachdeckers verengten sich zu Schlitzen, und er ballte die Fäuste. »Ich bin kein Mörder! Verstanden?«, brüllte er.

Martin saß angespannt auf seinem Stuhl. Er befürchtete wohl eine tätliche Auseinandersetzung.

Leblanc hingegen blieb gelassen. »Kannten Sie Monsieur Girard?«

»Sie meinen den Radler? Nein, hab nie ein Wort mit ihm gewechselt. Auch nicht mit der ermordeten Frau, falls Sie das als Nächstes fragen wollten.«

»Girard hat mit Immobilien gehandelt. Er hätte Ihnen gute Baustellen zuschustern können.«

»Mir braucht niemand etwas zuzuschustern!«, erwiderte Robert mit dröhnender Stimme. »Vor allem keine Fremden, die so tun, als wären sie hier zu Hause.«

»Wo waren Sie letzten Sonntagmorgen zwischen acht und neun Uhr?«, hakte Leblanc nach.

Die Frage schien den Dachdecker zu amüsieren.

»Das ist ja jetzt wie im Fernsehen. Dass ich das mal erleben würde …« Dann wurde er wieder ernst. »Bei meiner Tante hier um die Ecke.« Er zeigte Richtung Dorf. »Da hab ich eine undichte Stelle am Dach von ihrem Schuppen repariert. Wenn man Dachdecker ist, wird man ständig um solche Gefälligkeiten gebeten. Ihr Sohn, also mein Cousin, hat mir dabei geholfen.« Er schaute Leblanc an. »Das macht zwei Zeugen, Monsieur le Commissaire.«

»Und was haben Sie Mittwochmorgen gemacht?«

»Ja, was denn wohl?« Er lachte spöttisch. »Ich habe mit einem Lehrling gearbeitet, an der Kapelle. Ich arbeite eigentlich ständig. Das ist, wenn Sie so wollen, alles, was mir im Leben übrig bleibt.« Dieser Mann wirkte verbittert, aber auch äußerst bodenständig. Er war schon ein Original. Und wieder so eine einsame Seele.

»Ich möchte, dass Sie mit Inspecteur Martin zum Tatort fahren und ihm zeigen, wo der Täter Ihrer Meinung nach geparkt hat.«

Robert zuckte mit den Schultern. »Von mir aus …« Er warf

einen sehnsüchtigen Blick auf die leere Bierflasche. Anscheinend hätte er gern eine zweite getrunken.

Leblanc wandte sich an Martin. »Bestellen Sie die Spurensicherung wieder dorthin. Ich fahre noch mal ins Krankenhaus, um nach Madame Mercier zu sehen.«

»Dann grüßen Sie sie von ihrem Lebensretter«, sagte Robert. Er schlug sich mit der flachen Hand an die Stirn und rief: »Das ist echt die Krönung! Ich habe der Mercier das Leben gerettet. *Ça alors!*«

*

Aus dem Fenster seiner Wohnküche sah Georges Léonie über den Hof eilen. Es geschah selten, dass sie zu ihm kam. Normalerweise war er derjenige, der zu ihr hinüberging. Irgendetwas war mit ihr. Er stand von dem alten Holztisch aus Eiche auf, der seit jeher schon seine einfache Wohnküche zierte, als sich die Tür öffnete. Léonie betrat schweigend den Raum, schaute sich nicht kritisch um wie sonst und gab auch keine Kommentare zu seiner mangelnden Ordnung ab, sondern setzte sich gleich an den Tisch. Das war wirklich ungewöhnlich. Georges nahm wieder seinen Platz ein und wartete. Er kannte Léonie gut genug, um zu wissen, dass es sinnlos war, sie zu bedrängen.

»Was hat Marie dir gesagt, als sie losgeradelt ist?«, fragte sie. »Erinnerst du dich? Ihr habt kurz vorher miteinander gesprochen.«

Ihre Stimme zitterte. War sie wütend? Hatte Marie sie verärgert?

»Die hat sich wieder über Augustine lustig gemacht. Ob ich ihr nicht das Fahrradfahren beibringen wolle. Dummes Zeug halt. Ich weiß nicht mehr, was ...«

Dann sah er, dass Léonie zu weinen anfing, ihr Taschentuch hervorholte und ihre Augen betupfte. Er nahm ihre Hand.

»Jetzt sag schon … was ist los?«, fragte er besorgt. Er hatte Léonie seit einer Ewigkeit nicht mehr weinen sehen.

»Du musst das Gewehr holen.«

Wenn er das Gewehr holen sollte, dann musste er schon den Grund dafür wissen. Warum war sie bloß immer so störrisch?

»Léonie! Was ist passiert?«, verlangte er in ungewöhnlich strengem Ton zu wissen.

»Marie …« Sie wischte sich die Tränen ab, doch sie flossen unaufhörlich.

»Was ist mit ihr? Was hat sie angestellt?«, fragte er betroffen.

Léonie schüttelte den Kopf. »Jemand hat versucht, sie umzubringen. Sie zu strangulieren. An der Kapelle von Lesjartes.«

Es war, als hätte man ihm einen Schlag in die Magengrube versetzt. Georges rang nach Luft.

»Sie ist im Krankenhaus von Sarlat.« Léonie drückte seine Hand. »Zum Glück ist sie nicht mehr in Lebensgefahr.«

Georges stellte keine weiteren Fragen. Mehr musste er nicht wissen. Er stand auf und holte das Gewehr, das er im Besenschrank neben der Eingangstür versteckt hatte. Jetzt war wohl der Moment gekommen, in dem er seine Frauen beschützen musste. Er entfernte die Schutzhülle und legte das Gewehr auf den Tisch.

»Es kann nur Julien gewesen sein«, fauchte Léonie. »Er arbeitet an der Restaurierung von dem Dach der Kapelle, hat mir Rose neulich erzählt. Ich wusste es doch!«

Sie war aufgestanden und wollte nach dem Gewehr greifen, doch Georges hielt sie zurück.

»Nein! Von mir aus gehen wir gleich zu ihm, aber *du* rührst das Gewehr nicht an. Verstanden?«

In einem solchen Ton hatte er noch nie mit ihr gesprochen. Das war ihm klar. Doch es musste sein, denn sie war genau in der Stimmung, um weiß Gott was anzustellen. Das konnte er nicht zulassen. Er musste sie vor sich selbst schützen. Schweigend verließen sie das alte Gesindehaus. Sie brauchten keine Worte mehr.

Als sie an dem Stall vorbeikamen, hörte Georges Augustine grunzen. Schweine waren höchst sensibel. Sicherlich merkte sie, dass etwas nicht stimmte. Außerdem verließ er abends nie den Hof, sondern holte sie meistens noch für eine Stunde aus ihrem Stall. Sie liebte Gesellschaft, und oft saßen sie dann gemütlich beisammen und aßen ein paar Walnüsse.

»Bin gleich wieder da, mein Mädel«, rief Georges ihr im Vorbeigehen zu, wobei ihm klar war, dass er nicht wissen konnte, ob er wirklich zurückkommen würde. Bei dem Gedanken ging er noch schnell zum Stall und tätschelte sie am Kopf. »Mach dir keine Sorgen. Alles wird gut«, sagte er, mehr zu seiner eigenen Beruhigung.

»Georges, jetzt komm endlich!« Léonie wartete bereits ungeduldig am Tor auf ihn. Normalerweise hatte sie Verständnis für seine enge Beziehung zu Augustine, aber heute offenbar nicht.

Da es allmählich dunkel wurde, konnte er davon ausgehen, dass Rose jetzt vor dem Fernseher sitzen und sie beide daher nicht bemerken würde. Wie erwartet leuchtete das bläuliche Licht ihres überdimensionierten und plärrenden Fernsehers durch das Wohnzimmerfenster, als sie daran vorbeikamen. Georges sah, wie ihre rosa gekleidete Nachbarin auf ihrem plüschigen Sofa saß und konzentriert mit nach vorn gebeugtem Oberkörper auf den Bildschirm starrte. Man hätte meinen können, ihr Leben hinge von dem ab, was sie sich da anschaute.

Es war ihm ein Rätsel, dass jemand seine kostbare Zeit vor der Flimmerkiste vergeuden konnte. Das Leben war doch nicht unendlich. Sein Fernseher war schon vor Jahren auf dem Speicher gelandet. Ihm ging der ganze Quatsch, der da gezeigt wurde, auf die Nerven. Wenn nicht geredet wurde, wurde geknutscht oder sinnlos herumgeballert. Hatten die Menschen denn nichts Besseres zu tun? Aber das war jetzt wohl Nebensache. Er hatte das Gewehr notdürftig in eine Decke gewickelt und sich mehrere Patronen in die Hosentasche gesteckt. Er wollte ja nicht für jeden sichtbar mit geladener Waffe durch Saint-André marschieren. Léonie lief immer schneller, er kam kaum hinterher. Wenn sie etwas wollte, war sie kaum zu bremsen.

Sie kamen an dem kleinen Lebensmittelgeschäft vorbei. Odile schloss gerade ihren Laden und winkte ihnen zu. Der Überfall auf Marie schien sich in Saint-André noch nicht herumgesprochen zu haben, sonst wäre Odile bestimmt zu ihnen geeilt, um mit ihnen darüber zu reden. Er bemerkte aber an ihrem Gesichtsausdruck, dass sie sich darüber wunderte, sie beide um diese Uhrzeit durch die Gassen marschieren zu sehen. Léonie war anscheinend zu aufgewühlt, um überhaupt etwas wahrzunehmen. Sie starrte stumm auf den Boden, während sie vor ihm herlief. Lambert fuhr an ihnen vorbei. Er saß in einem brandneuen Allradwagen, wieder eine deutsche Automarke. Seine Geschäfte mussten gut laufen. Kein Wunder, seine Rechnungen waren ziemlich gesalzen, wie man sich im Dorf erzählte.

Als sie endlich den Ortseingang erreichten, wo Julien wohnte, sahen sie einige Autos vor dessen Haus stehen. Zwei Polizisten in Uniform hielten vor der Tür Wache.

»Was machen die denn hier?«, fragte Léonie irritiert.

»Die machen ihren Job.« Georges war zugegebenermaßen erleichtert, denn ihm waren unterwegs schon Zweifel gekommen, ob es sinnvoll war, einfach so mit einem Gewehr bei Julien reinzuspazieren. Schließlich war Georges kein Westernheld und Julien sehr groß und kräftig. Was, wenn er aggressiv würde? Georges würde sich nie verzeihen, Léonie in Gefahr gebracht zu haben.

»Und jetzt?«, empörte sie sich.

»Gehen wir wieder nach Hause.«

»Kommt ja überhaupt nicht …«

Léonie verstummte mitten im Satz, denn in diesem Moment öffnete sich die Haustür, und der Kommissar kam heraus, gefolgt von einem anderen Polizisten in Zivil. Er ging zu seinem Auto und nickte den draußen stehenden Beamten zu. Daraufhin betraten sie das Haus und erschienen kurz darauf mit Julien in der Tür. Dann führten sie ihn zu einem Streifenwagen und stiegen ein.

Georges erkannte den netten Visla, der sich neben Julien auf die Rückbank setzte. Irgendwie mochte er ihn. Zum Glück hatten die Polizisten Léonie und ihn nicht bemerkt. Er wollte wieder nach Hause gehen, aber Léonie wich nicht von der Stelle.

»Ich warte hier, bis er wieder da ist«, verkündete sie.

»Jetzt komm schon. Wahrscheinlich verbringt er die Nacht auf dem Revier. Bitte, ich bin müde.«

Endlich folgte sie ihm ein paar Schritte, drehte sich aber immer wieder um.

»Na warte, Bursche. Dich krieg ich noch!«, zischte sie.

*

Als Leblanc in Richtung Sarlat losfuhr, sah er im Rückspiegel zwei Personen, die auf das Haus von Julien Robert starrten. Er schaute genauer hin. Das waren doch Maries Großtante und dieser kauzige Georges! Was wollten die beiden dort? Er erinnerte sich an die Drohung der alten Dame. Vielleicht sollte er die beiden vorsichtshalber im Auge behalten. Er wendete bei der ersten Gelegenheit und näherte sich ihnen im Schritttempo. Der alte Mann trug einen länglichen Gegenstand, den er notdürftig in eine Decke gehüllt hatte. Als Leblanc auf Höhe der beiden anlangte, erschrak der alte Mann und machte eine ruckartige Bewegung. Der Kolben eines Gewehrs ragte aus der Decke heraus. Großartig!, dachte der Kommissar. Ein Rentner-Kommando, das Selbstjustiz üben wollte. Das hatte ihm gerade noch gefehlt.

»Steigen Sie ein, ich fahre Sie nach Hause!«, rief er im Befehlston durch die geöffnete Beifahrerscheibe. Trotz seiner Verärgerung konnte er ein Schmunzeln nicht unterdrücken, denn irgendwie hatten die beiden etwas Rührendes an sich – Bonnie und Clyde à la Saint-André.

Die zwei stiegen tatsächlich ohne Widerrede ein, allerdings zogen sie es vor, auf der Rückbank zu sitzen. Eine Geste von Leblanc genügte, um Georges zu veranlassen, ihm das Gewehr auszuhändigen.

»Ist es geladen?«

Der alte Mann schüttelte bekümmert den Kopf. Durch den Rückspiegel konnte Leblanc erkennen, wie müde und mitgenommen sie waren. Sie brauchten jetzt keine Standpauke, also sagte er eine kleine Weile nichts. Als sie bei Léonies Haus ankamen, lud er sich auf einen Kaffee ein. Maries Großtante bot dazu einen Schnaps an. Leblanc lehnte ab, denn er musste ja noch fahren, aber Georges nickte sofort und schenkte auch Léonie ein Glas ein.

Für sie war es nahezu unerträglich, ihre geliebte Großnichte im Krankenhaus zu wissen und nichts für sie tun zu können. Um sie zu beruhigen, rief Leblanc noch einmal im Krankenhaus an und stellte auf Lautsprecher, als er mit dem Arzt sprach. Maries Zustand war stabil. Sie würde dank des Beruhigungsmittels die Nacht durchschlafen und voraussichtlich am nächsten Tag wieder fit sein. Leblanc bestand darauf, dass man ihn anrief – egal zu welcher Zeit –, sobald Marie aufwachte; immerhin ging es um laufende Ermittlungen in einem Mordfall. Der Arzt versprach, ihn sofort zu benachrichtigen. Nachdem das Telefonat beendet war, lächelte Leblanc der alten Dame aufmunternd zu.

»Sind Sie jetzt ein bisschen beruhigt?«, fragte er sie. »Sie haben ja gehört: Marie ist in guten Händen, und ihre Verletzungen sind nicht gravierend. Sie hat Glück gehabt. Bald ist sie wieder zu Hause.«

Madame Mercier nickte tapfer.

Georges hob sein Schnapsglas und sagte: »Auf Marie!« Er brauchte wohl dringend Stärkung.

Leblanc dachte daran, dass er heute zum dritten Mal in dieser urgemütlichen Küche saß. Von der entspannten Stimmung am Mittag waren sie jedoch Lichtjahre entfernt. Vor allem fehlte Marie. Um sich von solchen traurigen Gedanken abzulenken, schaute er sich um. Auf dem Küchenschrank entdeckte er ein gerahmtes Foto und zeigte darauf.

»Darf ich?«

»Natürlich.« Madame Mercier nickte ihm müde zu.

Leblanc stand auf und betrachtete das Bild. Marie saß mit einer alten Frau auf der Holzbank vor der Küche und strahlte in die Kamera. Es war nicht zu übersehen, dass die beiden verwandt waren.

»Das ist Marie mit meiner verstorbenen Schwester Madeleine«, erklärte Léonie Mercier. »Die beiden haben sich sehr geliebt.«

»Das sieht man.« In diesem Haus herrschte eine besondere Herzenswärme; das war ihm am Mittag schon angenehm aufgefallen.

Als er sich wieder hinsetzte, spürte er einen harten Gegenstand in seiner Jackentasche. Das Handy vom Tatort, das aus dem Becken des Waschhauses gefischt worden war. Martin hatte es ihm gegeben, als er das Haus von Julien Robert verließ. Er war sich ziemlich sicher, dass es Marie gehörte, denn er glaubte es bei ihr gesehen zu haben. Um sicherzugehen, holte er die Plastiktüte mit dem Handy aus seiner Jacke und hielt es ihrer Großtante hin.

»Ist das Maries Handy?«

Sie schaute nicht auf das durch einen Riss beschädigte Display, sondern drehte das Telefon sogleich um und zeigte Leblanc ein hinter der durchsichtigen Schutzfolie durchweichtes Kleeblatt, das vor längerer Zeit getrocknet worden war.

»Ihr Glücksbringer. Hat es ihr nun geholfen oder nicht?«, fragte sie ihn mit einem traurigen Lächeln.

»Natürlich geholfen! Sie ist dem Täter entkommen, sie lebt und ist nicht schwer verletzt. Das Kleeblatt hat ganze Arbeit geleistet.« Es hätte auch völlig anders ausgehen können, dachte er, aber das behielt er besser für sich.

»So wird es sein.« Die alte Frau wischte sich eine Träne aus dem Gesicht. »Sie wird ihr Telefon bestimmt vermissen, wenn sie aufwacht. Sie hat es immer bei sich. Ihr jungen Leute seid ja süchtig nach den Dingern.«

»Ich bringe es ihr morgen, sobald ich sie besuchen kann. Allerdings fürchte ich, dass es nicht mehr zu gebrauchen ist.«

»Das ist ja wohl das kleinste Übel«, bemerkte Georges. »Hauptsache, Marie hat überlebt.« Er tätschelte zärtlich die Hand von Madame Mercier.

Ob die beiden ein Paar sind?, fragte sich Leblanc im Stillen. Er schaute auf die Uhr. Es war bereits neun. Die Nacht war längst angebrochen, und er wollte heute noch nach Sarlat fahren. So wie es aussah, hatten die beiden alten Leute sich beruhigt. Leblanc betrachtete mit einer gewissen Rührung, wie sie in vertrauter Zweisamkeit nebeneinandersaßen.

Als er sich verabschiedete und aufstand, sprach Georges ihn auf das Gewehr an, das noch im Auto lag.

»Ach, das bewahre ich erst mal für Sie auf.« Er schaute ihn absichtlich etwas streng an. »Und kommen Sie bloß nicht wieder auf dumme Gedanken. Wir tun alles, um herauszufinden, wer Marie angegriffen hat – und Sie mischen sich bitte nicht ein. Haben Sie mich verstanden?«

Maries Großtante warf ihm einen trotzig-vorwurfsvollen Blick zu, während der alte Mann peinlich berührt auf seine Hände schaute.

»Sie beide sollten sich jetzt ausruhen. Es war ein anstrengender Tag. Versuchen Sie zu schlafen. Und Sie werden sehen – morgen wird alles wieder gut.«

Auf dem Weg nach Sarlat wählte Leblanc die Nummer von Martin. Der Asphalt glitzerte im Mondschein, schon bald würde es einen schönen Sternenhimmel geben.

»Ich wollte Sie gerade anrufen, Chef. Wir sind mit Julien Robert zu der Kapelle gefahren, und er hat uns zu der Stelle geführt, wo das Auto, das er gehört haben will, vermutlich abgestellt war. Da sind tatsächlich frische Reifenspuren von einem PKW. Es war aber schon stockdunkel, viel konnten wir nicht mehr erkennen. Deshalb habe ich alles absperren lassen. Morgen früh werden die Techniker die Spuren genauer untersuchen. Zum Glück ist kein Regen angesagt.«

»In Ordnung. Und was ist mit dem Dachdecker?«

»Wir haben ihn gehen lassen und seine Papiere dabehalten, genau wie Sie es angeordnet haben. Ich persönlich halte ihn auch nicht für schuldig, er ist ja eher ein brummiger Teddybär. Wenn Sie mich fragen … der geht jetzt nirgendwo mehr hin, außer zum Kühlschrank, um mit ein paar kühlen Bieren den Tag abzurunden.«

»Gut, dann machen wir morgen weiter. Vielen Dank, Martin!«

Gemächlich fuhr Leblanc nach Sarlat, denn er spürte, dass auch er erschöpft war. Außerdem musste man in dieser ländlichen Gegend nach Einbruch der Dunkelheit immer damit rechnen, dass plötzlich Wild über die Straße lief.

In Sarlat angekommen, nahm er sich ein kleines Hotelzimmer für die Nacht. Er wollte schnell ins Krankenhaus, sobald Marie wach wurde. Um essen zu gehen, war es zu spät. Egal, er hatte ja am Mittag bei Madame Mercier üppig gespeist. Also kaufte er sich ein Sandwich in einer Bar und spazierte damit durch die Altstadt, um sich abzulenken. Er merkte, dass er trotz seiner Erschöpfung noch immer angespannt war. *Sarlat by night* war fast wie eine Filmkulisse. Es gab Bauten aus dem Mittelalter, aus der Renaissance und dem Barock, und alles Sehenswerte war kunstvoll in warmen Tönen angestrahlt.

Das letzte Mal war er hier mit Valérie ausgegangen. Sie hatten eine Theateraufführung während des Open-Air-Festivals besucht, das jeden Sommer hinter der Kathedrale stattfand. Leider war die Stadt mittlerweile vollständig in der Hand des Tourismus. Es gab viel zu viele Souvenirläden, und ein Restaurant reihte sich ans andere. Leblanc bedauerte das. Dennoch, die Stadt war und blieb majestätisch. Man musste sie gesehen haben. Vielleicht nicht während der Hauptferienzeit im August, aber an einem lauen Septemberabend wie diesem war es ein Erlebnis.

Nachdem er eine Weile auf der großen Place de la Liberté verbracht hatte, schlenderte er hinter dem Rathaus durch die engen Gassen und gelangte zur Kathedrale. Nach ein paar Metern erreichte er die schmale, dreistöckige Maison de La Boétie, das Haus des Politikers und Schriftstellers Etienne de La Boétie aus dem 16. Jahrhundert. Während er die Butzenscheiben bewunderte, dachte Leblanc an den Satz, mit dem der Humanist Michel de Montaigne nach dem frühen Tod von La Boétie die Freundschaft beschrieb, die sie beide verbunden hatte: »*Parce que c'était lui, parce que c'était moi.*« – Weil er er war, weil ich ich war. In so wenigen, einfachen Worten war alles gesagt, und das nötigte Leblanc Bewunderung ab.

Er spazierte weiter den Hügel hoch zur Lanterne des Morts, der zylindrischen Totenleuchte aus dem 12. Jahrhundert, um den Blick über die Stadt zu genießen. Wieder einmal wurde ihm bewusst, welches Glück er hatte, dass er in dieser schönen Gegend leben durfte. Und er dachte an Marie, die den Entschluss gefasst hatte, zumindest für eine längere Zeit im Périgord zu bleiben. Das war bestimmt eine gute Entscheidung. Sie würde davon profitieren und vielleicht auch ein bisschen mehr Abstand zu dem hektischen Leben gewinnen, das sie bislang geführt hatte. Es war ein sonderbares Gefühl, sie nur ein paar hundert Meter entfernt zu wissen. Hoffentlich schlief sie ruhig. Es war ein schlimmer Tag für sie gewesen. Sie mochte stark sein, doch es würde sie noch viel Kraft kosten, diesen brutalen, lebensbedrohlichen Angriff seelisch zu verarbeiten. Hoffentlich würde ihr das auch bewusst sein.

Schließlich entschied er, ins Bett zu gehen, denn morgen würde es wieder ein langer Tag werden. Und er wollte Marie so früh wie möglich besuchen. Nicht nur, weil er sich Sorgen um sie machte. Er brauchte auch dringend ihre Aussage.

Freitag

Kapitel 23

Marie saß aufrecht im Krankenhausbett, und ihre Hände lagen mit der Innenseite nach oben auf ihrem Schoß. Sie konzentrierte sich darauf, langsam ein- und auszuatmen. Durch das Fenster sah sie, wie es draußen allmählich hell wurde. Der Himmel hatte einen rosaroten Schimmer. Es würde ein schöner Tag werden, und den hätte sie beinahe nicht mehr erlebt. Einatmen, ausatmen. Das half.

Nach dem Aufwachen hatte sie unter einer Panikattacke und Atemnot gelitten. Sie konnte allmählich wieder klar denken und fragte sich unaufhörlich, warum Julien sie hatte umbringen wollen. Man erwürgte doch nicht jemanden, nur weil man ihn nicht mochte. Und sie hatte ihm nichts getan. Ihre Mutter, ja – aber sie nicht. Juliens Versuch, sie zu ermorden, bedeutete zudem, dass er Madame Lacroix umgebracht hatte. Wieder überkam sie diese Todesangst, die sie gestern verspürt hatte. Einatmen, ausatmen. Sie musste dringend mit Michel sprechen. Warum hatte sie das nicht schon getan? Wahrscheinlich wusste niemand außer ihr, dass Julien sie angegriffen hatte. Schon wieder überkam sie diese Panik. Es klopfte an ihrer Zimmertür.

»Herein!«, rief sie zögerlich und atmete erleichtert auf, als Michel Leblanc das Zimmer betrat und sie anlächelte.

Er war unrasiert, und sie fand, dass es ihm gut stand. Noch nie hatte sie sich so gefreut, ihn zu sehen.

»Darf ich?«, fragte er und rückte, ohne ihre Antwort abzuwarten, einen hässlichen Stuhl aus hellblauem Kunstleder an ihr Bett.

»Wie geht es Ihnen? Äh … dir. Ich wollte dir eigentlich ein paar Blumen bringen, aber die Geschäfte haben noch nicht auf.«

»Ich glaube, ganz gut.« Ihre Stimme war heiser, doch sie war dankbar, dass sie überhaupt sprechen konnte.

»Du hast mir einen ganz schönen Schrecken eingejagt.« Er schaute sie ernst an. »Was genau ist passiert, Marie?«

»Ich war mit Maître Delmas verabredet. Er wollte mir irgendwelche Erbschaftsunterlagen geben, die er bei meinem letzten Besuch in der Kanzlei vergessen hatte, mir auszuhändigen.« Sie brauchte ihm ja nicht aufs Brot zu schmieren, was der wahre Grund gewesen war, weshalb sie den Notar kontaktiert hatte. »Wir haben uns kurzfristig an der Kapelle von Lesjartes verabredet, weil er anschließend einen Termin in der Nähe hatte. Dann hat mich plötzlich jemand von hinten angegriffen. Das Letzte, was ich gesehen habe, war das Gesicht von Julien Robert. Danach war nur noch Dunkelheit um mich.«

Ihr Hals schmerzte, aber das erzählte sie ihm lieber nicht. Sonst kam er noch auf die Idee, dafür zu sorgen, dass sie länger im Krankenhaus blieb.

»Julien Robert hat bei der Polizei angerufen.«

»Wie bitte?«

»Er sagt, er habe dich gerettet, als jemand versuchte, dich zu erwürgen.«

Sie kramte in ihrem Gedächtnis, kam jedoch zu keinem anderen Ergebnis. »Ich habe nur Juliens Gesicht gesehen. Niemanden sonst. Es kann nur Julien gewesen sein. Auch wenn mir beim besten Willen kein plausibler Grund einfällt.«

Er zeigte auf den Verband an ihrem Kopf. »Er hat ausgesagt, dass er deinen Angreifer mit einem Stein k. o. schlagen wollte. Der Kerl ist jedoch im letzten Moment ausgewichen und weggerannt, sodass Julien aus Versehen dich mit dem Stein erwischt hat.«

Automatisch fasste sie sich an den Kopf und spürte unter dem Verband die dicke Beule.

»Konnte er das irgendwie beweisen?«

»Nein.«

»Vorausgesetzt, es stimmt, was er sagt: Wer sollte es dann gewesen sein?« Sie schnaubte. Falls Julien ihr tatsächlich das Leben gerettet hatte, wäre dies eine Ironie des Schicksals.

»Laut Robert ein Mann mit einer Strumpfmaske. Nicht sehr groß und eher rundlich.«

Ihr wurde mulmig.

»Könnte das auf Maître Delmas zutreffen?«, wollte Leblanc wissen.

»Ja, der ist nicht sehr groß und ziemlich beleibt. Aber warum sollte er mich umbringen? Das macht keinen Sinn. Uns verbindet nichts, außer dass er der Notar meiner Großmutter war.«

»Vielleicht war er auch der Notar des Girard-Lacroix-Gespanns.«

Merde!, fluchte sie im Stillen. Bis jetzt war sie davon ausgegangen, dass Julien sie angegriffen hatte. Doch wenn es womöglich Delmas gewesen war, dann musste sie Michel die Wahrheit über die gestrige Verabredung sagen. Auch wenn das unangenehm für sie werden könnte. Sie räusperte sich.

»Also, um es genauer zu sagen: *Ich* habe gestern Delmas angerufen und ihn um ein Gespräch gebeten. Ich wollte herausfinden, wie es Girard gelingen konnte, ein Haus zu verkaufen, das ihm gar nicht gehört.«

Michels Gesichtszüge wurden hart, wie vorgestern bei der ermordeten Madame Lacroix. Sie erzählte schnell weiter, bevor er ihr Vorwürfe machen konnte.

»Das traf sich gut, weil er, wie gesagt, noch Unterlagen für mich hatte.«

Michel betrachtete sie weiterhin mit finsterer Miene, blieb aber stumm. Sie überlegte, was sie sonst anführen konnte. Sie wollte nicht, dass er schon wieder sauer auf sie war. Ihr Handy fiel ihr wieder ein.

»Habt ihr mein Handy am Tatort gefunden? Vielleicht hatte Delmas mir kurzfristig abgesagt, dann wäre er also nicht dort gewesen. Das würde uns weiterbringen.«

Er griff in seine Jackentasche und reichte ihr die Tüte mit dem Handy.

»Die Spurensicherung hat es aus dem Becken des Waschhauses gefischt.«

Oh nein! Sie packte es aus und versuchte vergeblich, es wieder einzuschalten. Auch das noch! Zwar machte sie regelmäßig ein Back-up von ihren Handydaten, aber an ihre Nachrichten würde sie nicht mehr herankommen. Soweit sie sich erinnerte, hatte sie irgendwo noch ein ausrangiertes Handy aus Paris herumliegen. Für den Notfall. Der war ja jetzt wohl eingetreten.

»So, dann mach ich mich mal wieder auf den Weg, bevor du auf freiem Fuß bist und auf die Idee kommst, statt meiner weiterzuermitteln«, meinte Michel trocken und stand auf.

Sie suchte nach passenden Worten, um ihn wieder versöhnlich zu stimmen, als plötzlich laute Stimmen vom Gang her zu vernehmen waren.

Michel griff nach seiner Dienstwaffe.

»Steht draußen eine Wache?«, fragte sie ihn.

Er nickte nur.

War ja klar. Das hätte sie an seiner Stelle auch veranlasst.

Er deutete ihr an, leise zu sein, und ging Richtung Tür. Die Stimmen kamen näher, wurden noch lauter.

Marie überkam ein sonderbares Gefühl. Eine der Stimmen war ihr sehr vertraut. Aber das konnte doch nicht sein!

In dem Moment riss Michel die Tür auf und richtete seine Waffe auf einen Mann, den Marie nur zu gut kannte.

»Papa!«

Michel ließ seine Waffe sinken und schaute konsterniert, wie Marie mit einer Spur Schadenfreude feststellte.

»Marie!« Ihr Vater eilte auf sie zu. »Was machst du denn für

Sachen? Wie geht es dir?«, fragte er sie auf Deutsch. Mit seinem Besuch hatte Marie überhaupt nicht gerechnet, denn sie war es gewohnt, ihre Sorgen so weit wie möglich von ihren Eltern fernzuhalten. Aber sie war unfassbar glücklich, ihn zu sehen. Es tat ihrer geschundenen Seele richtig gut. Wie hatte er es so schnell hierhergeschafft?

Michel schaute irritiert. Vermutlich sprach er kein Deutsch. Marie hatte Erbarmen mit ihm.

»Darf ich euch vorstellen?«, sagte sie auf Französisch. »Kommissar Michel Leblanc, Thomas Keller, mein Vater, soeben aus Deutschland angereist.«

Die beiden Männer reichten sich die Hand. Michel konnte zu Maries Erstaunen ein paar Worte Deutsch. Er erzählte, dass er Austauschschüler in Hamburg gewesen sei und diese Zeit in guter Erinnerung habe. Dann verabschiedete er sich, er müsse dringend los.

*

Was für eine Familie!, dachte Leblanc, als er wieder hinter dem Steuer saß und sich auf den Weg zu dem Notar machte. Maries Vater hatte ihm noch erzählt, dass er in Deutschland alles stehen und liegen lassen habe und sofort in sein Auto gesprungen sei, nachdem Maries Großtante ihn angerufen hatte, um ihm von dem Mordversuch an seiner Tochter zu erzählen. Er war die ganze Nacht durchgefahren.

Leblanc kämpfte gegen diverse Gefühle an. Er war glücklich, dass es Marie gut ging, und als er bei ihr gesessen hatte, war ihm bewusst geworden, dass in den wenigen Tagen, die sie sich kannten, etwas sehr Vertrautes zwischen ihnen entstanden war. Er war in Sachen Gefühle eigentlich nicht so spontan und schon gar kein Womanizer. Marie empfand er aber als ganz besonders. Diese spontane Familienzusammenkunft hatte ihn zudem gerührt – er würde auch sofort loseilen, wenn etwas mit Alexandre wäre. Wie gern hätte er jetzt seinen Sohn in die Arme geschlossen. Sie hatten sich schon so lange nicht mehr gesehen. Maries Vater schien sympathisch zu sein. Der war offenbar so ein ganz Ruhiger. Im Gegensatz zu seiner Tochter.

Wieder überkam ihn die Wut wegen Maries gefährlicher Alleingänge, gleichzeitig wusste er, dass er gegen seine Gefühle ankämpfen musste. Das war unprofessionell und würde ihn kein Stück weiterbringen. Dennoch, sie hatte doch gewusst, dass er den Notar kontaktieren wollte. Was hatte sie bloß geritten? Musste sie immer die Lokalmatadorin spielen?

Aber egal, er musste sich jetzt auf den Fall konzentrieren und schnellstens diesen Notar aufsuchen. Leblanc rief Martin an und bat ihn, die private Anschrift von Maître Delmas herauszufinden und sofort zwei Streifenwagen hinzuschicken. Als er die Stimme des Inspektors hörte, wurde ihm bewusst, dass er ihn aus dem Bett geklingelt hatte. Es war ja auch erst sieben Uhr morgens. Aber sie mussten jetzt schnell handeln.

»Bitte überprüfen Sie den Mailaccount von Madame Lacroix, ob dort der Name Delmas auftaucht«, sagte er. Er hörte, wie sein Assistent etwas aufschrieb. Hatte er sogar auf seinem Nachttisch ein Notizheft? Martin versprach, sich gleich zurückzumelden.

Kaum hatte Leblanc aufgelegt, klingelte sein Telefon. Er kannte die Nummer, die von der Freisprechanlage des Autos angezeigt wurde. Es war der Präfekt. Der rief ja immer früher an. Leblanc reagierte nicht darauf. Auch nicht, als der Politiker ihn noch drei weitere Male zu erreichen versuchte. Der würde erst mal warten müssen.

Die von ihm angeforderten Polizisten waren bereits da, als er im oberen Teil des Städtchens Montignac gegenüber einer großen Toreinfahrt zu einem herrschaftlichen Haus parkte. Er grüßte seine Kollegen und drückte auf die Klingel über dem vergoldeten

Namensschild *Delmas*. Zunächst tat sich nichts, und er klingelte noch zweimal. Es dauerte einige Minuten, bis sich eine unfreundliche weibliche Stimme über die Freisprechanlage meldete.

»Ja, bitte?«

War das die Gattin, von der Maries Großtante gestern erzählt hatte, oder eine Bedienstete?

»Kommissar Michel Leblanc. Ich möchte zu Maître Delmas.«

»Seit wann behelligt die Polizei friedliche Bürger um halb acht in der Früh?«

Das war dann wohl die Gattin.

»Machen Sie bitte auf, ich muss dringend mit Monsieur Delmas sprechen! Warum, erfahren Sie gleich!«, bellte Leblanc unfreundlich zurück. Mit Höflichkeit würde er hier nicht sehr weit kommen. Und tatsächlich, das Tor öffnete sich.

Ein langer und kerzengerader Kiesweg führte zum Haus. Leblanc fiel auf, dass der Garten zwar perfekt gepflegt aussah, aber ohne jeglichen Sinn für Ästhetik gestaltet worden war. Weiter hinten sah er einen protzigen Swimmingpool. Er erreichte die Haustür, die links und rechts von mannshohen Steinlöwen bewacht wurde.

Die Tür ging auf, und eine strenge, drahtige Frau mit spitzem Kinn erschien.

Er zeigte ihr seine Dienstmarke und bemühte sich erst gar nicht um ein Lächeln, das hier bestimmt vergebliche Liebesmüh sein würde. Er wies auf die Tür.

»Darf ich reinkommen?«

Die Frau verschränkte die Arme vor der Brust und versperrte ihm den Weg. »Das ist nicht nötig. Mein Mann ist nicht da.«

»Und wo finde ich ihn, bitte schön?«

Sie zuckte mit den Schultern. »Vielleicht in der Kanzlei.«

»Um diese Zeit schon?«

»Was weiß ich.«

»War er heute Nacht nicht zu Hause?«

»Wie es aussieht, nein.«

»Kommt das öfter vor?«

»Ich denke nicht, dass ich verpflichtet bin, vor der Polizei mein Privatleben auszubreiten.«

»Je nachdem schon. Und bei Mord auf jeden Fall«, erwiderte er ebenso unfreundlich.

»Was hat mein Mann mit einem Mord zu tun?«, fragte die Frau. Sie klang ziemlich gelangweilt. Unglaublich, sie schien sich überhaupt nicht für ihren Mann zu interessieren.

»Eben darüber will ich mit ihm sprechen. Wann haben Sie ihn zum letzten Mal gesehen?«

»Gestern zum Mittagessen.«

»Ich wiederhole die Frage: Passiert es öfter, dass er abends nicht nach Hause kommt?«

»Ja, durchaus.«

»Und wo er dann ist, wissen Sie nicht?«

»Nein. Interessiert mich auch nicht.« In ihrer Stimme lag Verachtung.

Nette Atmosphäre im Hause Delmas. Leblanc dachte kurz, dass er bei einer solchen Lebenspartnerin vermutlich auch öfter nicht nach Hause kommen würde. Was Menschen sich so alles antun konnten ...

Er ließ sich Delmas' Handynummer geben und ein Porträtfoto. Dann verabschiedete er sich mit knappen Worten von dessen Gattin. Dieser Tag fing gar nicht gut an.

*

Marie konnte es noch immer nicht fassen, dass ihr Vater da war. Er sah gut aus, trotz der langen Fahrt und der schlaflosen Nacht. Nachdem er sich auf ihr Bett gesetzt hatte, nahm er ihre Hände und hielt sie fest umfasst. Er war ein warmherziger Mann, und als Kind hatte sie es geliebt, sich an ihn anzukuscheln. Gefühle hatte er immer spontan und ganz natürlich ausgedrückt, das hatte er von seiner Mutter gelernt, die ihre drei Kinder mit großer Liebe aufgezogen hatte. So gesehen waren die Kellers herzlicher als die Merciers, die, wenn es um Gefühlsbekundungen ging, oft die Handbremse anzogen. So viel auch zu den Vorurteilen über französische Herzlichkeit und deutsche Zurückhaltung.

Marie und ihr Vater hatten seit jeher ein harmonisches Verhältnis, auch wenn sie sich in ihrer Kindheit und Jugend weniger gesehen hatten, als sie beide es sich gewünscht hätten. Als festangestelltem, ständig unter Zeitdruck stehendem Grafiker war es ihm nur sehr selten möglich gewesen, ein paar Tage freizunehmen, und so hatten sie hauptsächlich in den Schulferien zusammen sein können, wenn Marie nach Deutschland zu Besuch kam. Nach Paris schaffte er es leider selten. In den Sommerferien verbrachten sie immer einen Monat zusammen. Dann konnte er sich einen längeren Urlaub gönnen, weil in dieser Zeit beruflich wenig los war. Sie gingen gemeinsam wandern, schwimmen oder ins Kino. Als Marie älter wurde, machte er Städtereisen mit ihr und zeigte ihr die größten Museen Europas. Er hatte versucht, ihr seine Begeisterung für das Zeichnen zu vermitteln, aber irgendwann hatte er einsehen müssen, dass sie auf diesem Gebiet komplett unbegabt war.

»Dir ist schon klar, dass ich dich zum zweiten Mal im Krankenhaus besuche, seit du dich für diesen Beruf entschieden hast«, hielt er ihr jetzt vor. »Beim ersten Mal eine Kugel im Arm ... und nun eine Strangulation. Außerdem dachte ich, dass du ein Sabbatical machst.«

Ihr Vater hatte sich nie so richtig mit ihrer Berufswahl anfreunden können. Dass sie nach einem brillanten Jurastudium aufgrund eines Praktikums bei der Brigade Criminelle diese Laufbahn eingeschlagen hatte, war ein Schock für ihn gewesen. Er hatte prinzipiell nichts gegen die Polizei. Aber dass seine einzige Tochter Kriminalkommissarin geworden war, hatte er nicht verstehen können, zumal mit diesem Beruf erhebliche Risiken für Leib und Leben einhergingen.

»Bist du jetzt tausend Kilometer durch die Nacht gefahren, um mir Vorwürfe zu machen?«

»Natürlich nicht. Ich habe mir einfach große Sorgen um dich gemacht. Aber zum Glück scheint es dir ja ganz gut zu gehen.«

»Ja, ich warte auf die Arztvisite, und dann können wir sofort von hier weg.«

»Kommt drauf an, was der Arzt sagt«, erwiderte er.

»Spätestens heute Mittag bin ich hier raus. Das verspreche ich dir.«

Sein Blick war zweifelnd. »Wir reden hier nicht von einer Lappalie. Was ist passiert, Marie? Bitte sag mir die Wahrheit!«

Sie erzählte ihm von den beiden Morden und von Julien.

»Er hat dir also das Leben gerettet. Das werde ich ihm nie vergessen«, sagte ihr Vater bewegt. »Wenn wir in Saint-André sind, werde ich ihn besuchen und mich bei ihm bedanken.«

»Oh, ich weiß nicht, ob das eine gute Idee ist. Lass das lieber, sonst geschieht noch ein Mord. Und außerdem ist nicht bewiesen, dass er die Geschichte mit dem Täter in Schwarz nicht erfunden hat.«

»Das werden wir sehen.«

Kapitel 24

Léonie saß in ihrem plüschigen Morgenmantel an dem großen Küchentisch, der vom Licht der Sonnenstrahlen erhellt wurde. Sie trank ihren zweiten Kaffee und streichelte dabei Gaston, der schnurrend auf ihrem Schoß lag. Sie war noch müde und litt ein wenig unter Kopfschmerzen. Nachdem der Kommissar gestern Abend weggefahren war, hatten Georges und sie zur Erbauung noch ein Gläschen Vieille prune getrunken, einen Pflaumenschnaps, den ihr Cousin aus Bergerac selbst brannte. Ist doch nur Obst, scherzte er immer – und das hatte auch Georges gesagt, als er ihre Gläser das dritte oder vierte Mal füllte.

Vor ein paar Minuten hatte Léonie im Krankenhaus angerufen, um sich nach Marie zu erkundigen, aber man hatte ihr gesagt, dass ihre Großnichte gerade untersucht werde. Ihr blieb also nichts anderes übrig, als zu warten.

Ein Klopfen riss sie aus ihren Gedanken. Es war Georges, der an die offene Küchentür pochte und eintrat. Auch er sah ein bisschen mitgenommen aus. Sein Gesicht wirkte heute besonders schmal und lang.

»*Bonjour*, nimm dir einen Kaffee!«

Er murmelte etwas Unverständliches und fragte dann, als er sich mit seiner Tasse neben sie setzte: »Etwas von Marie gehört?«

»Noch nicht. Ich weiß auch nicht, ob ihr Vater schon angekommen ist. Er wollte direkt zu ihr ins Krankenhaus fahren.«

»Wie lange ist es her, dass Thomas in Saint-André war?«

»Bestimmt über dreißig Jahre. Seit der Trennung von Loren.«

»Der wird sich wundern, wie alt wir geworden sind.«

»Da sagst du was.« Sie rechnete kurz im Kopf. »Der ist allerdings heute viel älter, als wir beide es damals waren. Wir waren
damals in unseren Vierzigern, und er ist jetzt Anfang sechzig. Da
siehst du, wie die Zeit vergeht.«

Eine Erkenntnis, die Georges allerdings nicht weiter zu beschäftigen schien. Er drehte gedankenverloren den Löffel in seiner Tasse.

Léonie dachte an Loren, die sie natürlich ebenfalls angerufen
hatte. Als ehemalige Krankenschwester hatte sie, anders als ihr
Ex, ganz pragmatisch reagiert und im Krankenhaus von Sarlat
angerufen. Maries Zustand war nicht besorgniserregend, also
wollte sie nicht überstürzt ins Périgord kommen. Dass man versucht hatte, ihre Tochter umzubringen, schien sie nicht mit ihrer
Tante besprechen zu wollen, und Léonie hatte sich deshalb nicht
getraut, darauf zu bestehen. Loren wollte stattdessen ihre Tochter heute anrufen und sich alles in Ruhe von ihr erzählen lassen.
Vielleicht ist das auch besser so, dachte Léonie. Typisch Loren!
Sie liebte ihre Tochter, aber mehr aus der Distanz, und sie liebte
vor allem ihr Alleinsein. Das behauptete sie jedenfalls.

Offenbar wurde es Gaston zu unruhig, jetzt, wo Léonie nicht
mehr allein hier saß, und er sprang von ihrem Schoß. Das nahm
sie zum Anlass, ebenfalls aufzustehen und ein paar Schritte zu
gehen. Sie schaute in den Garten und sah auf die reifen Tomaten
und Auberginen, die bunt im großen Gemüsebeet leuchteten.

»Wir müssen dringend ernten. Kommst du später mit?«,
fragte sie Georges. »Ich glaube, ein bisschen frische Luft täte uns
beiden gut.«

Er grunzte etwas, das wohl ein Ja bedeuten sollte.

Léonie war ein wenig irritiert und dachte: Vielleicht verbringt
er doch zu viel Zeit mit Augustine.

*

Die Kanzlei von Maître Delmas war natürlich noch geschlossen und würde erst um neun Uhr öffnen, also in einer halben Stunde. Leblanc klopfte dennoch an die Tür, falls der Notar, wie seine Frau angedeutet hatte, vielleicht schon da war. Doch niemand zeigte sich, und es stand auch kein Auto auf dem Parkplatz. Der Kommissar blieb unentschlossen vor der Eingangstür stehen und wählte die Handynummer des Notars, die dessen Frau ihm gegeben hatte. Die Mailbox sprang sofort an. Delmas hatte eine monotone Stimme, und der Ton war eher bestimmend als freundlich.

Leblanc schaute noch einmal auf die Uhr. Im Moment konnte er nichts tun, also entschied er sich dafür, einen Kaffee trinken zu gehen. Auf der anderen Straßenseite hatte ein Café geöffnet, da würde er warten. Während er die Straße überquerte, klingelte sein Telefon. Es war Martin.

»Chef, ich habe in der Tat einen Delmas in den Mails von Madame Lacroix gefunden, aber nicht den Notar, sondern einen Henri Delmas.«

Leblanc stutzte. Jemand hatte in den vergangenen Tagen einen Henri erwähnt. Wer war das? Er überlegte. War das Marie? Nein. Philippe? Auch nicht. Hélène? Irgendetwas rührte sich in seinem Gedächtnis. Vielleicht sollte ich mir manchmal doch ein paar Notizen machen, dachte er selbstkritisch. Aber dann erinnerte er sich wieder. Es war Madame Durand gewesen! Sie hatte von einem Henri gesprochen, dem ihr Vater vertraute. Konnte das ein Zufall sein?

»Was steht in dieser E-Mail?«

Er hörte das Klicken der Computertastatur am anderen Ende der Leitung.

»So, da ist sie. Die ist kurz. Nur drei Zeilen.«

»Und was steht drin?« Bitte einfach nur vorlesen, ohne irgendwelche Kommentare und Fragen vorweg, dachte Leblanc. Er wollte aber Martin, der am frühen Morgen schon so aktiv war, nicht brüskieren und wartete geduldig.

»Soll ich vorlesen? Sie ist wirklich ganz kurz.«

»Gern!«

»Betreff: Seltenes Sammlerobjekt. *Chère Madame*, ich freue mich, Ihnen mitteilen zu können, dass Jeanne Calment unterschrieben hat. Mit freundlichen Grüßen, Henri Delmas.«

»Mehr nicht? Kein Anhang?«

»Nein.«

»Und von wann ist die Mail?«

»Vom 31. August. Moment – das war ja nur ein Tag vor dem Mord«, stellte Martin aufgeregt fest.

Das konnte kein Zufall sein, dessen war sich Leblanc sicher. Und die E-Mail war höchst aufschlussreich.

»Erinnern Sie sich an Jeanne Calment, Martin? Sie hat vor etlichen Jahren Schlagzeilen gemacht.«

»Das war doch diese Frau, die über hundertzwanzig Jahre alt geworden ist und den Mann, der ihre Wohnung auf Rentenbasis gekauft hatte, bei Weitem überlebt hat. Die Familie des Mannes hat letztendlich mehr als den doppelten Wert für die Immobilie bezahlt.«

»Genau die ist es.«

»Und was schließen Sie daraus, Chef?«

»Ich vermute, Jeanne Calment ist ein Codewort. Rentenbasis – das dürfte das Stichwort sein.«

»Sie glauben, dass hier Madame Durand gemeint sein könnte?«

»Ja, genau.« Leblanc wusste, dass sie nun einen entscheidenden Schritt weitergekommen waren. Vielleicht würde er diesem Tag doch noch etwas abgewinnen können. »Ich rufe Sie gleich zurück. Versuchen Sie in der Zwischenzeit herauszufinden, wem diese Mailadresse gehört.«

Gleich im Anschluss rief Leblanc seinen Kollegen Fred an. Der Rechtsmediziner antwortete zum Glück sofort. Er hatte Rücksprache mit Maries Arzt im Krankenhaus gehalten und bestätigte ihm, dass Marie und Madame Lacroix vermutlich mit derselben Schnur stranguliert wurden. Da Maries Wunde im Krankenhaus sofort desinfiziert worden war, ließen sich keine Partikel mehr nachweisen, aber der Umfang und die Beschaffenheit der Abschürfungen der Haut wiesen auf dieselbe Schnur aus Kunststoff. Das bedeutete wohl, dass Julien Robert nicht der Täter sein konnte. Abgesehen davon, dass ein überzeugendes Motiv fehlte, hatte er ein Alibi für den Mord an Madame Lacroix.

Leblanc musste sich dringend Maître Delmas vorknöpfen. Er holte tief Luft und rief den Präfekten an. Der Politiker war zunächst pikiert, weil der Kommissar ihm vorhin nicht gleich geantwortet hatte. Er war es gewohnt, dass alle gleich nach seiner Pfeife tanzten. Leblanc entschuldigte sich für die verpassten Anrufe und schützte Probleme beim Aufladen des Akkus vor. Der Präfekt gab ihm daraufhin ein paar sinnlose Tipps in Sachen Handy-Ladegeräte. Leblanc ließ die belanglosen Belehrungen über sich ergehen und rief anschließend den Staatsanwalt an, um die Durchsuchung von Maître Delmas' Kanzlei zu besprechen. Erwartungsgemäß gefiel das dem Staatsanwalt gar nicht, denn es hatte immer einen bitteren Beigeschmack, wenn der Träger eines öffentlichen Amtes möglicherweise kriminell war. Dennoch willigte er schließlich ein. Er wollte sich gleich bei der Notarkammer melden, denn das französische Recht verlangte, dass eines ihrer Mitglieder der Durchsuchung einer Notariatskanzlei beiwohnte. Leblanc bedankte sich und versprach sich zu melden, sobald er mehr wüsste.

Endlich konnte er ins Café gehen, wo er sich einen Grand Crème und zwei Croissants bestellte. Er hatte einen Bärenhunger. Im Nu hatte er die Hörnchen aus Blätterteig verspeist. Während er auf einen zweiten Kaffee wartete, rief er Martin an und gab ihm die Anweisung, Philippe Lavaud aus der Untersuchungshaft zu entlassen. Denn wenn Marie höchstwahrscheinlich mit derselben Schnur gewürgt worden war, die man bei der Strangulation von Madame Lacroix benutzt hatte, dann war auch mit hoher Wahrscheinlichkeit in beiden Fällen ein und derselbe Täter am Werk gewesen. Lavaud hatte jedoch gestern in Untersuchungshaft gesessen und daher Marie unmöglich etwas antun können. Außerdem hatte er beim Verhör glaubwürdig gewirkt. Dass der junge Mann wieder freikam, gab Leblanc ein gutes Gefühl.

*

Marie hatte den Arzt ohne große Mühe davon überzeugen können, sie heute schon zu entlassen. Ihr ging es gut, und da sie jetzt nur noch ein Pflaster auf der Stirn hatte, sah sie auch nicht länger aus wie eine Schwerverletzte. Zu Hause würde sie den Verband um den Hals abnehmen und die Schürfwunde unter einem Schal verbergen. In ein paar Tagen dürfte von den Verletzungen kaum noch etwas zu sehen sein. Abzuwarten war, wie sie den Mordversuch psychisch verarbeiten würde. Der Arzt hatte ihr während der Visite dringend empfohlen, sich in therapeutische Behandlung zu begeben, da sie schließlich Opfer eines Gewaltverbrechens geworden war. Sie wusste selbst, dass sie sich noch ernsthaft damit auseinandersetzen musste. Wenn man es versäumte, würde alles wie ein Bumerang zurückkommen. Das hatte sie in den letzten Jahren bei manchen Kollegen erlebt, die versucht hatten, traumatische Erlebnisse einfach zu ignorieren und zur Tagesordnung überzugehen. Also gab sie sich das Versprechen, es ab nächste Woche ernsthaft anzugehen. Aber jetzt wollte sie erst einmal die Zeit mit ihrem Vater genießen und auch endlich erfahren, wer sie angegriffen hatte.

Als sie und ihr Vater das Zimmer verließen, wunderte sich der Polizist, der vor ihrer Tür Wache hielt. Er hatte keine Nachricht erhalten, dass sie das Krankenhaus verlassen durfte, und bat sie deshalb zu warten, bis er den Kommissar informiert habe. Marie verstand, der Mann wollte keinen Fehler machen, und blieb geduldig stehen, obwohl sie am liebsten gleich losgerannt wäre. Krankenhäuser hatte sie noch nie gemocht.

Während des Telefonats reichte der Polizeibeamte ihr plötzlich sein Handy, und sogleich hörte sie Michel Leblancs Stimme.

»Du verlässt also schon das Krankenhaus, ja?«, fragte er.

»Der Arzt sah keinen Grund, mich weiter hierzubehalten«, erklärte sie ihm, während ihr Vater sich freundlich bei dem Polizisten für die Bewachung seiner Tochter bedankte.

»Nun gut, er muss es ja wissen«, sagte Michel in abweisendem Ton. »Da dein Angreifer noch frei herumläuft, wird dich der Polizeibeamte nach Hause begleiten. Ich rufe im Revier von Montignac an, damit sie Kollegen zu dir schicken. Ich bitte dich, nein, ich befehle dir, zu Hause zu bleiben.«

Marie musste unwillkürlich lächeln. Auch wenn sein Ton kühl war, machte er sich offenbar immer noch Sorgen um sie. Seine wie auch immer gearteten Gefühle für sie waren also nicht ganz verschwunden.

»Gut, ich bleibe zu Hause. Gibt es etwas Neues?« Mit der Frage wagte sie sich ziemlich weit vor, aber ihre Neugierde war einfach zu groß.

»Nein«, antwortete er kurz und bündig. Sie nahm an, dass er ihr nicht die Wahrheit sagte und auch nicht vorhatte, ihr etwas zu erzählen.

»Okay. Du weißt ja, wo du mich findest. Bis später«, sagte sie deshalb nur und beendete das Gespräch. Wahrscheinlich hatte sie es sich wieder einmal mit ihm verscherzt.

Schweigend folgte sie ihrem Vater zum Auto, nahm auf dem Beifahrersitz Platz und kaute dabei gedankenverloren auf ihrer Wange. Als sie losfuhren, tauchte im Rückspiegel der für Marie abgestellte Polizist in seinem Streifenwagen auf und folgte ihnen.

»Ist was?«, fragte ihr Vater.

»Nee, alles gut.«

»Du weißt, dass du deinen geliebten Vater nicht anlügen sollst. Also, raus mit der Sprache! Warum beißt du dir wieder in die Wange?«

Er kannte sie einfach zu gut. Ihm hatte sie noch nie etwas vormachen können. Also hörte sie auf, sich selbst zu malträtieren, und erzählte ihm, wie sie Michel vor fünf Tagen kennengelernt hatte und wie sie seitdem in gewisser Weise Katz und Maus miteinander spielten. Die Tatsache, dass sie Kollegen waren und sich über einen Kriminalfall kennengelernt hatten, machte es nicht einfacher, hob sie hervor.

»Du hast dich also verguckt?« Ihr Vater schaute sie lächelnd an. »Sympathisch ist er ja. Mir wäre es aber lieber, dass Monsieur le Commissaire den Täter findet, der meine Tochter angegriffen hat, bevor er ihr den Kopf verdreht.«

»Von ›verdrehen‹ kann nicht die Rede sein. Ich glaube, wir finden uns gegenseitig interessant. Können wir es bitte dabei belassen? Ansonsten dreh ich den Spieß einfach um und frage dich, wie es bei dir an der Liebesfront aussieht.«

Er lachte. »Das kannst du gern! Still ruht der See, und ich bin froh, meine Ruhe zu haben.«

Wahrscheinlich stimmte das sogar – ihr Vater wirkte ausgeglichen. Dennoch – sie hatte seine frühere Freundin gemocht. Leider hatten sie sich durch die ständigen Selbstfindungsseminare, die jene Herzensdame unermüdlich besuchte, mehr und mehr auseinandergelebt. Ihr Vater hatte es zunächst mit Humor genommen, doch irgendwann war ihm das Ganze zu kompliziert geworden.

»Und, wie geht es deiner Mutter?«, fragte er unvermittelt. Länger wollte er über sein Liebesleben also nicht reden. Da war seine Ex ein gutes Ablenkungsmanöver.

»Sie hat sich von Mamies Erbe eine Wohnung in Nizza gekauft und freut sich, dass sie die Rente erreicht hat und keine Nachtschichten im Krankenhaus mehr schieben muss. Außerdem trägt sie jetzt kurzes Haar und färbt es sich nicht mehr. Das steht ihr gut.«

»Hast du sie denn kürzlich gesehen?«, wunderte er sich.

»Nein, nicht mehr seit Mamies Beerdigung. Aber wir skypen ab und zu. Ich glaube, ihr geht es besser als je zuvor. Auf jeden Fall wirkt sie viel entspannter.«

»Weiß sie, was dir passiert ist?«

»Léonie hat sie bestimmt angerufen.«

»Und? Hat sie sich bei dir gemeldet? Oder kommt sie? Wetten, dass nicht. Sonst wäre sie schon längst hier.«

»Papa! Jetzt sei nicht so negativ. Maman hat sich verändert.«

»Äußerlich vielleicht ja. Aber ihren Egoismus hat sie bestimmt nicht abgelegt.«

Marie erwiderte nichts. Sie hatte ihren Frieden mit ihrer Mutter geschlossen, was ohne ihre Großmutter sicherlich schwieriger gewesen wäre. Deren Liebe hatte vieles ausgeglichen.

Marie schaute aus dem Fenster und betrachtete die parkartige Landschaft, die friedlich an ihnen vorbeizog.

»Ach, schau nur, die Schwalben da, die sich auf der Stromleitung versammelt haben«, sagte ihr Vater unvermittelt. »Als Kind hast du immer ›Schalben‹ gesagt. Das war sehr süß.« Offenbar wollte er das Thema Loren auch nicht vertiefen.

Sie schwiegen eine Weile, und es war schön, einfach so nebeneinanderzusitzen. Ihr Vater war ein guter Autofahrer, und Marie fühlte sich in Sicherheit. Allerdings wunderte sie sich, dass er sich nicht einmal nach dem Weg erkundigt hatte.

»Du erinnerst dich noch an den Weg nach Saint-André?«, fragte sie.

»Ich glaube, ja. Früher kannte ich hier jeden Feldweg.«

»Und, hat sich hier viel verändert in all den Jahren?«

»Geht so. Es ist einiges gebaut worden, und überall gibt es jetzt Kreisverkehre. Aber ich habe bis jetzt nichts gesehen, was mich schockiert oder traurig gestimmt hätte. Das Périgord bleibt ein ganz besonderes Fleckchen Erde. Wunderschön. Ich hätte dich schon viel früher hier besuchen sollen. Du warst ja oft genug in Saint-André.«

Marie wusste genau, warum er es nicht getan hatte, und fragte deshalb nicht weiter nach. Verletzte Eitelkeit!

*

Leblanc sah durch eines der Fenster des Cafés, wo er in Ruhe seinen Kaffee trank, bis jemand kommen und Delmas' Büro aufschließen würde. Zwei Streifenwagen standen schon vor der Kanzlei. Er rief Martin noch einmal an, der auf dem Weg nach Montignac war, um ihm bei der Durchsuchung zu assistieren. Er bat ihn, bei seiner Ankunft den Abgesandten der Notarkammer in dem Fall zu unterweisen, sodass sie gleich loslegen konnten.

»Klar, Chef, ich bin in fünf Minuten da.«

Martin war in solchen Dingen viel geduldiger als er und würde mit seiner freundlichen Art dafür Sorge tragen, dass sie ihrer Arbeit ungestört nachgehen konnten. Leblanc nahm den letzten Schluck seines Kaffees und musste unweigerlich an Marie denken. Sein Ärger hatte sich wieder gelegt. Sie war das Opfer, das durfte er nicht vergessen.

Kurz darauf beobachtete er, wie Martin hinter den Streifenwagen parkte und ein weiteres Auto sich gleich dahinterstellte. Eine junge Frau mit Aktentasche stieg aus dem Wagen und ging auf die Kanzlei zu. Daraufhin verließ Martin ebenfalls sein Auto und sprach sie an.

Dann sah Leblanc Delmas' Sekretärin eintreffen. Er legte rasch ein paar Münzen auf den Tisch und eilte zu Martin und der Notarin, die für ihre Innung der Durchsuchung beiwohnen würde. Zum Glück wirkte sie eher zurückhaltend und würde sie in Ruhe arbeiten lassen. Er wandte sich an die Sekretärin, die sie allesamt ratlos ansah. Mit ihr würden sie nun die Kanzlei betreten können.

»*Bonjour*, Madame. Commissaire Leblanc. Sie erinnern sich? Ich war gestern Nachmittag schon einmal hier.«

»*Bon... bonjour*«, grüßte sie leicht verschreckt zurück.

»Ich bin auf der Suche nach Maître Delmas. Wissen Sie, wo er ist?«

»Für gewöhnlich ist er morgens immer vor mir in der Kanzlei. Aber da sein Wagen hier nirgendwo zu sehen ist ... Vielleicht ist er aufgehalten worden.« Sie wirkte angespannt.

»Wir möchten uns sein Büro anschauen.«

»Das geht nicht. Ich darf Sie da nicht reinlassen«, sagte sie flehentlich, öffnete die Tür und versuchte, ins Haus zu entschwinden. Doch Leblanc machte einen Schritt nach vorn und hielt die Tür auf, die sie zuwerfen wollte.

»Doch, das dürfen Sie. Sie müssen es sogar. Es ist vom Staatsanwalt genehmigt. Sie tun genau das Richtige, glauben Sie mir.« Er stellte ihr die Notarin und Martin vor und lächelte ihr aufmunternd zu.

Sie nickte zaghaft, und gemeinsam gingen sie, gefolgt von den beiden Polizisten, in die Kanzlei.

»Wissen Sie, mit wem Ihr Chef gestern Nachmittag gegen fünf Uhr verabredet war?«, fragte er.

»Nein, das hat er mir nicht gesagt. Der Termin hat sich wohl spontan ergeben. Da war nichts im Kalender eingetragen.«

»Hatte zuvor jemand angerufen?«

Sie überlegte und spielte dabei mit der Perlenkette, die sie um den Hals trug.

»Ja«, antwortete sie schließlich. »Marie Mercier aus Saint-André.«

»Und wissen Sie, was sie wollte?«

Sie schüttelte den Kopf. »Ich habe den Anruf direkt weitergeleitet.«

»Musste Maître Delmas ihr noch ein Papier für die Erbschaftssteuer aushändigen?«

»Nein«, erwiderte sie, »die Akte haben wir Anfang der Woche geschlossen.«

Hat Marie das als Vorwand genommen, um mich zu beschwichtigen?, fragte er sich und spürte für einen Moment einen gewissen Unmut. Aber nein, sie hatte ihn nicht angelogen, dessen war er sich sicher.

Leblanc bat die Sekretärin, im Vorzimmer zu bleiben und es nicht zu verlassen. Das nahm sie anscheinend persönlich und weigerte sich, dieser Anweisung Folge zu leisten. Daher musste er ihr das Prozedere einer Hausdurchsuchung erklären. Die Notarin bestätigte seine Worte. Delmas' Angestellte schien eher zart besaitet und fürchtete sich offenbar vor den möglichen Reaktionen ihres Chefs. Anscheinend war mit ihm nicht gut Kirschen essen. Ein Polizist stellte sich an die Eingangstür, und der andere folgte Leblanc, Martin und der Notarin in das Arbeitszimmer des Notars.

Leblanc schaute sich in dem überfüllten, dunklen Raum um und streifte die verhassten Einweghandschuhe über. Hier etwas finden zu wollen glich der sprichwörtlichen Suche nach der Nadel im Heuhaufen.

»Wonach suchen wir konkret?«, fragte Martin und hängte seine Jacke ordentlich über einen Stuhl.

»Etwas, das in Verbindung mit Girard und Lacroix steht. Und wenn wir Glück haben, ein Indiz zum Stichwort ›Jeanne Calment‹.«

»Dann gehe ich gleich mal an den Rechner«, sagte Martin voller Tatendrang.

Leblanc betrachtete den völlig überalterten Computer. Auf der angestaubten Tastatur lagen weitere Akten, und die Maus sah vorsintflutlich aus.

»Wenn ich mir den Rechner so ansehe, glaube ich nicht, dass der Notar ein großer Computerfreak ist. Lassen Sie uns vielleicht erst nach einer Akte suchen.«

Leblanc überlegte, wo er anfangen sollte. Den Computer würde er später Martin überlassen, der im Gegensatz zu ihm ein richtiger Nerd war. Er setzte sich an den massiven Schreibtisch, auf dessen linker Seite vor einem alten Monitor mehrere Aktenberge lagen.

Martin schaute sich aufmerksam im Raum um, so als würde er ihn scannen. Er würde beim Suchen eine gute Hilfe sein. Außerdem schätzte Leblanc den Optimismus des Inspektors.

»Wo würden Sie denn eine Akte verstecken, die keiner finden soll?«, fragte Leblanc seinen Mitarbeiter.

Ohne ein weiteres Wort zog der Inspektor weiße Gummihandschuhe an und ging dann, wie es seine Art war, methodisch vor. Er fing in der rechten Ecke des großen Raumes an und nahm sich akribisch ein Regal nach dem anderen vor. Überall standen Aktenordner. Alles, was er anfasste, legte er anschließend wieder an den ursprünglichen Platz zurück. Dem leicht angewiderten Gesichtsausdruck, den er hin und wieder zeigte, entnahm Leblanc, dass dieser Ort keinesfalls dem Sauberkeitsstandard seines Kollegen entsprach. Martin war da recht eigen. Vielleicht lag es aber auch an seiner Stauballergie. In der Garderobe ihres gemeinsamen Büros bewahrte er seine persönlichen Putzlappen auf, die er regelmäßig einsetzte.

Leblanc schaute kurz durch die Akten – das meiste waren Erbschaftsangelegenheiten und Kaufverträge. Er fand nichts, was mit Girard oder Lacroix zu tun hatte. Dann begann er, den Schreibtisch zu durchsuchen, der links und rechts jeweils vier große Schubladen hatte, die nicht abgeschlossen waren. Er öffnete eine Schublade nach der anderen. Darin waren Stifte, Papiere, Krimskrams, Akten, Schokolade, Schreibblöcke, Rechnungen, Bonbonpapiere ... Alles Mögliche, was sich im Laufe der Jahrzehnte so in Schubladen ansammelte. Und Maître Delmas, der anscheinend gern Süßes aß, hatte hier wohl noch nie aufgeräumt. Nach den Schubladen zu urteilen war Delmas eher ein Chaot und nicht der penible Notar, als der er von den Leuten beschrieben wurde.

Leblanc kramte weiter, ohne genau zu wissen, wonach er suchte. Der elektrische Rasierapparat in einer der oberen Schubladen rechts überraschte ihn nicht weiter. Offenbar schlief der Notar tatsächlich öfter im Büro. Delmas verbrachte in diesen vier Wänden vermutlich seit Jahrzehnten den größten Teil seines Lebens, und doch war nicht ein persönlicher Gegenstand zu finden, der auf irgendein Interesse oder ein Hobby hindeutete. Außer den Süßigkeiten. Hatte er zu Hause vielleicht auch ein Arbeitszimmer? Wohl eher nicht, vermutete Leblanc, als er an die Begegnung mit Delmas' kaltschnäuziger Ehefrau dachte. Wahrscheinlich war der Notar die meiste Zeit auf der Flucht vor seiner Angetrauten.

Leblanc hörte, wie es an der Eingangstür läutete. Durch die gepolsterte Tür, farblich abgestimmt auf das schwere braune Chesterfield-Sofa, war das Klingeln kaum zu vernehmen gewesen. Er bedeutete dem Polizisten im Büro, die Tür zu öffnen, und wurde dann Zeuge, wie der Kollege vor dem Eingang einem Klienten erklärte, dass die Kanzlei geschlossen war. Dieser beschwerte sich bitterlich, dass er gerade vierzig Kilometer gefahren sei, um Maître Delmas zu treffen, ehe er wütend die Kanzlei verließ. Das Telefon im Büro läutete ständig, und die Sekretärin lief hektisch hin und her. Ohne ihren Chef schien sie kopflos zu sein.

Leblanc widmete sich weiter Delmas' Schreibtisch. Dieser würde ihm schon noch sein Geheimnis verraten, hoffte er. Die Notarin hatte auf einem Besucherstuhl Platz genommen und machte sich Notizen. Er war ihr dankbar, dass sie sich nicht einmischte.

Doch nach einer Weile kam die Sekretärin herein und rief empört: »Das können Sie nicht machen! Niemand darf an den Schreibtisch von Maître Delmas. Nicht einmal ich.«

Eine Mitarbeiterin der alten Schule, dachte Leblanc, die würde immer loyal zu ihrem Chef stehen.

»Seien Sie versichert, ich darf das, Madame. Aber wo Sie gerade hier sind: Sagt Ihnen eine Akte mit den Namen Girard oder Lacroix etwas?«

»Nein, nie gehört.«

»Sicher?«

»Monsieur le Commissaire, ich kenne hier jede Akte«, machte sie in strengem Ton deutlich. Sie schaute hinüber zu Martin, der noch immer die Regale durchforstete. »Und wenn Sie mir sagen, was Sie genau suchen, hole ich Ihnen gern die entsprechenden Unterlagen. Ich leite dieses Büro seit sechsundzwanzig Jahren und habe jedes Blatt persönlich abgelegt. Was Sie gerade durchsehen, sind Akten bis zum Jahre 2000.«

Martin drehte sich zu ihr um. »Das habe ich auch schon bemerkt«, sagte er. »Das sieht alles nach sehr gut organisierter Ablage aus. Man sieht, dass Sie Ihr Handwerk perfekt beherrschen.«

Leblanc wusste, dass Martin es wirklich so meinte, und der Sekretärin schien das Kompliment gutzutun. Zum ersten Mal an diesem Morgen zeigte sich der Hauch eines Lächelns auf ihrem Gesicht.

»Haben Sie denn je von einem Kaufvertrag für das Durand-Anwesen gehört?«, bohrte Leblanc weiter.

»Wie? Meinen Sie das von Madame Durand in Saint-André?«

»Ja, genau.«

»Nein, das ist doch nicht zu verkaufen!«

»Sicher?«

»Absolut. Das wüsste ich.«

»Liegt das Testament von Madame Durand bei Ihnen?«

»Natürlich. Sie hat es ungefähr vor zehn Jahren auf den neuesten Stand gebracht.«

»Kann ich es bitte sehen?«

»Wenn Sie möchten. Da es vor einigen Jahren hier hinterlegt wurde, ist es noch nicht digitalisiert. Das arbeite ich nach und nach ab, wann immer ich Zeit dafür finde. Ich gehe die Akte schnell holen.« Zielstrebig eilte sie in ihr Büro.

Leblanc atmete tief durch. Marie hatte ihm von ihrer Vermutung erzählt, dass Hélène Bouet das Durand-Anwesen erben würde, und jetzt konnte er nachprüfen, ob das tatsächlich stimmte. Er durchsuchte weiter den Schreibtisch und entdeckte in der rechten untersten Schublade etwas, das sein Interesse weckte. Es waren Belege des Spielcasinos von Bordeaux – und zwar sehr viele. Sie lagen, versteckt unter anderen Papieren, in einer amtlich aussehenden Mappe. Leblanc zeigte sie dem Inspektor. Die Notarin reckte den Hals.

»Und was sagt uns das, Martin?«

»Das sind viele. Ich würde darauf tippen, dass Maître Delmas ein Problem hat.«

Leblanc erhob sich, ging die Quittungen durch und warf sie dann auf die Schreibtischplatte.

»Sieht sehr nach Spielsucht aus.«

Die Sekretärin kehrte zurück und wirkte verwirrt. Eine lange Haarsträhne hatte sich aus ihrem grauen Dutt gelöst und fiel in Wellen auf ihr beiges Twinset.

»Das Testament von Madame Durand ist nicht mehr da. Dabei weiß ich genau, wo es abgelegt sein muss. Ich verstehe das nicht.« Das ging ihr offensichtlich gegen die Ehre. »Hier ist alles alphabetisch geordnet, und ich hefte immer alles persönlich ab. Da lasse ich auch keinen Praktikanten ran. Der Name Durand müsste unter ›D‹ einsortiert sein.«

»Legt Ihr Chef manchmal Akten ab?«

»Maître Delmas hat weiß Gott anderes zu tun«, antwortete sie voller Ehrfurcht.

Leblanc sah Martin an, dass ihn etwas beschäftigte.

»Laufende Akten sind alle alphabetisch geordnet?«, fragte der Inspektor.

»Ja.«

»Dann müsste also Calment unter ›C‹ abgelegt werden«, schlussfolgerte er.

Die Sekretärin schaute ihn ratlos an, aber Leblanc wusste sofort, worauf der Inspektor anspielte. Um eine Akte zu verstecken, könnte Delmas – der nie eine ablegte – sie alphabetisch korrekt eingeordnet haben. Also Calment unter »C«. Ganz einfach. So würde die Sekretärin die Akte nie bemerken.

»Würden Sie uns bitte zu dem Aktenschrank führen?«, fragte Leblanc.

Sie folgten der Sekretärin ins Sekretariat, wo sie auf eine geöffnete Schrankwand deutete. Martin glitt mit dem Zeigefinger über die Akten und hielt beim Buchstaben »C« inne.

»Ca... Calment! *Et voilà!*« Er zog eine lindgrüne Mappe heraus und reichte sie Leblanc. Da stand handschriftlich »Jeanne Calment«. Die Sekretärin kam näher, sichtlich irritiert.

»Ist das die Handschrift von Maître Delmas?«, wollte Leblanc von der Sekretärin wissen.

Sie nickte verständnislos.

»Was ist das für eine Akte? Wo kommt die denn her?« Eine weitere Strähne hatte sich aus ihrem Dutt gelöst. Lange würde er nicht mehr halten.

Der ordnungsliebende Martin schaute besorgt auf die derangierte Frisur. Es schien ihm nur mit Mühe zu gelingen, die Sekretärin nicht darauf anzusprechen.

Leblanc blätterte durch die Akte und lächelte dann den Inspektor an.

»*Bravo*, Martin! Genau das haben wir gesucht.«

Dann wandte er sich an die Sekretärin. »*Merci*, Madame. Die Akte borge ich mir aus.«

Sie war völlig überfordert und nickte nur noch.

Leblanc wandte sich wieder an Martin. »Ich denke, wir sind hier fertig und machen jetzt eine Spritztour nach Bordeaux. Können Sie eigentlich pokern?« Natürlich wusste er, dass Martin kein Spieler war, aber er ging davon aus, dass sein Kollege den Wink verstand.

Leblanc ging noch einmal in Delmas' Büro und steckte die Spielquittungen ein. Dann bat er die uniformierten Polizisten, bis auf Weiteres die Kanzlei zu überwachen und ihn zu informieren, falls der Notar doch noch auftauchte. Er bedankte sich bei der Notarin und versprach, sie über die weiteren Entwicklungen auf dem Laufenden zu halten. Beim Hinausgehen verabschiedeten er und Martin sich freundlich von der Sekretärin, die inzwischen hinter ihrem Schreibtisch saß und reichlich verloren aussah. Leblanc hatte Mitleid mit ihr. Die Erkenntnis, dass ihr Chef ein ganz anderer Mensch war, als er jahrzehntelang vorgegeben hatte, war für sie sicherlich nicht leicht zu verkraften.

Kapitel 25

Georges war gerade dabei, Augustines Stall auszumisten, als er Rose nach Léonie rufen hörte. Normalerweise hätte ihn das nicht interessiert. Léonie war geübt darin, ihre Nachbarin abzuwimmeln, wenn sie keine Lust auf ein Schwätzchen hatte. Aber an diesem Morgen war das anders. Vor einer Stunde hatte er Léonie in ihrer Küche besucht, weil er sich vergewissern wollte, dass sie den gestrigen Tag gut überstanden hatte. Sie war eine Frühaufsteherin: Um acht Uhr hätte sie sonst schon gefrühstückt, das eine oder andere erledigt und den Tag durchgeplant. Doch an diesem Morgen saß sie übernächtigt und noch im Bademantel vor ihrer Tasse Kaffee.

Sie hatte ihm erzählt, dass sie den Großteil der Nacht wach gelegen hatte, weil sie immer an Marie denken musste. Um die Mittagszeit würde ihre Großnichte mit ihrem Vater ankommen, und Léonie musste noch ihr Gästezimmer für ihn herrichten, denn Marie hatte ja noch keines. Georges wollte später mit Léonie gemeinsam Gemüse ernten, aber erst musste er wie jeden Morgen den Hof fegen und dann zu Augustine in den Stall. Die Sau rief schon seit einer Weile nach ihm, nicht mit einem Grunzen, sondern mit einem Laut, der wie ein Bellen klang – das tat sie, wenn sie sich allein fühlte. Das zerriss ihm jedes Mal das Herz.

Und jetzt rief die neugierige Rose nach Léonie. Wenn er sie schon nicht anders entlasten konnte, dann wollte er sie zumindest vor der Neugierde der Nachbarin schützen. Höchstwahrscheinlich hatten sich der Überfall auf Marie und der Besuch der

Polizei bei Julien schon im Dorf herumgesprochen. Und genauso war es auch.

Als Georges vor Rose stand, wirkte sie zunächst beleidigt, weil »alles hinter meinem Rücken passiert ist« und Léonie ihr aus dem Weg gehe. Dann lehnte sie sich an die Gartenmauer und fragte ihn aus. Georges achtete sehr auf seine Worte, wohl wissend, dass Rose gleich alles in Umlauf bringen würde. Ihm war klar, dass es keine Boshaftigkeit ihrerseits war. Sie war nun einmal so, daran war nichts zu ändern. Schließlich war er ihre hartnäckige Fragerei leid und redete sich damit heraus, dass Léonie und er strikte Anweisungen vom Kommissar hätten, nicht über den derzeitigen Stand der Ermittlungen zu sprechen. In einem letzten Versuch, mehr aus Georges herauszukitzeln, hatte sie behauptet, den Kommissar gut zu kennen und ihm entscheidende Tipps gegeben zu haben. Georges musste sich zusammenreißen, denn Rose übertrieb mal wieder, und erklärte ihr, dass ihre guten Beziehungen zur Polizei bei dieser Sache keine Rolle spielten.

Kaum war er sie losgeworden, hörte er die gusseiserne Glocke an der Hoftür. Ja, würde es denn nie wieder Ruhe geben? Hoffentlich kamen nicht noch mehr Nachbarn, die sich nach den Geschehnissen erkundigen wollten. Er öffnete zögerlich die Hoftür. Vor ihm stand Hélène.

»*Bonjour*, Georges. Weißt du, wo Marie ist? Ich erreiche sie nicht am Telefon, und im Café erzählt man sich die wildesten Sachen.«

Sie schien ernsthaft besorgt um ihre Freundin zu sein. Sie war wirklich eine ganz Liebe. Léonie beurteilte sie immer zu streng, nur weil sie ein bisschen mit ihrem hübschen Äußeren kokettierte. Frauen untereinander – das war ein Kapitel für sich. Diese Lektion hatte Georges bei den Mercier-Frauen gelernt.

»Komm rein.«

»Ich kann leider nicht. Danielle wartet auf mich. Die Tische müssen eingedeckt werden. Aber ich wollte unbedingt wissen, wie es Marie geht. Ich habe gehört, dass sie einen Unfall hatte. Stimmt das?«

»So was in der Art, ja. Aber es geht ihr wieder gut, mach dir keine Sorgen. Sie ist schon aus dem Krankenhaus entlassen worden und müsste bald hier sein.«

Hélène atmete erleichtert auf. »Dann bin ich beruhigt. Weißt du denn, was genau passiert ist?«

Er schüttelte energisch den Kopf. Von ihm würde niemand etwas erfahren, auch Hélène nicht. Das sollte Marie ihr selbst erzählen.

»Ich muss jetzt los. Grüß sie bitte ganz lieb von mir. Sie soll sich bei mir melden. Wenn sie Hilfe braucht – ich bin jederzeit für sie da.« Mit diesen Worten verabschiedete sie sich.

Georges sah ihr nach, wie sie leichtfüßig davonging. Auch wenn er nicht mehr ganz jung war: Hélènes schöne Beine fielen ihm immer noch auf. Plötzlich blieb sie stehen und drehte sich um.

»Und, wisst ihr es schon? Philippe ist wieder frei«, rief sie mit einem Lächeln und winkte ihm zu. »Vielleicht wird bald ja alles wieder gut!«

Georges winkte zurück. Der Junge war also zurück. Das war eine gute Nachricht. Ja, hoffentlich würde bald alles wieder gut. Am besten so wie früher.

*

Als sie an dem Dorfschild von Saint-André-du-Périgord vorbeifuhren, warf Marie ihrem Vater einen Blick zu. Das war jetzt eine gewaltige Zeitreise für ihn. Er war seit der Trennung von ihrer Mutter nicht mehr hier gewesen, und damals war Marie noch ein Baby. Deshalb fuhr er wohl auch im Schritttempo und schaute sich alles sehr genau an. Hatte das Dorf sich seitdem sehr verändert? Wahrscheinlich nicht grundlegend. Es gab kaum Neubauten, aber viele Häuser waren aufwendig renoviert und die Straßen erneuert worden. Vor dreißig Jahren war das Périgord noch lange nicht so ein begehrtes Ziel für Touristen gewesen, nur einige Engländer hatten sich schon angesiedelt. In dieser Region herrschte auch heute kein Massentourismus, aber ein Geheimtipp war sie auch nicht mehr.

Statt nach dem Bürgermeisteramt links abzubiegen, um zu ihrem Haus zu gelangen, fuhr ihr Vater weiter geradeaus. Hatte er den Weg doch vergessen?

»Du hättest hier lang gemusst«, sagte sie und deutete auf die kleine Straße, in der sie wohnte.

»Ich weiß, aber ich bin einfach zu neugierig. Ich will mir noch kurz das Dorf ansehen.«

Er fuhr weiter geradeaus und dann langsam am Café de la Place vorbei. Er zeigte auf die Terrasse und hielt an.

»Hier habe ich deine Mutter kennengelernt, als ich in den Semesterferien an Ausgrabungen teilgenommen habe.« Ihr Vater hatte in Köln an der Fachhochschule für Kunst studiert, wie Marie wusste. »Als ich die Wandmalereien von Lascaux gesehen hatte, war ich so beeindruckt, dass ich einen Sommer lang ein Praktikum bei Ausgrabungen gemacht habe. Ich dachte, dass ich mit etwas Glück miterleben könnte, wie eine neue Lascaux-Höhle entdeckt würde.«

Ihr Vater hatte also auch andere Träume gehabt. Das Leben ging wirklich seltsame Wege.

»Und dann hast du Maman getroffen.«

»Loren saß mit einer Freundin auf der Terrasse, und ich habe einen Tisch weiter ein Bier getrunken. Als sie aufstand, ist sie gestolpert und mir in die Arme gefallen. Einfach so.«

»Das wusste ich gar nicht.«

»Du hast mich nie danach gefragt«, erwiderte er mit einem Lächeln.

Die Beziehung zwischen Maries Eltern war nach ihrer Trennung mehr als angespannt, und das hatte sich im Laufe der Jahre kaum verändert. Vielleicht war Marie deshalb nie auf den Gedanken gekommen zu fragen, wie sie sich kennengelernt hatten. Sie wusste nur, dass ihre Mutter Julien verlassen hatte, um ihrem Vater nach Deutschland zu folgen. Ihn hatte sie dann nach kurzer Zeit ebenfalls verlassen, weil ihr klar geworden war, dass sie nicht bereit war, das Flair der Großstadt Paris gegen ein beschauliches Leben im Rheinland einzutauschen. Maries Vater hingegen hatte nicht nach Paris ziehen wollen, also war sie gegangen. Bei Mamies Beerdigung hatte sie Marie mit ihrem sehr eigenen Humor erklärt, dass sie damals die Wiege der Cro-Magnon-Menschen gegen die der rheinischen Neandertaler eingetauscht hatte, und das habe sich als keine besonders gute Idee erwiesen. Immerhin sei sie aus dieser Verbindung geboren, hatte Marie eingewandt. Ihre Mutter Loren hatte ihr – allerdings ohne jegliche Form von Pathos – geantwortet, dass sie darüber auch sehr glücklich sei. Das war eine der wenigen Liebesbekundungen gewesen, die Marie je von ihr gehört hatte.

»Wann hast du Maman eigentlich das letzte Mal gesehen?«, fragte sie jetzt ihren Vater und schaute auf die Terrasse des Cafés, die wie immer gut besucht war. Lambert Delteil fiel ihr auf, der sie nun auch bemerkte. So wie er sie ansah, vermutete sie, dass bereits alle im Dorf wussten, dass sie angegriffen worden war. Dabei wurde ihr bewusst, dass sie noch immer einen Verband um den Hals trug. Auffälliger ging es ja wohl nicht. Den musste sie so schnell wie möglich loswerden.

»Das ist so lange her, dass ich es gar nicht mehr weiß«, antwortete ihr Vater nach einigem Zögern. Vielleicht wollte er sich auch nicht erinnern.

»Ist ja auch egal«, sagte sie und dachte: Manche Geschichten soll man vielleicht besser ruhen lassen.

Sie fuhren weiter, und schließlich bog ihr Vater über Umwege in die kleine Gasse hinein, die zu ihrem Hof führte.

»Wenn wir schnell machen, entkommen wir Rose«, sagte Marie zu ihrem Vater, der neben dem Tor parkte.

»Hält sie immer noch die Stellung?«, fragte er verwundert.

»Klar! Putzmunter, rosarot und neugierig wie immer.«

Er sah sie an. »Ich muss zugeben, das alles überwältigt mich gerade ein bisschen. Ich hatte nicht damit gerechnet, dass mich das so mitnimmt.«

»Léonie und Georges sind bestimmt auch nervös«, entgegnete Marie. »Aber sie werden sich freuen, dich zu sehen. Du weißt doch, wie herzlich sie sind.«

Sie stiegen aus, und erst da bemerkte sie den Polizeiwagen auf der anderen Straßenseite. Im Auto entdeckte sie Gabriel Visla. Neben ihm saß ein Kollege, den sie nicht kannte. Sie winkte ihnen zu. Später würde sie ihnen einen Kaffee bringen. Der Polizeibeamte aus dem Krankenhaus war ihnen, wie angekündigt, mit seinem Wagen gefolgt und hielt hinter dem seiner Kollegen.

Sie drehte sich um und sah, dass ihr Vater mit seiner Reisetasche neben dem Tor stand. Sie warf ihm ein aufmunterndes Lächeln zu. »Auf geht's.«

Als Marie das Tor öffnete, wurde sie von César und Fido freudig begrüßt. Sie sprangen auch an ihrem Vater hoch, obwohl sie ihn nicht kannten. Aber er mochte Hunde und ließ ihr Begrüßungsritual amüsiert über sich ergehen. Die Sonne schien auf Maries Haus mit den blauen Fensterläden und der weißen Kletterrose, und auf Mamies Bank lag noch das Buch, das sie gestern dort hatte liegen lassen. In diesem Moment hatte Marie das wunderbare Gefühl, hier wirklich zu Hause zu sein. Sie strahlte ihren Vater an. »Das ist jetzt mein neues Heim!«

Er schaute sich um und legte dann seinen Arm um ihre Schultern. »Es ist wunderschön und passt zu dir. Kein Vergleich zu deinen vierzig Quadratmetern in Paris! Da hast du wohl die richtige Entscheidung getroffen.«

»Es freut mich sehr, dass du das so siehst. Wirklich!«

Er deutete auf den Halsverband und das Pflaster auf ihrer Stirn. »Vielleicht solltest du achtsamer sein bei der Auswahl deiner Bekanntschaften.«

Marie zog es vor, darauf nichts zu erwidern.

Léonie trat aus der Küche. Zur Feier des Tages hatte sie sich eine neue Schürze mit Ananas-Muster umgebunden. *Très chic!* Marie sah, dass ihre Augen feucht schimmerten, und sofort kamen auch ihr die Tränen. Sie umarmten sich, was sie sonst nie taten, und Marie wurde bewusst, wie wichtig sie in den vergangenen Wochen füreinander geworden waren.

»Mach dir keine Sorgen, mir geht es gut«, flüsterte Marie ihr ins Ohr.

»Jag mir nie wieder einen solchen Schrecken ein, Mademoiselle!«

Sie lösten sich aus der Umarmung, und Léonie schaute Maries Vater etwas ratlos an. Ja, wie begrüßte man sich nach mehr als dreißig Jahren?

»Ich muss euch doch wohl nicht miteinander bekannt machen«, sagte Marie lächelnd, um die Situation aufzulockern.

Das waren die erlösenden Worte. Léonie ging auf den großen Mann zu, und sie umarmten sich.

»Sie sehen wunderbar aus«, sagte Maries Vater, während er Léonies Hände hielt und sie anschaute – und Marie wusste, dass er es ehrlich meinte.

»Ich bin ja auch erst achtzig«, antwortete Léonie neckisch. Vielleicht auch, um zu verbergen, wie gerührt sie war.

Maries Blick glitt hinüber zu Georges. Er stand etwas abseits mit einer selbst gedrehten Zigarette im Mundwinkel und hielt Augustine an der Leine. Sie ging auf ihn zu und gab ihm zwei Küsschen. Sie wusste, eine Umarmung wäre ihm zu viel gewesen.

»Da bist du ja wieder«, stellte er kurz und bündig fest.

Ja, Georges und Emotionen – das war auch so eine Sache. Marie winkte ihren Vater zu sich. Er kam auf sie zu und gab Georges etwas förmlich die Hand, wie es Sitte war in Deutschland.

»Ich freue mich sehr, Sie wiederzusehen, Georges. Sie haben sich kaum verändert.«

Der alte Mann erwiderte zögerlich den Händedruck und murmelte etwas, das wohl eine Begrüßung sein sollte. Seine Hilflosigkeit ging Marie ans Herz.

»Georges, du musst Papa unser neues Familienmitglied vorstellen.«

»Äh, ja. Das ist Augustine«, sagte er und zeigte nicht ohne Stolz auf das Hängebauchschwein.

Maries Vater ging in die Hocke und strich Augustine über den Kopf. »*Enchanté, Mademoiselle.*«

Die Sau grunzte erfreut. Sie liebte es, wenn sie Aufmerksamkeit erhielt.

*

Nach zwei Stunden hatten Leblanc und Martin den Parkplatz des Spielcasinos von Bordeaux erreicht. Die Fahrt war kurzweilig gewesen. Statt über den Fall zu reden, hatte Leblanc seinen Kollegen über dessen Privatleben ausgefragt. Das Engagement des Inspektors und die Ruhe, die er stets ausstrahlte, hatten ihn in den letzten Tagen beeindruckt. Und Martin hatte sich seinem Vorgesetzten geöffnet. Die Tatsache, dass er noch bei seiner Mutter lebte, war keine trostlose Notlösung, wie Leblanc immer vermutet hatte. Sie verstanden sich einfach prächtig. Und jeder hatte seinen eigenen Wohnbereich und ließ dem anderen seinen Freiraum. Es war sozusagen eine Mutter-Sohn-WG. Martin hatte angedeutet, dass er zwar schon ein paarmal verliebt gewesen war, aber bis jetzt noch nicht die Richtige gefunden hatte.

Das Casino lag außerhalb des Stadtzentrums am Messegelände mit direktem Blick auf den künstlich angelegten See von Bordeaux. Hier trainierten diverse Rudervereine und Segelklubs. Um diese Zeit, am späten Vormittag, standen nur wenige Autos vor dem Casino, und Martin erkannte Maître Delmas' Wagen schon bald am Kennzeichen, das er herausgesucht hatte. Sie parkten direkt neben der schwarzen Limousine des Notars. Leblanc stieg aus und schaute durch die Scheiben ins Innere, aber bis auf ein paar Bonbonpapiere auf dem Beifahrersitz war da nichts zu sehen. Martin rief währenddessen die Kollegen aus Bordeaux an und bat um zwei Streifenwagen. Zehn Minuten später waren sie da.

Nach einer kleinen Unterredung verließen Leblanc und Martin ihre Kollegen und gingen hinüber zum Casino. Eine breite Palmenallee führte zum Eingang des modernen Gebäudes aus Beton, Glas und Metall. Darin befanden sich diverse Restaurants, Bars und natürlich jede Menge Spielhallen.

»Waren Sie schon mal in einem Casino, Martin?«

»Nein, ich hab's nicht so mit Glücksspielen. Auch nicht mit Spielen im Allgemeinen. Ich glaube, das würde mich zu sehr stressen. Ich weiß lieber, was ich habe. Und Sie?«

»Ich war einmal mit meiner Frau im Casino von Arcachon, einfach so aus Neugier. Aber mein Ding ist das auch nicht.«

Die beiden betraten die große, in Rot und Gold gehaltene Eingangshalle und gingen in Richtung Spielbereich. Hier wurden englisches Roulette, Black Jack, Glücksrad, diverse Pokertische und jede Menge elektronische Spiele angeboten. Am Eingang zum Spielbereich mussten sie sich ausweisen. Dass sie über achtzehn Jahre alt waren, hätte wohl niemand angezweifelt, aber alle Gäste wurden überprüft, um sicherzustellen, dass keiner dabei war, der ein Casinoverbot hatte. Sie zeigten ihre Dienstmarken und dann das Foto von Delmas, das Leblanc sich von dessen Frau hatte geben lassen. Der Mann am Empfang schaute auf das

Bild und deutete kommentarlos auf die Halle der »334 *Machines à Sous*«. Leblanc und Martin begaben sich in den Saal der 334 einarmigen Banditen. Das Licht hier war diffus, und die elektronischen Stimmen und Geräusche verursachten einen ohrenbetäubenden Lärm.

Wie kann man hier bloß freiwillig seine Freizeit verbringen?, fragte sich Leblanc im Stillen. Sofort gingen jede Orientierung und jeder Bezug zur Außenwelt verloren: In diesem Raum war man in einem anderen Universum, es konnte Tag oder Nacht, Winter oder Sommer sein. Vor jeder Maschine stand ein Hochsessel aus schwarzem Kunstleder. Die Halle war zu dieser Uhrzeit fast menschenleer. Nur wenige einsame Gestalten versuchten ihr Glück.

Auf einem Teppichboden mit großen Mustern schritten die beiden Polizisten durch die breiten Gänge. Martin entdeckte als Erster den rundlichen Mann, der gedankenverloren vor einer Maschine saß.

Sie gingen auf ihn zu.

»Maître Delmas?«, fragte Leblanc den Mann, der sich von ihrer Gegenwart nicht ablenken ließ und weiter auf den Bildschirm starrte.

»*Oui*«, antwortete er ruhig.

»Ich bin Commissaire Leblanc, und dies ist mein Kollege, Inspecteur Martin.«

»*Bonjour*, Messieurs.«

»Würden Sie uns bitte folgen?«

»Natürlich.« Seelenruhig stand Delmas von seinem Hocker auf. »Ich habe Sie schon erwartet.«

Ohne irgendwelche Zwischenfälle verließen sie diesen unwirklichen Raum.

*

Léonie waren der Verband an Maries Hals und das Pflaster auf der Stirn natürlich sofort aufgefallen, aber sie sagte nichts. Sie war überglücklich, dass ihre Großnichte wieder zu Hause war. Diese tat so, als wäre nichts gewesen, und hatte nach der Begrüßung ihrem Vater gleich ihr Haus zeigen wollen.

Léonie bereitete in der Zeit ein improvisiertes Mittagessen vor. Mit Gemüse aus dem Garten hatte sie ein Ratatouille gekocht und aus dem Vorratsraum ein großes Einmachglas Enchaud geholt, einen eingekochten Schweinerückenbraten. Soweit sie sich erinnerte, hatte Thomas früher dafür geschwärmt. Dazu wollte sie einen knackigen Salat servieren. Zum Nachtisch würde es die letzten Späterdbeeren geben, die Georges gerade erntete, und im Tiefkühlfach hatten sie noch selbst gemachtes Pfirsich-Sorbet. Das passte wunderbar zu den Erdbeeren.

Das Wiedersehen mit Maries Vater hatte sie aufgewühlt. Was hätte Madeleine dazu gesagt? Seit letzter Nacht musste sie ständig an ihre Schwester denken – sie hätte so gern ihre Eindrücke mit ihr geteilt. Thomas war gut gealtert und hatte seine ruhige, herzliche Art beibehalten. Allerdings war sein Französisch nicht mehr ganz so perfekt wie früher. Dreißig Jahre war das her, doch Léonie hatte das Gefühl, ihn vor gar nicht langer Zeit ein letztes Mal gesehen zu haben. Zeit war ein so dehnbarer Begriff – und wurde so unterschiedlich erlebt.

Wenig später hörte sie Maries und Thomas' Stimmen im Hof. Sie sprachen Deutsch. Das war ungewohnt. Maries Stimme klang irgendwie tiefer, aber vielleicht war das auch die Folge der versuchten Strangulation. Bei dem Gedanken fröstelte Léonie. Die beiden betraten die Küche. Thomas hatte offensichtlich geduscht, sein Haar war noch nass. Marie hatte sich umgezogen und den Verband am Hals durch einen schmalen Seidenschal ersetzt. Vor allem aber hielt sie triumphierend ein Handy in der Hand.

Unfassbar, dachte Léonie. Als gäbe es nichts Wichtigeres im Leben.

»Zum Glück hat die SIM-Karte es überlebt!«, rief Marie. »Für heute reicht das. Morgen besorge ich mir ein neues. Jetzt bin ich wieder ein Mensch!«

Léonie hatte keine Ahnung, wovon sie sprach. An diese Telefonabhängigkeit würde sie sich wohl nie mehr gewöhnen. Sie beobachtete, wie Marie das Handy an das Ladegerät anschloss und Letzteres in eine Steckdose drückte. Nachdem das Gerät ein Piepsen von sich gegeben hatte, tippte sie in Windeseile auf dem Display herum.

»Maman und Hélène haben versucht, mich zu erreichen, aber Delmas hat sich gestern und heute nicht gemeldet«, sagte Marie nachdenklich. »Ich muss Michel anrufen.« Sie verließ die Küche.

Wahrscheinlich wollte sie ungestört mit Leblanc telefonieren. Ach, und jetzt nannte sie ihn Michel, fiel Léonie auf. Sieh mal einer an.

Thomas blieb mit Léonie in der Küche, und zum ersten Mal wurde ihr bewusst, dass Marie auch ihrem Vater ähnelte. Sie hatte nicht nur seine Stupsnase und die Augenpartie, sondern auch seine Art, sich zu bewegen. Bis auf das Mercier-Tempo. Thomas' Bewegungen waren wesentlich langsamer und bedächtiger.

»Was kann ich tun?«, fragte er mit seinem starken deutschen Akzent.

Er war also noch immer so spontan und hilfsbereit. Was hatte Loren eigentlich an ihm auszusetzen gehabt? Léonie wusste es nicht mehr so genau. Aber den richtigen Mann hätte sich ihre Nichte ohnehin backen müssen.

»Dich hinsetzen und mir etwas erzählen. Zum Beispiel, wie es deiner lieben Mutter geht.« Léonie erinnerte sich von ihren kurzen Deutschlandreisen an eine fröhliche Frau, die ihre Söhne vergötterte und einen beim Reden immer anfasste. Das war für die eher zurückhaltenden Mercier-Frauen etwas befremdlich gewesen, und Loren, die gern streng urteilte, hatte ihre Schwiegermutter deshalb »die Kneifzange« getauft, was Léonie nie gefallen hatte. So abfällig sollte man nicht über Menschen reden – und über freundliche Menschen schon gar nicht. Das hatte diese herzliche Frau nicht verdient. Sie kochte übrigens sehr gut. Nur dass es am Abend kein richtiges Essen, sondern ein sogenanntes Abendbrot gab, hatte Léonie und Madeleine damals sehr verwundert.

Butterbrote als Abendessen – das hatten sie noch nie erlebt.

Kapitel 26

Marie hatte das Telefon nur kurz aufgeladen, aber für ein Gespräch würde es reichen. Michel nahm sofort ab.

»Dann hast du dein Handy doch wieder ans Laufen bekommen?«, fragte er überrascht. Seine Stimme klang distanziert, aber nicht mehr so kühl.

Um es kurz zu machen, antwortete sie einfach: »Ja.«

»Wie geht es dir?«

»Gut, danke. Ich bin wieder zu Hause. Ich habe gerade meine Nachrichten abgehört. Delmas hat gestern nicht mehr versucht, mich anzurufen.«

»Das denke ich mir.«

Marie spürte, dass da etwas war. »Hast du ihn gesprochen?«

»Ich kann jetzt nicht reden, aber ich komme später bei dir vorbei, wenn ich hier fertig bin.«

»Also, mich würde ja schon interessieren zu erfahren, wer mich angegriffen hat.«

»Ich rufe dich gleich zurück. *Salut*«, sagte er knapp und legte auf.

Nachdenklich kehrte sie wieder ins Haus zurück.

*

Leblanc, Martin und Delmas saßen auf einer Bank an der Palmenallee des Casinos. Der Notar hatte gefragt, ob sie sich kurz setzen könnten, und da er nicht aussah, als würde er flüchten wollen, hatte Leblanc zugestimmt. Sie konnten auch hier mit der

Befragung beginnen. Er zeigte dem Notar die Jeanne-Calment-Akte.

»Die haben wir in Ihrem Büro gefunden.« Er holte die Spielquittungen aus der Tasche. »Und die auch.«

Delmas wirkte fast amüsiert und begann unaufgefordert zu erzählen.

»Ich habe Franck Girard auf genau dieser Bank kennengelernt. Nachdem ich hier mehr oder weniger den Wert meines Wohnhauses verspielt hatte. Er hat mir angesehen, dass ich am Ende war, und mich auf einen Whisky eingeladen. An dem Abend habe ich sehr viel getrunken – und ihm erzählt, dass ich dringend Geld brauchte. Da hat er mir einen Deal vorgeschlagen.«

»Wann war das?«

Delmas sah übermüdet aus, aber er wirkte erstaunlich gelassen. Er hatte aufgegeben.

»Vor einem halben Jahr.«

»Und was sollte das für ein Deal sein?«

»Girard wollte das Anwesen von Madame Durand.«

»Woher wusste er, dass Sie Madame Durands Angelegenheiten betreuen? Wir sind hier immerhin in Bordeaux, zwei Autostunden von Montignac entfernt. Girard konnte unmöglich mit einem solchen Zufall gerechnet haben.«

»Natürlich nicht. Er hat mich über Wochen beim Verlieren beobachtet und mich bis nach Montignac verfolgt. Dort hat er schnell herausgefunden, dass ich Erbangelegenheiten alteingesessener Familien betreue. Er hatte es also längst auf das Anwesen von Madame Durand abgesehen.« Er schien zu überlegen. »Ein Spielsüchtiger ist eine leichte Beute. Ich war panisch und kopflos. Und ich habe damals noch geglaubt, dass ich mein Leben wieder in den Griff bekomme«, fügte er in einem Tonfall hinzu, als würde er sich über seine eigene Naivität wundern.

»Und wie genau lautete der Deal, den Girard Ihnen vorgeschlagen hat?«

»Wenn es mir gelingen würde, Madame Durand zur Unterschrift eines Verkaufsvertrags auf Rentenbasis zugunsten seiner Lebenspartnerin Monique Lacroix zu bewegen, würde ich zweihundertachtzigtausend Euro, also zehn Prozent des anvisierten Verkaufspreises, als Provision erhalten. Die eine Hälfte bei Vertragsunterzeichnung, die andere, sobald sie tatsächlich im Besitz des Hauses wären.«

Leblanc hatte am Morgen Delmas' prunkvolles Anwesen gesehen. Zweihundertachtzigtausend Euro hätten bei Weitem nicht ausgereicht, um den Verlust auszugleichen.

»Wäre diese Summe für Sie nicht nur ein Tropfen auf den heißen Stein gewesen?«

»Da haben Sie recht. Damit hätte ich mich aber nach Südamerika absetzen und meiner Frau den Trümmerhaufen hier hinterlassen können.«

»Sie meinen die Schulden?«

»Richtig. Und den Skandal. Meine Frau hat mich wegen meines Familienvermögens und meiner sozialen Position geheiratet. Ich habe sie am Anfang geliebt. Glaube ich zumindest, das ist so lange her. Sie war die Tochter eines Bauern, der seinen Hof heruntergewirtschaftet hatte«, sagte er in abfälligem Ton. »Was ich zunächst als Schüchternheit interpretiert hatte, war in Wahrheit völlige Gefühllosigkeit. Sie wollte ein Leben im Wohlstand, wollte Angestellte und einen Ehemann, die sie herumkommandieren konnte. Wir haben nicht eine schlechte, sondern eine grauenhafte Ehe geführt.«

»Haben Sie Kinder?«, fragte Leblanc.

»Nein, wie auch?«, antwortete er sarkastisch.

So genau wollte Leblanc es eigentlich gar nicht wissen. Aber es war wohl dieses Selbstmitleid, das den Mann an seiner Seite so gesprächig werden ließ.

»Ich habe nie den Mumm gehabt, mich gegen meine Frau zu behaupten oder sie einfach vor die Tür zu setzen. Und da sie das wusste, hat sie mich über dreißig Jahre lang drangsaliert. Dass sie jetzt völlig verarmt ist und bald zum Gespött der Stadt wird, finde ich sehr erfreulich – auch wenn es eine bescheidene Lebensbilanz ist.« Er lachte höhnisch.

Leblanc führte sich die morgendliche Begegnung mit Madame Delmas vor Augen. Sie und ihr Mann passten eigentlich gut zusammen. Beide waren sie verbittert und boshaft. »Weiß Ihre Frau nichts von Ihrer Spielsucht?«, fragte er.

»Natürlich nicht, sonst hätte sie längst das Nötige unternommen, um mich vom Casino sperren zu lassen. Das ist ja keine große Sache, wenn jemand sein Vermögen verspielt und dadurch seine Familie in Gefahr bringt.« Er lachte wieder. »Und ich habe hier eine Million verbraten. Aber um Finanzen hat sie sich nie gekümmert, dafür ist sie zu faul. Es reichte ihr zu wissen, dass wir vermögend waren. Das hat sie jetzt davon.«

Von Delmas' Ehedrama hatte Leblanc jetzt genug gehört. »Wie ist es Ihnen gelungen, Madame Durand einen Verkaufsvertrag auf Rentenbasis aufzuschwatzen?«

Der Notar starrte auf den See und seufzte. »Die Frau war eine leichte Beute, zumal sie jeden Nachmittag allein zu Hause saß. Anfangs war sie noch nicht ganz so verwirrt, und ich habe ihr regelmäßig Höflichkeitsbesuche abgestattet. Sie hat immer mehr von ihrem Vater erzählt und von seinem Sekretär Henri. Als sich ihr Geisteszustand verschlechterte, habe ich mich als besagter Henri ausgegeben und behauptet, dass ich im Namen ihres Vaters handele, der aber darauf bestand, dass alles streng geheim blieb. Letzten Samstag hat sie endlich den Vertrag unterschrieben. Es wurde höchste Zeit, denn man wird sie bestimmt bald entmündigen müssen.«

»Aber das ergibt doch keinen Sinn! Es wäre doch sofort herausgekommen, dass Sie von ihrer geistigen Schwäche profitiert haben. Und Sie wären Ihre Lizenz losgeworden und vielleicht sogar im Gefängnis gelandet.«

Delmas zeigte auf die Akte, die Leblanc in Händen hielt.

»Deshalb habe ich den Vertrag auf das Jahr 2016 vordatiert, als Madame Durand noch gesund und im Vollbesitz ihrer geistigen Kräfte war. Das Testament, das sie vor Jahren zugunsten von Hélène bei mir hinterlegt hatte, habe ich vernichtet.«

»Dennoch, Girard und Madame Lacroix hätten die alte Dame nicht einfach vor die Tür setzen können. Es hätte noch ein paar Jahre dauern können.«

»Ja, jetzt wird es sehr unschön.«

»Wie meinen Sie das?«, wollte Leblanc wissen. »So richtig schön konnte ich bis jetzt nichts finden.«

»Am Tag, als Girard ermordet wurde, wollte er Madame Durand umbringen.«

»Wie bitte?«, platzte Martin heraus, der bis jetzt geschwiegen hatte.

»Er wollte sie mit einem Kissen im Schlaf ersticken. Die Frau hätte ja nicht mehr die Kraft gehabt, sich zu wehren, und angesichts ihrer Gebrechlichkeit wären keine Zweifel an einem natürlichen Tod aufgekommen.«

Leblanc dachte an die wehrlose alte Frau. Das war widerwärtig. Er wollte so schnell wie möglich mit diesem jämmerlichen Mann fertig werden, für den er nur Abscheu empfand.

»Und warum musste Girard sterben?«

»Ich weiß es nicht. Keine Ahnung, wer ihn umgebracht hat. Oder aus welchem Grund.«

»Und das soll ich Ihnen glauben?«

»Ja. Warum sollte ich jetzt lügen? Sonst hätte ich Ihnen wohl kaum von Girards Tötungsvorhaben erzählt. Das Spiel ist aus. Ich habe auf der ganzen Linie verloren und keinen Grund mehr, irgendetwas zu beschönigen. Es gibt für mich nichts mehr zu retten, und ich bin sogar erleichtert, dass nun alles vorbei ist. Im Gefängnis werde ich wenigstens meine Ruhe haben.«

»Und Madame Lacroix?«

»Ich gestehe: Das war ich. Girard und Lacroix hatten in ihrer Gier diese unsägliche *Secret-Périgord*-Website gleich nach Vertragsunterzeichnung geschaltet. Monique war nach Girards Tod hysterisch. Sie wollte das Anwesen sofort verkaufen und hat mir von einer deutschen Kundin erzählt, die sie treffen wollte. Ich habe versucht, ihr das auszureden, aber vergebens. Da mir das suspekt vorkam, bin ich ihr zum Anwesen von Madame Durand gefolgt. Natürlich habe ich Marie Mercier gleich erkannt, und ich weiß ja, dass sie Kriminalkommissarin ist. Und als dieser junge Mann die Lacroix angegriffen hat und sie bewusstlos am Boden lag, habe ich die Gelegenheit genutzt, dafür zu sorgen, dass sie mich nicht mehr auffliegen lassen konnte. Ich hatte ein Stück Schnur in meinem Auto. Den Rest kennen Sie.«

»Und was hatten Sie dann vor?«

»Ich musste nur den Verkaufsvertrag vernichten. Niemand hätte etwas gemerkt. Immerhin hatte ich die erste Rate des Deals erhalten und hätte damit noch ein paarmal spielen können. Ich bin nur nicht mehr dazu gekommen, die Akte verschwinden zu lassen. Aber egal, irgendwann musste das alles ja auffliegen.«

»Und warum haben Sie versucht, Marie Mercier umzubringen?«, wollte Martin wissen und kam so Leblanc zuvor, dem diese Frage natürlich auch auf der Zunge lag.

»Da bin ich wohl in Panik geraten ...«, sagte Delmas.

Leblanc spürte, wie in ihm die Wut hochkochte.

»Sie hat mich gestern angerufen, um ›inoffiziell‹ über den Fall zu sprechen«, fuhr Delmas fort. »Da habe ich vorgetäuscht, dass ich noch eine Akte für sie habe, und ihr einen Termin in Lesjartes vorgeschlagen, weil es dort immer menschenleer ist. Normalerweise zumindest.«

»Ich denke, wir haben genug gehört. Alles Weitere klären wir im Präsidium«, beendete Leblanc das Gespräch. Er konnte keine Sekunde länger neben diesem Mann sitzen.

Sie gingen zu Leblancs Auto und überließen Delmas den wartenden Kollegen. Sie würden ihn in Untersuchungshaft bringen.

*

Großen Appetit hatte Marie nicht. Aber ihr Vater hatte für zwei gegessen und war über den Enchaud hergefallen. Léonie, die seinen Appetit mit glänzenden Augen beobachtete, hatte versprochen, ihm für Deutschland einen »Fresskorb« mit Spezialitäten aus dem Périgord mitzugeben.

Marie war glücklich über diese unerwartete Familienzusammenkunft in Léonies Küche, dennoch verfolgte sie das Gespräch nur mit halbem Ohr. Sie schaute alle paar Minuten auf die Küchenuhr. Michel hatte sie angerufen, als sie noch beim Käse waren, um ihr mitzuteilen, dass er sich von Bordeaux aus auf den Weg machte und in zwei Stunden bei ihr sein würde. Sie musste sich also noch eine Stunde gedulden. Was hatte ihn erneut nach Bordeaux geführt? Hatten sie doch noch etwas in Girards Appartement gefunden? Vielen Dank, Monsieur Leblanc, dass Sie mich auf die Folter spannen, dachte sie. Tatenlos herumsitzen konnte sie nicht mehr. Sie musste sich ablenken.

»Ich bringe den zwei Polizisten da draußen mal einen Kaffee«, sagte sie und stand auf. »Diese Bewachungsjobs sind ziemlich öde.«

»Soll ich mitkommen?«, bot ihr Vater an.

»Nein, ich mach das schon allein und leg mich dann etwas hin«, sagte sie.

Ihr Vater schien darüber etwas verwundert zu sein, aber er war selbst sichtlich müde. Immerhin hatte er die Nacht hinterm Steuer verbracht, und morgen musste er wegen eines unaufschiebbaren Termins schon wieder nach Deutschland zurückfahren. Ein kleiner Mittagsschlaf würde ihm guttun.

»Gut, dann lege ich mich auch hin«, antwortete er gähnend.

Marie schaute zu Léonie und Georges. Auch sie sahen erschöpft aus – der gestrige Tag schien allen noch in den Knochen zu stecken. Sie stellte zwei Tassen, eine Kanne Kaffee und einen Teller mit Keksen auf ein Tablett und ging damit hinaus.

Sie sah, dass der junge Visla am Wagen lehnte und eine Zigarette rauchte, während sein Kollege im Auto mit seinem Handy beschäftigt war.

»Das ist ja nett!«, sagte Visla, als Marie mit dem Tablett auf ihn zukam. »Mein Kollege trinkt allerdings keinen Kaffee.«

Sie stellte das Tablett auf der Gartenmauer ab, beugte sich zum Beifahrerfenster hinunter und sprach den anderen Polizisten an. Er war sehr jung, hatte fast noch ein Kindergesicht.

»Was kann ich Ihnen denn bringen?«

»Hätten Sie vielleicht eine Cola?«, fragte er schüchtern.

Hatte sie leider nicht. Léonie kam so etwas nicht ins Haus, und Marie selbst hatte, seitdem sie von Paris weggezogen war, keinen Softdrink mehr gekauft. Sie war lange genug süchtig danach gewesen.

»Ich hole Ihnen schnell eine aus dem Café.«

»Aber ich begleite Sie«, sagte Visla.

»Nein, trinken Sie Ihren Kaffee, solange er warm ist. Ich bin gleich wieder da.«

»Es macht mir nichts aus, wenn der Kaffee kalt ist. Ich begleite Sie«, wiederholte er bestimmt.

Er hatte natürlich recht. Marie wusste genauso gut wie er, dass er auf sie aufpassen sollte und sie nicht aus den Augen lassen durfte. Leblanc würde toben, wenn Visla sich nicht an die Vorschriften hielt.

»Gut, dann gehen wir gemeinsam dorthin. Ist ja nicht weit«, sagte sie.

»Sind Sie denn wirklich schon wieder so fit?«, erkundigte sich Visla, nachdem sie losmarschiert waren.

Marie mochte seine natürliche, freundliche Art. »Ja, es geht mir gut, danke.«

»Gestern habe ich einen ganz schönen Schrecken bekommen, als wir Sie da bewusstlos gefunden haben.«

»Ach, waren Sie auch in Lesjartes?«

»Ja«, antwortete er.

Es war ihr ein wenig unangenehm, dass er sie dort so wehrlos gesehen hatte.

»Ich glaube, ich habe großes Glück gehabt«, sagte sie und merkte dabei, dass ihre Stimme seltsam belegt klang. Im nächsten Moment kam die Erinnerung an ihren Kampf auf Leben und Tod wieder hoch. Sie spürte, wie ihre Brust sich zuschnürte, und wechselte schnell das Thema. »Georges hat mir neulich gesagt, dass er Ihren Vater gekannt hat. Wissen Sie, woher?«

Er nickte. »Meine Eltern kommen aus Kroatien, und am Anfang war es nicht einfach für sie, Arbeit zu finden. Mein Vater ist als Tagelöhner von Hof zu Hof gezogen, aber niemand wollte ihn anstellen. Nur Ihre Großmutter, die hat ihm Arbeit gegeben.«

Marie war sehr erstaunt. »Ach, so schließt sich der Kreis.«

»Ihre Großmutter hatte ein großes Herz, das muss ich Ihnen sagen. Sie hat meinem Vater immer Gemüse aus ihrem Garten mitgegeben. ›Für die Familie‹, hat sie gesagt. Und meiner Mutter hat sie viele schöne Anziehsachen von ihrer Tochter geschenkt.«

Marie stutzte. Was für Anziehsachen? Doch dann musste sie lachen. Sie erinnerte sich, wie ihre Mutter – Marie war damals noch ein Teenager – bei einem Besuch in Saint-André Mamie eine furchtbare Szene wegen einer Kleidertruhe gemacht hatte. Nachdem sie wieder einmal umgezogen waren, hatte Maries Mutter diese Truhe in Saint-André zwischengelagert. Doch als sie sie beim nächsten Besuch mitnehmen wollte, war die Truhe verschwunden. Mamie hatte behauptet, sie wisse nicht, was daraus geworden sei. Und außerdem habe Loren ohnehin zu viele Klamotten, hielt sie ihrer tobenden Tochter vor. Daraufhin war diese gleich wieder mit ihrer Tochter abgereist, obwohl Marie ihre Mutter angefleht hatte zu bleiben.

»Warum lachen Sie?«, wunderte sich der Polizist.

»Ach, nur so. Weil ich das gern höre. Meine Großmutter war wirklich sehr besonders.« An Mamie zu denken tat ihr gut. Was hätte sie wohl zu alledem gesagt, was in den letzten fünf Tagen in ihrem sonst so friedlichen Dorf passiert war?

Nun waren sie fast am Café de la Place angekommen. Um sich den Spießrutenlauf auf der Terrasse zu ersparen, wollte Marie den Hintereingang durch den Hof nehmen. Sie ging mit Visla in die kleine Gasse hinter dem Café und sah, dass die Hoftür zufällig gerade geöffnet war.

Sie betrat den Hof und rief: »Hélène? Danielle?«

Niemand antwortete. Aus den geöffneten Fenstern der Großküche hörte sie Geräusche, die auf geschäftiges Treiben hindeuteten.

»Ich laufe schnell rauf und hole eine Cola aus dem Kühlschrank. Es wird wohl nichts passieren, wenn ich die paar Stufen allein gehe«, sagte sie zu Visla, der ihr in den Hof gefolgt war. Sie wollte nicht mit der Polizei im Café auftauchen. Das hatte nur unerwünschte Fragen zur Folge.

Visla schaute unschlüssig.

»Es passiert bestimmt nichts!«, sagte sie voller Überzeugung, bevor er etwas erwidern konnte. »Ich bin in einer Minute wieder da.«

Sie ließ den verblüfften Visla stehen und sprintete die Treppe hoch, die zum hinteren Teil des Cafés führte. Die Tür stand offen, und Marie konnte die Rückseite des Tresens sehen. Dem Lärmpegel nach zu urteilen hatte sich draußen auf der Terrasse eine Touristengruppe niedergelassen, die beim Mittagessen ziemlich viel Alkohol getrunken haben musste.

Marie warf einen Blick ins Café und hörte ein sonores Grunzen. Der grummelige Mann und sein räudiger Hund, die sie neulich schon am selben Platz gesehen hatte, schnarchten im Akkord. Der Alte hielt noch das leere Schnapsglas in der Hand. Die beiden gehörten wohl inzwischen zum Inventar des Hauses.

Marie trat ins Café und entdeckte Hélène auf der Terrasse. Ihre Freundin kassierte gerade bei den Gästen. Marie ging zur Küche, wo sie Danielle zu finden hoffte. Tatsächlich hörte sie von dort Stimmen. Es waren Danielle und ihr Mann. Jacques schien aufgebracht zu sein, daher blieb Marie kurz vor der einen Spaltbreit geöffneten Küchentür stehen.

»Hier geht im Moment doch alles drunter und drüber«, beschwerte er sich. »Hélène kommt, oder sie kommt nicht. Wir können nicht immer wieder für sie einspringen, wenn sie fehlt. Wir haben selbst genug zu tun, Danielle!«

»Du weißt doch, dass sie es im Moment schwer hat.« Danielles Stimme hatte einen sanften Ton.

»Sie hat es seit einer ganzen Weile schwer. Und habe ich es hier in der Küche nach einer langen Sommersaison etwa nicht auch schwer?«

»Sie tut mir einfach so leid …«

»Ich weiß nicht, warum du sie immer in Schutz nimmst.«

»Sie ist mir nun mal ans Herz gewachsen.« Danielle sprach jetzt eindringlicher. »Außerdem ist sie immer freundlich und geduldig mit den Kunden. Egal, wie die sich benehmen.«

Marie trat an den Rahmen der Küchentür und lugte hinein, doch die beiden bemerkten sie nicht. Heute trug Danielle ein kanariengelbes Kleid mit breitem schwarzen Lackledergürtel und passende Stilettos. Wie konnte sie bloß den ganzen Tag arbeiten mit diesen Absätzen?

»Und kannst du mir bitte erklären, was dieses Teil hier in der Vorratskammer macht?« Jacques hielt einen Laptop hoch. »Das habe ich gerade hinter den Wasserkästen gefunden. Wem gehört das überhaupt?«

Danielle starrte das Gerät überrascht an.

Auch Marie riss die Augen weit auf. Ein ungutes Gefühl überkam sie. Konnte das Girards verschwundener Laptop sein? Marie spürte auf einmal, dass sie die Treppe zu schnell hinaufgerannt war, und begann zu keuchen. Der Strangulationsversuch, der Schlag auf den Kopf, das Sedativum – all das steckte ihr noch in den Gliedern. Plötzlich war ihr schwindelig, und sie ergriff den Türrahmen, um sich daran festzuhalten.

»Marie! Da bist du ja! Wie geht es dir?«, hörte sie auf einmal Hélène rufen, die im nächsten Moment neben ihr stand.

Marie grüßte mit einem kurzen Nicken in die Runde. Danielle und ihr Mann schauten die beiden jungen Frauen an, und Jacques streckte Hélène den Laptop entgegen.

»Weißt du vielleicht, wem der hier gehört? Meine Vorratskammer ist schließlich kein Büro.«

Hélène schüttelte den Kopf. »Nein, keine Ahnung!« Damit war das Thema für sie erledigt, denn sie drehte sich zu Marie um und wies auf das Pflaster auf deren Stirn. »Was ist gestern eigentlich passiert? Wie geht es dir?«

»Ich bin okay«, erwiderte Marie. Über den Mordversuch würde sie jetzt sicherlich nicht reden. »Das war nur ein kleiner Unfall. Erzähl ich ein anderes Mal. Könntet ihr mir mit zwei gekühlten Colas aushelfen?« Sie brauchte jetzt ebenfalls dringend ein süßes Getränk. Gute Vorsätze waren schließlich da, um sie über den Haufen zu werfen.

Hélène holte zwei Flaschen aus dem Kühlschrank, gleichzeitig rief schon wieder einer der Gäste nach einem Bier.

»Diese Typen machen mich fertig«, stöhnte Hélène. »Aber zum Glück habe ich in zehn Minuten Feierabend. Dann kann ich mich endlich um meine Himbeersträucher kümmern.«

Marie bedankte sich und kehrte zu Visla zurück. Sie musste Michel so bald wie möglich von dem Laptop erzählen.

Kapitel 27

Leblanc hatte Martin in Montignac abgesetzt und fuhr nach Saint-André weiter. Die Begegnung mit Delmas lief ihm noch immer nach. Er dachte an die Menschen, die unter diesem habgierigen Trio hatten leiden müssen: Hélène Bouet, Madame Durand, Philippe Lavaud ... und Marie, die ihre Alleingänge beinahe mit dem Leben bezahlt hätte. Er musste zugeben, dass sie mit ihren privaten Ermittlungen Madame Lacroix und Delmas sozusagen aus der Reserve gelockt hatte. Wer weiß, vielleicht wäre Letzterer sonst ungeschoren davongekommen. Girards Mörder lief allerdings immer noch frei herum. Laut Delmas hatte Girard keine weiteren Komplizen gehabt – zumindest keine, von denen Delmas wusste –, und Leblanc glaubte dem Notar.

Als Leblanc in Saint-André ankam, hielt er am Dorfeingang bei Julien Robert an. Er wollte ihm persönlich mitteilen, dass er nicht länger unter Verdacht stand. Aber Roberts Lieferwagen stand nicht vor der Tür, und auf sein Klingeln öffnete niemand. Dann würde er es auf dem Rückweg noch einmal versuchen – oder gleich in Lesjartes an der Kapelle vorbeifahren. Er hatte schon immer einmal sehen wollen, wie diese schweren, jahrhundertealten Dächer aus den *Lauzes* genannten flachen Steinplatten repariert wurden. Irgendwo hatte er gelesen, dass sie knapp eine Tonne pro Quadratmeter wogen und nur noch wenige Dachdecker das traditionsreiche Handwerk beherrschten.

Leblanc fuhr am Bürgermeisteramt vorbei und hoffte inständig, dass Dubosc nicht gerade in diesem Moment heraustreten würde. Er hatte Glück und konnte ungestört in die kleine Gasse einbiegen, wo Marie wohnte. Er parkte vor dem Hof und musste über das Bild schmunzeln, das sich ihm bot: Rose lehnte an der Mauer ihres Prachtgartens und schwatzte mit zwei uniformierten Polizisten. Die alte Frau strahlte vor Vergnügen, und auch seinen beiden Kollegen schien die Unterhaltung zu gefallen. Sie hatten heitere, entspannte Gesichter.

»Ah, Monsieur le Commissaire, wie schön, dass Sie uns mal wieder besuchen!«, rief Rose ihm zu, als er auf sie zukam. Sie hatte ihn sofort bemerkt. »Wir sprechen gerade über Ihren Beruf. Der ist ja so interessant!«

»*Bonjour*, Rose«, sagte Leblanc und grüßte die beiden Polizisten mit einem Nicken. »Wie ich sehe, geht es Ihnen gut. Das freut mich, aber ich muss leider gleich weiter.« Dann wandte er sich an seine Kollegen. »Sie können wieder ins Revier fahren. Madame Mercier braucht keinen weiteren Schutz mehr. *Merci*, Messieurs.«

Rose schaute wie ein Kind, dem man eine Tüte Bonbons weggenommen hat. Nicht mehr mitten im Geschehen zu sein traf sie hart.

*

Marie hatte Michel angerufen, als sie vom Café zurückgekommen war, und ihm erklärt, wo der Eingang zu ihrem Haus war. Sie wollte nicht, dass er Léonie und ihren Vater im Nebenhaus weckte.

Nun saß er an dem großen Tisch vor einem Glas Wasser, während sie ohne Überzeugung ihre Cola austrank. Die Zeit der Softdrinks war tatsächlich vorbei. Das Zeug schmeckte ihr nicht mehr.

»Was hast du eigentlich in Bordeaux gemacht?« Sie war sich sicher, dass er inzwischen wusste, wer sie überfallen hatte. »Aber mach schnell, ich muss dir nämlich auch dringend etwas erzählen.«

Er berichtete ihr, wie der Tag, seitdem sie sich am frühen Morgen gesehen hatten, verlaufen war, und sie unterbrach ihn nicht ein einziges Mal. Maître Delmas also! Wenn Mamie das wüsste, würde sie sich im Grab umdrehen. Sie hatte Delmas immer Respekt entgegengebracht. Außerdem fand Marie den Gedanken, dass dieser fette kleine Mann fortgeschrittenen Alters sie beinahe umgebracht hätte, irgendwie beschämend. Warum war es ihr nicht gelungen, sich gegen ihn zu wehren? Hatte sie, seitdem sie Paris verlassen hatte, schon so viel an körperlicher Fitness und Kraft eingebüßt?

»So, jetzt weißt du so viel wie ich. Und was wolltest du mir Dringendes erzählen?«, fragte Michel.

»Ich weiß, wo der Laptop von Girard ist. Zumindest glaube ich, es zu wissen.«

»Was heißt das?«

»Ich war vorhin mit dem Kollegen Visla im Café de la Place, um Cola zu holen.« Sie hielt ihre Flasche hoch. »Da hat Jacques, der Restaurantbesitzer, seiner Frau einen Laptop gezeigt, den er in seiner Vorratskammer gefunden hatte.«

»Und warum sollte das Girards Laptop sein?«

»Weder er noch Danielle oder Hélène schienen zu wissen, wem er gehört. Ich glaube, du solltest mal dahin gehen.«

Er stand auf und wandte sich zur Tür. »Da könntest du recht haben.«

*

Léonie hatte sich hingelegt, war aber nach zehn Minuten wieder aufgestanden. Ihr war dann doch nicht nach Schlafen zumute. So leise wie möglich stieg sie die Holztreppe hinunter, um Thomas, der im Nebenzimmer ein Nickerchen machte, nicht aufzuwecken. Statt das Leben zu verschlafen, würde sie jetzt den Proviantkorb für ihn zusammenstellen. Sie hatte noch einen großen Weidenflechtkorb im Schuppen, der sich perfekt eignete. Und so hätte Thomas auch ein Andenken an Georges, der den Korb nach alter Tradition selbst geflochten hatte.

Von der Küche aus ging Léonie zunächst in den Vorratsraum, der ihr ganzer Stolz war. Auf den meterlangen Holzregalen, die ihr Vater noch angebracht hatte, reihten sich die Einmachgläser dicht an dicht. Links von der Tür gab es Foie gras, Entenmägen, Confit, Pasteten ... Alles selbst gemacht, so wie es hier in der Gegend seit Generationen Brauch war. Auch darin musste sie Marie noch unterweisen. Vielleicht sollte sie dafür ein separates Notizheft nehmen. Geradeaus, neben der großen Tiefkühltruhe, standen das eingekochte Gemüse sowie Tomatensauce und Ratatouille und rechts Marmeladen und Kompotte aller Art sowie Confiture de vieux garçon, in Alkohol eingelegte Früchte. Sie nahm ein bisschen von allem und trug die Gläser nach und nach in die Küche. Dann öffnete sie den großen Küchenschrank und stellte die letzte Flasche Nussöl und ein Glas in Cognac eingelegte Trüffeln aus Madame Durands Hain auf den Tisch. *Ich muss Thomas wirklich mögen!*, dachte sie schmunzelnd. Später würde sie Marie bitten, noch eine Flasche Monbazillac aus dem Keller zu holen.

Auf einmal hörte sie, wie die Hunde im Hof unruhig wurden. Der sonst so stille Fido fiepte aufgeregt. Sie ging hinaus und sah den Hund zum Tor flitzen. Sie folgte ihm, öffnete die schwere Holztür, und vor ihr stand Philippe. Der Hund sprang freudig an ihm hoch und entlockte seinem Herrchen ein Lächeln. Léonie kam der junge Mann noch schmächtiger vor als sonst.

»Philippe, schön, dich zu sehen. Haben sie dich endlich freigelassen?«

»*Bonjour*, Léonie, ich wollte Fido abholen.« Er ging nicht auf ihre Frage ein und wusste anscheinend auch sonst nicht so recht, wie er sich verhalten und was er sagen sollte.

»Möchtest du reinkommen?«

»Nein, ich muss gleich wieder los.«

Alles andere hätte Léonie auch gewundert.

»Wie geht es Marie?«, fragte er. »Ich hab gehört, dass sie einen Unfall hatte.«

»Es geht ihr wieder gut. Ich glaube, sie ruht sich gerade ein wenig aus. Du weißt ja: Unkraut vergeht nicht.«

Er druckste herum. »Ich wollte mich bei ihr entschuldigen. Ich war neulich sehr ungerecht zu ihr, und das tut mir leid.«

Seltsam, dachte Léonie, das hatte Marie gar nicht erwähnt.

»Komm doch morgen noch mal vorbei. Sie freut sich bestimmt. Aber mach dir keine Sorgen, sie ist nicht nachtragend. Es war alles ein bisschen viel in letzter Zeit, da kann es mal passieren, dass man sich im Ton vergreift. Mit mir gehen die Pferde auch manchmal durch.« Philippe hat ja keine Ahnung, wie sehr die Pferde mit mir durchgehen können, dachte sie. Zum Glück wusste niemand im Dorf, was Georges und sie mit Julien vorgehabt hatten. Bei dem Gedanken fiel ihr ein, dass sie den Kommissar nach dem Gewehr ihres Vaters fragen musste.

Philippe verabschiedete sich linkisch und verließ mit Fido den Hof. Er würde wohl nie richtig erwachsen werden.

»Also, bis bald, Philippe!«, rief sie ihm nach. Dann schloss sie das Tor wieder und ging kopfschüttelnd auf den Schuppen zu. Sie musste diesen Korb finden. Da begegnete sie Leblanc, der gerade aus Maries Haus getreten war. Sie hatte also doch nicht geschlafen.

»Ach, Monsieur le Commissaire, ich wusste gar nicht, dass Sie da sind.« Wieso war er bei Marie gewesen? Die erzählte einem ja wirklich nicht alles.

»Ich bin nur auf dem Sprung. Ich muss gleich weiter.«

»Ach, wie schade! Haben Sie denn herausgefunden, wer Marie angegriffen hat?«

»Auf jeden Fall war es nicht Julien Robert, so viel kann ich Ihnen sagen. Und Marie ist nicht mehr in Gefahr.«

»Sind Sie sich da ganz sicher?«

»Ganz sicher. Aber jetzt muss ich wirklich los.«

Und weg war er. Nach dem Gewehr würde sie ein anderes Mal fragen.

Léonie fiel ein Stein vom Herzen. Sie vertraute dem Kommissar, und wenn er ihr mit solcher Überzeugung sagte, dass Marie nicht mehr in Gefahr war, dann musste es stimmen. Und dass Julien nun doch nichts mit der Sache zu tun hatte, war auch eine sehr gute Nachricht. Schließlich hatte er einmal zur Familie gehört.

*

Leblanc lief eilig zu dem Café und hörte von Weitem lauten Gesang. Eine Gruppe torkelnder und singender Engländer kam ihm entgegen, als er die Treppe zur Terrasse hinaufstieg. Er ging direkt ins Café und fand die Besitzerin hinter ihrem imposanten Tresen. Sie sah wieder aus, als sei sie einem Film aus den Fünfzigerjahren entsprungen. Als sie ihn sah, kniff sie die knallrot geschminkten Lippen zusammen. Sie war offensichtlich nicht erfreut über seinen Besuch, rang sich aber ein »*Bonjour*, Monsieur le Commissaire« ab.

Er wollte nicht lange um den heißen Brei herumreden und kam gleich zur Sache. »*Bonjour*, Madame. Marie Mercier hat mir gesagt, dass Sie einen Laptop gefunden haben.«

Sie nickte.

»Kann ich ihn bitte sehen?«

Die Wirtin holte das Notebook aus der Küche und legte es kommentarlos auf die Theke. Leblanc zog Gummihandschuhe an und klappte es auf.

»Wer außer Ihnen hat es noch angefasst?«

»Woher soll ich das wissen?«, antwortete sie barsch. So unhöflich hatte er die Wirtin noch nie erlebt. Den Grund dafür würde er hoffentlich bald erfahren.

Die Batterie war leer, wie er rasch feststellte. Er drehte das Gerät nach allen Seiten, fand aber äußerlich keinen Hinweis auf einen Besitzer, weder ein Namensschild noch einen Aufkleber.

»Würden Sie mir bitte zeigen, wo Sie es gefunden haben?«

»Mein Mann hat es in der Vorratskammer entdeckt. Wo genau, weiß ich nicht.«

»Wer hat denn Zugang zu der Vorratskammer?«

»Mein Mann, die Küchenhilfe und ich.«

»Hélène Bouet nicht?«

»Doch, die natürlich auch«, erwiderte sie ein wenig zu schnippisch.

Sie hatte die Kellnerin eben nicht erwähnt. Dafür musste es einen Grund geben. Leblanc schaute sie streng an.

»Sind Sie sicher, dass Sie mir alles gesagt haben, was Sie wissen?«

»Was meinen Sie?«, entgegnete sie in einem leicht aggressiven Tonfall.

»Letzten Sonntag haben Sie zum Beispiel ausgesagt, dass Hélène Bouet ihren Dienst um acht Uhr aufgenommen hat. Sind Sie sich da absolut sicher?«

»Sie fängt immer um acht Uhr an.«

»Waren Sie denn letzten Sonntag selbst schon um acht Uhr hier?«

Die Besitzerin antwortete nicht.

»Wann sind Sie letzten Sonntagmorgen hier angekommen?«

Sie schwieg weiterhin.

»Ihnen ist schon klar, dass ich in einer Mordsache ermittle, oder? Und eine Falschaussage ist vor Gericht keine Lappalie. Außerdem … sollte sich herausstellen, dass es der Laptop von Franck Girard ist, stehen Sie alle hier unter Mordverdacht.« So, jetzt aber, dachte Leblanc.

Die Wirtin blickte ihn gequält an. »Okay, okay. Ich bin erst kurz vor neun hergekommen. Ich musste am Morgen erst meinen

Sohn zum Bahnhof von Périgueux bringen. Er ist nach Toulouse gefahren, wo er studiert. Aber als ich hier ankam, war Hélène bei der Arbeit.«

Dass man den Menschen immer erst drohen musste! Leblanc seufzte. Er nahm den Laptop und verließ grußlos das Café.

*

Nachdem Leblanc weggefahren war, hatte Marie sich ebenfalls auf den Weg gemacht. Als sie ihr Haus verließ, lag César allein vor ihrer Tür. Wo war Fido? Hatte Philippe seinen Hund abgeholt? Wie auch immer, sie hatte jetzt keine Zeit, sich weiter damit zu beschäftigen. Sie musste schnell zu Hélène.

Unterwegs war Marie so in ihre Gedanken vertieft, dass sie um sich herum nichts wahrnahm und überrascht war, als sie plötzlich das weit geöffnete gusseiserne Tor des Anwesens von Madame Durand erreicht hatte. Das Tor hatte sie noch nie geschlossen gesehen. Marie fand Hélène, wie erwartet, bei den Himbeeren am Rand des Trüffelhains. Mit der Gartenschere schnitt sie sorgfältig verwelkte Zweige ab. Sie schaute kurz in Maries Richtung und schien nicht weiter verwundert, sie zu sehen. Doch sie grüßte sie nicht und widmete sich gleich wieder ihrer Aufgabe. Marie hockte sich zu ihr.

»Hélène ...«, begann sie, doch ihre Freundin fiel ihr sofort ins Wort.

»Mein Vater hat kurz vor dem Unfall diese Himbeeren für mich gepflanzt und sie *Les framboises Hélène* getauft. ›Ich kümmere mich um meine Trüffeln und du dich um deine Himbeeren‹, hatte er gesagt. Ich war so stolz. Es war einer der schönsten Tage meines Lebens. Meine Eltern sind vor vierundzwanzig Jahren verunglückt, und seitdem hege und pflege ich die Setzlinge. Und genieße die Früchte. Ich werde mich ein Leben lang nicht daran satt essen können.« Sie pflückte ein paar Himbeeren und reichte sie Marie mit der flachen, behandschuhten Hand.

Marie nahm zwei, ohne sie sich jedoch gleich in den Mund zu stecken.

»Hélène, was weißt du wirklich über Franck Girard?«, fragte Marie.

»Dass er tot ist. Und das ist ja wohl das alles Entscheidende.«

»Können wir das Spiel bitte lassen? Dafür haben wir jetzt keine Zeit mehr. Der Kommissar ist bei Danielle.«

Mit ausdrucksloser Miene schnitt Hélène weiter an dem Strauch. Marie konnte das nicht länger mit ansehen und packte Hélènes Hand, mit der sie die Gartenschere hielt.

»Jetzt hör auf, Hélène! Es hat keinen Sinn. Wann ist dir klar geworden, dass Girard hinter dem Haus von Madame Durand her war?«

Hélène hielt inne und drehte sich zu ihr um. Marie betrachtete ihre so hübsche, zierliche Freundin, die sie nun trotzig anschaute.

»Ich weiß nicht, was du meinst«, erwiderte Hélène.

Marie hatte ihre Hand nicht losgelassen. »Hélène, wir kennen uns schon zu lange, um uns weiter etwas vorzumachen. Franck Girard war ein krimineller Immobilienhändler. Wann hast du das begriffen?«

Diese Sätze schienen Hélènes Widerstand zum Erlahmen zu bringen. Ihr Griff um die Schere lockerte sich, und Marie konnte sie ihr abnehmen.

Hélène senkte den Kopf. »Letzten Sonntag, eine gute Stunde vor seinem Tod.«

Marie betrachtete die junge Frau, die jetzt eine andere geworden war. Eine Frau, die sie nicht kannte.

»Und wie hast du es herausgefunden?«

»Wir hatten in meiner Wohnung gefrühstückt, danach seinen Computer eingeschaltet und im Internet nach einem Sofa für unser zukünftiges Heim gesucht. Dann bin ich duschen gegangen, anschließend ist er ins Bad. Sein Laptop stand noch auf dem Tisch, und ich wollte kurz weiter nach Möbeln schauen. Es hat mir so einen Spaß gemacht, mir Gedanken über eine neue Einrichtung zu machen. Du kannst dir nicht vorstellen, wie glücklich ich war! Aber dann bin ich gleich auf dieser komischen Website gelandet, auf der das Haus von Madame Durand angeboten wurde.«

»Girards ›Trüffelgold‹!«, rief Marie.

»Ja, das muss man sich mal vorstellen!« Hélène schaute kurz zum Haus hinüber und blinzelte. Ein Wohnzimmerfenster wurde geschlossen. Vielleicht befürchtete die Krankenpflegerin, dass Madame Durand frieren könnte.

»Ich war so geschockt, dass ich sofort angefangen habe, in seinen Mails zu stöbern. Ich bin dann auch sofort fündig geworden. Eine Frau namens Monique, die ihn mit ›Liebling‹ anredete, hatte am Abend zuvor geschrieben, dass er noch ein Foto von der Nordseite des Anwesens machen sollte. Dann hatte sie noch was von einem Flittchen geschrieben. Damit war wohl ich gemeint.«

Hélène ließ ihren Blick über den Garten schweifen, und ihre Augen füllten sich mit Tränen. Marie kam es vor, als wolle sie alles gedanklich fotografieren.

»In einer weiteren E-Mail mit Betreff *Hurra* habe ich gelesen, dass Madame Durand endlich einen Kaufvertrag auf Rentenbasis unterschrieben hätte und ihr Anwesen damit nun ihnen gehörte. Einfach so! Als Franck das Duschwasser abgestellt hat, habe ich mich vom Computer entfernt und mich fertig gemacht, als sei nichts gewesen. Wir haben uns für das nächste Wochenende verabredet, und er hat mich zum Abschied geküsst. Ich habe mich so geekelt. Und dann ist er gegangen.«

Marie erinnerte sich an ihre Begegnung mit Girard. Wie er mit seinem Handy das Anwesen fotografiert hatte. Und an sein Lächeln. Und sie dachte an das, was Michel ihr vorhin erzählt hatte. Womöglich war Girard auf dem Weg zu Madame Durand gewesen, um sie zu töten. Völlig skrupellos. Vielleicht hatte Hélène diese Erkenntnis noch viel eher gehabt.

»Diesen Kuss hat er dann teuer bezahlt, nicht wahr?«

»Das kann man so sagen. Ja, Marie, ich habe Franck erschossen. Und weißt du was? Ich habe ihm dabei in die Augen geschaut. Ich wollte, dass er sieht, wie ich die Waffe auf ihn richte, und ich wollte ihn sterben sehen. Das war richtig so.«

Ob sie es gewusst hatte oder nicht, sie hatte damit auch Madame Durand das Leben gerettet, das wurde Marie jetzt klar. Was für eine Fügung des Schicksals!

»Aufgrund dieser E-Mail wusstest du auch, wo du Girard finden würdest?«, fragte sie Hélène, die jetzt überraschend ruhig wirkte.

»Das hat er mir sozusagen mündlich bestätigt. Beim Abschied meinte er, dass er noch zum Waldrand radeln würde.«

»Du hättest ihn doch einfach anzeigen können. Warum hast du mir das nicht erzählt? Ich hätte schon dafür gesorgt, dass ihm der Prozess gemacht wird.«

»Das konnte ich nicht.«

Marie schaute ihre Freundin an, die vielleicht nie eine richtige Freundin gewesen war. Sonst hätte sie sich ihr anvertraut. »Ich hätte dir ganz sicher geholfen«, sagte sie.

Hélène schüttelte langsam den Kopf und schaute sie an. Ihr Blick war distanziert. »Nein, da musste ich allein durch. Du kannst dir nicht vorstellen, wie ich mich gefühlt habe, als ich hinter Francks Machenschaften gekommen bin. Wie beschmutzt ich mir vorkam! Nicht nur, dass er mich überhaupt nicht geliebt hat – er hat mich ausgenutzt, um Madame Durand zu berauben. Zum Glück bekommt sie nicht mehr mit, was geschieht, aber der Gedanke ist mir unerträglich. Die Wut und der Hass, die in mir hochgekocht sind … Das kann niemand verstehen.«

»Und die Waffe?«

Hélène zog die Gartenhandschuhe aus. »Letzten Sonntag war

der zehnte Todestag von Philippes Vater. Und Philippe hatte mir erzählt, dass er die Eröffnung der Jagdsaison mit dem Gewehr seines Vaters begehen würde – quasi zu dessen Ehren. Du weißt, wie wichtig ihm diese Geschichten sind und wie sentimental er bei diesem Quatsch sein kann. Ich wusste also, dass er seine eigene Waffe im Schrank lassen würde. Und mit der hatte er mir im Wald das Schießen beigebracht … Ich bin übrigens gar nicht so unbegabt. Die Blechbüchsen, die wir als Ziel aufgestellt hatten, habe ich oft punktgenau getroffen«, fügte sie mit einem gewissen Stolz hinzu.

Die Situation hatte etwas Irreales, und Hélène wirkte gerade wie weggetreten. Marie schnürte es das Herz zusammen.

»Aber damit hast du doch in Kauf genommen, dass Philippe unter Mordverdacht gerät.«

»Daran habe ich in dem Moment gar nicht gedacht«, erwiderte Hélène. »Es ging alles so schnell, dass ich nicht lange überlegen oder gar planen konnte. Ich bin einfach spontan zu Philippes Haus gerannt. Ich wusste ja, dass die Jäger sich schon um sieben zur Jagd treffen wollten und dass er nicht daheim sein würde. Ich habe den Schlüssel aus dem Versteck über der Tür geholt und das Gewehr und die Patronen aus dem Gartenschuppen genommen. Dann bin ich zum Waldrand gerannt. Ich habe Franck schon aus einiger Entfernung entdeckt – mein Instinkt hat mich genau an die richtige Stelle geführt. Und ich hatte eine besondere Überraschung für ihn.«

Marie überlegte kurz, ob der Schock angesichts Girards Verrat Hélènes Verstand getrübt hatte. Doch sie durfte sich ihr Entsetzen nicht anmerken lassen, wenn sie noch mehr von ihr erfahren wollte. »Hat er dich gesehen?«, fragte sie.

»Und ob! Du hättest seinen Blick sehen sollen.«

Den wollte Marie sich lieber nicht vorstellen. Sie hätte nie gedacht, dass die zarte, eher ängstliche *belle Hélène*, die sich nie richtig aus Saint-André herausgewagt hatte, zu solcher Kaltblütigkeit fähig war. Marie war klar, dass Michel gleich herkommen würde. Viel Zeit hatten sie wahrscheinlich nicht für dieses Gespräch unter »Freundinnen«. Doch bis zu Michels Ankunft wollte sie unbedingt versuchen, Hélènes Handeln zu verstehen.

»Wie bist du an seinen Laptop gekommen?«

»Den hatte er bei mir liegen gelassen, wahrscheinlich wollte er ihn nach seiner Radtour wieder abholen. Nach dem Mord habe ich befürchtet, dass ihr meine Wohnung durchsucht, und habe ihn dummerweise in der Vorratskammer vom Café versteckt.«

Marie wurde bei dem »ihr« schmerzlich bewusst, dass Hélène sie von Anfang an als Polizistin und nicht als Freundin betrachtet hatte. Das erklärte wohl, warum sie sich ihr gegenüber in der letzten Woche so abweisend verhalten hatte.

Also fragte sie als Polizistin weiter. »Und Girards Handy?«

»Sein Fahrrad ist ja mit ihm umgekippt, als ich auf ihn geschossen habe. Das blöde Handy ist dabei aus der Seitentasche seiner Jacke rausgeflogen und im Gebüsch gelandet. Ich habe es noch gefunden, bin aber in der Panik ein Stück weiter im Wald gestolpert. Da hab ich es wohl verloren. Das habe ich in der Eile aber nicht bemerkt. Ich musste ja das Gewehr schnell zurückbringen, meine Fingerabdrücke in Philippes Gartenhäuschen entfernen und dann zur Arbeit ins Café.«

Hélène pflückte ein paar der Früchte, die vor ihr hingen, und schob sie sich in den Mund. Wahrscheinlich war ihr bewusst, dass sie so schnell keine Himbeeren mehr bekommen würde. Vor allen Dingen nicht die aus diesem Garten, schoss es Marie durch den Kopf.

»Aber seine Alte habe ich nicht umgebracht«, sagte Hélène mit vollem Mund. »Der Kommissar hat mir ihr Foto gezeigt. Die sah ja aus wie eine Oma.«

»Maître Delmas hat sie umgebracht. Er war es auch, der Madame Durand den Kaufvertrag auf Rentenbasis untergejubelt hat.«

»Dieser Dreckskerl!«

»Da magst du recht haben.« Marie fasste unwillkürlich an ihren Hals. Auf keinen Fall würde sie Hélène von ihrer besonderen Begegnung mit dem Notar erzählen. So viel zum Thema jahrzehntelange Freundschaft und Vertrautheit. Wie weit hatten sie sich doch auseinandergelebt! Eine Sache wollte Marie aber unbedingt noch verstehen. »Eine letzte Frage: Warum hast du nicht gestanden, als Philippe verhaftet wurde? Wie konntest du ihm das antun?«

In Hélènes Blick trat ein gequälter Ausdruck. »Vielleicht, weil ich fand, dass ich genug bestraft worden war. Philippe war ein Leben lang mein edler Ritter. Und mit seinem Schweigen hat er mir sozusagen seinen Segen gegeben und zum Ausdruck gebracht, dass er bereit war, für mich ins Gefängnis zu gehen. Außer mir kannte niemand das Versteck für den Schlüssel von seinem Gartenhäuschen. Ich wusste, dass er wusste, wer Franck umgebracht hatte, und er wusste, dass ich um sein Wissen wusste.«

Marie wurde schlagartig klar, dass Philippe niemals auf Hélène böse sein würde. Was ist Hélène nun?, fragte sie sich. Mehr Opfer oder mehr Täterin? Das war schwer zu beantworten. Hélène hatte immer davon geträumt, Schauspielerin zu werden. Aber dafür hätte sie den Schutz von Saint-André verlassen müssen. Und doch hatte sie in der letzten Woche sozusagen die Rolle ihres Lebens gespielt – die des unschuldigen Opfers. Sie war eine so großartige Schauspielerin gewesen, dass sie auch ihre Jugendfreundin getäuscht hatte, gestand Marie sich ein. Sie musste daran denken, wie sie als Kinder Theater gespielt hatten und wie begabt Hélène darin gewesen war, die unterschiedlichsten Rollen einzunehmen. Vielleicht hatte sie ihr Leben lang Theater gespielt und dabei selbst nicht gewusst, wer sie wirklich war.

Marie atmete tief ein und aus. Sie drehte sich ein wenig um und entdeckte Michel, der ein Stück entfernt auf sie beide wartete. Ein Streifenwagen bog in die Toreinfahrt ein.

»Oh, das geht jetzt aber wirklich schnell«, sagte Hélène, die Maries Blick gefolgt war und sich ihr nun wieder zuwandte. »Ich war sehr ungerecht zu dir in letzter Zeit. Das tut mir leid. Ich habe immer nur deinen Beruf vor Augen gehabt. Das ist doch irre, oder? Meine Jugendfreundin ist Kriminalkommissarin, und ich bin eine Mörderin geworden. Irgendwie passt das, oder?«

»Nein, das finde ich ganz und gar nicht.«

Hélène nahm Maries Hand. »Würdest du dafür sorgen, dass Madame Durand möglichst gut betreut wird und es ihr an nichts fehlt?« Es war weniger eine Frage als eine Bitte.

»Versprochen.«

»*Merci beaucoup!* Ich weiß, dass ich mich auf dich verlassen kann, und das ist ein großer Trost. Ich werde mich jetzt nicht von ihr verabschieden. Das geht über meine Kräfte. Ich würde vor ihr zusammenbrechen und sie damit nur noch mehr verwirren.«

»Ich gehe gleich zu ihr«, sagte Marie.

Hélène ließ Maries Hand los. Sie stand auf, klopfte sich die Erde von der Hose und ging auf die Polizisten zu. Dann drehte sie sich noch einmal um. »Ist das nicht verrückt? Ich habe mich immer nach der ganz großen Liebe gesehnt – dabei werde ich vergöttert. So wie Philippe mich liebt, das übertrifft doch jeden Kitschroman!«

»Ja, das stimmt.«

Marie schaute ihr nach. Ihr blondes Haar schimmerte in der späten Nachmittagssonne. Verrückt oder nicht verrückt, Hélène war wunderschön. Sie ging auf Michel zu. Marie konnte nicht hören, worüber die beiden sprachen, aber für heute hatte sie ohnehin genug gehört. Sie beobachtete, wie Michel Hélène zum Streifenwagen begleitete. Bevor sie einstieg, winkte sie Marie zu. Sie winkte kurz zurück – was hätte sie sonst tun sollen – und schaute melancholisch dem Wagen nach, bis er hinter einer Kurve verschwand. Währenddessen kam Michel auf sie zu.

»Danke, dass du uns noch diese Zeit gelassen hast«, sagte sie mit einem traurigen Lächeln.

»Es schien für euch beide wichtig zu sein.«

Dieser Mann besaß wirklich Feingefühl. Seine Augen suchten ihre, und zum ersten Mal nahm sie seine Augenfarbe wahr. Graugrün.

»Ja, das war wirklich wichtig.«

»Du siehst traurig aus.«

»Bin ich auch. Mir fehlt wohl gerade die nötige Distanz. Du weißt ... von wegen Befangenheit und so.«

»Schon klar.«

Sie sah, dass er noch etwas loswerden wollte.

»Sag mal, morgen ist Markt in Périgueux. Kennst du den?«, fragte er.

»Ja, klar! Da war ich seit einer Ewigkeit nicht mehr.«

»Hättest du Lust, mit mir dort hinzugehen? Vielleicht würde dich das ja auf andere Gedanken bringen.«

»Du meinst, morgen?«

»Ja, so ganz spontan«, antwortete er mit einem Lächeln, das ihr guttat.

»Spontan kann ich gerade gut gebrauchen.« Sie lächelte zurück. »Sehr gern.«

Sie gingen gemeinsam bis zum Haus von Madame Durand und verabschiedeten sich am Fuß der Treppe.

»*A demain!*«, sagten beide gleichzeitig und mussten lachen.

Marie wollte jetzt als Erstes mit der Krankenpflegerin besprechen, wie von nun an für die alte Frau gesorgt werden konnte. Das hatte sie Hélène versprochen, und sie würde ihr Versprechen halten.

*

Mit schnellen Schritten machte sich Leblanc auf den Weg zu seinem Wagen. Er musste nun schleunigst nach Périgueux fahren, vorher jedoch wollte er kurz bei Julien vorbeischauen. Sein Auto stand noch vor dem Hof der Merciers, sodass er durchs halbe Dorf marschieren musste. Und dann geschah das, was so häufig geschah, wenn man es eilig hatte.

Nach wenigen Minuten lief er Bürgermeister Dubosc über den Weg, begleitet von Philippe Lavaud. Erstaunlicherweise hatte er diesem fast freundschaftlich den Arm um die Schultern gelegt. Eine Form der Zuneigung, die den jungen Mann allerdings etwas zu überfordern schien.

»Ah, Monsieur le Commissaire!«, posaunte der Bürgermeister. »Wie schön, dass Sie unseren Philippe endlich freigelassen haben. Heißt das, dass Sie den Mörder endlich gefunden haben?«

Leblanc nickte und beschloss, das Wort »endlich« zu ignorieren.

»Ja, und? Wer ist es?«, wollte Dubosc wissen und ließ vor lauter Aufregung Philippe los. Der schaute – bei aller Erleichterung, Duboscs ungewohntem Gunstbeweis entkommen zu sein – Leblanc mit sorgenvollem Blick an.

Die Nachricht von Hélènes Verhaftung würde ihn hart treffen, das wusste Leblanc. »Darüber darf ich noch nicht sprechen, und jetzt muss ich schnell ins Präsidium«, wich er der Frage aus. »Ich werde dringend erwartet, aber Sie werden in Kürze alles erfahren.«

»Nun gut. Besuchen Sie uns bald wieder. Dann können wir uns mal in Ruhe austauschen.«

»Gern«, antwortete Leblanc höflich. »A bientôt.«

Aber so rasch ließ Dubosc ihn nicht gehen. »Ach, noch eine Sache, Monsieur le Commissaire. Neulich bin ich auf einem Empfang dem Präfekten begegnet. Er hält große Stücke auf Sie und erwähnte, Sie stünden vor einem Karrieresprung. Ich gratuliere!«

Das meinte er offensichtlich ehrlich. Eine Beförderung, das gefiel ihm sicherlich.

»*Merci*. Ich muss jetzt wirklich los«, sagte Leblanc und eilte weiter.

Schließlich näherte er sich dem Hof der Merciers. Aber sein Auto hatte er damit noch nicht erreicht – zumindest nicht ganz. Denn Léonie und Rose standen auf ihrer jeweiligen Seite der gemeinsamen Gartenmauer. Obwohl sie angeregt miteinander plauderten, entging ihnen nicht, wer da plötzlich aufgetaucht war.

»Sieh einer an, Monsieur le Commissaire! Wo haben Sie denn meine Marie gelassen?«, fragte die Großtante.

Die beiden alten Damen warfen sich einen verschwörerischen Blick zu. Es wird also auch schon über uns beide getratscht, dachte Leblanc.

»Sie kommt bestimmt gleich.«

»Und, wer ist nun der Mörder?«, wollte Rose wissen.

»Das wird Marie Ihnen sicher gleich erzählen.«

Sie würde die richtigen Worte finden, um ihnen die Nachricht beizubringen. Eine Nachricht, die das Dorf erschüttern würde.

Er verabschiedete sich rasch und stieg endlich in seinen Wagen.

Samstag

Kapitel 28

Den gestrigen Abend hatte Marie mit gemischten Gefühlen verbracht. Die beiden Mordfälle waren gelöst, und Léonie war erleichtert zu wissen, dass kein Mörder mehr frei in Saint-André herumlief. Dass Hélène im Fall Girard die Täterin war, hatte sie zwar überrascht, aber nicht erschüttert, da sie der jungen Frau immer kritisch gegenübergestanden hatte. »Ich hab dir ja oft gesagt, dass es mit ihr noch ein böses Ende nehmen wird«, hatte sie Marie erinnert.

Die Reaktionen der anderen Dorfbewohner waren vollkommen anders gewesen. Die Verhaftung von Hélène hatte für eine Schockwelle gesorgt. Sie war eine der zentralen Gestalten des Dorflebens gewesen, und ein Mord passte so gar nicht zu ihrem freundlichen Wesen, der puppenhaften Schönheit und ihren anmutigen Bewegungen. Sicher war auch, dass ihre Nachfolgerin oder ihr Nachfolger im Café de la Place es nicht leicht haben würde. Marie konnte sich schon lebhaft vorstellen, wie in den nächsten Wochen die Gerüchteküche brodeln würde.

Am späten Nachmittag hatte sie noch einen langen Spaziergang mit ihrem Vater gemacht. Bis Einbruch der Dunkelheit waren sie mit César die Vézère entlanggelaufen. Der Hund hatte im Wasser getobt, Enten und Reiher gejagt, und seine unbändige Lebensfreude war auf sie übergesprungen. Ihr Vater hatte, wie so oft, die richtigen Worte gefunden, um Marie zu trösten. Hélène war noch jung, und das Leben würde für sie nicht mit dieser Verhaftung enden. Marie wollte daran glauben, dass ihre Freundin die Kraft für einen Neubeginn finden würde. Den Kaufvertrag würde man annullieren und Hélène wieder als Erbin von Madame Durand einsetzen. Aufgrund mildernder Umstände – und nicht zuletzt mithilfe eines guten Anwalts – würde sie höchstens zehn Jahre Gefängnis bekommen, und bei guter Führung könnte sie vielleicht nach acht Jahren wieder draußen sein.

Auf dem Heimweg hatten sie noch einen Umweg gemacht, um bei Julien vorbeizuschauen. Maries Vater hatte darauf bestanden, sich bei ihrem Retter zu bedanken, und sie war ebenfalls dazu bereit gewesen, denn ohne ihn würde sie heute nicht mehr leben. Julien hatte zwar die Tür geöffnet, sie jedoch nicht hereingebeten und war im Hauseingang stehen geblieben. Er war einsilbig und abwehrend gewesen, aber als ihr Vater ihn als Helden bezeichnete, meinte Marie gesehen zu haben, wie ein Lächeln über seine Lippen huschte. Ihr Vater hatte ihm die Hand gereicht, und Julien hatte nach kurzem Zögern eingeschlagen.

Die beiden Ex-Männer ihrer Mutter standen sich nach Jahrzehnten zum ersten Mal wieder gegenüber. Juliens Hass war wohl, ohne dass er es bemerkt hatte, mit der Zeit verblasst. Als Marie sich bei Julien bedanken wollte, hatte sie zunächst vorgehabt, ihm ein Küsschen auf die Wange zu geben. Aber dann hatte sie befürchtet, ihn damit zu brüskieren, und ihm deshalb auch nur die Hand gedrückt. Doch einen Moment später hatte sie ihn spontan umarmt.

Völlig perplex war der große Mann errötet. Sie waren in Sachen deutsch-französischer Freundschaft ein gutes Stück vorangekommen. Er und sie würden sich zukünftig deutlich entspannter in Odiles Laden begegnen können und sich vielleicht irgendwann mal auf ein Gläschen Wein treffen. Das würde sie mit Léonies Hilfe schon irgendwie organisiert bekommen.

Nach dem Frühstück trug ihr Vater, flankiert von Léonie, Georges, Augustine, César und Marie, den gigantischen Proviantkorb zu seinem Auto. Er machte noch einen kurzen Abstecher zur Gartenmauer, um sich auch von Rose zu verabschieden. Dafür wurde er mit einem Glas Himbeermarmelade belohnt, der Glückliche. Roses Himbeermarmelade war die beste, die Marie je gegessen hatte. Léonie und Georges versicherte er, sehr bald wiederzukommen, und Marie wusste, dass das kein leeres Versprechen war. Er hatte sich, wie er ihr gestern noch gestanden hatte, aufs Neue ins Périgord verliebt.

Nun hielt er sie lange und fest in seinen Armen. »Pass auf dich auf, mein Kind.«

So hatte er sie seit einer Ewigkeit nicht mehr genannt, und das rührte sie.

»Und du bitte auch. Fahr vorsichtig!«

Er setzte sich ins Auto, doch bevor er die Tür schließen konnte, sagte sie: »Danke, dass du gekommen bist. Es war großartig, und es hat mir wirklich gutgetan.«

»Schön, dass du das Gleiche fühlst wie ich. Außerdem weiß ich jetzt, dass du hier in guten Händen bist. Pass auch auf Léonie und Georges auf, die beiden sind etwas Besonderes.« Er zog die Autotür zu und kurbelte das Fenster herunter. »Und grüß mir deinen Kommissar«, sagte er grinsend.

»Meinen Kommissar gibt es nicht«, antwortete Marie.

Er lachte und startete den Motor.

Als er abgefahren war, standen Léonie und Georges noch eine kurze Zeit Schulter an Schulter, und Marie hätte nicht sagen können, wer von beiden am meisten gerührt war. Plötzlich fiel ihr auf, dass die beiden sich an der Hand hielten. Augustine rief sie alle mit einem Grunzen wieder in den Alltag, und sie gingen zum Hof zurück. Léonie überlegte schon laut, was sie Maries Vater beim nächsten Besuch wohl Leckeres kochen könnte. Vielleicht zur Abwechslung mal Fisch. Seeteufel mit Walnusskruste zum Beispiel. Ja, und sie würde sich neue Einmachgläser besorgen.

Marie vertagte diese kulinarische Unterredung auf später, und bei der kurzen Unterhaltung gelang es ihr sogar, Léonie zu verheimlichen, was sie vorhatte. Sie ging nach Hause und stellte sich in ihrem Schlafzimmer vor den Spiegel. Dort bürstete sie ihr Haar, steckte es hoch, schnitt eine Grimasse und ließ es doch wieder auf ihre Schultern fallen. Wie wäre es zur Feier des Tages mit einem Kleid, Madame? Sie probierte ihre ganze Garderobe durch und entschied sich schließlich für das grüne Kleid, das sie zuerst angezogen hatte. Sie nahm eine Handtasche und ein Halstuch, die zu dem Kleid passten, und machte sich mit ihrem orangefarbenen Renault auf den Weg nach Périgueux.

Am Ausgang des Dorfes sah sie Georges und Augustine die Straße entlanglaufen und hielt kurz an.

»Was macht ihr denn hier?«

Augustine reckte ihre dicke Nase zum geöffneten Autofenster, um ein paar Streicheleinheiten einzufordern. Marie streckte ihren linken Arm heraus und kraulte die Sau zwischen den Knopfaugen. Man musste sie einfach lieb haben.

»Augustine wollte sich die Beine vertreten, aber mir war heute nicht danach, in den Trüffelhain zu gehen. Ich muss sowieso die ganze Zeit an Madame Durand und an Hélène denken. Die tun mir beide so leid. Also nehmen wir heute eine neue Route und erzählen uns etwas dabei.«

»Das hört sich gut an. *Salut*, ihr beiden!«

Sie musste los, schließlich hatte sie ja ein Rendezvous. Ein bisschen aufgeregt war sie schon.

Wie vereinbart hatten sich Marie und Michel in der Stadtmitte getroffen, an der Halle du Coderc, der großen Markthalle aus dem 19. Jahrhundert. Danach waren sie zu Michels Stammcafé spaziert, um dort einen Grand Crème in der Morgensonne zu trinken. Sie hatten still nebeneinandergesessen und die vielen Menschen beobachtet, die sich zu dem beliebten Wochenmarkt von Périgueux einfanden. Es war ein gemischtes Publikum aus Jung und Alt, Touristen und Einheimischen. Die einen waren adrett gekleidet, die anderen lässig, und die Touristen erkannte man meistens an ihren bunten Shorts. Es war farbenfroh, lebendig und ziemlich laut. Marie hatte das wunderbare Gefühl, im Urlaub zu sein.

Schließlich brachen die beiden auf, um den Markt zu erkunden, der sich über die gesamte Altstadt erstreckte. Sie schlenderten von einem Stand zum anderen und gelangten durch die engen Gassen zum großen Vorplatz der Kathedrale. Das Angebot war beeindruckend, vor allem waren viele Bauern aus der Umgebung hier, die ihr selbst angebautes Gemüse anboten. Man merkte den allmählichen Wechsel der Jahreszeiten: Die ersten Kürbisse standen zum Verkauf, und die Aprikosen waren den Äpfeln und Birnen gewichen, die es in den unterschiedlichsten Sorten und Farben gab. An einigen Ständen wurden Himbeeren angeboten, und Marie musste wieder an Hélène denken. Aber dies war ihr Tag. Michel schien hier bekannt zu sein wie ein bunter Hund, und immer wieder wurden ihm Kostproben gereicht, die er mit Marie teilte – Käse, Obst, Wurst, Tomaten, Brot, Oliven und Apfelsaft. Eine Auslage bestand nur aus Zwiebeln, Schalotten und Knoblauch, und das auf einer Länge von zehn Metern. Es war ein beeindruckendes Sortiment. Marie kaufte graue Schalotten, die es nur um diese Jahreszeit gab und die besonders schmackhaft waren, sowie einen langen Knoblauchzopf für ihre Küche. Und nachdem sie bei den Blumenständen einen Topf lilafarbene Astern bewundert hatte, schenkte Michel ihr die Pflanze für ihren Garten.

In diesem Moment klingelte ihr Handy. Es war Pauline. Ganz schlechtes Timing! Sie drückte das Gespräch weg. Später würde sie ihre Freundin zurückrufen. Die wird sich noch wundern, dachte Marie, wenn sie erfährt, was man in der tiefsten Provinz in ein paar Tagen alles erleben kann.

Nach einer Weile lotste Michel sie zu einer winzigen Kneipe, die Austern anbot. Auf einem hübsch eingedeckten Tisch stand ein Schild mit der Aufschrift *Réservé.*

»Magst du Austern?«, fragte Michel.

»Mit einem Glas Weißwein, sehr gern. Wir haben ja jetzt die R-Monate erreicht.« Im Sommer fand Marie die Austern zu milchig und aß sie, wie so viele Leute, nur von September bis April.

Er strahlte sie an. »Das trifft sich gut, denn das ist unser Tisch.«

»Ach, du hattest schon alles geplant?«

»Ja, manchmal muss man dem Glück ein bisschen nachhelfen.«

Nach kurzer Zeit brachte ein Kellner mit makelloser, langer weißer Schürze ein großes Tablett mit Austern, frisches Baguette, gesalzene Butter und eine Flasche gekühlten Weißwein. Michel schenkte ihnen beiden ein und prostete Marie zu. »Hier gehe ich immer mit meinem Sohn hin.«

»Wie viele Kinder hast du eigentlich?«

»Nur eins. Alexandre. Aber er ist schon zwanzig und leider auf großer Seefahrt. Zurzeit ist er in Panama.«

»Panama? Musste er so weit weggehen, um dir zu entkommen?«, scherzte sie.

»Anscheinend. Vielleicht bin ich doch nicht so nett, wie ich aussehe. Sei also gewarnt.«

Sie stießen auf diesen wunderschönen Tag an – und auf die Tatsache, dass sie sich begegnet waren. Wohin sie das noch führen würde, wusste Marie nicht, aber sie genoss den Moment, das Hier und Jetzt.

»Wie findest du Périgueux?«, fragte Michel.

»Großartig! Hier könnte ich mich auch wohlfühlen.«

»Ja, es ist eine lebendige Stadt, und hier gibt es viel zu tun.«

»Was zum Beispiel?«

»Meinen Posten übernehmen!«

»Gehst du in Rente?«, erwiderte Marie mit einem Hauch von Spott. Sie wusste nicht, was sie mit dieser Äußerung, die so plötzlich daherkam, anfangen sollte.

»Das ist ja sehr charmant.« Er lachte. »Ich gehe nach Bordeaux.«

»Du wirst versetzt?«

»Befördert.«

Sie nickte anerkennend, obwohl ihr diese Neuigkeit gar nicht gefiel. Sie fingen doch gerade erst an, sich gut zu verstehen, und jetzt würde er wegziehen.

»Mein Posten wird Anfang nächsten Jahres frei.«

Also, so kann man eine schöne Stimmung auch im Nu ruinieren, dachte Marie irritiert und stellte ernüchtert ihr Glas ab.

»Na dann.« Mehr fiel ihr dazu nicht ein.

»Ich meine das ernst: Willst du dich nicht auf meinen Posten bewerben?«

»Das kommt jetzt sehr plötzlich!«

»Ich dachte, du magst Spontaneität …«

Die Idee war nicht abwegig. Immerhin hatte sie den gleichen Dienstgrad wie Michel. Sie konnte ja mal darüber nachdenken.

»Und was ist mit Martin?«

»Er bleibt natürlich auf seinem Posten. Wir waren gestern Abend nach dem ganzen Trubel endlich mal zusammen essen, und ich habe ihm von der Beförderung erzählt. Er ist traurig, dass ich gehe, aber er könnte sich gut vorstellen, mit dir zu arbeiten. Du hast ihn neulich bei der Zeugenaussage sehr beeindruckt! Und er ist ein liebenswerter Kollege. Sehr gewissenhaft, gut organisiert und zuverlässig. Er hat nur seinen eigenen Rhythmus, an den man sich gewöhnen muss.«

Marie erinnerte sich, wie er am Tag des ersten Mordes gemächlich die Hauptstraße von Saint-André hinuntergeschlendert war. Ja, wahrscheinlich musste man sich erst einmal an ihn und seinen Rhythmus gewöhnen.

»Okay, ich denke darüber nach. Also, ab Januar?«

»Genau. Und so ganz nebenbei bemerkt: Auch wenn ich in Bordeaux bin, wüsste ich nicht, warum wir uns nicht am Wochenende sehen könnten.«

»Du denkst aber auch an alles.«

»Du weißt doch: ›Wenn man träumt, soll man auf nichts verzichten.‹«

»Balzac?«, tippte Marie auf Verdacht.

Er nickte zufrieden.